U0940318

国家电网公司职工文学重点选题作品
中国作家协会2016年定点深入生活项目

长篇小说

幸福的歌者

张鹏飞 著

中国电力出版社
CHINA ELECTRIC POWER PRESS

图书在版编目（CIP）数据

幸福的歌者 / 张鹏飞著. —北京：中国电力出版社，2018.8（2018.11重印）
ISBN 978-7-5198-2208-8

Ⅰ.①幸… Ⅱ.①张… Ⅲ.①长篇小说－中国－当代 Ⅳ.①I247.5

中国版本图书馆 CIP 数据核字（2018）第 143912 号

出版发行：中国电力出版社
地　　址：北京市东城区北京站西街 19 号（邮政编码 100005）
网　　址：http：//www.cepp.sgcc.com.cn
责任编辑：胡堂亮
责任校对：李　楠
装帧设计：赵丽媛
责任印制：石　雷

印　　刷：三河市百盛印装有限公司
版　　次：2018 年 8 月第一版
印　　次：2018 年 11 月北京第二次印刷
开　　本：710 毫米 ×980 毫米　16 开本
印　　张：19
字　　数：297 千字
定　　价：65.00 元

第一章

1

七月的骄阳火辣辣地烧烤着黄土高原，前一天庄稼地里还泛着青绿色的麦子，才隔了一天就被晒成了杏黄色；前一天刚刚变成杏黄色的麦穗儿，才隔了一天就被晒裂，麦粒都露出了穗仓，此时哪怕是一只小蜻蜓落在麦芒上，都有可能把穗仓压垮，使麦粒儿跌落在地。

这个季节的麦子是非常脆弱的，更是弱不禁风的，除了火辣辣的太阳暴晒，雷雨冰雹也在时时刻刻地威胁着它们。

按说，农历五月到九月这期间，位于黄土高原腹地的红山地区阴雨不多，雷阵雨更少。可邪门的是偏偏在眼下麦子成熟的七月里，雷阵雨出奇的频繁，而且每次都会夹杂着冰雹砸下来。那些可恨的冰雹小的如豌豆，大的赛过山里的杏子，偶尔还会掉下鸡蛋那么大个的，曾经还发生过把驴砸晕的事情，脆弱的植物根本不堪一击。有时候冰雹袭来，即使只有一泡尿的工夫，那密密麻麻的冰豆子也能残忍地把麦秆齐腰敲折，或者把麦穗敲成一根秃秆秆，把麦粒全部打进泥土里去，农民只能热泪盈眶地看着马上要到仓的丰收化为乌有。

这是个收获的季节，是农民喜悦的季节，也是他们寝食不安的季节，更是他们纠结的季节。他们喜悦的是丰收就在眼前，如果能顺利地把麦子收割并运送到打麦场里，那么就离颗粒归仓不远了；不安的是担心突然会来一场雷雨，可恨的冰雹把麦子打毁；纠结的是不提前抢收怕有冰雹，抢收没有完全熟透的麦子又有些可惜。所以这些天，家家都会有人提着镰刀不停地在田间地头徘徊，只要看见哪片麦子变黄了，麦芒变干了，就会立刻跳进麦田里，挥起磨得飞快的镰刀，以最快的速度割倒一片片他们赖以生存的希望。

1991 年盛夏的一个正午，火辣辣的太阳比之前任何一天都毒，晒得人们几乎没办法下地干活，甚至连头都不敢往屋外伸，只能暂时躲在炕上歇息。

这天，红山市小南川县红马山下一个叫白家堡子的小山村里，一户姓白的人家院外大核桃树下，一位姑娘正在认真地磨着镰刀刃。

姑娘今年二十二岁。约莫一米七五的个头，纤细的腰身，白皙的皮肤，圆圆的眼睛，高耸的胸脯，眉清目秀，美丽动人，乍一看还以为是城市女孩，但细看她满手的泥污和身上洗得掉了色的汗衫，就知道她是个农家孩子。

她就是农家孩子，因为皮肤白皙，出生的时候是个下雪天，爹娘便给他起了个名字叫白如雪。一个多月前她大学刚刚毕业，被分配到了红山市电业局。

此时，热浪一阵阵扑来，虽然坐在树荫下，但她还是感到头晕目眩，汗水不停地从头上脸上流下，跌落进脚下的干土地里，身上那件薄薄的的确良花布汗衫已经完全被汗水浸透，紧紧粘贴在肌肤上，她顾不得擦汗，心思全部投注到了镰刀刃上，心里也在不停地催促着自己：快点磨，快点磨，一定要在爹娘睡醒之前把六张镰刀刃全部磨好。

许久，她抬起头来，把刀锋放在指甲上刮了刮，只见刀锋在指甲上不打滑了，这说明刀刃已经锋利得不能再锋利了。她直起身来，把镰刀刃丢在脚下，用脚踩住在土地上来回蹭了蹭，蹭干净了沾在上面的磨石泥污，然后把三张利刃分别安装在三把木镰架上，再把另外三张利刃用一块旧布包好，装进一个旧帆布挎包里。

她蹑手蹑脚地来到爹娘睡觉的窑洞里。只见娘头朝外睡在炕上，爹横躺在炕中间，弟弟则蜷缩在炕角里，怀里还抱着一本小学二年级语文课本。

弟弟白如奎今年八岁，半岁那年得了一场怪病，持续高烧之后落下了后遗症，至今一直头疼，双腿跟胳膊一样细，最多只能在原地站立而无法走路，行动全靠别人帮助。

如雪希望爹娘再多休息一会儿。为了不吵醒他们，她又蹑手蹑脚地退了出来。

如雪走进伙窑（厨窑）里，拿起扣在锅台上的葫芦瓢，从水缸里舀了半瓢水一咕噜灌进了肚子，然后坐在伙窑门槛上，一边看着眼前飞来飞去的小燕子，一边静静地等着爹娘醒来，和他们一起下地去割麦子。

山里的窑洞跟房子不一样，冬天不用生炉子里面也很暖和，夏天没空调也照样凉爽。如雪静静地坐在门槛上，尽情地享受着来自窑洞深处的清凉。

过了许久，还不见父母醒来。她从裤兜里掏出电子手表看了看时间，现在已经是晌午一点半了。

如雪手里拿的这块旧电子表，还是四年前她刚刚考上大学的时候，舅舅背着舅妈偷偷送给自己的。

舅妈是个小家子气特别重的人，谁要是对她有用，她就对谁特别好，谁要是对她没有好处，她不但要疏远，有时候还会给人冷脸，甚至冷言冷语。想到她，过去那些不愉快的事情也一件件浮现出来，继而一种不爽从心而生。

前些年，舅妈对外婆的态度特别不好，平常跟外婆说话就跟旧社会主人吆喝仆人一样，有时候还会对外婆推推搡搡。有一年娘回去看外婆，正巧碰见舅妈在呵斥外婆，娘便和她论理，结果她还当着娘的面把外婆推倒在地，娘一气之下脱下鞋子，狠狠地扇舅妈的脸，扇得又青又肿。撕打中娘的脸也被舅妈抠了几道血印子，幸好舅舅及时回来拉开了她们。从此，舅舅家就和娘“断绝了关系”，娘再也没有“回过娘家”。说是断绝关系，其实每次舅妈回了娘家或者去赶集，舅舅就会悄悄捎话给娘，叫她回去看望外婆。

如雪考上大学，不光在白家堡子是唯一的，就是红河滩镇也前所未有。这么大的喜事，亲戚乡亲们自然都来祝贺。有的送来鸡蛋，有的送来几元钱，有的还绣两双鞋垫送来……尽管礼物微不足道，但那纯朴的祝福却让人心里非常暖和。舅舅跟别人借了二十块钱，用五块钱买了一块电子表，悄悄托人把表和剩下的十五块钱捎给了如雪。

纸里终究包不住火，没过几天舅妈就知道了舅舅借钱给如雪买表的事情。但这次她非但没有和丈夫吵闹，却一反常态大夸丈夫不愧是娃娃的亲舅舅，想得周到，做得正确，而且目光长远，用正确的行动化解了亲戚之间的矛盾。

舅妈不但表扬丈夫，还要叫儿子魏世民开个拖拉机拉上一家人去给如雪祝贺。因为母亲和姑姑闹翻了，魏世民不想这个时候去看如雪，他怕去吃个闭门羹脸上无光。但舅妈却不管三七二十一，使不动儿子却能使动丈夫，硬是催着丈夫套上毛驴车，载着她和外婆在如雪临行前的那天一大早来给如雪送行。

常言说得好：有理不打上门客。就算娘特别讨厌她，但人家主动上门来送礼，而且还带着婆婆，赔着笑脸，也不能不礼貌，只好以礼相待。但如雪毕竟还是个孩子，她没有大人那么和气，她并没有搭理舅妈，告别的时候也没有跟她好好说话。舅妈仍然那么有耐心，如雪走了以后，她就和外婆在如雪家多住了几天，硬是用实际行动拉近了她和如雪家的距离。从此之后，两家又和好如初，舅妈对外婆的态度也变得好了一些。

如雪一直把电子表捏在手里，不时地看时间，此时已经是午后两点钟了。

平常这个时候爹娘早就下炕了，但今天早上因为起得太早，割的麦子太多，他们特别困乏，所以睡到此时还没有醒来。

如雪不忍心叫醒爹娘，就寻思，要么就让他们再睡一会儿吧。打定了主意，她就把另外两把镰刀立在爹娘睡觉的窑门口，提起自己用的那把镰刀，背起装有利刃的旧帆布挎包，独自出门，大踏步向家对面山坡上的“十二档子”走去。山上的梯田在外人看来都一个样子，只是位置不同而已。但在山里人自己的眼中，每一块土地都有一个妥帖的名字。“十二档子”就是如雪家的一片地名。

因为最近抢收麦子，如雪也比平时醒来得早。今天凌晨，蒙眬中她听见爹在院子里咳嗽，便摸出压在枕头下的电子表，按亮照明键，一看时间才四点钟。她想可能是爹去解手，或者给驴添草。她记得爹常说“人无外财不富，马无夜草不肥”这句话，便以为爹又是半夜里给驴加草，就把表压回枕头下又进入了梦乡。

五点钟闹铃准时响了，如雪起来上完厕所，推开爹娘住的窑门，准备进去叫他们醒来。可推开门一看，只见炕上除了如奎还在熟睡中，却不见了爹娘的影子。

如雪顾不上洗脸，给如奎在炕头上放了一块馍馍，又放了一缸子凉茶。然后提起镰刀就出了家门。她知道爹娘去了“十二档子”，因为昨天那块地里的麦子就变成了杏黄色。

“十二档子”离家不远，下沟走捷径一会儿就到，如雪到那里的时候，天上的月亮还在，朦胧的月光下，她看见爹娘已经割倒了一大片麦子，捆好的麦捆儿一个挨着一个排在田间，像是一列列整齐的队伍等待着检阅。

如雪也不跟爹娘打招呼，钻进麦地里挥舞起手中的镰刀就开始割麦子。

看到女儿这样卖力，爹心疼地说：“不着急，不着急，慢慢来，别累着了。”娘轻轻叹息了一声：“唉，这孩子，天还没亮你咋不多睡一会儿呢，起来这么早干什么嘛!”

如雪一句话都不说，只是奋力挥舞着镰刀，麦子一簇一簇在她身后倒下。

一家人再没有说话，都奋力地挥舞着镰刀，生怕自己手慢让亲人干得多了，生怕自己慢了亲人累着了。直到日头过了三竿子高的是时候，娘才站起来叫停。她一边捶着几乎直不起来的腰，一边佝偻着身子去地头上，给每人拿来一块荞麦面馍馍，提来装凉茶的瓦罐子，先倒一碗给如雪，自己才开始啃馍馍。

短暂的休息中，三个人都以最快的速度啃完手中的馍馍，咕咚咕咚灌下一碗凉茶，又回到了麦趟里，重新挥舞起镰刀快速割麦子。

日过正午的时候，这块四亩多地的麦子就割倒了三分之二。

三个人把捆得跟腰一样粗的麦捆儿两个一对，十个一排，头对头整整齐齐码好以后，才如释重负地顶着烈日回家。

如奎已经吃完了放在炕头上的馍馍，喝完了一大缸子凉茶，一个人静静地趴在炕上看书。他经常一个人安静地趴在炕上，一遍又一遍地写姐姐教的那些字。其实有些字他已经写得非常好了，但他还是不厌其烦地写着。

从田里回来，爹忙着喂牛，如雪便帮娘赶快做饭。

山里人家的饭菜本来就简单，农忙时间的饭菜更简单，一碗面条，里面调一点葱花，加一撮盐，即使连醋都没有，却也吃着很香。如果再有一盘青菜就着，那跟吃肉一样美好。

饭后爹看了看天说：“今天中午实在太热，我们多睡一会儿再下地吧。”

娘怕如雪累着，临上炕前就再三叮咛：“洗完锅碗你也早早去睡觉，那些镰刀刃等你爹醒来了再慢慢磨，你就不要管了。”

锅碗是很快就洗完了，但如雪却没有午睡。她怕打扰爹娘休息，就把磨刀石搬到院外的大核桃树下，准备磨镰刀刃。

下午三点过后，骄阳的火劲儿略有收敛。等爹娘醒来赶到“十二档子”的时候，如雪已经由地头到地尾割了整整两个来回。

“真是个傻孩子，你不累吗？叫你中午也睡一会儿，你咋那么不听话呢？也不怕把脸晒黑了！”娘一边埋怨着，一边走过来帮如雪扶了扶她头上的草帽。

“我现在和你娘身体都好着呢，还怕干不动怎么的，要你这么拼命？你都大学毕业了，要当城里人了，再这么干，别人会笑话我们的。”对于如雪的单干，爹也“不高兴”。

轰隆隆、轰隆隆……不一会儿，天上响起了很长很重的闷雷。接着，乌云由远而近，便盖到了头顶，越盖越厚，越压越低。

雷雨就要来了。

爹直起腰来长长叹了一声，说：“雷阵雨来了，咱们快把捆好的麦个儿码好回家吧，今年算是行动得早，麦子还剩不到半亩就全部割完了，就是今天下了冰雹，咱也不怕了。”

说话间，乌云已经完全遮黑了天空，闪电一个接着一个，狂风也跟着雷电扫来。码好麦垛儿，三个人顶着大风匆匆忙忙往回跑，就在快到家门口的时候，铜钱大的雨点便砸了下来。

大门洞下有人在躲雨。

是白七。白七和爹同辈分，比爹小五六岁，在红河滩镇电管站看大门。因为每月有固定的工资，因此他总拿自己当公家人，一回到村里就模仿电管站长的样子，把原本穿在身上的上衣外套脱了披在身上，迈着八字步，把平时舍不得抽的纸烟两支首尾相连接起来，边吐着烟圈圈，边跟别人打招呼，说话也打着官腔。

白七躲在门洞下边抽烟，边向远处张望。见如雪和爹娘跑回来了，就大声喊：“可把你们等回来了，我是来给你们送喜信的。”

不等如雪和爹娘开口，白七又道：“如雪娃，你今天可要给七爸做一顿西红柿鸡蛋面吃哦，这大老远的，我可是专门为你的事情步行回来的，连家都没回去，就守在这里等你们呢。”

“七爸，什么事情啊？怎么不去田里找我们？”如雪问。

“本来想去田里找你们的嘛！可喊了半天，如奎也不知道你们去哪块地里了！看马上要下雨了，我寻思你们也该回来了，就在这里等着。”停了一下他又接着说，“红山市电业局劳资科把电话打到咱们红河滩镇电管站了，询问哪个村有个叫白如雪的大学生，站长接电话时我刚好在场，就专门回来送信，通知你赶紧去市电业局报到呢。”

白七学电管站站长打着官腔数说如雪爹娘：“你们两个是怎么搞的嘛！人家其他娃娃都上班十天了，你们怎么还让如雪在家割麦子呢？她得上班啊，估计这个月工资要被扣掉了哟！”

“那、那怎么办啊？”听白七这样说，爹有些紧张。

“这就得看人家领导怎么说了，怪也只能怪你们自己没把事情当一回事！”说完白七转身就走了。

如雪是个非常勤快的姑娘，她见爹娘起早贪黑特别辛苦，很是心疼他们，为了帮他们抢割麦子，一时居然疏忽了去工作单位报到的事情。

2

这一夜，对于如雪一家来说是一个不眠之夜，就跟四年前如雪刚刚收到大学录取通知书的时候一样，但那时候是激动，而现在却是焦躁不安。特别是爹娘，焦虑得都忘记了连日来的劳累，摸黑在炕上坐了一个通宵。鸡才叫第二遍，娘就下炕催爹去门前的沟里挑泉水，自己则去抱柴火准备给如雪打荷包蛋，让如雪快吃了趁天凉往市里赶。

爹也不割剩下的那半亩麦子了，套上老牛车要送如雪去镇子上搭班车。

娘帮如雪收拾好行李，从贴身的口袋里掏出一个手帕，把里面包着的一沓钱取出来往如雪手里边塞边说：“这二十多块钱你拿去了买件衣裳，再给自己置办些生活用品。”

如雪有些吃惊地望着娘，把娘拿钱的手推了回去，说：“不要不要，我不要。”

“拿着吧，这是你娘春天挖草药卖的钱，一直没舍得花，给你留下的。”见女儿不要，爹也过来劝说。

如雪本不想要这钱，她知道爹娘也不容易，但想到自己要去上班了，确实还没有新衣服，怕自己穿着旧衣裳去上班被别人小瞧，于是就不再推辞。

去镇子里的路上，如雪坐在老牛车上，由娘刚才给自己塞钱的情景想到了这几年家里的情况。她突然发现，这几年爹娘养鸡养羊，家里的经济情况已经好多了，给的钱自己从来都没花完过。可自己生来就是个穷酸命，就是有钱也不舍得花，一双袜子都补了几十回还舍不得扔，经常被舍友们取笑；宁愿天天吃素菜也不买一顿荤菜；别人经常请自己吃饭，而自己即使兜里有钱也没有回请别人吃饭的意识。现在想来，有时候那不叫节俭，简直是抠门和小气。想到这里，她轻轻摇摇头，心想抠门就抠门，小气就小气，但以后一定要做到对家人不抠门、不小气。

从红河滩镇到红山市里每天只有早晚两趟班车，八十公里的路程，有三分之一是山路，三分之一是沙路，三分之一才是油路，得走三个小时。从村里到镇子上要走半个小时的山路，尽管七点前爹就把如雪送到了镇上，但班车却因为出了故障一直走不了，直到十点多才慢慢腾腾地发动着，一颠一颠地爬出镇子，时速还不到三十迈。

破班车费了九牛二虎之力才爬完山路，不想刚到沙子路上又抛锚了。乘客们怨骂声一片，而慢性子的司机却不慌不忙地查找着故障。

就在大家你一言我一语数落司机的时候，车上两个小伙子从座位上站了起来。一个长相跟瘦猴似的一手拿着红蓝两支铅笔，一手拿着一截纸条，另一个是个胖墩，他双手捧着一顶礼帽跟在瘦猴的后面。

瘦猴冲车上人喊：“与其这么坐着浪费时间，还不如咱们大家玩个小游戏。不过，游戏得带点小刺激，要不然也没意思。小刺激嘛就是押钱，你押多少赢多少，你赢多少我们赔多少。当然，要是输了你就愿赌服输，不许耍赖。”

说话间，胖墩从背包里掏出一沓人民币，一边往礼帽里放，一边喊：“只要你敢押，你就能赢，你赢了我们绝不赖账，我们公开、公平、公正。”

胖墩见说了半天没人理会，就问坐在他旁边的一位中年妇女愿不愿意玩一把？中年妇女就试探地问：“怎么玩啊?”

“这个简单，我用纸条缠这两支铅笔，你盯好了，认为哪支铅笔被纸条裹在里面了，就押哪支，要是判断正确了就算赢。”瘦猴热情地解释。

“那我能不能先试一下?”妇女又试探着问瘦猴。

“当然可以，试两次都行。”瘦猴一边慷慨地说着，一边用一只手中的纸条缠绕另一只手中的两支铅笔，缠好后他要妇女判断哪支被裹住了，如果猜正确就算赢。

妇女张着嘴看了半天，最后忐忑地指了指红铅笔，说红铅笔被裹住了。

瘦猴开始反方向解纸条，只解了一半，蓝铅笔就出来了，而红铅笔确实被纸条紧紧裹在里面。

再试一次，妇女又判断正确。

妇女还想试，瘦猴就鼓励妇女：“我说大姐，你眼力这么好，还试个啥呀，干脆就真玩一把吧!”

接连正确两次，妇女也来了信心，揭起衣襟，费了好大劲，才从贴身的口袋里掏出一个布袋，从布袋里取出一个里面裹了东西的手帕，手帕慢慢打开，原来里面是几张面值两元和五元的人民币。

瘦猴用纸条把两支铅笔缠好，让妇女押了钱再判断。

妇女把一张两元的纸币交给后面的胖墩，然后指定红铅笔被纸条裹住了。胖墩把钱放到帽子里，瘦猴开始解纸条，果然红铅笔被纸条裹在里面。

妇女判断准确，就赢了两元钱。

妇女再押两元，又赢。

妇女连赢三次后，胖墩趁给妇女给钱的时候，悄悄对她说：“大姐，我看你也是个没钱人，见好就收吧，别玩得一会儿把本都输完连家也回不去了。”

胖墩的声音虽然很小，但旁边的人都听见了，好像只有瘦猴没听见，瘦猴正用目光不停地往后面座位上扫视，希望有人来玩。

老实巴交的中年妇女确实想见好就收，但有些不敢相信地问瘦猴："大兄弟，我不想玩了，行吗?"说完紧张地瞅着瘦猴。

旁边的人都觉得有些可笑，心想，这些江湖人，哪会轻易让你得了便宜脱身?

正当大家等着看瘦猴如何不肯善罢干休的时候，瘦猴却笑着冲妇女说："可以啊，完全可以。咱们这是周瑜打黄盖，愿打的愿打，愿挨的愿挨。如果不想玩了您就收好钱，坐下看别人耍啰。"

江湖骗子哪有这么善良？大家哪里知道，这是人家的一种战术，或者是骗术，他们这是故意扮诚信，演戏吸引后面的人上当。

如雪同座位的大胡子见这两个人很讲信誉，输了一点也不赖账，于是便拿出一沓钱去押。

第一次押两元，大胡子输，第二次押五元，大胡子输，第三次押十元、第四次押二十元、第五次押五十元……玩了十次大胡子赢了八次。见手气不错，大胡子索性把所有的钱全押了。可是这一次大胡子就没有那么幸运了，他输了个一干二净。

愿赌服输，前面有先例，大胡子无话可说，沮丧地低着头准备回座位。

"大哥真是个爽快人，给，这点钱拿去买烟抽。"瘦猴从胖墩的帽子里抓出一把票子，过去塞进大胡子的手里。

瘦猴这一招可是赢到人心了，因为大家看到瘦猴给大胡子的那把钱里还有一张五十元的票子，加上其他面额的，估计有百元之多，心想即使是玩输了，或许还能要回来一点，损失也不会很大。于是，就都挤过来押钱。

大胡子劝如雪也试试。如雪告诉大胡子自己一来没钱，二来也不想玩。大胡子就从刚才瘦猴退给他的钱里抽出三张两元的票子塞给如雪说："你试试，要是输了算我的，反正输了那么多，已经无所谓了，要是赢了咱们对半分。"

此时如雪的气质已非在家可比，只见她上身穿着一件洗得已经发旧的淡粉色小T恤，下身穿着一条紧身牛仔裤，那凸凹分明的曲线加上漂亮的脸蛋，显得更加楚楚动人。因此，等车的时候大胡子就一直贪婪地盯着她，后来找借口搭讪，并追随她坐到同一排座位上。

大胡子很健谈，如雪见他知道的事情很多，觉得他是个有见识的人，便跟他一路聊到现在。

经不住大胡子的热情怂恿，如雪便拿钱去押。

从大胡子之后，无论是谁押都赢不了，没有一个能赢瘦猴的，如雪也不例外，她输了。输了大胡子的钱，如雪觉得有些不好意思，就准备拿出自己身上的钱再搏一把。但她的手还没放进兜里又缩了回来，她实在舍不得往出掏钱。

就在此时，一个输急眼了的小伙子拨开如雪，抓住瘦猴手中的铅笔大声嚷："你这个肯定有问题，我刚才把眼珠子都快瞪出来了，明明看见红铅笔被裹在了纸条里，可解开后裹在里面的却是蓝铅笔，这下你缠好了交给我来解。"

"可以，可以，完全可以啊，不过车上太挤了，咱们下车玩吧，反正车一时半会也修不好。"瘦猴很爽快地答应了。

瘦猴和胖墩先下车，小伙子紧紧攥着从瘦猴手中要来已经缠好的铅笔跟在后面，大胡子也站起来挤开别人紧随其后。

下车的过程中，胖墩把礼帽里的钱全塞进了肩上背的挎包里。

小伙子刚从车门跳下来，还没有站稳，胖墩便以迅雷不及掩耳之势转过身来，一记重拳扎扎实实地捣在他脸上，跟在后面还站在车门台阶上的大胡子又重重在他后背上踏了一脚，小伙子一个趔趄便栽倒在地。

还不等车上人下来，瘦猴、胖墩、大胡子便一溜烟钻进了路边的玉米地里，消失得无影无踪。

看着挣扎了半天才爬起来的小伙子，大家如梦初醒：原来这三个人都是骗子，大胡子是瘦猴和胖墩的托儿。

过了好长时间车才修好，等这个老牛车一样慢的破班车开进市里时，已经是下午六点多了。这里的公交车六点就停了。坐不了公交车就得坐人力三轮车，可三轮车到电业局人家要两块钱，如雪觉得就那么半截路还要两块钱太不值得，就打听着步行去电业局。当她来到电业局门口时已经过了七点，门卫大爷告诉她，别说现在已经七点多了，你就是五点钟来，局里也没人接待你，要办事就等明天早上过了九点再来吧。

如雪有些纳闷，就问："大爷，不是都八点上班吗？怎么电业局里过了九点才有人？”

“你呀，也别问那么多了，明天九点后再来就是了！”说完，大爷不再理会如雪，又坐在门口的小马扎上用指头宽的塑料包扎带编起那年头非常流行的一种菜篮子。

这可怎么办呀？没地方吃饭包里还有娘煮的鸡蛋充饥，可晚上住哪里？她听别人说过，市里最便宜的招待所一晚上也要十几块钱。睡一觉就得花十几块钱，实在是贵了点，想到这里，如雪快要哭了。

隔着大爷，如雪扫视了一下这间门房，只见门房里除了一张桌子，一把椅子，还有一个长条木椅，门房里面还有个套间，套间里有一张床。

突然，如雪真的哭了起来。

如雪这一哭，把大爷吓了一跳。但他却没有发现，眼前的这个女娃娃是在假哭，她只有泣声却没有泪水。

问了好大一会儿，如雪停住泣声，“擦干眼泪”，把捂在眼前的手拿开，拉着哭腔对大爷说：“我是小南川人，离这好远，现在回不去了，市里没有亲戚，也没有同学，来的路上又把钱丢了，晚上无处可去……”

如雪问大爷，能不能容她在门房里的椅子上坐一夜？

听明原因，大爷赶忙拿开门口的小马扎，把如雪让到屋里，给她倒了一杯开水，说：“只要你不嫌弃，那就在里面的床上睡吧，我晚上值夜班，半夜还要去院子里巡看几次，也不怎么睡觉，我就在这长椅子上凑合一夜……”

尽管大爷多次对如雪说，如果困了就进套间里把门关上睡觉，可如雪哪有心思睡觉？就坐在椅子上发呆，听大爷有一句没一句地说话。

大爷继续坐在门口的小马扎上编菜篮。

约莫八点的时候，大门外进来两位女青年。她们从窗户里看见了如雪，其中一个问大爷：“里面那是谁啊？您闺女？”

“不是。她是新来的学生。”大爷站起来伸了伸腰回答。

“新来的学生？新来的学生晚上坐这干什么呀？”那位又问。

“我说马茜妮，你咋那么多事，快回去看电视剧，今天跟你出去玩，把我的电视剧都耽误了。”另一位不耐烦地催问话的这位。

催马茜妮的这位叫丁秋香。大爷望了丁秋香一眼，忽然想起什么似的，往院子里面走了几步，然后向丁秋香招手，示意她们过来说话。

大爷把如雪为什么会坐在门房里的经过对丁秋香和马茜妮讲了一遍，然后悄悄对丁秋香说："小丁，我好像记得谁说过你是一个人住一间宿舍？能不能让这个女娃娃今晚去你宿舍里挤一晚上？虽然我答应让她在我这里凑合了，但心里总觉得不自在……"

"行，行，行，您别再解释了，就让她跟我走吧。"丁秋香很爽快地同意了。

"等等，等等，我说丁秋香，你怎么也不问我一声就答应了？我怎么办？我睡哪里？"马茜妮有些不高兴地嚷嚷。

"你啊？回家睡呀！你什么时候又在这里过过夜了？"

"哦，哦，倒也是。不过我说的是白天我睡哪里！"马茜妮支吾了一句，便不再嚷嚷。

谢过大爷，如雪跟着丁秋香和马茜妮去了后院的单身宿舍。

进了宿舍，丁秋香赶忙拧开十四英寸小彩电，准备看热播中的电视连续剧《渴望》，但此时一集刚完，正是广告时间。趁着这个间隙，马茜妮问如雪："一直听说还有一个联系不上的毕业生到现在都没来报到，原来是你啊？怎么迟到了这么多天？"

如雪告诉她们："我是在外省上的大学，因为回来要路过我们镇上，放假回来路过时我就直接回家了，我想着到新单位报到时间可能跟学生开学时间一样，就一直在家帮父母割麦子。昨天电管站的七爸带信回去，才知道误了报到时间。"

"你呀，真是个傻帽，这工作单位怎么能跟学校一样呢？你以为工作单位也有暑假……"马茜妮有点嘲笑如雪。

"我们乡下人傻帽，就你们城里人精明？她这不是大意了吗，你还笑她，真是的，快回家睡觉去。"丁秋香打断了马茜妮的话。

"接我的人还没来，我怎么回？等电视剧看完再回！"马茜妮嘟囔着。

三个人一边看电视，一边闲聊。如雪才知道，丁秋香是距市区三十公里外的中庄乡人。马茜妮是市里人，妈妈是市监察局领导。

按规定，新毕业的大学生要接受一段时间的政治理论学习、个人素质教育、岗前专业技能培训，考试合格后才能分配上岗。今年红山电业局一共分配来二十五名大中专和技工学校毕业生，除了后面的专业技能培训要分开外，前面的政治理论学习和个人素质教育二十五个人是在一起的。此次培训丁秋香和马茜妮坐同桌，关系处得很好。尽管她们关系很好，也一天到晚在一起，但马茜妮妈妈却不让她在宿舍里过夜，每天晚上十点多都会派人来接她回去。

闲聊中，如雪突然想起门卫大爷说五点钟局里就没人上班了的话来，就问马茜妮，这是怎么回事？

“这事你问我是问对人了，你要是问秋香，她还不知道呢。当然，这事我也是昨天晚上才听一个叔叔来我家说的。”马茜妮一副很老到的样子。

接着，她告诉如雪和秋香：前两年国企改革，实行党政分开，以前供电局是党委书记说了算，可现在局长成了当家人。党委书记原本就是个强势的人，突然被收走了手中的人财物实权，心里非常不平衡，但职责划分明确，好多事情他就是特别想管，但不是法人代表却无法作主。于是他就把怨气变成赌气，表面上看着很配合局长，其实暗地里拉帮结派跟局长较劲。再说他不但是本地成长起来的干部，听说还是一位市领导的亲戚，下面一些科长、基层领导也多数是他以前提拔的人，有些事情上见党委书记跟局长意见不一，便也跟着党委书记一边倒。局长是个年轻人，又是外地人，虽然是当家的，可是好多事情决定了，下面的人却执行不力，局长本想新提拔一批干部，而说了很久都实现不了，原因是党委书记总是找各种借口搅局。别说局长拿书记没办法，就连那些跟风起哄的、不作为混日子的墙头草，局长都治不了。因此便形成了不正之风，想干事的干不成事，不干事、不能干事的却占着茅坑不拉屎。上梁不正下梁歪，普通职工也纪律松散，都抱着做一天和尚撞一天钟的态度混工资，工作不积极，不主动，迟到早退成风，旷工一天半天司空见惯，各项规章制度如同摆设。两个领导在这里扯皮，上面却还不知情……

说话间，有人在敲门。

“接你回家的人来了，快回吧！”秋香用嘴努了努门。

“真烦人，这才几点呀，等等!”马茜妮冲外面应了一声，然后很不情愿、慢腾腾地站起身来准备出门。可就在她刚要开门的瞬间，突然像想起什么似的，扭过头来问秋香：“啊呀，我差点忘了，今天准备和你聊聊‘大灰狼’呢，看来只能明天再说了。”

“你是说黑辉吗?”丁秋香问。

“当然了，你觉得他怎么样?”马茜妮也不绕圈子，直接问秋香。

“他很好呀，又潇洒又随和，你是不是喜欢人家啦?没看见他后面跟着顾莉慧吗?”

“目前还谈不上喜欢，就是对他的感觉比较好而已。不过那个顾大嘴太讨厌了，大灰狼一和我说话，她就贱不拉叽地追过来坐在旁边，真让人生气。大灰狼不是班长吗，今天中午高中同学叫我吃饭，我就给大灰狼说下午晚来一会，要是教育科的老师点名，就让他给我打个掩护，可那个顾大嘴又跑过来跟搅屎棍子一样插话，还直冲我翻眼睛，嗲声嗲气地要我请客，不然她要告密。妈的，姐们非得找机会收拾收拾这个臭大嘴不可……”说着说着马茜妮就来气了。

当当，当当当，外面的人又敲门了。

马茜妮只好开门离去。

3

第二天上午，丁秋香带如雪到职工食堂吃完早餐，然后把她送到劳资科门口就去上课了。

接待如雪的是一名身材高大，五官端正，浓眉大眼，说话声音极有磁性的三十岁出头的美男子。

美男子叫王成晟，是劳资科副科长，由于科长刚刚换了岗位，局里还没有给这里配科长，目前劳资科工作是他主持。

王成晟简单问了如雪几句之后，就回到他的位子上。他坐在桌子后面用铅笔“当当当”地敲着桌子，面部表情非常严肃，以严厉的口气质训如雪：“你纯粹是目无纪律，按规定职工无故旷工这么多天是要被开除的，虽然你没有正式报到，但国家把你分配到这个单位，你就算是在册职工了，你的问题很严重，需要汇报领导研究决定，我现在不能接收你，先等着吧，下午上班后再来找我。”

如雪无处可去，只好在附近的街上漫无目的地晃荡。累了，就在马路边的树荫下坐会儿。从昨天晚上到现在，她的心情糟透了，特别是被王成晟这样一说，她更失落，也特别担忧。

如雪一直在街边坐到下午三点才起身去电业局。

王成晟的办公室门虚掩着，如雪敲门进去，他没有起来，也没有给如雪让坐，还跟上午一样，用铅笔不停地敲着桌子，不停地批评如雪。他官腔十足，不停地讲原则、讲制度。此时的如雪，就像一个犯了错的孩子，站在王成晟对面，垂着手低着头连大气都不敢出，只有在王成晟发问的时候，她才敢低声回答，或者忙忙点头说是！

王成晟太能说了，一口气讲了四十多分钟才停下来。他喝了几口水，态度也温和了一点，才允许如雪解释为什么这么晚才来报到。听完了解释后，他慢条斯理地说：“嗯，如果是这样的话倒情有可原，看来你也不是有意要晚来的嘛。当然，我也不是不通情达理，还是很关注你的嘛，两个月前我去你们学校提毕业生档案的时候见到过你，觉得像你这么漂亮的女孩要是因为报到来晚了而被单位不接收，那实在是太可惜了，才专门给电管站打电话寻你。要不是我，不知道后面将会是什么样的结果，你得感谢我才是。”

“感谢王科长，感谢王科长……”听他这么一说，如雪如释重负，悬在嗓门上的心也慢慢落下来一点，感激得不知如何是好，含着泪一个劲地给王科长点头说谢谢。

王成晟起身给杯子里添满水，转身把门关上，回过身来很自然地拉起如雪的一只手，拉她坐在办公桌侧面的三人沙发上，手自然地搭在如雪膝盖上，以长辈的口气说：“你还年轻，有些事慢慢会明白，我现在还不好给你讲，但只要你懂事、听话，我会帮助你的。关于你的事情，我还没给领导汇报，如果领导没什么意见，你就没事了，如果领导不高兴，可能会扣你的工资，至于不接收你，那是我恨铁不成钢说得有点严重，其实没那么严重，你就不要怕了。当然，你放心，我会在领导面前帮你解释的，领导还是会听我意见的。”说着，他拍了拍如雪的手背。

对王成晟这突如其来的态度大拐弯，如雪有些受宠若惊，但她毕竟上过大学，也是90年代的新青年，她马上明白王成晟这是趁机揩油。但面对迟到这么多天才来报到的现实，她不得不硬着头皮继续坐着听王成晟严肃地说话，并被他摸手、拍肩膀。

“看来你是一个明白人，这我就高兴了。这样吧，今天下午你先去教室里上课，一会儿我就去领导那里把你的情况汇报一下，晚上你再来我这里听消息。”说话间，王成晟把手往如雪大腿上部慢慢移了移。别说大腿上放一只男人的手，就是被男人这样牵着手不停地摸，如雪也是生平第一次，她顿时如被电击，浑身长出了鸡皮疙瘩，条件反射猛地站了起来，红着脸紧张得不敢抬头看王成晟。

场面并没有因此变得尴尬。王成晟一副很自然的样子，“呵呵呵”地笑了笑，然后拉开门带她去楼上的教室里。

如雪的到来，让教室里有些波动，特别是男生们很激动，一个个都瞪大了眼睛盯着她看，认真地打量她身上每一个部位。上课的过程中，如雪听见她后面座位上两个男生窃窃私语，这个说：“这姑娘长的真好看，那脸蛋嫩得一把能捏出水来，估计是电业局第一美了……”那个说：“这长腿细腰，丰胸美臀，真让人看着心动……”同时，如雪也听到了旁边座位上女生们对自己的赞美。

每间单身宿舍都有两张床位，但之前丁秋香一个人住，如雪来了，后勤科就安排如雪跟丁秋香住。下午下课，马茜妮又跟往常一样来宿舍里。如雪正忙着铺床，马茜妮突然从后面过来，搂住如雪的细腰嗲声嗲气地嚷嚷：“后勤科真讨厌，为什么偏要把你分到这个宿舍里来？你来霸占了这张床，我中午不回去没地方休息，就搂着你睡了，跟你同性恋，哈哈哈……”边说她还边装出要亲如雪的样子，吓得如雪直往丁秋香背后躲。

马茜妮凑在如雪面前不走，一会儿捏一下如雪的脸，一会儿戳一下她的胸，有些嫉妒地说："你说你在农村又是风吹日晒，又是干粗活重活的，可脸蛋咋就这么白嫩呢？胸咋就这么挺呢？屁股咋就这么翘呢？"然后又摸摸自己的脸怪声怪气地说："你说我嘛，从小牛奶、羊奶、炼乳、麦乳精什么营养品没吃过，什么补品没补过？上学放学车接车送，暑假还待在屋里不出门，风吹不着，雨淋不到，可皮肤咋就没有你的白嫩呢？"说完，她直勾勾地盯着如雪看了看，又自言自语地说："这小妞，真是个天生的尤物，肯定要迷倒一片男人！"

如雪被叽叽喳喳的马茜妮又是摸又是瞅，搞得一时竟知所措，只是默笑不语。倒把丁秋香惹得哈哈大笑。

一下午时间很快过去了，这一下午对于如雪来说，感觉比昨天坐在破班车上走走停停，颠颠簸簸的一天还要漫长，因为王成晟让她晚上才去办公室听消息。想到王成晟白天的行为，她特别害怕。

晚饭后，好不容易等到亮灯时间，如雪就站起来请马茜妮和丁秋香陪她去劳资科。丁秋香正在看电视剧，如雪叫一次她说等一下，再叫一次她说等一下，等了好长时间就是磨磨蹭蹭的不起来，快人快语的马茜妮"咚"的一拳砸在桌子上，大吼一声："到底走不走？"

她使的劲很大，震的杯子都跳了起来，惊得丁秋香一下子从椅子上站了起来。见把丁秋香惊得不轻，马茜妮就过去搂着她的胳膊，边摇边调皮地说："宝贝，别惊别惊，姐跟你玩呢，你好好看你的电视剧，姐陪她去了。"

"神精病啊你，都把我吓成这样了，还不快去，站在这里啰唆什么？"丁秋香故作生气地住出推马茜妮，"不过你俩要当心啊，那个王科长可不是个好东西。"临出门了，丁秋香在后面说了一句。

"他怎么不是个好东西？"马茜妮回过头来不解地问丁秋香。

"以后再说，快去吧。"丁秋香不耐烦地说。

见马茜妮不走，丁秋香只好说："有一天晚上，我帮宣传科的常记者抄完稿子，回来时路过王成晟的办公室，听见里面有女人的呻吟声，我有些纳闷，心想晚上哪来的女人在办公室里呻吟？就从门缝里往里偷看了一下，那个破门缝很宽，我看见他正抱着一个女人在胡来……这几天咱们不是也听到有人说这个王成晟是个情场高手，是个大色狼吗？而且专靠那副臭皮囊和一张能说的嘴欺骗喜欢俊男人的小女人。”

马茜妮不再问，冲丁秋香做了个鬼脸，拉上如雪就走。

办公楼的楼道里没有灯，但并不黑暗，从外面照进来的光线能看清楼梯。马茜妮亲昵地拉着如雪上楼，刚上了几阶，她突然弯下了腰，痛苦地说：“坏了，大姨妈来了。”

如雪不解地看着马茜妮。

“今天中午我嘴馋，一口气吃了五个冰棍，可能是受凉了，刚出门时我还想着坚持一会回来再处理，看来是坚持不了了。”她一边说，一边用手指私处。

马茜妮答应如雪，她马上就会回来。

此时，王成晟早就在办公室里等着了，他显得比白天更精神，不但把发型梳得整整齐齐，上面打了摩丝，穿了一件崭新的白T恤衫，身上还洒了淡淡的男士香水。

丁秋香刚才说的没错，她听到的传言也是真的，王成晟确实是个情场高手、好色之人，他凭着那张能哄女人的嘴和英俊的外表，不知征服了多少女性。当然，女人们即便明知被他玩弄，也心甘情愿，加之他的社交能力很强，玩弄女人他从没有遇到过麻烦，最后都能善始善终。两个月前他去如雪学校提档案时见过如雪，本来他和科长一起要和如雪聊会儿的，但因别的事情，科长临时派他去办，他只和如雪打了个照面，办完事回来如雪也走了。那个照面如雪没有记住王成晟，但她的美貌却让王成晟给惦记上了，回去后他就天天盼着如雪来报到。过了这么多天，还不见如雪来报到，他等不住了才给电管站打电话寻找如雪。今天见到如雪真人，更让他心动、想入非非，决定借如雪迟到这个事情做文章，先要挟她，然后泡她。

如雪来了，王成晟热情地站起来，给如雪倒了杯水，然后告诉如雪：“我今天可是帮了你的大忙了，为了帮你，我撒谎骗领导说你请了病假，才来得这么晚，这要让领导知道我替你撒谎，那我就完蛋了。”

“谢谢王科长，谢谢王科长。”此时，如雪只能感激地给王成晟鞠躬。

“你还真的得感谢我，要不是我替你说话，你这事还真的麻烦着呢！”王成晟边说边离开座位走近如雪，紧紧地盯如雪的脸笑呵呵地又说：“你看这个事情我帮了这么大的忙，你得有所表示呀，不能光用嘴说谢谢吧？再说了……”说话间，他很随意地把一只手搭在如雪的肩膀上。

如雪心跳得厉害，脸也红了，她不敢动弹，只是低着头，等他继续往下说。

见如雪没有退缩，本来就胆大的王成晟得寸进尺，竟然伸出手把如雪环腰抱住。

如雪先是一惊，然后马上反应过来，使劲推王成晟，想从他的臂弯里脱出来。此时如雪不推王成晟，说不定他只是抱一抱就会放开，可这一推，他倒放开手脚了，索性就把那张充满烟臭味的大嘴伸过来要亲如雪。

王成晟一边用力想噙住如雪的嘴唇，一边把她抱起来往门口移，企图把门关上。如雪左右摇头，拼命躲闪着王成晟的亲吻。可是王成晟力气比她大得多，她根本摆脱不了。他一只手如游蛇一样，快得让她连挣扎都来不及，就从她后腰伸进了裤子里面，紧紧地捏住少女弹性十足而又圆润的翘臀，另一只手稳稳地从后面托住她的脑勺，嘴实实在在地噙住了她的下唇。如雪感到快要窒息了，她拼命地反抗，拼命用双手推搡王成晟的脑袋……

“白如雪，白如雪！”就在王成晟刚把门踹上的时候，马茜妮在楼下喊如雪。

王成晟一分神，如雪从他臂弯里挣脱了出来。

就在如雪要夺门而出的瞬间，王成晟一把拉住了如雪。此时，如雪已经泪流满面。

“白如雪，白如雪！”马茜妮又在楼下喊。

此时如雪泪流满面，王成晟却没有一点惊慌的样子，他冲窗外回了一句：“别喊了，正说事呢！”然后口气平静地对如雪说：“你别哭，要让她听见了，让我出了丑，我倒会反咬你一口，那样的话你可能在电业局连一天班都没有上过，就又被开回老家当农民去了。”

听王成晟这么一说，如雪还真止住了哭泣。见如雪不哭了，他放开如雪，后退一步，压低声音温和地说：“好了好了，你别哭了，是我一时冲动，才犯了这样的错误，我向你道歉。当然，我也是因为太喜欢你了才这么冲动。唉，算了算了，不说了，以后你会明白我的。”接着，他又口气坚硬地说：“不过话又说回来，你报到的事情实际上还没落实呢。因为今天局长不在，我还没有向他汇报，刚才说已经汇报过了，那是我骗你。今晚的事情如果你不保密，让别人知道了，后果你自己去想吧。再说，就算撕破脸，你也斗不过我！”

一个刚刚从学校走上社会，还没有正式涉足社会的农村姑娘，哪里经历过这样的事情，哪里经得住这样的威胁？此时，如雪不得不咬着牙止住哭声，不得不默许王成晟提出的条件：不把此事说出去。然后他也承诺把她报到的日期改成跟其他毕业生一样，保证她是全勤，不扣一天工资。

临出门时，王成晟再次要求如雪把泪痕擦干净，也再次表示歉意，并希望她冷静，保守秘密！

想到还在山里天天背太阳流汗水，天不亮就下地，天不黑不回家的爹娘，想到弟弟那么大了还没钱治病，如雪含恨咽下了泪水，含恨忍受了屈辱，也含恨再次向王成晟点了点头。但是此时此刻，如雪已经下定决心：他日必报今日受辱之仇，就算等到老，也不会放过这个流氓。

等不见如雪出来，马茜妮骂了一声臭丫头，正准备离开时，却见她从楼里走了出来。

“你怎么眼睛红红的？哎，这表情也怪怪的？这是怎么了？”路灯下，马茜妮发现了如雪的不对劲。

如雪虽然从小在农村上学，没有过多社会阅历，但她天资聪明，那年高考是全县第三名，脑子转得特别快。所以下楼的过程中，她早就想到了马茜妮会问什么，也想好了如何回答她。

“咳咳咳！”如雪故意咳嗽了一下，接着说，“倒霉死了，倒霉死了，刚才下楼梯时，一只鬼蛾子在我眼前飞，我挥手准备驱开，不想从我侧面的墙角落里突然又飞出一只，刚好撞在我脸上，蛾子翅膀上的细灰扑进我眼里了，擦了半会儿才能睁开眼睛，鼻子里也吸了些，恶心死了。”说话间，她用袖子擦了一下眼睛，然后问马茜妮：“看我鼻子上还有灰吗？”

马茜妮很认真地看了一下说："没了，没了。"又说："倒霉，倒霉，你朝鬼蛾子吐唾沫了吗?"

"吐了，当然要吐了!"如雪装作很老到地说。

当地有一种跟蝴蝶差不多大小的黑蛾子，白天它落在墙角里一动不动，驱赶它也不飞，可是到了晚上，只要哪里有光亮，它就往哪里飞。人们都叫它鬼蛾子，要是被它撞上了，就意味着不吉利，要冲着它连吐三口唾沫才行，否则将会有倒霉的事情缠身。当然，这只是一种流传习俗，没有什么证据能证明被鬼蛾子撞上了就不吉利，也无法证明朝它吐了口水就能免除不吉利。

"你也知道这个啊?"如雪装作惊讶地问。

"就以为你懂得多啊?姐们懂的也多着呢!"

王成晟把办公室的窗户拉开了一点缝，马茜妮和如雪说话的时候，他站在窗户后面，她们的对话他听得清清楚楚，他一边点头，一边又叹息着摇了摇头。

点头，是因为如雪在马茜妮面前的表现他比较满意；摇头叹息，这是他在自责，怪自己太过于自信，以为凭自己的外表，凭自己的地位，以及设下的这个局，轻易就能把这个农村姑娘搞到手，没想到竟然碰了个硬钉子、保守派。想到这里，王成晟又叹了一声：唉，不该急于求成啊!

4

接下来的四天时间里，如雪一直在忐忑不安中度过，她既怕王成晟再找自己，也担心迟到的这些天会被算上旷工。幸好，后来的几天里什么事情都没有发生，王成晟还是一如既往地每天上午或下午来课堂上视察一次，然后就走了。他来也不与任何人聊天或者开玩笑，绷着个脸就跟谁惹了他似的，倒背着双手来回走动几圈，也不跟老师说话，就是有人跟他打招呼，他也是冷冰冰地瞄一眼打招呼的人，似理非理地点个头。但当他的目光落到如雪身上时，眼睛里顷刻就流出一种不一样的神情，这让大家看着非常不爽，特别是那些喜欢如雪的男生们，私下都在唾骂，恨不得拿砖拍这个高傲的家伙。

那天下午下课前王成晟又来了。他告诉大家，明天放假一天，后天考试，然后留两天时间集体劳动，同时等待局里对大家进行上岗前的二次分配。临走前，他过来对如雪说："你出来一下。"

王成晟来到楼道尽头的窗前停下，很客气地对如雪说："你确实是一个很懂事、解人意的好姑娘，我观察了几天，你没把那天的事情对别人讲我很高兴。当然，我也是个守信用的人，那天对你的承诺也全兑现了，现在你档案里的报到时间跟别人一样，你的考勤也是全勤，这下你也可以放心了。"说完，他一挥手，说："回去好好复习准备考试吧，因为好多人都想留在市内，这次考试成绩会影响到二次分配，千万不要轻视。"

会议室里，一男一女正在聊天，看见如雪在楼道里跟王成晟说话，女的凑近男的耳边悄悄说："黑辉，你发现了没有？王成晟这个老流氓对白如雪特别好，他把她叫出去，是不是要给她透露考试题？"

"你别瞎说行不行？哪有透露考试题当着人面站在楼道里透露的？你也别玷污人家白如雪，再说白如雪又没招你没惹你，你干吗一天到晚盯着人家。"名叫黑辉的小伙子有些不耐烦地反驳女青年。女青年名叫顾莉慧。

"你没注意啊？老流氓每天来都板着一张脸，就跟谁欠了他的钱一样，可他看白如雪的时候，眼神却是那么的温和，他肯定和白如雪有问题。"

黑辉无语。

"人灰狼，晚上和我们一起出去吃麻辣烫行吗？"说话间，马茜妮过来坐在黑辉对面，眼巴巴地望着黑辉。

"咱们晚饭后要去看电影的，你早就答应过我了，要说话算数，不许跟别的女人乱跑。"顾莉慧带着醋意对黑辉说。

黑辉左右为难，不知该怎样跟她们说话。

"怎么？我和白如雪、丁秋香三个美女都请不动你吗？"马茜妮眯着眼睛蔑视了一下了顾莉慧，又回头对黑辉说。

此时，如雪回来正好从他们旁边经过，黑辉起来问如雪："王科长是不是在叫我？"

"啊？"

“是不是叫我？哦，我听见了，在叫呢！”说完，黑辉一溜烟跑出了教室。

黑辉借口溜掉之后，回宿舍换了身衣服就出了电业局大门。

吃晚饭的时候，顾莉慧在食堂里没找到黑辉，就去敲宿舍门，见黑辉不在，她回宿舍待了一会儿，天黑后再去找，还没找到，就失落地喊来那个一天到晚屁颠屁颠跟在她后面献殷勤的小伙子，让他陪自己去滑旱冰。

从局里出来，黑辉哪里都没有去，就蹲在附近一个不引人注意的角落里等马茜妮她们出来。

大约六点半左右，他看见马茜妮、丁秋香和白如雪三人出来了，左右又看看，没有看到顾莉慧的影子，他便放心地迎上前去，告诉她们，早就在门外等候了，想和她们一起去吃麻辣烫。

其实，之前黑辉已经单独约过如雪两次了，一次是约她出去吃饭，另一次是约她去看电影，但都被如雪拒绝了。今天听说如雪要和马茜妮她们一起去吃麻辣汤，黑辉自然不会放过这个好机会，所以就甩开顾莉慧提前出门守候。

虽然吃的是麻辣汤，但马茜妮还是坚持要了四瓶啤酒。

在大学时如雪也喝过两次啤酒，但每次都是小小的一杯，而此时马茜妮却硬要大家每人“吹”一瓶。她首先拿起瓶子用餐巾纸擦了擦瓶口，然后嘴对着瓶子嘴就“吹”了起来，一口气就灌下去大半瓶。得到了大家称赞，她自豪地说：“这算什么，有时候我妈不在家，我和我哥我爸吃饭时，还抢他们的白酒喝呢。”

虽然黑辉也是拿着瓶子“吹”，但酒却下去还不到四分之一，马茜妮就嘲笑黑辉：“我说你这个大灰狼，平时人五人六的，在我和顾莉慧面前牛哄哄的，今天怎么这么腼腆？就这么在如雪面前装绅士？你给我喝一半下去。”说完，她不容分说拿起瓶子就往黑辉嘴里塞。

“行、行、行我喝，我喝还不行吗？”黑辉被逼得没办法，只好拿起瓶子准备再喝。就在接酒瓶的过程中，他看见如雪也盯着自己笑，态度便温和了下来，以商量的口气问马茜妮：“我用杯子喝行吗？”

“不行，你平时跟别人喝时，是怎么一口气喝下大半瓶白酒的？”

“没有啊，我什么时候一口气喝下去半瓶白酒了？把我说的跟酒鬼一样。”黑辉摆着手解释。

“你旁边跟着个顾大嘴，有她到处宣扬，你的那些破事情谁不知道？老实交代，你是不是跟她在谈恋爱？”马茜妮提着酒瓶有些亢奋。

见马茜妮这么说，黑辉着急了，忙分辩说：“没有，没有，我绝对没有跟她谈恋爱。我们几个男的平时一起玩，都是她自己凑热闹随去的，她并不是冲着我一个人去的，是冲大家去的。”

“行了，行了，咱们在这里吃饭提别人干什么！”丁秋香见这两人有点较真，就急忙打圆场。

四瓶啤酒马茜妮和黑辉各喝了一瓶，丁秋香和如雪都喝不了那么多，马茜妮就进行分配，对黑辉说：“把如雪酒瓶里的给你匀些，我把秋香的匀一些，咱们四人干杯吧！”

黑辉本来想在如雪面前表现一下，这顿饭由他来请，可饭后结账时，却被马茜妮抢在了前面，她笑着冲黑辉做鬼脸：“小样，今天是我做东，你别抢！”

没付上饭钱，黑辉有些遗憾。为了能和喜欢的如雪在一起多待一会儿，他突然想到了滑旱冰，就邀请大家一起去滑旱冰。

和黑辉一起出去玩，马茜妮求之不得，不等如雪和丁秋香表态，更不征求她们的意见，她就抢先做主同意了。

红山市地处川区和山区接壤之间，位于本省版图中心地带，古丝绸之路从这里横穿而过，这里又是人口重镇，所以影剧院、录像厅、舞厅、旱冰场、卡拉 OK、台球室、游戏厅……每个地方都热闹非凡。

黑辉之所以想到邀大家去滑旱冰，是他听说如雪不会滑，这样他可以教她，就能更进一步地接近她。

旱冰场分 AB 两个区，A 区属于入门级模式，只是一个很平坦的大场子。B 区是高级模式，有高坡、陡坡，还有急转弯、大转弯、连续转弯。四个人中有两个不会滑，他们只能在 A 区，黑辉负责教如雪，马茜妮负责教丁秋香。

丁秋香在省城上学的时候跟同学去过旱冰场，虽然不会滑，但穿上旱冰鞋还勉强能站起来。如雪则不同，穿上旱冰鞋连站也站不起来，腰还没伸直就摔了个仰面朝天。如雪是一个性格要强的人，干什么都不服输，虽然摔了好几个大跟头，但她一点都不胆怯，摔倒了爬起来再学。

如雪摔一下，黑辉就在一边自责一下。为了不使如雪再摔跟头，他形影不离地搀扶着她前进。

如雪知道马茜妮和顾莉慧都喜欢黑辉，她也清楚黑辉不喜欢她们，他喜欢自己。可她不想惹麻烦，总是有意地躲着他，前两次他约自己出去，她都婉言谢绝了。此时，望着黑辉全神贯注地搀扶自己的样子，她倒觉得对人家有些太冰冷了。

尽管被黑辉有力的双手搀扶着，但重心把握不好，如雪还是一直栽跟头。黑辉索性脱了旱冰鞋，双手牵着如雪移动。

黑辉慢慢后退，如雪被牵引着慢慢前行。她全身肌肉都绷得紧紧的，满头满脸手心里全是汗。黑辉抬头望着她，絮絮叨叨地说了半天，她一句也没听进去，更不敢抬头看他，只是低着头目不转睛地盯着双脚。

“停、停、停一下，汗水流进我眼睛里了。”停下来如雪刚抽出一只手准备用袖子擦一下眼睛。突然，控制不住重心，便扑到了黑辉身上。她的脸紧紧贴在了他脸上，她的胸紧紧压在他胸前。

这一幕，让坐在远处休息的马茜妮看得清清楚楚，她有些醋意，就冲这边大声喊：“不行就别滑了，回来，回来休息！”

如雪让黑辉先走，自己脱了旱冰鞋提着走了过去。她不想被马茜妮误会，休息了一会儿，她就起来自己扶着场子周边的护栏试探着滑，不再让黑辉搀扶。

“记住要领：抬起头、猫腰子、撅屁股、左右蹬！”黑辉仍然跟在后面不厌其烦地教如雪。

马茜妮也跟在一边，不停地催黑辉：“先让她自己摸索着滑，咱们去 B 场滑会儿吧，一直在这边滑怪没意思的。”

这时，丁秋香在远处摔倒了，黑辉指了指丁秋香对马茜妮说：“你先过去扶一下她吧，看她又摔倒了。我看还是再教她们一会儿，等她们能站稳了咱们再过去好吗？”

“哦，那好吧！”马茜妮很不情愿，又很无奈地走了。

“小白，我、我、我有话想对你说……”见马茜妮走远了，黑辉准备要对如雪表白。

“算了，别说了，我知道你想要说什么，你不要说，我也不想听，别破坏现在这样和谐的气氛。”如雪反应很快，不等他把一句话说全，就坚定地封堵了他下面的话。

那天被王成晟非礼，如雪没有发脾气，一是因为迟到的事情没有落实；二是觉得在办公室里吵吵闹闹对自己也没什么好处，就忍受了屈辱。其实如雪不但是一个立场非常坚定的人，也是一个倔强的人。此时，她不希望黑辉再跟着自己，便请他和马茜妮一起去玩，自己要扶着栏杆练习。可黑辉怎么肯舍得这么好的机会，怎么说都不离开，如雪便不高兴了，不耐烦地对黑辉说：“请你听清楚了，我不是你的菜，你也不是我的菜，请你再别跟着我了！”

真是功夫不负有心人。经过两个多小时的练习，如雪和丁秋香终于能自己在场子中间滑了，而且都学会了倒着滑行。

黑辉和马茜妮并没有去 B 区玩，他们一直坐在一张小石凳上聊天。

出门时遇见了顾莉慧。顾莉慧看见黑辉和马茜妮她们在一起，简直气坏了，就冲黑辉大声吼：“你这个没良心的，我好心等你，你、你混蛋，我再也不理你了！”

望着顾莉慧如此失态，大家都觉得好笑，大家都知道她跟黑辉也不过认识二十多天，并没有多深的交情，更没有恋情，生如此大的气实在是可笑。

上岗前考试是教育科和劳资科共同监考，分管教育的副局长也来了，非常严格。宣传科常记者不但来照相，还在讲台上架了一台摄像机，那场面看着都让人紧张。

尽管如雪前面有好几天没听课，但试题多是老师辅导复习时做过的题，她这几天复习得比较踏实，答起来并不费力。

那几个平常不好好听课，回去还不复习的人就有些吃力了，包括顾莉慧在内，卷子刚发下来就抓耳挠腮，无奈讲台上坐着副局长，考场里有两个监考的，讲台上还架着一台摄像机，他们只能呆呆地坐在那里，眼巴巴地瞅卷子。

离交卷还有十五分钟的时候，副局长走了，王成晟和另一名监考老师出去送他，见常记者已经把录像机关了，顾莉慧急忙从口袋里掏出提前准备好，叠成四方形的小抄条，开始寻找答案。马茜妮就坐在顾莉慧右后侧第二排的座位上，顾莉慧掏小抄条时其中一张条掉在地上，她自己不知道，可马茜妮却看见了。

王成晟经过时，马茜妮拉了一下他的衣襟，指了指顾莉慧掉在地上的小抄条。

顾莉慧被王成晟提前收了卷子，但却没有记她作弊。虽然她是哭着离开考场的，但她还是感激王成晟的。如果王成晟给她记了作弊，那后果就严重了。

顾莉慧永远都不知道掉在地上的小抄条是马茜妮指给王成晟的，事后王成晟也没有提起过。

交完卷后，王成晟叫住了如雪："白如雪，你到我办公室来一下，帮我给领导送个东西去。"

见如雪没有反应，他悄悄说："你不用怕，我找你真的有事情。"

到办公室后，王成晟请如雪坐下说话。如雪不坐，就站在离门不远处。见如雪坚持如此，王成晟也不再说什么，他坐到自己的位置上，问如雪："你有男朋友吗?"

"没有。"如雪淡淡地回答。

"想找个什么样的?"

"不知道，也没有想过。"如雪有些不想再跟他再说话了。

"我这样的行吗?"王成晟直截了当地问。

"啊？！"如雪大吃一惊，猛地抬头看了一眼这个坐在副科长位子上道貌岸然的男人。

王成晟告诉如雪，他今年三十一岁，几年前中专毕业分配到电业局工作的。他是三年前结的婚，可婚后双方感情一直不和，最近已经跟妻子分居了，并且跟妻子没有孩子，目前正在谈协议离婚的事情，估计很快就离了。他还告诉如雪："其实我第一次在照片上看到你，就被你的美丽吸引住了，就有一种发自内心的喜欢，第一次见到你，更是抑制不住冲动，于是才有了那晚的失态。我声明一下，那不是要流氓或者要占你的便，那是因为我太喜欢你了，表达的方式不对，我想你应该能理解。"他还说："如果你同意，我就能想办法把你留在局机关，等办完了离婚手续就娶你。”他还重复强调自己年轻，有学历，有工程师职称，是目前局里最年轻的干部之一，父亲也认识很多大领导，前途肯定光明。同时他也告诉如雪，这批新分来的学生里多数人都有关系有后台，至少有一半人要被分到偏远地方去，如果不托人找领导，谁都可能被分配到二百公里外的北大山县去。

去年，四爸为了钱，把女儿嫁给了一个比她大二十多岁的城里人，王成晟的年龄，相比之下完全能接受，而且他的条件还那么好，但想到他那天晚上的行为，如雪感到恶心透了，就果断地对他说：“不可能，我宁愿去北大山县，也不会成全你。”说完转身就要走。

“等等，你还是考虑一下。晚上我在办公室等你，想好了就来给我回个话。”王成晟显得很真诚。

如雪没有理会王成晟，头也不回地走了。现在试考完了，她再也没有必要怕他了。

晚上，如雪也没有去给王成晟回话，而是受黑辉之邀随着马茜妮、丁秋香一起去滑旱冰。

上次去滑旱冰，如雪和秋香基本上都学会了，所以这次来见她们不再栽跟头，马茜妮就拉着黑辉去 B 区玩。好不容易能和如雪一起出来，黑辉的心思哪里会放在滑旱冰上，他心里想着接近如雪，所以被马茜妮叫到 B 区三次，他都找借口又回到 A 区来。黑辉的表现让马茜妮感到极不舒服，第三次从 B 区追回来，远远看见黑辉呆呆地盯着如雪瞅，她气不打一处来，甩掉鞋子就不玩了。

大家只好也脱下旱冰鞋随马茜妮出场。

回到局里，如雪看见王成晟办公室里还亮着灯，脸上的笑容马上就消失了。这时马茜妮刚好转过头来跟秋香说话，忽然看见如雪瞅王成晟办公室窗户时的表情有点怪，她似乎明白了什么，用轻得只有她自己能听到的声音“哼”了一声，然后对秋香说：“你们回吧，我不去宿舍了，我要回家。”

“你一个人怎么回呀？”秋香关心地问。

“不用你管，我自己回。”

“那你路上小心点，注意安全！”如雪也嘱咐马茜妮。

……马茜妮瞟了如雪一眼，没吭声转身走了。

“表面上老实巴交的样子，原来这才是最大的敌人啊，城府太深了！”马茜妮边嘟囔边走出了电业局大门。

马茜妮并没有回去，等秋香和如雪回了宿舍，她却返回来去了办公楼。

此时，等不见如雪来，王成晟焦躁不宁，一会儿从桌子后面的椅子上起来坐到桌子前面的沙发上，一会儿从沙发上起来在地上走来走去。在办公室里转烦了，他抬手看了看表，已经晚上十一点多了，觉得如雪不会来了，刚准备出门回家时，突然听见有人敲门。王成晟以为如雪来了，激动得三步并作两步赶紧把门拉开。见是马茜妮，王成晟有点失望，冷冰冰地问：“这么晚了，你有事吗？”

“哦，也没什么事，我路过楼下看见您办公室里亮着灯，就顺便上来想打听一下上岗分配的结果出来了吗？”马茜妮妩媚地笑着回答。

“还没出来，出来了自然会公布的，你急什么，你还怕没有好去处不成？”王成晟清楚马茜妮的背景，但她这时候来问这个事情，他有些不高兴。当然他明白，也只有马茜妮敢来问这事，要是换了别人，肯定不会直接来问。

“我倒不是来问我自己，我是替黑辉和白如雪打听一下，他们期盼着能分到一起工作。”马茜妮又讨好地说。

“替他们问？白如雪让你来问的？还是黑辉让你来问的？他们想分到一起工作？”王成晟瞪着眼睛问马茜妮，“进来，进来，坐下细细说。”王成晟有些着急地把马茜妮叫进办公室里。

王成晟像听故事一样认真地听马茜妮讲着如雪的故事，以及关于她和黑辉的故事。但是，他万万没有想到，眼前这个漂亮的姑娘，却是在编故事，那些关于如雪和黑辉的故事，多数都是她杜撰的谎言。

“哦，郎才女貌啊！那他们在一起工作了，形影不离，你和她就没戏了，大家都就没希望了哦！”王成晟长叹一声。

“我和她？您、您听说什么了？”马茜妮一惊，心想难道我和顾莉慧都喜欢黑辉他知道？同时，她也明白他说的“大家”的意思，因为她早就看出来王成晟对白如雪的心思了。

“你以为我什么都不知道？好了，回家吧。让他们等着瞧，哼!”王成晟愤愤地说。

三天后，分配结果出来了。马茜妮局机关财务科；丁秋香变电工区；黑辉市区供电局；顾莉慧电建公司材料库；白如雪北大山县供电局……

第二章

5

北大山县是一个十分偏远、贫穷落后、交通闭塞的地方，也是本省的北大门。这个县土地面积是红山市十个县区中区域面积最大的，也是全省县区中区域面积最大的。北大山县土地面积虽大，全县人口却不足十五万，在全省倒排第一。区域面积虽大，能耕种的土地却不到三分之一，其余的全是丘陵和盐碱滩，乡村之间的距离也相隔甚远。县城坐落在丘陵纵横交错的一处峡谷里，左右宽度不到两公里，前后长度最多三公里，人们都夸张地形容北大山县城是一个交警看两头，三盏路灯照全城，有无路灯无所谓，夜晚街巷无行人。

麻雀虽小，五脏俱全。别看北大山县人口少，县城小，但政府机关、企事业单位应有尽有，一个不少。就连北大山县供电局也在建县之初就跟着成立了。

北大山县供电局供电半径最大，但由于居住人口少，深山里还有多数村庄没有通电，所以跟其他县供电局相比，北大山县供电局的工作量却不大，职工也不是特别繁忙。工作虽不忙，但北大山县供电局却有个很好的传统，就是每周一早晨都要召开周例会，总结上周工作，安排部署本周工作。如果星期一各班股都不是很忙，班股长就逐一汇报上周工作情况及本周工作打算。如果这天刚好生产、检修、业扩报装、抄表等各专业都比较忙活，那么会就开得特别简短，大家挑重要的工作简单汇报一下就直接散会，会上说不清楚的事情，回头再去主要领导和分管领导那里详细汇报。这个良好的传统，在当时那个各项规章制度还不完善，对规章制度执行不够到位的年代，别说其他兄弟单位没有实行，就是上级单位也不一定坚持，而北大山县供电局却一直在坚持、延续。用现任局长赵荣的话说，这叫一张蓝图接着绘，一任接着一任续。

这天早晨，周例会一如既往正常召开，会议仍由局长赵荣亲自主持。待大家坐定，他清了清嗓门，大声说："再过几个月就是咱们北大山县供电局建局二十周年了，咱们虽然只有四十来号人，啊！但我想，咱们还是要好好庆贺一下嘛，啊！到时候咱们不但要请红山电业局的领导和北大山县委县政府领导出席，甚至还要请红山市及省电力局的领导来，啊！"

算上赵荣本人，这个会议室里只有十个人，在这个小小的会议室里他洪亮的声音显得有些震耳，如果是第一次听他讲话，可能还会不适应。但快人快语、雷厉风行却是赵荣在部队时养成的习惯，练就的作风。赵荣还有个习惯，就是讲话的时候爱带个"啊"字。平常跟人聊天不带，可只要进了会议室，或者坐在局长的座位上，他这个"啊"字就不由自主，他自己也控制不了。

说起赵荣的这个"啊"字，还有一个笑话：有一年赵荣被省电力局评为年度"先进生产工作者"。与其他先进工作者相比，赵荣的工作业绩更突出，更有影响力，所以省电力局领导点名让赵荣作为获奖代表上台发表感言。上台前，红山电业局局长金和里一再叮咛赵荣，电力局的会议室可不是北大山县供电局的会议室，发言时千万不要"啊"。身为基层一把手，赵荣经常在主席台上讲话，台下最多时也没超过五十人，会场上也经常是他的职务最高，所以他讲话时信马由缰，想怎么讲就怎么讲，想怎么"啊"就怎么"啊"，"啊"多"啊"少别人也没有异议。可这里毕竟是省电力局的大会，主席台下坐了几百号人，台上还有那么多领导，赵荣上台发言不光代表他自己的形象，也代表了红山电业局中层干部的水平，因此金和里非常慎重。见金局长一再叮咛自己，赵荣也不敢马虎，便拍着胸脯保证：我肯定不会"啊"。那次是赵荣第一次在那么大的大会上发言，他很紧张，紧张得手抖声音颤，稿子都拿不稳，而且念到一半以后，就不由自主地"啊"了起来，一句一个"啊"字，他自己浑然不觉，惹得台下交头接耳，台上领导们也个个忍俊不禁，捂嘴发笑……

简单介绍，言归正传。且说赵荣继续主持会议，他清了清嗓子继续说：“咱们搞局庆要请各方领导，就得搞得正规一点，隆重一点，上档次一点，啊！从现在开始，咱们就要着手策划，啊！下面就请大家畅所欲言，集思广益，啊！都说说，都说说，别认为这只是办公室、后勤股的事情，啊！你们营业股，运行班、抄表班也出出点子嘛，啊……”赵荣正讲得起劲，突然有两个人推开门，猫着腰进来在坐在后排。赵荣脸上表情立马变了，他严肃地说：“最近生产任务不是很重，平常检修也就那么点事情，大家上班晚来一会，下班早走一会我也不说什么，啊！可最近我发现有些人越来越不像话了，特别是班股长带头迟到早退，这个问题很严重，啊！就说你们俩吧，虽然都是副班长，周会上不用发言、不用汇报，啊！可明明知道会议按时开，还来这么晚，纯粹不把这个会放在眼里嘛，啊！难道我每次再三强调的话都是放屁吗？啊！”说完，他看了看左边的党支部书记王有根和右边的副局长范忠强，以商量的口气说：“我看咱们就从明天开始抓一抓劳动纪律吧，啊！对于那些老不长记性的一定要惩罚，行不行？啊！要不然搞局庆的时候，外人来看见我们的队伍这副松散、散漫、涣散的样子，还不笑话？啊！那时候就把咱们的脸丢大了，咱们领导班子更脸上无光啊！”

赵荣是个干脆、果断的人，干什么事情从来不拖泥带水，向来是说一不二，更不说空话、套话，只要是他说了的，就必须落实，只要是他承诺了的，肯定能兑现。抓劳动纪律的事，果然从第二天就开始了，由党支部书记王有根具体负责，办公室执行，不定时不定期查岗，各班股每周也必须给办公室上交考勤表，赵荣自己也是以身作则，早上提前半小时到单位，下午下班推迟半小时回家。

其实，就是不抓劳动纪律，赵荣平常也是提前半小时来上班，而且他办公室窗户就对着单位大门，每天谁来早谁来晚，他坐在窗户旁边一抬头就看得一清二楚。

北大山县供电局虽是一个有近二十年历史的老局，但职工文化程度却不高，就目前文化程度最高的赵荣，也只是个当兵复员后被保送上过两年大专的工农兵大学生。党支部书记王有根、副局长范忠强，都只有初中中专文化程度。幸好前年回来一个本县的大专生，要不然关键时刻连个会看图纸的人都没有。前天，上级单位——红山电业局劳资科副科长王成晟给赵荣打电话，说今年特意照顾北大山县供电局，给你们分配了一名自愿到艰苦地方的电力大学毕业的女本科生，她不但是一位优秀毕业生，而且人也聪明，形象特别好。赵荣一听乐坏了，立马派自己的专车去红山电业局接人。

如雪以前去镇上、县上、市里，包括上大学，除了坐过班车、公交车外，也只坐过一次同学姑父的双排座客货车。那天刚坐进北大山县供电局派来接她的小卧车里，她感觉就像坐在一摞被子上一样，软绵绵的非常舒服。听说去北大山县的路有一半是山路，出发前如雪做好了充分准备，买了晕车药，两个煮鸡蛋，一屉小笼包子，还灌了满满一罐头瓶子开水。按她的理解，到北大山县怎么也得好几个小时。

司机让如雪坐在副驾位置上，一路上热情地给她介绍北山县和县供电局的情况。他说："这是赵局长的专座，平时就是赵局长不在车上，这个座位别人都不敢坐，你是高才生，赵局长说了，叫你坐在前面的位置上。我看你的面相，觉得你是个富贵人，你就坐在前面的位置上吧，将来保证也能当领导。"

司机是个热心人，一路上讲了很多有兴趣的故事，就在如雪听得正高兴时，他却把车停在一个山峁上，他叫如雪下车看看风景，他说："咱们马上要下山了，这里是最高点，站在这里山下风光能尽收眼底，平常赶路没有时间细看，你第一次路过，很有必要好好看一看的，这里虽然没有那些名山气势磅礴，没有那些名山秀丽，但却有自己独有的特点，独有的美丽……"

推开车门，如雪吓了一跳，只见车轮半米外就是悬崖。举目眺望，果然美丽。只见山路像一条长蛇，蜿蜒盘旋，每一个转弯处的地方都是很陡的悬崖。如雪越看越害怕，就盼望山路快点结束，她问司机："咱们走了多少路程了?"

"八十公里。"司机回答。

如雪再问："咱们走了多久了?"

"大概一个小时吧。"司机又答。

白如雪双手捂胸，长出一口气对司机说："天啊，幸亏您一直跟我聊天，分散了我的注意力，要不然我非紧张死不可，晕车也可能晕得一塌糊涂。您有所不知，我平常坐车走我们那里的山路，都害怕得了不得，可我们那里的山路跟这里的山路相比，简直是小巫见大巫，而且从我们镇上到市里八十多公里的路程，班车要走三个多小时，咱们这八十公里才走了一个小时，看来这小卧车就是跑得快啊。”

6

下了山就是平路，司机开着车不大一会儿就带如雪来到了北大山县供电局。

司机带如雪直接去局长赵荣的办公室，他边走边唠叨：“这大学生就是不一样啊，往年分配来的那些待业青年和技校生，来多少天了都见不上赵局长，就是去年来的那两个漂亮女娃娃，赵局长也没有专门接见。你不一样啊，赵局长再三嘱咐，要我一回来就带你去见他。”

如雪简单地向赵荣做了自我介绍。

当听说如雪是学电力系统自动化专业的，赵荣兴奋地说：“我上工农兵大学时也学的是这个专业啊。”然后他又自嘲地说：“唉，我学的东西只能叫皮毛，哪能跟你相比。我在学校时净干那些不沾边的闲事情，在那个不重视学习的时代，大家都混日子，时间熬到了就毕业。”接着他又说：“你是高才生，一定要好好工作，将来前途无量。听劳资科王副科长说你是自愿来咱们这里的，这让我非常感动啊，一个学电力系统自动化专业的本科毕业生，一个漂亮的女娃娃，能选择北大山县供电局，这实在难得啊。”赵荣显得有些激动。

自愿到这里来的？听赵荣这么说，如雪有点郁闷。我什么时候自愿要到这里来了？看来是王成晟有意把我弄到这里来的。之前如雪还听人说这次上岗分配，主要是以专业为依据，然后才看考试成绩。她清楚，这批学生里学电力系统自动化专业的，只有自己和丁秋香两个人，可能都会分配到变电工区去……

“有什么需求和困难吗？如果有，就及时提出来，不要客气，以后这里也是你的家了，你也要爱企如家啊！”

“没有，没有，暂时没有困难。”唉，来都来了，还想那么多有什么用！听赵荣在问，如雪马上回过神来。

赵荣打算用三年时间，分三步走计划，把如雪打造成一个高精尖的复合型人才，让她成为北大山供电局的栋梁。

第一步是先让如雪去办公室当文书、秘书，熟知局务工作；第二步是去抄表班、营业股、农电股从事营销服务，熟知专业工作；第三步是去生技股从事安全生产，全面提升综合素质。

办公室主任黎二明是个精明能干的中年人，手下第一次有了大学生，他特别高兴，对如雪也特别热情。同时也鼓励如雪要努力工作，积极上进，不要辜负了局长的器重，并给她讲了关于赵荣的两个故事。

第一个故事讲的是赵荣不贪财：赵荣刚上任的时候，全县窃电势头不但久抓久治不见效，而且还越来越严重，于是他就亲自带人检查，决定给那些窃电者点颜色看看。当查到一个采石厂时，发现这个厂子不但明目张胆在公网上私自挂线取电，而且时间也久，用电量特别大。被查处时，贼心不死的厂长不但不立即停止窃电，还抱着侥幸心理，想继续白用公家的电。他一边跟赵荣死缠赖磨，一边叫人送来两条“阿诗玛”香烟，并拿出一沓钱悄悄往赵荣口袋里塞。赵荣见状就火了，当场就下令断了采石厂的电，并现场开出了罚款单和补交电费单。厂长不信邪，认为赵荣是表面装清廉。于是，他晚上又提着礼品去敲赵荣家的门。赵荣不但没让厂长进他家，还把厂长教训了一顿。见来软的不行，厂长就威胁赵荣。不想赵荣软硬不吃，一把扯着厂长就来到院子里，他指着厂长鼻子大声呵斥：“敢来跟我赵荣叫板？也不出去打听打听，当年那些地痞流氓一群一群地来我都不怕，揍得他们一个个屁滚尿流，你有什么能耐今天就使出来，咱们较量较量，我一巴掌不把你个小毛贼拍成肉饼才怪呢!”说着就要打，吓得那厂长心惊胆战，挣脱后头都不回就跑了。从此后，关于请客送礼的事，谁也不敢在赵荣身上打主意了。赵荣自己也洁身自好，从不用公家钱给自己买东西，从不公车私用，不请吃，不吃请，而且谁要是占公家便宜让他知道了，准没好果子吃。

第二个故事讲的是赵荣不近女色的故事：北大山县盛产土豆，这里的土豆淀粉含量也高，做出来的粉条、粉丝尤为好吃，特别是城郊村的粉丝、粉条历史悠久，远近闻名。改革开放后，村长近水楼台先得月，充分利用职务之便跑贷款、要投资，第一个在村里办起了淀粉加工厂。进入 20 世纪 90 年代，在国家大好政策的支持和帮助下，当那些家庭作坊逐渐扩大生产规模的时候，村长又先人一步，注册了土豆加工有限公司，生产深加工产品。后来随着生产规模的越来越大，用电问题也随之而来，原来村里共用的那台变压器已经满足不了越来越重的负荷。村长就想给自己拉专供线路，架设专用变压器。但由于资金巨大，他又不想出钱，就准备到供电局套个投资什么的。于是，他通过在县委工作的同学找到赵荣，并请赵荣吃饭喝酒。因为是县委的人相约，加之是老朋友，赵荣只好去。喝酒期间聊起这事，赵荣明确告诉朋友，目前没有这种投资，挪用其他项目也不符合规定。听赵荣这么一说，他们就不再说什么，等赵荣喝得有些醉意时，他那位同学和朋友按事先策划相继离场，留下特意安排好的两位美女陪赵荣。两位美女轮番上阵，又是敬酒，又是玩游戏论输赢喝酒，把赵荣灌得几乎缓不过气来。赵荣平时虽然很少外出参加饭局，但他却喜欢喝酒，酒量也大，经常一个人在家独饮。此时喝着喝着就忘了场合，就开怀畅饮。酒是喝了不少，但他头脑还是清醒的，当一个女人靠近前坐在旁边，玩游戏时“不经意间”把手放在赵荣两腿间，隔着裤子碰他的“小伙伴”时，他一下跳了起来，一拍桌子甩门而去。那个村长认为赵荣是顾面子、假正经，于是又找了一个美女上阵，要美女务必把赵荣搞定，把投资弄到手。他们早就打听好了赵荣的老婆孩子都在市里，他一个人住在县供电局的家属楼。于是那个美女在一个月黑风高的夜晚来到了赵荣的住处。赵荣原本不想让她进去的，可这美女不但长得可人，而且还能说会道，说话间她就贴着赵荣的身子，像泥鳅一样从门缝里滑了进来。当她娇滴滴地往赵荣身上倒时，赵荣住了她：“你们就不要再枉费心机了，供电局确实拿不出你们所要的投资项目。再说，组织培养了我这么多年，我怎么可能为钱财、为酒色而不讲原则？去犯错误？”然后他拉开门把她轰了出去。

从此，赵荣就被起了个外号叫“黑脸”。如果哪天窃电分子听说“黑脸”要查电了，一个个吓得心惊胆战，就是把窃电的痕迹消除了，也还忐忑不安，坐卧不宁。

黎二明还告诉如雪，赵局长曾经也器重过以前的那个大专毕业生，但那小子是稀泥糊不上墙，干什么都不干到点子上，还不好好学习，有错误也不虚心改正，后来局长便放弃了他。那小子心术不正，去用电稽查班不但不思进取，反而出卖技术帮别人窃电，自己谋利分红，后来就触犯了法律。

对于赵局长的三步走计划，如雪发自内心地感激。她暗自下定决心，一定要干出个样子来，否则就对不起局长的器重。

单身宿舍就在办公楼的后面，因为近，上班不用赶路，住宿舍的年轻人都睡到离上班最近的时间才起床，然后才慢腾腾地踩着点上班。如雪从不睡懒觉，就算晚上看书很晚，她每天早上也起得很早。她起床后先去外面的马路上跑一会儿步，然后才去办公室。有时候比赵荣早，有时候比他晚点。如雪到办公室的第一件事先是打扫卫生。她把地扫了又拖得干干净净，把每个人的办公室都擦一遍，把水烧开灌到暖瓶里，然后才坐下来干工作。如雪有礼貌，人勤快，很快就融入到了大家之中，也深得大家赞许。

如雪只用了一周时间，就熟悉了收发文件的流程，接着学会了草拟文件、通知，还有办公室的一些日常工作。

两周后的周例会上，支部书记王有根在讲话时说："年初红山电业局给各基层单位下达了宣传任务，可是咱们的宣传工作一直那么落后，昨天开会时局党委书记毛腾飞同志对北大山县供电局提出了批评，说今年再不重视宣传工作就要考核。我和赵局长商量了一下，准备给各班股也压压担子，让大家都参与参与，要不然今年咱们又要垫底。"

"什么宣传任务啊？"一个班长不解地问。

"宣传任务，就是要大家都写宣传稿件。"王有根解释。

"宣传稿件？我们班里从来都没有什么东西可写，各项工作都好得很，没必要宣传。"一个班组安全员很自信地说。

"就是，哪来的事情可写？再说我们这些大老粗哪会写稿件？"大家七嘴八舌地嚷了起来。

"就是因为工作干得好，咱们才要宣传成绩，宣传亮点，宣传好做法，宣传先进人物，推广……”

“那都是胡扯”“顶个屁用”“说的好，谁来写？”……王有根的话还没完，就被大家叽叽喳喳地打断了。

“不是我说你们，看你们一个个那无知的样子，哪像国家正式职工，有些人还是高中毕业的呢，啊！光知道干体力活，不知道学习，平常还是要加强学习的嘛，啊！明天让办公室给大家买些这方面的书，都给我好好学，学着写，下达给班股的任务必须给我完成。要是年底考核时哪个班股拉了局里的后腿，我饶不了谁，啊！”见王有根压不住阵脚，赵荣敲着桌子发了话。

会后，王有根把如雪叫到他的办公室里，问如雪会不会写宣传稿件。

如雪非常自信地告诉王有根：“我会，我自学过新闻，在大学时还是校报的优秀通讯员呢。”

听如雪这样一说，王有根显得有些兴奋，拍着手高兴地直叫好：“这下可好了，以后咱们局的宣传工作再也不用年年垫底了。”随即喊来黎二明，让他和如雪一起去书店给大家选书，并让办公室筹办北大山供电局有史以来的第一次写作培训班。

按照王有根的指示，黎二明和如雪去县新华书店给大家选购了《消息写作入门》和《基层通讯员写作必读》两本书。

黎二明把筹办培训班的事情交给了如雪，让她全权负责，并让她来讲课。

对于此次培训，如雪的重视程度就跟在大学写毕业论文一样。她知道北大山供电局职工的文化程度都不高，必须要讲得通俗易懂，还要有实效。为此，她利用几个通宵时间先把选购的那两本书通读了一遍，然后根据勾画出的相关内容编写讲义，前后一共用了一周多时间。当她把准备情况和想要培训的对象向王有根做了详细汇报后，王有根赞许地树着大拇指连连点头。

培训对象主要是办公室人员、各班股负责人和青年职工，其他职工如有兴趣可自愿参加。

如雪去给各班股送培训通知时，好多人都有意见，说我们这些个干体力活儿的主要任务就是装表接电、抢修事故、抄表收费，把自己的活儿干好就够了，还让我们学什么写作啊，办个培训班教我们如何干好岗位工作还差不多！

个别人还很挑事，不但在本班说风凉话，还到别的班股煽风点火，尤其是线路运行班那个外号叫“穆驴儿”的副班长叫嚷得最凶。

这个穆驴儿虽然是一名电力职工，但他跟街上那些小地痞小流氓有来往，有时候还参与打架斗殴，因为影响不好，所以三十大几了才结婚。那天当如雪把通知送到他们班时，这家伙嘴里斜叼一根烟，正坐在桌子上兴高采烈地跟大家闲侃。见参加培训的人员名单上有自己，立马就变了脸，扬着手里的通知冲着大家直嚷嚷：“现在这些领导真是没水平，让个念了几天书的学生娃娃一糊弄耳根子就软了，哪个想进步的要听课就听去，反正我不去！”

穆驴儿不但到处说风凉话，还煽动了几个班长来找王有根，以工作忙为理由拒绝参加培训。穆驴儿根本不听王有根讲道理，斜靠在门框上，手插在裤兜里点着脚态度十分坚定地说：“反正我就是没时间参加培训，我就是工作忙，要是哪项规章制度规定不学习写作可以扣工资扣奖金，那就悉听尊便，要是没有我就去干活儿了。”说完他扭身就要走。

穆驴儿转身时差点跟刚要进门的赵荣撞了个满怀。赵荣把他呵斥了一顿，他指着穆驴儿严肃地批评：“谁说干体力活儿的就不用学习写作？以后班股相关负责人不光要有精湛的实操水平，还要全面提升理论水平，你要觉得自己做不到，这个副班长你也别干了，我换别人来干。”见局长真生气了，穆驴儿马上就老实了。同来跟着起哄的几个人都吐着舌头灰溜溜地跑了。

培训班为期一天，按原计划如期开班。按照赵荣的要求，凡是被列入培训名单的人员，只要手头上没有重要事情必须去听课。王有根不但来主持了开班仪式，还坚持听课到结束。由于基础扎实，准备充分，加之如雪水平确实高，那天的讲座特别成功。上课时没有人交头接耳说悄悄话，也没有人开小差离开。当然，有的男同志能老老实实地坐在那里，也不全是为了听课，而是为了欣赏美女，甚至有人盯着如雪的脸蛋连眼睛都舍不得眨一下。讲完课如雪留出了互动时间希望大家共同交流，可问了半天没有一个人发言，如雪只好点名，她问一位叫吕学功的小伙子：“你觉得哪里还有不明白的地方？”吕学功跟没听见一样，还是直勾勾地瞅着如雪。旁边的人就捣了他一下，提醒他回答如雪的问题。吕学功跟着了魔似的，站起来张口就来了句：“漂亮，真的漂亮！”话说出口他才如梦初醒，可是已经晚了，惹得大家哈哈大笑，把这家伙羞得差点钻到桌子底下去了，把如雪也弄得面红耳赤。

几天后，红山电业局主办的《红山电力报》上刊登了如雪写的一篇关于北大山供电局严抓劳动纪律的消息。

《红山电力报》两周才出一期，等到了北大山供电局职工手中，上面刊登的消息已经成了旧事。尽管如此，看完这篇消息，也把个赵荣和王有根乐的脸上开了花，赵荣拿着报纸来到王有根办公室，指着如雪的文章大加赞赏："有了大学生就是不一样啊，咱们局的事情什么时候上过报纸啊？这个女娃子一来我就觉得她跟别人不一样，我果然没看错。人家大学生就是素质高，每天比我来得都早，我发现自从她来之后，办公室的其他人就再没打扫过卫生！有几次我晚上来，都发现她静静地坐在办公室里写东西呢，是个好苗苗啊！"

在如雪的带动下，有人开始拿起了手中的笔，记录工作中发生的事情；书写班里股里局里的事情；抒发自己的情感。然而，由于大家的底子薄，又是初学者，加之《红山电力报》期数和版面有限，除了如雪之外，也就吕学功在上面发表了一首小诗，其他人写的东西都没有刊登过。

看到大家都有热情，看到大家写的稿子集起来厚厚一沓送去都不能刊登，如雪就感到非常遗憾，她不光对大家的劳动成果白白付出感到遗憾，也对自己每一篇都认真修改，认真重抄一遍所花的时间感到遗憾。于是，她突发奇想，准备办一张属于本局职工自己的小报。

王有根对如雪的想法举双手赞成，他让如雪拿出一个具体方案，然后拿给赵荣看。

赵荣很认真地看完如雪写的关于办小报的方案后，乐呵呵地对如雪说："不错，非常不错，我和王书记完全支持你，啊。费用也没有问题，你花多花少我和王书记都给你，啊。你可以直接找我报销，也可以请王书记签字报销。"

听到费用可以让书记签字报销，不但在场的黎二明吃了一惊，就连王有根也惊了一下。因为在费用报销上，北大山县供电局向来都是一支笔签字，赵荣没有给过哪个局领导签字报销的权力。王有根不糊涂，连忙说："还是请局长签，还是请局长签。"因为大家都知道，两年前，一位副局长因为签字报销了一桌饭钱，赵荣很生气，就直接给财务股下命令，以后局里发生的一切费用只有他这个法人代表签了字才算数，其他人签的字报销了，以后无论上面检查、审计还是结算，他概不承认，一切责任财务股股长自己负责。把个财务股股长吓得好长时间都回不过神来，弄的那个副局长也十分尴尬，没多长时间就借机调离北大山县供电局。

“这个丫头有魄力啊!”从赵荣那里出来后，黎二明不停地对王有根赞叹。

一张名为《北大山电讯》的四开小报没多久就在全市电力系统引起了轰动。红山电业局宣传科主动给王有根打电话，要求给电业局机关所有科室寄送。红山水电厂办公室主任还专门带着几个人前来交流学习，兄弟单位职工也慕名寄来稿件。这样一来，这张原本仅在本局内部和各乡供电所、电管站流通的油印小报，印数一下子由刚开始的十几份增加到了近百份。

那天，如雪拿着印刷费和邮寄费去找赵荣签字，她试探着问：“局长，您看咱这小报的花销是不是大了点?”

“不大不大，钱不是问题，我全力支持。再说，别的单位哪个领导一个月不花千把元钱的招待费，我平时接待少，费用省下来就全给你，你把小报给咱办好，让《北大山电讯》成为树立咱供电形象的坚强阵地。”赵荣爽快地说。

“哦，那我还有个想法，不知能不能说?”

“说啊，有什么不能说的。”赵荣抬头看着如雪说。

当听了如雪说想给发表了文章的作者发点稿费的想法后，赵荣不但完全同意，还当场给出指示：《北大山电讯》的稿费标准就按照国家现行标准制定。另外，还要如雪制定一个奖励办法，在上级电力报、地方报纸、党报上发表了文章的，还要给予翻倍的奖励。

有这么好的激励机制，北大山县供电局职工的积极性可是真正被激活了。如雪清楚地记得，刚办《北大山电讯》的时候，上门交稿子的人还扭扭捏捏、遮遮掩掩的，看见没有别人的时候才来，生怕被人嘲笑。后来大家来交稿子时，对谁在场谁不在场都无所谓了，甚至有人还专门挑人多的时候来，有意炫耀自己能写，自己班里有实力。

7

如雪领到人生中第一次薪水的时候，她回了一趟家。

她家所在的小南川县在北大山县的西南方位，两县距离二百多公里。如果从北大山县坐班车到市里，再从市里回到小南川县，再回到红河滩镇，步行回村，来回光等车、倒车、坐车、走路，估计六个小时都不够。不过如雪回家倒不用这么走，因为每天下午有一趟跨省际班车从北大山县城经过，沿国道不经过红山市区直接路过她家村前山下。这样，她回家坐两个小时车就能到家门口。

如雪的第一个月工资领了一百五十七元，她除了给职工食堂交了伙食费外，自己再没舍得花一分钱。那天回家，她给爹买了一条带过滤嘴的“喜梅”香烟，给娘买了一条浅红色的头巾，还给弟弟买了一把玩具枪和好多零食。除去来回路费，她把剩下的钱全部都给娘。娘说什么都不要如雪的钱，说我娃自己攒着吧，将来要买嫁妆呢，你将来肯定要嫁城里人，我和你爹没能力给你陪送好的嫁妆。如雪必须要把钱给娘，娘实在执拗不过，就拿目光求助爹。爹就说，那你就先拿着吧，给娃攒着，将来出嫁时再给她也不晚。

爹抽了半辈子的旱烟，抽过最好的纸烟也就是过年时犒劳自己，买几包三毛三分钱不带过滤嘴的“黄金叶”牌香烟，及二毛钱一包的“大工字”牌卷烟，哪里肯舍得抽这么贵的“喜梅”，他一定要如雪拿回去退掉，如雪见说服不了爹，就把烟拿过来，迅速地拆开了，顽皮地问：“你还抽不抽，还让我退不退了?”爹十分心疼，无奈地把女儿递过来的香烟凑到煤油灯下点燃，深深地吸了一口，陶醉了许久才慢慢吐出烟圈，感慨地说：“啊呀，这种纸烟平时只在赶集的时候镇上那些公家人抽时我闻过，实在是太香了，没想到我也抽上了这么香的纸烟，托了我娃的福，我娃真有出息，真有出息!”

娘在旁边轻轻地抚摸着新头巾，叹息地说：“好是好得很，就是颜色有点艳，我这么大年龄围着去地里干活，村里人怕是要笑话的。”

如雪赶忙鼓励娘：“你才刚过五十岁，老什么啊，人家城里六十岁的女人还穿牛仔裤，抹口红、跳舞呢!”

“真的？要是我就不敢出门了，她们咋就那么开放呢？”娘非常吃惊地问。

“城里还有比这更开放的东西呢，只是咱们这里太偏远，太闭塞，你们没有听说过，没有见过而已。等我攒了钱一定要带你们去外面看看，去省城，去北京，去上海旅游。”

“省城？北京？上海？省城！北京！上海！……旅游……”爹娘久久地望着女儿，喃喃地念叨着。

如雪和爹娘聊天的时候，如奎开心地玩着手枪，津津有味地吃着他从来没有吃过的零食，那一脸的幸福，全家人从来都没有见过。如雪抚摸着弟弟的脑袋对爹娘说：“等我攒够了钱，就带如奎去治病，一定要把他的病治好，还要让他在城里上学，将来也考大学，和我一样在城里工作。”

“唉！”爹叹息了一声。

娘眼眶里盈满了泪花。

第二天中午，白七来了，他一进门就嚷嚷：“听说如雪娃回来了，我来看看。如雪娃进城的时候还是我来通的信嘛，回来也不给七爸买一包纸烟。”

当如雪把一根“喜梅”烟扔过去时，白七眼睛瞪得比牛眼睛都大，惊奇地问：“你才工作一个月就有人送这烟？”

“是我发了工资给我爹买的，我一个姑娘家谁给我送烟啊！”如雪对白七说。

“电管站的那些小‘电老虎’都有人给送好烟好酒呢，你在县供电局还没人送？你以为七爸什么都不知道啊？”

“我可不是‘电老虎’，我是办公室的文书。”如雪解释说。

“得了吧，别人不知道我还不知道？平时县供电局的那些人骑着三轮摩托一来，我们站长就跟见了县长一样，跟前跟后人家都爱理不理的，只有请到各村队、各专变用户家去杀了鸡，宰了羊，好烟好酒招待，人家脸上才会阴转晴。”白七一副见多识广的样子。

“凭什么要招待他们啊？”如雪非常不解地问。

“你是真傻，还是在我面前故意装的？凭什么？凭、凭……不说了，不说了，我来串个门，还让你给问了个大张嘴。”白七抽着烟，打着哈哈不再聊这个话题。

下午临行前，爹娘再三嘱咐如雪："咱世代人都忠厚善良，你千万不要当'电老虎'，也千万不要拿人家的东西，要当一个好'公家人'！"

如雪在坚定地对爹娘点头承诺的同时，也想起了白七说的那些人。顿时，一种憎恶感在她心中油然而生，她讨厌那些"电老虎"，这些人不但损坏了供电局的形象，就连自己也无缘无故地跟着背黑锅。

时光如水，岁月荏苒。转眼间就两个月又过去了，中秋节回家那天，如雪不但给爹娘和如奎买了做新衣服的布料，还给外婆买了一件新衣服，给舅舅买了几包香烟。那天，当如雪带着这些东西和一篮子鸡蛋，骑自行车捎着如奎去舅舅家时，舅妈早就等在家门外，见如雪来了她就跑着迎上前来，笑得眼睛都眯成了一条缝，用客气得再不能客气的口气跟如雪说话："如雪啊如雪，你说你来看舅妈就行了，还带这么多东西干什么！"

舅妈摸着如雪的手，不停地咂嘴："哎哟哟，看这姑娘，原本长得就好看，这才吃了几个月城里的水，皮肤比城里人的皮肤还细嫩了！"

望着舅妈这副过于热情的样子，如雪对她原本已经淡化了的反感又从内心深处升起，特别是手被她不停地抚摸，让她突然想起了被王成晟抚摸时的情景，也是这样被硬拉着搓，顿时起了一身鸡皮疙瘩。为了从这种不自在中解脱出来，如雪装作很不经意的样子把手抽回来，去拿包裹里给外婆买的衣服和给舅舅买的香烟。

"哎哟哟，咱们如雪真是有眼光，看这衣服买得合适的，就跟定做的一样。前几天我和你舅舅去县城，也看上了这个样子的，我说给你外婆买上，可你舅舅说没带钱，我还怨他呢，出门老不带钱。"

听舅妈这么一说，如雪不由得心中暗自冷笑：舅舅什么时候兜里有过钱了？他的口袋总是被舅妈搜得一干二净，别说平常没有钱买烟，就连过年都不给舅舅点钱买纸烟，他抽的永远都是自己种的老旱烟。

舅舅跟爹一样，嫌这烟贵不肯拆开抽，说留着过年再抽，舅妈也非常赞成，说这么贵的烟他平时抽了可惜，还是留着过年抽吧。

如雪怕自己走了，烟真被舅妈收起来不给舅舅，就一定要舅舅打开尝尝，但舅舅还是不肯。如雪说服不了舅舅，舅舅和舅妈也说服不了如雪。正在争执间，表哥魏世民回来了。他从爹手中抢过一包烟立即拆开，一边给爹扔过去一支，一边点燃一支猛吸一口，然后嘿嘿地冲如雪笑：“啊呀，表妹真好，我替你舅舅谢谢你。爹，你点着抽啊，人家如雪大老远地给你拿来了，你怎么不抽啊？”说着，他擦着火柴要给爹点烟。

“你抽你自己的，我这会还不想抽呢。”父亲很不高兴地打落了魏世民手中点着的火柴。

魏世民把拆开的这包烟塞进口袋里，然后皱起眉头对如雪说：“表妹啊，你今天就是不来，我也要找你去，你得帮帮哥，哥有困难了！”

“有困难？我能帮你解决个什么困难？”如雪不解地看着魏世民。

“事情是这样的……”魏世民话还没说一句，舅妈就抢过了话头：“你表哥是个有经济头脑的人，看到原来生产队时期两眼废弃的机井还有利用价值，就低价承包了下来，清理完淤泥后，井里的水便很多，就打算通电抽水。好不容易凑了些钱买回电线准备接线，电管站的人却放出话来，说要是私自拉线就不给通电。幸亏你表哥灵活，听到这个话后就马上去电管站给人家打招呼，电管站的人又说接电这活儿技术含量特别高，上面有规定，为了保证安全，这活儿必须由电管站负责干，而且电线也必须用电管站的，不许自己去买，怕用户不懂买的是次品更不安全……”

“我打听过了，上面没有这么多的屁规定，都是电管站的人为了收工时费，为了让我们请吃请喝而编造的，而且他们也是靠卖电线赚钱，没听说谁家用了电管站带来的电线给过发票……”魏世民接过了舅妈的话头。

魏世民话还没说完，舅妈又抢过了话头：“后来电管站的人给我们拉线时也把工钱收了，把羊吃了，把酒喝了，把烟拿了，可是通电的时候却让县供电局农电股给卡住了。人家那个刘股长说了，这事得提前上报，要先递交业扩报装申请，经研究同意后才派人来勘察方案，各级领导审核签字后再架线，等验收合格才能通电。”

“通电有些手续是需要办，但没听说有这么复杂啊？”如雪觉得有些不可思议。

“我打听过了，那个刘股长也不是个好东西，凡是要通电接线的人，为了不被他刁难，都得先到农电股去找他，确切地说就是到他指定的地方去买电线，据说他指定的那个电料门市部一直在给他分红，只是大家都没有证据，要不然早把他告了。另外咱们这个电管站站长一直靠着有个亲戚在县政府工作，好多事情上县供电局都给他面子，最近他的亲戚退休了，刘股长就不再拿电管站站长当一回事了，他这么要吃要喝要烟要酒，刘股长早知道，原来不好收拾他，现在便容不得他了。刘股长这么卡电管站站长，最终受害的还是用户啊。你虽然在北大山县供电局，但你们都是一个系统的，快回去给我找人说说情，把电通了吧。秋灌就要开始了，电晚通一天我就要少挣一天钱呐!”魏世民絮絮叨叨地说。

8

如雪返回北大山前去了一趟市区供电局找到黑辉，她把表哥魏世民的情况给黑辉说了，希望黑辉能找人帮忙解决给表哥通电的事。

听了如雪的讲述，黑辉经过分析认为：刘股长既然敢这么有恃无恐不讲原则地卡用户，不光说明他胆大，也表明他肯定有背景，需了解清楚情况后再做打算。如雪只好请他费心给关照关照，然后就回北大山县去了。

如雪给局长赵荣送文件的时候，顺便就魏世民接电之事咨询了一下赵荣。当了解了事情的经过之后，赵荣十分肯定地告诉如雪，那个刘股长这样做肯定是违规的，也表示愿意帮如雪问问这个事儿。说话间他还当着如雪的面拿起电话，给小南川县供电局局长打了过去。小南川县供电局局长很客气，说了解了情况后立马回复。

不知不觉五天时间就过去了，小南川县供电局局长还没有给赵荣回复。

又过了两天，舅妈把电话打到如雪办公室来了。她在电话那头焦急地喊：“喂，如雪，是如雪吗？我是你舅妈，你表哥费了好大周折才打听到你们办公室的电话号码，我现在在镇邮电所给你挂长途电话呢，电话费贵得很，咱们长话短说，我就问一下，你表哥的事你给问了没有？你就帮帮他吧，这几天看着他愁眉苦脸的样子，你外婆都睡不安稳了，要和你表哥一起来找你……”

听舅妈又抬出外婆说事，如雪很不高兴，但她还是耐心地听完了她的絮叨，然后也忽悠了她一下：“已经托人帮忙了，马上就好。”

“马上就好”“马上就来”，这是餐馆服务员敷衍顾客的日常用语，如雪不但自己从来不说，还非常讨厌别人这样说话，但眼下她还没有等到回复，在实在想不出更合适的答复的情况下，也只好暂时以此敷衍舅妈。

表哥给机井架线接电的事情，按规定确实应该有个书面的申请，交由电管站上报县供电局农电股派人勘察同意后，才能开展后期相应工作。现在刘股长故意以电管站违规为借口，既压着不验收，也不给通电。他的目的就是要让用户明白，架线通电光跑电管站没用，同时他也是在给电管站站长亮底牌，没有他刘股长参与，谁架的变压器、线路都不要想着轻易能通上电。虽然大家都明白他的心思，但他这个理由却挑不出毛病，别说小南川县供电局领导拿他没有办法，就是红山电业局相关部门知道了也不想过问，也是睁一只眼闭一只眼，任他们自己处置。

刘股长是红山电业局党委书记的亲戚，要不是改革实施党政分家，说不定他两年前就已经被提拔了。

面对现实，如雪实在无能为力。

就在如雪想着如何面对舅妈的时候，省电力报的编辑老师帮了她。那天，一位编辑打电话跟如雪约稿，让她去采写一篇关于北大山县农村用电情况的调查报告。听说让她采写调查报告，如雪忽然想到了刘股长，于是，她就想写一篇揭示“电老虎”的文章。

编辑老师不赞成，说这样的文章要有深度，有些东西你触摸不到、不敢触摸，写出来不但没有效果，反而会招惹麻烦，还不如不写。但如雪说自己有素材，保证能写好。最后编辑老师说那你就写吧，能不能发表只能看了稿子再说。

经过深思熟虑和精心收集素材，如雪很快写了一篇题为《管电者“公事公办”，用电人望眼欲穿》的文章。当她把稿子拿给王有根请他过目时，把王有根吓了一跳，他劝如雪不要惹事，语重心长地说："你在供电局已经工作几个月了，电力系统的有些事情你应该清楚，咱们的宣传工作向来都是说正不说反、报喜不报忧、颂功不曝光。社会上的有些负面报道防都防不及，你倒好，把这些反面的事情往外捅，你是想踢自己的饭碗，还是想要让我和赵局长难堪?"

第二天如雪趁王有根不在，又拿着稿子去让赵荣看。

赵荣看完后竖着大拇指对如雪说："真是大快人心啊。王书记昨天给我说时，我还不相信你一个丫头片子能写出那样有深度的文章。真是小看你了，你又让我刮目相看了！不愧是大学生，真有水平，写得真好，你写的都是我想说的话，只不过你这文章要往哪里投稿?"

"当然是内部投稿，我也吃着电力大家庭的饭，不可能把这事往社会上捅。我要投给省电力报，让上面领导知道基层还有这么些胡作非为、损坏电力形象的'电老虎'。"如雪愤愤地说。

"你怎么知道省电力报就一定会给你刊登?"赵荣问。

"我想会登的，因为前几天省电力报的编辑老师跟我约稿，我跟他交流过，他同意我写，说发表的事等看了稿子再说。"

收到稿子后，省电力报编辑部经过与如雪几次沟通，确定她揭露的是事实后，就把稿子拿给了省电力局纪委书记，请纪委书记过目，纪委书记看后又去找党委书记，党委书记看了又找电力局局长进行沟通。这一切，如雪不知道，北大山县供电局领导和职工不知道，红山市电业局所有人不知道。等大家知道时，电力局的七个调查组已经在全省各地就"吃拿卡要"现象，在不动声色中完成了明察暗访。

接着，全省电力系统掀起了整顿不正之风大潮，那个当事电管站站长在整顿中被免职，刘股长被免职，红山电业局农电科科长丢了乌纱帽。红山电业局党委书记被降职调离前，拿鞋底扇肿了刘股长的脸，依依不舍、长叹着惜别了他曾经一手遮天近十年的小帝国。

如雪犀利的文笔再次受到了北大山县供电局员工的传颂，也得到了红山电业局相关领导的肯定。如雪经常投稿本来就已经小有名气，这样一来，她在全省电力系统都成了名人，加之她长得漂亮，更让一些年轻人心潮澎湃，也让一些人产生了目睹她风采的强烈愿望。一时间前来提亲的，想要和她约会的，慕名写信的，兄弟单位来人交流座谈的络绎不绝。门前真是车水马龙，搅得如雪连工作都干不成，她躲没处躲，藏没地方藏。眼看着北大山县供电局局庆日就要到了，她要写的好几个材料和发言稿都没有完成，她又烦又无奈，就去请教王有根，王有根也没有别的好主意，只好让办公室主任给她腾出一间小办公室，让她一个人待在里面写那些会议材料和发言稿。同时王有根也嘱咐黎二明，最近凡是打电话找白如雪的，就说她请假了不在单位。

北大山县供电局庆祝建局二十周年那天，来了很多地方领导和上级单位领导，庆典仪式结束送走客人后，红山电业局局长金和里和新任党委书记毛腾飞一边走路一边聊天，他们的话题不是北大山县供电局这些年的发展，也不是这里的职工精神面貌，却是白如雪这个年轻人。

金和里说："这个白如雪确实名不虚传啊。"

毛腾飞问："具体指哪方面？"

金和里回答："文笔，相貌。"

毛腾飞便说："其实我也有同感，有同感啊！"

金和里又说："市局的那个秘书都干了三年多了，写的材料还不如一个才工作几个月的女娃娃。妈的，真让我失望啊！"

毛腾飞就问："金局长难道有什么想法？"

金和里说："刚看见这个白如雪时，我确实有点想法，想把她调到局里去当秘书，可她长得实在漂亮了，我怕把她带在身边，时间长了会招闲话。"

毛腾飞笑了笑，对金和里说："我看不是怕招闲话，你是怕自己抵挡不住美丽的诱惑而误入歧途……虽然咱俩只在一个班念过一年书，但你那方面的爱好我还是很清楚的，加之你这几年留洋在外思想更开放了，你要是觉得管不住自己的风流倜傥，那就远离美色。你可是全省电力系统唯一留过学的干部，前途很光明，仕途比美色更重要，爱江山更爱美人可不是领导干部的作风哦！"

如雪的成长速度有些惊人，在后来的两个多月时间里，她写的文章在各种报刊上频频亮相。毛腾飞也看上了如雪，跟金和里沟通后，就准备把如雪调到红山电业局宣传科来，让她发挥更大的作用。

那天赵荣不在单位，毛腾飞打电话给王有根，说了他和金局长的打算。

王有根也向毛腾飞汇报了赵荣对如雪的培养计划。毛腾飞觉得赵荣的做法特别好，也觉得应该让如雪在基层再锻炼锻炼。这样她的积累会更多，将来翅膀就会更硬，会飞得更高，便暂时放弃了调她的打算。

毛腾飞和金和里沟通后，决定暂时不调如雪来宣传科，而是把王有根调来宣传科。毛腾飞认为，北大山县供电局宣传工作之所以能在短时间内脱颖而出，离不开大家的努力，离不开那个优秀的白如雪，更离不开王有根的努力，王有根主管宣传工作指挥有方功不可没，让他来负责红山电业局的宣传工作，应该比让他在县供电局当支部书记更能施展才能。

9

黑辉是一个务实勤快又好学的人，才工作几个月就掌握了县供电局生产人员应该具备的必备技能。班长特别喜欢这小伙子，每次出去干活儿时总是要带着他，加之他聪明机智，班里的同事也喜欢和他打交道，工作和人际关系可以说是顺风顺水。

情感上黑辉就不如工作上那么如意了，现在他已经深深陷进了对如雪单相思的煎熬之中。自那次滑旱冰时被如雪堵上了嘴，想要表白的话没说出口后，他一直都没有跟她单独接触的机会。上次如雪来咨询表哥接电之事，他本想请她一起吃饭，然后再对她表达自己的心情，可她只在单位门口说了几句话就匆匆赶车去了。后来实在等不到再见面的机会，他只好鸿雁传书，写信向她倾诉相思之苦。

之所以过了这么久才鸿雁传书表白，这也是因为黑辉才摆脱了顾莉慧的纠缠，马茜妮也放弃了对他的追求。

二次分配后，黑辉和顾莉慧还各自住在原来的单身宿舍里，马茜妮也搬进了如雪和丁秋香住过的那间宿舍。为了把黑辉这个大帅哥追到手，马茜妮和顾莉慧轮番上阵，一会这个来找黑辉，一会那个来找黑辉。好像她们有约在先似的，从来不同时来找黑辉，也没有在找黑辉的时候不期而遇。当然，没有相遇不代表她们不知道对方也在追求黑辉。其实她们一直在较劲，也是有意避开对方。为了达到自己的目的，顾莉慧到处说马茜妮的不好，马茜妮也传播顾莉慧的不是。总之，她们都非常厌恶对方，恨不得把对方从视线中踢出，恨不得早日和黑辉比翼双飞。

有一次黑辉出差两天没有回宿舍，顾莉慧焦躁得跟热锅上的蚂蚁一样到处找、到处问，还去黑辉单位找。

那天黑辉是跟着班长去了偏远山村干活儿了。因为来回奔波路太远，就临时住在了乡下电管站里，顾莉慧当然找不到，再说黑辉他们那天走得匆忙，局里除了局长和生产股长知道外，其他人都不知道。顾莉慧就认为黑辉是在躲自己，于是她不停地来敲门，深夜还要敲，影响得大家都很烦，说什么的都有。可她的脑子里只有黑辉，根本不在乎别人说什么。

第三天晚上，她干脆守在黑辉宿舍门口不走。晚上九点多的时候，当她远远看见黑辉的身影时，激动得以百米冲刺的速度飞奔过去，紧紧抱住黑辉，“哇”的一声就哭了起来。虽然平时顾莉慧也来宿舍坐坐，一起走路时偶尔也往自己身上靠，或者挽一下自己的胳膊，但被她这样紧紧拥抱还是第一次，而且是在单位的院子里，她这么不顾一切地又哭叫，又捶打，黑辉觉得全身的血液都涌到了脸上和脖子上，又烧又红。还好，此时院子里没有人。他实在推不开她，就以央求的口气说：“麻烦你别闹行吗，有什么话咱们好好说，咱们之间本来没有什么事情，可你这样叫别人看见了，我跳进黄河就都洗不清了。”

“什么没什么？你是我男朋友，洗什么啊洗？！”顾莉慧哽咽着。

黑辉无奈，只好任她跟进宿舍。

黑辉忙了一天，返回途中又坐了很长时间的车，到现在连饭都没吃，进了宿舍就烧水泡方便面。顾莉慧跟进来哽咽着又是要给他擦脸，又要洗衣服，纠缠中就把泡着方便面的饭盒打翻了，扣在黑辉脚上。还好，此时面汤的温度已经降了下去，另外黑辉脚上还穿着棉鞋，虽然汤全倒下来了，但脚面上只烫了一个小水泡，并没有大面积烫伤。

黑辉已经认真地对顾莉慧说了一遍又一遍，告诉她自己并不喜欢她，不能接受她，也希望她不要老是一厢情愿到处宣扬他是她的男朋友，既骚扰她也把自己弄得心情不好。尽管话说得很清楚，道理讲得很明白，但顾莉慧就是听不进去，也不想听。黑辉也理解一个人喜欢另一个人的那种煎熬，他也拿自己单相思如雪，又不能接近的那种煎熬对比，就有些同情顾莉慧，所以除了躲避及给她讲道理开导她外，有时候她来宿舍里婆婆妈妈地唠叨他也能忍受，被邀请的次数多了也偶尔跟她出去吃饭。但此时面对她这样不理智的冲动，黑辉实在是再没法忍受了，再也控制不住内心的怒气，用还穿着鞋的另一只脚狠狠地踩瘪了扣在地上的饭盒，冲着顾莉慧厉声吼道："你这个人太不知趣了，我每次说话你都当是放屁吗？还是你纯粹听不懂人话？你凭什么这样纠缠我？你现在就给我滚出去，滚！"说完他拉开虚掩着的门不容分说就把顾莉慧推了出去，然后重重甩上房门。

被黑辉轰了出来顾莉慧并不死心，她仍然抱着黑辉会让她再进去的希望，在外面不停地敲门，不停地央求。而黑辉方便面没吃上，倒吃了一肚子气，就再也懒得理顾莉慧，任她怎么敲门，怎么喊他也不吱声，后来索性关了灯上床拿被子捂了头和衣而睡。

顾莉慧在门外闹腾了半天黑辉也不开门，她就有些泄气，坐在门外的台阶上边哭边叨叨："你这个没良心的东西，我对你这么好，你一点都不领情……我也知道你为什么不想和我好，你是惦记着马茜妮那个小妖精。她有什么好的？她除了有个当官的妈，哪点比我强？再说她妈也不是个好东西，不过是凭着长相混了个官位而已。我觉得论长相她马茜妮还不如我呢，她哪里有我对你体贴呀！下次她再来找你，就别让我碰见，碰见了我饶不了她……"

"你才是个小妖精，你妈才不是个好东西，来来来，我看你怎么饶不了我？"真是冤家路窄，就在顾莉慧鼻涕一把泪一把，头都不抬地坐在那里数落黑辉，骂马茜妮的时候，马茜妮已经站在了她的面前。

"都说你这个人没素质，我看你不但没素质，而且简直就是个渣子。连一点羞耻都不知道，怪不得人家黑辉看不上你，你这副屄样子也就能配上那些没素质的，你哪能配上人家黑辉？再说你找你的黑辉，我找我的黑辉，咱们俩有半毛钱的关系吗？有本事就跟人家好，没本事就滚远点，背后骂人算什么事儿？我妈怎么凭长相混官位了？你今天要是说不清楚，我不撕了你的破大嘴才怪呢!”马茜妮不等顾莉慧站起来，还真伸手去撕顾莉慧的嘴。顾莉慧骂人本来就理亏，马茜妮骂她时她一直低着头没吱声，这时候见马茜妮要动手了，她才站起来躲闪。可哪里来得及，说时迟那时快，马茜妮已经把手伸到了她嘴边，躲闪中她嘴没被撕上，脸倒被马茜妮的长指甲划了一条长口子。顿时，血渗了出来。同时，她也一个趔趄仰面倒在台阶上。马茜妮越来越生气，非得给顾莉慧点颜色看看不可，就在顾莉慧仰面倒地的同时，她跨步上前就骑到了顾莉慧身上。

顾莉慧毕竟个头高力气大，撕扭中马茜妮不但没有控制住她，反倒被她翻身压在下面。

此时，黑辉光着脚开门出来了，隔壁宿舍人也闻讯出来了。马茜妮和顾莉慧也被大家拉开，有人拉走了顾莉慧，有人劝走了马茜妮。

事情并没有就此结束。第二天早上还没有到上班时间，黑辉的班长就来敲门叫黑辉，说单位领导找他，叫他马上去单位。

昨晚马茜妮回去后，妈妈见她一身的泥土，就追问她怎么了，马茜妮就把跟顾莉慧打架的事说了。她妈听了非常生气，就责备女儿：“你不是已经答应我明天跟市委组织部齐部长的外甥见面吗？为什么晚上还往黑辉宿舍跑？怎么说话不算数?”

“我只是想去给黑辉说一声，我以后再也不找他了，仅此而已。可没想到顾莉慧正坐在黑辉宿舍门外骂我，我当然饶不了她。”马茜妮解释说。

责备完女儿，马茜妮妈妈就拿起了电话……

当晚，市电业局党委书记毛腾飞就接到市委一位领导的电话，要他查清电业局职工造谣诽谤市委干部一事，并要求尽快回复处理结果。

听了黑辉对昨晚事件经过的讲述，市区供电局党支部书记如实向毛腾飞做了汇报。

黑辉的姐姐黑芳也在市区供电局工作，昨晚的事情她也知道了，就在支部书记办公室外面等弟弟。原本她是想数落弟弟几句，但发现黑辉走路时脚有点拐，就有些心疼，就想骑踏板摩托带弟弟回家。黑辉不想回去，黑芳见劝说不动，只好先送他回宿舍。

此时，顾莉慧又在黑辉宿舍门口等着。

她哭哭啼啼的，说不甘心让马茜妮抢走黑辉，她问黑辉：“昨晚马茜妮是不是要来你宿舍睡觉？你是不是早就约了马茜妮才要轰我走?”

面对顾莉慧这副样子，黑辉快要气死了，他一句话也不说，没有理睬她就直接进了宿舍。黑芳也很生气，就训斥顾莉慧：“你咋这么没素质，我看你脸比城墙都厚，非要闹得不可收拾吗？你知道你和马茜妮打架的事惊动了多少领导吗?”

说话间，有人在远处喊顾莉慧：“小顾，咱们经理等了你半上午了，让我找你马上回公司。”

当天下午，毛腾飞向市委那位领导汇报了事情的处理结果：马茜妮无辜，不追究责任；黑辉是当事人，没有及时制止顾莉慧的冲动行为，给予通报批评；顾莉慧行为恶劣，诽谤他人，并打架斗殴，造成了不良影响，给予待岗半年处分，并扣半年奖金。

被领导批评教育，被单位处分，被同事指责，被父母责骂，面对各种打击和压力，顾莉慧终于安静了下来，也慢慢清醒了，经过一段时间反复地思考，她决定不再纠缠黑辉，放弃对他的追求。她觉得很对不起黑辉，就想给黑辉道个歉，她不好意思再去找黑辉，就让一个姐妹约黑辉，给黑辉送去一张电影票，约他在电影院道歉。

黑辉原本不想再见顾莉慧，也怕她闹腾，但听了来者的解释，黑辉只好收下电影票，并去电影院里见顾莉慧。

顾莉慧确实清醒了，她老老实实地坐在黑辉旁边说话。那天他们聊得很多，只不过这次聊天跟以往不一样，以往黑辉是被强逼当听众，被强逼听她指东道西，而这次他们是冷静对话。黑辉给顾莉慧讲自己的烦恼和感受的时候，她耐心地听着，也承认自己以往的不理智，并诚挚地向黑辉道歉。

在黑辉的劝说下，马茜妮也同意接受顾莉慧的道歉。

那天下午下班，在黑辉的安排下，他们三个人一起吃饭，顾莉慧诚挚地向马茜妮表达了歉意，马茜妮也接受了，并与她握手言和。

吃完饭回来黑辉洗了把脸，打开一瓶白酒，准备喝两口就睡觉。最近跟着班长也养成了睡前喝两口的习惯。因为喝两口睡得香。

黑辉边喝边想着这几个月来被马茜妮和顾莉慧纠缠，其实她们的长相各有所长，都很漂亮，顾莉慧苗条白嫩，马茜妮丰满性感，而且家庭条件都好，各自后面都有一群追求者。尽管都有花容月貌，可自己对她们却没有一点感觉，他只喜欢如雪。两个美女追他，自然让不少人羡慕，都夸黑辉艳福不浅，而他却不以为然，有时候还给人吹嘘，别说是她们其中哪一位，就是她们两人都脱得赤条条同摆在一张床上，自己可能都不会有生理反应……

忽然，有人在门外敲门。

“谁啊？”黑辉懒洋洋地问了一句。

“是我，有事找你。”是马茜妮。

黑辉一惊，莫不是她又要来纠缠自己？“我要睡了，明天再说吧。”黑辉不想开门。

“别紧张，我不是来纠缠你的，真有事。”

黑辉开了门，马茜妮并不进来，她站在门外对黑辉说：“你这里不方便，我想请你到我宿舍聊会，家里给我介绍了个男朋友，你能帮我出出主意吗？”

黑辉不好拒绝，就跟着马茜妮去了她的宿舍。

今晚回来马茜妮心情特别不好，连觉也不想睡。坐着坐着，她忽然想起黑辉晚上一个人爱喝几口酒，一个念头就在心中萌生了，她快速穿上衣服跑出去卖了一瓶白酒，一些零食……

见马茜妮桌子上摆了很多零食，还有一瓶白酒，黑辉有些不解，问这是干什么？马茜妮说干坐着聊天怪没意思的，咱们还不如边喝酒边说话，黑辉见她没有以前那种表现的迹象，就坐了下来。

马茜妮告诉黑辉，那天晚上她来找他，本来是要告诉他，妈妈逼着自己答应跟市委组织部长的外甥见面，并要她嫁给那个人。她说，那小子虽然有舅舅这么一面大伞罩着，但他本人各方面也不比别人差，不但长得一表人才，人也实在、善良、低调，而且最近研究生也毕业了，更没有什么不良行为。母亲明年就要退二线了，想在退下来之前把位子扶正，而靠实干已经不可能了，所以就想攀上组织部长完成升迁心愿。看到母亲的可怜相，加之父亲几近乞求的口气，再看看黑辉对自己的态度，她想了很久很久，就同意了母亲的安排。那天本来是过来要对黑辉说一声这事，希望以后能做个好朋友，不想正碰见了顾莉慧在门外乱骂……

听着马茜妮的讲述，黑辉突然感到有些歉意，望着马茜妮双眼泪汪汪的样子，一时竟然生了怜悯之心。

平时听自己说话时，黑辉总是一副爱听不听，心不在焉的样子。而此时看到他一脸的茫然，马茜妮更加喜欢这位她心中的白马王子，但如今已经跟别人确定了关系，她知道自己已经不能再反悔，就是想反悔也扭不过各种压力，现在她最大的愿望，就是能和黑辉在今晚留下一个美好的回忆。

马茜妮的目的是让黑辉多喝酒，所以她基本上不喝，只是东拉西扯，想起什么就说什么，不知不觉就聊到了后半夜。黑辉已经把一瓶白酒喝下去了大半截，看时间也不早了，他就起身告辞。马茜妮挽留黑辉，说反正明天是周末，咱们还不如再聊会儿。黑辉已经喝到了“夹生”程度，也就是喝到兴头上了，即使在这里不喝，回去还会再喝几口。爱喝酒的人往往都是这样，要么只喝一点，要是喝到正酣，那就得喝个尽兴。此时见马茜妮这么说，他也不坚持，就又坐了下来，一边听她絮叨，一边漫不经心地就着零食抿酒。

半瓶酒快喝完了，黑辉就有些醉意，他也喝不下去了，摇晃着站起来要回宿舍。

“大灰狼，我明天就搬回家去住了，不能再和你这样单独聊天了，以后我们只能是普通朋友，但有你这样的朋友我很荣幸。”马茜妮看黑辉有些站不稳，就过来扶他。

“大灰狼，我想求你一件事。”说着，马茜妮移到了黑辉的正面。

“什么事情，只要力、力所能及，我保证尽力、力而为。”黑辉眯着眼睛看着马茜妮。

“你这就要走？临别前能抱我一下吗？”马茜妮有些害羞地说。

“这、这个……不太好吧……”黑辉有些为难。

“算我求你了，这是我们好了这么久，我和你在一起的最后一个愿望。”

“那、那好吧！”黑辉便轻轻搂住了马茜妮，马茜妮紧紧抱住了黑辉。

他们都不再说话，黑辉依附着马茜妮摇摆着。马茜妮又用几近颤抖的声音乞求黑辉把她抱得紧一点，多抱一会儿。

从上初中开始到走上工作岗位，黑辉已经记不得有多少个女生喜欢过自己，记不得有多少个女生主动追求过自己，但自己却从来没有跟哪个女生牵过手，更没有跟谁拥抱过，之前他更没有仔细端详过马茜妮。此刻，搂着这个曾经让自己很烦，很不想接触的姑娘，忽然发现她很美，美得让自己心跳开始加速。接着，他产生了幻觉，觉得自己抱着的人是朝思暮想的如雪，开始迎着她柔情的目光仔细端详她。渐渐地，他感觉到自己下身有了明显的生理反应，也不由自主把头低了下去，用干渴的嘴唇去迎合“如雪”正在努力寻上来的热唇。终于，四片灼热的嘴唇印在了一起。马茜妮轻轻地呻吟着，腰身扭动着在他身上摩擦着，同时也把火辣辣而又软绵绵的舌头滑进了他的嘴里。他双手不再停留在马茜妮的腰间，自然地滑到了她那浑圆而充满弹性的臀部，轻轻地揉捏着。马茜妮紧紧地抱着他向床边退过去，又躺在床上，他丝毫不离地跟着爬上去，实实在在地盖在她身上。他一边喘着粗气，一边不停地亲吻马茜妮，恍惚间就把马茜妮的上衣扣子解开了。马茜妮一边迎合着黑辉的亲吻，一边呻吟着，她的欲火已经完全被点燃，她躺在黑辉的身下，在颤抖中摸索着解开了黑辉的裤带。就在她把手伸进黑辉裤裆里的瞬间，黑辉打一个激灵。他眨了一下眼睛，摇了摇头，发现自己压在马茜妮身上。再看马茜妮的上身已经脱得光光的，她的手还在自己的裤子里面，他惊出了一身冷汗，酒一下子醒了三分，他跳了起来，系上裤带拉开门就逃。

回到宿舍里，黑辉酒已经醒了大半，他苦思冥想，也想不出刚才的事情是怎么开始的，他后悔极了，可是一直想到天亮也没理出个头绪来。

此时，马茜妮已经穿好了衣服，她想，黑辉一会儿可能会过来对这件事做个了解，或者对自己说对不起。然而，等到天亮也没等见黑辉来敲门，她就非常生气，骂黑辉简直就是个懦夫。

此后，黑辉远远看见马茜妮就躲了，从此再没跟她打过招呼。见黑辉如此，马茜妮气得牙都疼，但也没有办法，只能在心里埋怨。

10

从顾莉慧和马茜妮的纠缠中解脱出来，黑辉突然感到特别轻松，特别舒心。

不过他很快又有些失落，这种失落来源于对如雪的思念。经过思考，他拿起笔，写下了人生中第一封情书。之前他不能放手去追如雪还有一个原因，他怕顾莉慧和马茜妮找如雪的麻烦，打扰她的工作和生活。现在没有了顾莉慧和马茜妮这两个后顾之忧，他可以尽情地对如雪表白，大胆地去追求她。当然，目前他还没有勇气去直接面对面地跟如雪表白，他怕再次遭到如雪的拒绝，只能先以此方式表达对她的思念。

如雪是赵荣重点培养的对象，也是这一年里对单位有新贡献的人，所以年底评先进时多数人都推荐她，就连回家过年，黎二明也没请示局长书记，直接派了一辆吉普车送她回家。当然，黎二明也是个好心人，他派车送如雪也是看她回家过年买的东西实在太多，如果不送，她就得花钱雇车，要么就只能看着她买的那些菜啊肉啊的年货带不回去放在宿舍里腐烂而浪费了。

收到黑辉来信的时候是腊月二十八中午。如雪坐上吉普车刚要离开时，办公室的王大姐拿着一封信气喘吁吁地追来，说你要是早走一步，这封信就只能等过完年回来再看了。

黑辉这封信写了足足十页，他表达了从见到如雪第一面就钟情的煎熬，倾诉了几个月来的思念及到现在才来信的原因。

回家路上，如雪几乎不与司机聊天，她一遍又一遍地读着黑辉的来信。黑辉的真情表白，坦荡倾诉，让她不无感动，让她一次又一次陷入了沉思。直到汽车开进村子的时候，后面追车的孩子们的喊声才把她从沉思中唤醒。

送如雪的是单位快要淘汰的了的一辆旧吉普车，但她坐着吉普车回来的事情却惊动了整个村庄。1992 年，整个小南川县各乡镇的主要领导都没有专车，如雪一个刚刚工作半年的黄毛丫头竟然坐着小车回家，比镇长都风光，人们怎能不惊诧？于是，晚饭后村里的人陆续来串门，来看热闹，来看这个风光的丫头。来的有老人、妇女、小伙子、小孩子，有平时来往的，也有平时不来往的。小小的窑洞里挤满了人，就连窑门外都站着人。如雪娘拿着水果糖不停地给人们散发，爹也忙着给一起盘腿坐在炕上的男人们递烟。如雪则被叫来陪长辈们聊天，她坐在炕沿上一个接一个地回答长辈们提出的问题。

爷爷把爹递来的一支香烟塞给二爷爷，说："我不爱吃纸烟，纸烟太绵软吃着不过瘾，还是我自己种的这老旱烟有劲道。"

二爷爷点燃香烟深深地吸了一口，再慢慢地吐出来，隆重地问如雪："如雪娃，你给我们说说，你才工作半年，咋就能坐着小车回来了呢？那白七都在电管站多少年了，来回还不是靠两条腿，平时人家连个三轮摩托都不让他坐，你是不是跟哪个大领导的儿子处对象了？"

"要么就是遇上贵人了，贵人是看咱如雪有学历长得又好看，就提拔她当官咧吧？"以前出过远门，有点见识的三爷爷猜测说。

任凭如雪怎么解释，大家都不相信一个刚刚工作半年的普通职工，单位会派专车送她回家。大家都以白七为例来分析，认为如雪不是被破格提拔当干部了，就是跟哪个领导的儿子或者亲戚在谈恋爱。当然，也有人私下议论她可能跟哪个领导有不正常关系，但这话到后来也没有传到如雪一家人的耳朵里，只是个别人乱嚼舌头而已。

如雪带回来的年货丰盛而高档，有火腿肠、巧克力、午餐肉……好多东西大家只听说过而没有见过，甚至有些东西就连白七都没有见过。还不到大年三十晚上，如雪带回来的糖啊烟啊的那些小食品，便被娘给来串门的人分享得干干净净。如雪尽管非常心疼，但脸上却不好露出来，只能等大家走后埋怨娘，有些东西很贵的，你不该那么大方。

如雪这次回来，让爹娘开心的是她给如奎带回来的药，如奎吃了很见效，当天晚上就没有喊头疼，并且从那天开始，他每天晚上睡觉都比以前踏实了许多。

如奎头疼和腿残疾的后遗症都七年了，还没有一点点好转的迹象，特别是那个头疼病一到冬天就变得严重，疼得他整夜整夜折腾着睡不安稳，自从吃了如雪带回来的药，他晚上不再那么折腾了，有好几次半夜里娘都起来点亮煤油灯，披着衣服坐在如奎的身边，久久地望着他熟睡中的憨样子，轻轻抚摸着他的额头，一声又一声地叹息，泪水也慢慢顺着她双颊流淌。

娘对如奎的爱怜如雪看在眼里，记在心里，她安慰爹娘不要再为如奎的病情难过，她说："这么多年弟弟的病之所以好不起来，那是因为家里一直穷，没有钱给他治病，现在我有工作能挣钱了，日子会好起来的，我一定要带他到大城市去把他的病治好。"同时，她还告诉爹娘，等过了年再领两个月工资，就凑上钱给如奎买一辆轮椅，让他先坐着自己行动。

在如雪的记忆中，这是她有生以来过得最开心的一个新年。记得自己刚考上大学的那一年，爹那让生活重担压得早早弯下去的腰虽然直起来了一点，但为了供自己上学，他那微微直起来的腰又再次被劳碌的重担压得弯了下去，而这个春节里，她看见爹佝偻的腰身明显直了起来，娘走路时的步子明显快了起来，如奎的痛苦明显减少了，村里人也对爹娘变得更加热情。更想不到的是正月初二那天一大早，表哥魏世民开着拖拉机，载着外婆、舅舅、舅妈来了。按照这里的风俗，正月初二女婿外甥就要到岳父、舅舅家去拜年，然后对方家再由平辈晚辈过来回拜，这叫过年走亲戚。那天早上如雪推着自行车刚到村口，就碰见了舅舅一家。舅妈命令舅舅下车帮如雪推自行车，然后拉如雪上拖拉机坐到自己旁边。如雪上车没有在舅妈旁边坐，只跟她冲她笑了一下，就拉着外婆的手关切地问长问短。舅妈特别机敏，马上乐呵呵地说："对对对，你快坐到你外婆旁边，她可想你了，年前就嚷嚷着问你回来了没有，怎么不来看她。我想与其让她盼你，还不如早点送她过来，免得这大冷天的她站在打麦场上一直等你。"

如雪心里明白，在那个家里舅妈说了算，她迫不及待地打破传统习惯早早过来，那不是为外婆操心，而是为她儿子的用电事情操心。她听娘说上次表哥的机井接电不但没有多掏一分钱，后来给电管站的人连一顿饭也没管过，也没给他们送过一包烟，而且因为自己，电管站的人对表哥的机井用电服务格外的周到。听说表哥现在又要把机井转让出去，准备跟别人合伙开机砖厂。但他们的机砖厂是新址，没有线路，没有变压器，而自己出钱架线、买变压器需要好几万元，于是表哥就想请如雪帮着在供电局跑个投资项目。

舅舅和表哥当晚就回去了，舅妈和外婆在家里住了三天。舅妈格外勤快，每天早晨起得特别早，什么活儿都抢着干，做饭洗锅，喂猪扫院子，她看见哪样干哪样，特别是对外婆的关心，让大家看着都敬佩。也许有一半是装出来的，但如雪能看出她现在的变化着实很大。

关于表哥机砖厂接电的事情，如雪只能告诉舅妈，到时候尽量想办法帮忙，不是说投资线路和变压器谁想跑赞助就能跑到手，毕竟她才工作半年，还没有那么大的能耐。当然，后来在黎二明地引荐下，如雪介绍表哥认识了小南川县供电局分管农电工作的副局长，至于跑没跑到投资项目，如雪就不知道了，家人也没有再提起过，她也不想再问。

第三章

11

与如雪相比，黑辉感觉这个春节是有生以来过得最煎熬的一个春节，他好不容易鼓足勇气写信向如雪表白，可却等不到她的回复。

其实那封信之所以迟到，是因为负责北大山县供电局那个片区的邮递员家中有事，私自积压邮件而耽误了时间，直到两周后，也就是到腊月二十八那天如雪才收到。因此他只能白白地遭受那么长时间度日如年的煎熬。特别是从春节假满上班的那天开始，黑辉一天两趟往收发室里跑。正月初十那天下午下班前，他实在忍不住，就给北大山县供电局办公室打电话找如雪。

接电话的人告诉黑辉，白如雪还在老家，还没有回来上班！

那年头基层班组有些员工过了正月初十才收心踏踏实实上班，黑辉相信；可县供电局办公室的人都过了初十还没有来上班，黑辉却不相信。他也在县级供电局工作，他清楚县供电局办公室的人有多忙，他们周末不回家，深更半夜还加班有如家常事！

如雪肯定是在躲自己！想到这里，黑辉从煎熬又陷入了抑郁。

黑辉变得有些萎靡不振，一天到晚垂头丧气，话也懒得说，家也不想回。从不抽烟的他开始抽烟解闷，把个宿舍抽得满地烟头。还动不动迟到早退，把自己关在宿舍里借酒浇愁。仅仅两周时间，他就变得头发凌乱，胡子拉碴，衣衫不整，宿舍里臭气薰天。他找借口不回家吃饭能骗得过父母，却骗不了在同一个单位上班的姐姐。

那天晚上，姐姐黑芳专门来找黑辉。黑辉正把自己关在宿舍里抽闷烟，喝闷酒。宿舍里乌烟瘴气，打开门一股酒气、脚臭气夹杂着浓烟直往出冲，薰得黑芳眼睛都快睁不开了。

黑芳先是安慰黑辉，再是劝他不要折磨自己，然后帮他仔细分析，说你无论是人品、长相、家庭条件，还是工作条件，都让许多女孩梦寐以求，从哪个方面来看，她白如雪都没有理由拒绝你，她不回信肯定另有原因，你应该再给她打电话、写信，或者直接去找她。

黑辉自小就跟姐姐要好，也听姐姐的话，听她这么一分析，他觉得有些道理，觉得如雪不是一个无情的人，她不回信不接电话肯定是另有原因。于是，当晚彻彻底底洗了个澡，理了个发，剃了胡须，清扫了宿舍，然后静静地坐在桌前提起笔来，向他心中的女神再次倾诉爱恋和思念之情，以及相思的煎熬。

有时候一个人想要得到不易得到的东西，是要经受一番磨砺才能成功的。黑辉对如雪的爱亦是如此，命中注定他还要再次接受考验。所以这次他把满怀希望的第二封情书寄出后，又过去了十天仍然没有等到如雪的回信。

春节前，当如雪坐在回家的车上一遍又一遍地读着黑辉的来信时，她激动得忍不住热泪盈眶，司机问她怎么了，她撒谎说不小心眼睛里进东西了。一路上她思潮澎湃，她后悔那次在旱冰场为了堵住黑辉的嘴，说话时态度太生硬。但当时她别无选择，因为一边是对黑辉穷追不舍的马茜妮，一边是对黑辉如痴如醉的顾莉慧，她不想跟顾莉慧发生不愉快，也不想跟好朋友马茜妮闹情绪，更不想把自己扯进他们的纠葛之中。所以，只能以冷水去浇黑辉快要点燃的火苗。其实，像黑辉这样百里挑一的大帅哥，自己哪能不动心？上次去市里找黑辉，也并不是完全为表哥的事情，她还有一层意思就是想去看看他，试探一下黑辉对自己的态度。说实在的，自从来到北大山县供电局之后，如雪一直期盼着黑辉能尽快从顾莉慧和马茜妮的纠缠中解脱出来，然后再来找自己。她深信黑辉不会跟她们中间任何一个人谈恋爱，也不会跟任何一个人有结果，更不会轻易放弃对自己的爱恋。然而，期盼了半年都没有见黑辉有动静，她就有些失落，不止一次地问自己，是不是生硬的态度伤害了黑辉？同时她也后悔上次去市里找他时，不该走得那么匆忙，如果当时和他多聊一会儿，或许他会鼓起勇气对自己说些什么……

过年在家，趁没有外人的时候，如雪常常拿出一直随身装着的那封信，一次又一次地细品黑辉的倾诉，时而被感动得热泪盈眶，时而激动得心花怒放。因为白天人多写信不方便，晚上灯亮的时间太久了娘又心疼煤油，所以她决定上班后再给黑辉回信。

黑辉那天打电话找如雪，如雪确实还没有回来上班，是因为正月初六傍晚她下沟挑水时不小心把脚崴了，行动不便在家多休息了几天，直到正月十三晚上才回到单位。

回来后如雪本来想把房间打扫一下，把地拖一下，再安心地给黑辉回信，可纸还没摊开，就有几个单身青年来叫她一起出去玩，她只好关上门跟大家一起出去热闹。因为还在新年里，大家都高兴，吃饭时免不了要喝酒。尽管如雪和另外一位姑娘不喝酒，但也不好中途离场，一直陪大家在卡拉OK里闹腾到午夜才回来。如雪怕第二天上班迟到，回来后就没有熬夜给黑辉写信。

如雪现在是办公室里的顶梁柱，才少上了几天班，黎二明就给她攒了一大堆活儿，一连四天如雪都没有松气，把周末都搭进去才干完，而且每天晚上都是加班干到十点以后，累得她回到宿舍衣服不脱就上床睡下。

第五天总算轻松了一下，整整一天如雪除了处理了几个日常文件外，再没干一件分外工作。尽管如此，她仍跟往常一样比别人下班晚，当经过副局长范忠强办公室门口时，听见里面有人在嚷嚷："既然组建两个施工队，就应该把力量平衡一下才对，让那个上过中专的人去一队也行，但至少也得给我们二队协调两个有高中文化程度的人呀！现在倒好，有点文化的全去了一队，不听话的、混日子的、捣蛋的、没文化的都往我这里塞。你也清楚，现在出去施工是缺有技术的人，不缺少干粗活儿的人；需要能看懂图纸的人，而不需要那么多只会出蛮力气的人。以前对施工流程要求不严格，我凭经验完成任务是没问题，可这次赵局长说了，'村村通电'工程是重要大工程，最后省里要来验收，如果不严格按照流程施工，到最后那些个几十万、上百万元的工程通不过验收，这个责任我可担不起。"这是穆驴儿的声音，如雪一下就听出来了。这家伙什么时候都是个高音炮。

“你不要着急嘛，我明天再给赵局长说说，咱们共同想办法呀！”如雪听见副局长范忠强在安慰穆驴儿。

“想个屎办法，明天下午开动员会，今天下午赵局长才找我谈话，还让我必须在明天上午下班前就把方案拿出来。不服从又不行，可我自己实在是没本事写那些个东西啊！实在是没招了，只好来找你帮我写。今晚咱俩谁都别想睡觉了，你先写，我出去买酒买肉，完了陪你喝酒。”穆驴儿说着就往出走，嘴里还不停地嘟囔：“赵局长真是偏心……”

“回来回来，买什么啊买，我给你写不就得了。至于人员的事情，你听我解释：你也知道，这次出去施工会给单位创不少效益，还能给职工挣点奖金，我是看单位里那些个不好好上班混日子的人就来气，咱们在外面拼命，他们却闲在家里等着领奖金。所以我给赵局长建议，把这些人都归到一起给你管，带他们出去也和大家一样劳动。别看我和赵局长、王书记拿他们没办法，可我们清楚你却是有办法对付他们的！”

这个穆驴儿，如雪现在已经很了解，无论在单位还是在外面，他要是要横起来，没有人能挡得住，没有人能硬得过他，惹急了他敢跟人动刀子玩命。他的驴脾气要是犯了，天王老子都不怕，可他就听赵荣一个人的话，要是他正在犯浑，只要赵荣来了，他马上就会安静下来，用他自己的话说，这叫“一物降一物”，自己就是不怕死的梁山好汉李逵，而赵荣就是宋江，李逵谁都不服就服宋江。如雪也知道，这个穆驴儿，自从去年因为新闻写作培训班到处煽风点火被赵荣批评了一顿，又连着做了几次思想工作之后，他思想有些转变，而且进步还不小，年底还向党支部递交了入党申请书。现在也不跟街上的小混混来往了，这让全局职工感到有些意外，更让外界对他刮目相看。

去年街上那些小混混听说供电局分来了个大美人，就天天晚上来单位门口骚扰，还冲院子里大喊大叫，搞得如雪很是烦恼。尽管混混们经常来骚扰，门卫却不敢向单位反应，怕单位告了派出所，回头这些混混再找茬报复。有天晚上，又有三个混混叼着烟蹲在单位门外，如雪加完班刚从办公楼走出来，他们就打着口哨冲院子里乱喊乱叫。此时穆驴儿刚好下乡干活儿回来，他见此情景，二话不说从三轮摩托上跳下来，提起操作杆就向那三个小混混冲过去。两个认识穆驴儿的小混混吓得掉头就跑，一个不认识的穆驴儿的不但不跑，还大大咧咧地站在那里嚷嚷：“瞧你们两个那尿样，咱们三个人还怕他一个人不成?”然后他还大摇大摆地迎了上来，“呸”的一声把叼在嘴里的半截烟吐在地上，一边狠狠地用脚蹍烟头，一边叫嚣：“怎么，怎么？提个棍子过来想打架不成？也不看看哥们是谁，有本事打我一下……”这小子话还没说完，穆驴儿的操作杆就重重地砸在了他的脑袋上，鲜血顿时就流了出来。穆驴儿却不管他流血不流血，手中的操作杆仍然一下比一下重地往那小子的身上招呼，那小子见势不妙赶忙捂着脑袋逃跑。幸亏他跑得快，要不然就穆驴儿那驴脾气，不把他打个七死八活才怪。

这一幕如雪看得清清楚楚，穆驴儿进来后，她过去一个劲地说谢谢。穆驴儿跟没事似的，轻描淡写地说：“谢什么，咱们是同事，那些婊子养的都欺负到门上了，我能不管吗？就是在街上看见他们欺负别人，我也会出面的。”

第二天，黎二明给了如雪一条烟，让她去感谢穆驴儿，他说：“我一直担心他会欺负你，没想到他却帮了你，他这个人最仗义，你要是跟他把关系搞好了，以后就再不用担心那些小混混骚扰你了。”

穆驴儿把如雪拿来的香烟扔回她怀里，嘟囔着说：“都是同事，你这是干什么？这是看不起我穆清嘛!”

如雪本来就聪明伶俐，加之黎二明提前支招有备而来，就笑着对穆驴儿说：“哦哟，穆哥，这还能有什么意思，这不过是小妹的一点心意而已，你怎么一点面子都不给呀……”

如雪穆哥长穆哥短的，叫得穆驴儿都不知道再说什么才好。他一拍桌子叫一声：“好，妹子的情我领了。”然后把烟撕开，给在场的班员每人扔了一包，把剩下的放在抽屉里说：“抽完了你们手中的，再一起抽这些，但是以后小白要有什么事情，大家可都要帮她，这烟不能白抽。”

穆驴儿打人的事赵荣不但没批评，还把他叫到办公室破例表扬。碰巧如雪去给赵荣送文件，赵荣指着穆驴儿开玩笑地说：“这家伙说你认他当哥哥?”

“给穆哥当妹子我很荣幸呀!”如雪的当场确认让穆驴儿很有面子。

回宿舍的路上，如雪回忆着那次穆驴儿给她解围的情景，想着他刚才和范忠强的对话。突然，她停下了脚步，掉头，以坚定的步伐向办公楼走去。

在楼门口，如雪差点跟风风火火闯出来的穆驴儿撞了个满怀，她故作不知地问：“穆哥，这么晚了你干吗呢？”

穆驴儿回答：“这不有个东西明天要上会嘛，我写不出来，就请人家范局长帮我写，我出去买点酒，等写完了我陪他喝几盅。”

“哎哟，穆哥好大的面子啊，还把活儿拿来让副局长替你干？”如雪故意开玩笑。

“唉，三言两语说不清楚，反正就是要写个东西，你忙吧，我出去买酒了。”穆驴儿火急火燎地就要往出走。如雪一把拉住他又故意问：“写什么东西还要烦局长？写东西是可妹子的特长啊，走走走，我帮你写去。”

“这，这不太合适吧……”

“有什么不合适的，你不是也经常关照我吗？”如雪连推带搡地就把穆驴儿叫了回来。

范忠强虽是中专文化程度，但写东西他却不在行，如雪和穆驴儿进来时，他正趴在桌子上挠头呢。他看见穆驴儿和如雪一起进来了，便知道救星来了，就冲如雪诉苦：“你说这个穆清，他自己的东西没本事弄，就来赶鸭子上架，我真是拿他没有办法，你这是？”

“我在宿舍里掐指一算，知道穆班长绑架了您，就过来救驾！”如雪调皮地说。

如雪坐在范忠强的“副局座”上，范忠强和穆驴儿各自搬一把椅子坐在她对面口述要草拟的内容。如雪手快，他们叙述什么她就写什么，往往是她停下笔来等他们思考，而不是他们嘴比笔快。晚上十一点刚过，如雪按照范忠强和穆驴儿的口述拟出了《北大山县供电局“村村通电”工程施工二队组建细则》和《北大山县供电局“村村通电”工程施工二队人员职责分工》草稿。

经过三个人的讨论修改、继续完善，定稿时已经过了零点。范忠强就让如雪回宿舍去睡觉，把稿子交给穆驴儿让他重新抄写。如雪说：“我写的字非常潦草，加之咱们修改时又删删减减的，要是让他来抄写的话，光辨认字儿就得浪费不少时间，还是我拿回去抄吧。”

看着密密麻麻写满字的那一厚沓纸张，穆驴儿高兴得就跟中了大奖似的，咧着嘴嘿嘿嘿地笑着说：“今晚可是遇上贵人了，今晚可是遇上贵人了！看来只能再劳贵人辛苦一下，拿回去抄整齐，到时候施工队发补助的时候保证有你一份。”

如雪走后，范忠强给穆驴儿出点子：去跟赵局长要白如雪，让白如雪到施工二队来当技术员。

“亏你还是领导呢，这主意都能想得出！让人家一个女娃娃跟我们出去，施工队苦不苦你好像不知道似的？再说这次施工是攻坚战，走在哪里就要住在哪里，别说在现场干活，光野外风吹日晒估计她都受不了……”刚听了范忠强的话，穆驴儿就犯了高声音大嗓门的毛病，整个楼里都是他的回音。不过他越说声音越小，还没说完就停下了。因为说着说着，他自己也动了心思。

抄完东西躺在床上如雪怎么也睡不着，她脑子里全是施工队员领补助的事情。她想，自己怎么也能到施工队去，和大家一样挣更多的补助？

第二天早晨，如雪上班跟往常一样早。她把抄好的东西交给早就在班里等着的穆驴儿，就去办公室打扫卫生。正在拖地的时候，赵荣也来上班了，她放下拖把便去了赵荣的办公室。

如雪说：“赵局长，我找您有点事。”

赵荣问：“什么事？”

如雪说：“听说咱们要干‘村村通电’工程了？”

赵荣说：“是的，这次‘村村通电’工程是全省农电建设会议上做出的决定，要在‘八五’期间实现全省行政村通电 90% 以上，初步实现农村电气化。按照上级要求，咱们局各项准备工作年前也基本就绪了，前天市电业局召开了动员大会，要求各基层县供电局务必在本周内全部动工……”

如雪告诉赵荣，她请求去穆队长的施工队参加施工，原因一是去锻炼，二是他们施工队里缺少懂图纸的人，更缺少能写东西的人，自己既是学电力系统专业的，写东西又是特长。

听如雪说完，赵荣竖起大拇指直夸奖："好样的，好样的，你觉悟就是高呀，真没有辜负我对你的期望啊。原本我也有这个想法，想让你去助穆清一臂之力，可考虑到这次出去施工跟以往完全不一样，艰苦程度估计是前所未有的，所以一直不知道该怎么样对你说，既然你主动提出了，那我完全同意。不过你先不要对穆清说，我想先听听他的意见。"

那天早上穆驴儿是第一个到单位的人，等上班后，他拿着如雪抄写得工工整整的方案便去赵荣的办公室。他并不知道，在他之前如雪早已经和赵荣见过面了。他一进门就嚷嚷："我申请要人，不给技术人员这施工队长我不当，谁能当让谁当去，哪怕处分我都行。"

赵荣没有接他的话茬，而是笑着说："你的方案出来了吗？先让我看看啊，人员名单昨天不是都给你了吗？还要什么人？"

从穆驴儿手中接过《北大山县供电局"村村通电"工程施工二队组建细则》和《北大山县供电局"村村通电"工程施工二队人员职责分工》，赵荣就认真地看了起来，穆驴儿一开口说话他就摆一下手，示意他不要打扰。看完后，他盯着穆驴儿看了半天，说："啊呀呀，不错嘛，写得很好、很好。你看一队里有那么多上过高中的，还有个中专生，他们的方案到现在也没拿来，你一晚上就整出这么好的东西来，还跟我要什么人？走走走，先忙你的去，别的事情下午开会再说。"

穆驴儿说："这不是我写的，我哪有这个屎本事，这是人家白如雪帮我写的。"

听了穆驴儿要人的理由之后，赵荣告诉他："这次外出施工，情况你跟我一样清楚，你要白如雪我不反对，但具体你跟她去谈，她要同意你就请她当技术员，她不同意你再物色别人吧，可别叫一队队长说我偏心有意给你留着白如雪。"

动员大会后，两个施工队立即开始了紧张的组建准备工作。几天后，由穆驴儿任队长、白如雪任技术员的北大山县供电局"村村通电"工程施工二队正式进驻十八公里外的高崖村。

12

如雪给黑辉的第一封回信还没来得及回，黑辉的第二次表白书又来了。第二封信是施工队出发的前一天如雪收到的，但她手头的事情实在太多，根本腾不出时间给黑辉写回信，只好一拖再拖。

施工队住在当地老乡家里，穆驴儿给如雪选了一间很干净的小房子。村里虽然还没有通电，但施工队有足够的蜡烛。这天晚上开完会，准备好第二天的相关资料，如雪就回到小房子里脱鞋上炕，坐在穆驴儿从老乡家给她借来的小炕桌前，再次认真地读完了黑辉的第二封来信，然后铺开信纸提起笔，在明亮的蜡光下，开始了她有生以来第一次写给男性的回信。

从上初中开始到大学，到参加工作这么长时间以来，她已经记不清有多少个男性给自己写过情书，包括学生、成年人，甚至有妻室的人，但自己从未理会过，更没有写过回信，而黑辉的表白，让自己前所未有的激动，现在要给他说的话已经在心中酝酿了很久，今天终于有时间静下心来提笔回复。

与此同时，在红山电业局单身宿舍里，黑辉正忧郁地躺在床上，黑暗中静静地盯着天花板思念他心爱的女人。此时，已经距他给如雪发出第二封信又过了十多天时间，他想：白如雪为什么不接电话？又为什么连个信都不回呢？就算你不愿意跟我黑辉好，那也不至于连最起码的人际交往礼数都没有吧？想到这里，他忽地坐了起来，一个念头在心里油然而生：去北大山县供电局找白如雪。对，去找她，就算她当面拒绝了自己，也没有这样在黑暗中单相思痛苦。

黄土高原腹地的春天来得本来就晚，今年又是一个倒春寒，都三月份了西北风还呼呼呼地刮个不停，真让人心烦。星期六的早晨天还没有完全放亮，黑辉就起床了，昨天他向班长借了班里的三轮摩托，今天他要骑着摩托车去北大山县找白如雪。当他兴冲冲地打开宿舍门时，眼前的景象差点让他傻了眼，只见漫天春雪飞舞飘扬，地上落了指头厚一层白雪。

去北大山县要走很多蜿蜒崎岖的山路，摩托看来是骑不成了。黑辉就往车站跑，他怕慢了去北大山县的班车也停发了。

去北大山县的班车是没有停发，但班车行了三分之二的路程就不能再行了。雪越下越大，路越来越滑，班车就在山下的一个小镇子里停了下来。从眼前的情况看，明后天路都不一定能通。此时，黑辉想见如雪的心情越来越迫切，他恨不得马上就见到如雪。于是，他跳下车来，紧了紧鞋带，迎着寒风踩着铺满积雪的山路，大步流星地向北大山县城走去。

当黑辉徒步来到了北大山县供电局，从门卫老大爷那里得知如雪和施工队住在乡下时，他差点没有晕倒。慢慢定下神来，他向门卫老大爷详细问明了施工队住的地方及具体情况后，搞清楚了高崖村的方向，然后在街边的小店里买了一把手电筒，买了两个馒头及两个苹果，然后馒头就苹果边啃边向高崖村走去。

这里的雪下午就停了，山路也被行人和牲口踩出了一条硬道，尽管是黑夜行路，但还不至于迷失方向，黑辉边走边打听，午夜的时候，终于拖着疲惫的脚步找到了北大山县供电局施工二队驻地。

刚敲开门，黑辉便瘫倒在地。

为了看心爱的人，一天在风雪中徒步超过了一百公里，这种精神不但感动了如雪，同时也感动了施工队所有的人。穆驴儿亲自下厨给黑辉做了一碗热腾腾的鸡蛋面，冲着他直竖大拇指，说："兄弟，你真是条汉子，我穆清前几年闯社会什么人都见过，还真没见过你这么痴心的汉子，你这精神了不起啊，跟当年的红军一样，我这妹子要是不给你当媳妇，我都不依她！"

夜已深，看到黑辉那副疲倦的样子，如雪和穆驴儿就安排黑辉先休息，其他事情等天亮再说。

因为山陡路滑，第二天不能出工，穆驴儿就组织大家学习《安规》。如雪把黑辉带到自己的小房子里，拿出写给他却还没有来得及寄出去的回信让他看。

黑辉读着读着，禁不住泪如泉涌。他紧紧握着如雪的双手，激动得声音都有些颤抖，他说："我就知道你没有回信是有原因的，可我实在受不了思念的煎熬，才这么远来找你。"接下来，黑辉把顾莉慧几个月来的纠缠不休和马茜妮的狂热追求，及她们发生了冲突才使自己解脱出来的经过详细地向如雪说了一遍，并如释重负地告诉如雪："以后再也没有人打扰我了，再也没有绊脚石了，我可以一心一意地来看你。”

看着这个被相思和疲劳折磨得一脸憔悴的美男子，如雪又是爱怜又是心疼，她接受了他的拥抱，依偎在他的肩上，沉浸在从未有过的甜蜜和幸福之中。

纵有千言万语半天时间也无法说完。明天是星期一，如雪不想让黑辉无故旷工，再说他留在这里也有诸多不便。午饭过后，她便催黑辉快回去。此时尽管非常舍不得离去，但黑辉还得面对现实，只好动身启程。

当地有一句谚语形容得好：春雪比马跑得快！意思是说只要天晴了，春雪就融化得非常快。所以中午过后雪便以最快的速度开始融化，山野中也不再银装素裹。徒步下山太慢，穆驴儿便从老乡家找来两头驴，一头黑辉骑着，一头老乡骑着陪他下山。去市里的路也消开了，班车也通了，天黑前黑辉就回到了市里。见到了如雪，黑辉精神大振，他把脏乱不堪的宿舍清扫干净后，便卷起来脏衣服、脏床单打着口哨回家看父母去了。

那天局里开完动员大会，赵荣拿来《红山电力报》和省电力报，指着上面关于上级召开“村村通电”工程动员大会的消息，要如雪以此为参考，撰写一篇北大山县供电局及时贯彻执行、快速行动的消息，在报纸上发表出来。

如雪没有辜负赵荣的期望，当天晚上就写了一篇北大山县供电局“村村通电”工程正式开工的消息，第二天早上发传真投给了《红山电力报》和省电力报。那年头，基层通讯员投稿十有八九都是邮寄，编辑部几乎不以传真的形式收稿，但如雪的待遇不同，她现在是这两级报纸的骨干通讯员，编辑部给了她优先条件，让她用传真投稿。其实在北大山县供电局召开动员会和施工队入驻现场的同时，其他兄弟单位也在行动，只是如雪有传真投稿的优先条件，比别人快了一步。所以其他单位的消息寄到编辑部的时候，北大山县供电局的消息已经抢先见了报。

那天红山电业局局长金和里在《红山电力报》上看到这则消息的时候也很高兴，心想，这个赵荣就是执行力强，市局动员大会才开过两天，他的人马就进驻现场正式开工了。于是他打电话把赵荣好好表扬了一番。然后把分管农电工作的副局长叫来对他说：“你看看人家赵荣执行力多强，咱们才开了动员会两天人家就开工了，看来他对任何工作的重视程度都比别人高啊。你得尽快下去督促一下其他几个县供电局，叫他们也麻利点，学学人家北大山县供电局的作风。”

听了金和里的话，副局长笑着说：“这几天我已经分头到各县供电局去过了，大家开动员会的时间前后也就差个半天，截至昨天各县也都开工了，只是赵荣这家伙手下有个能耍笔头子的白如雪，是她给北大山县供电局营造了个好声势，看来这宣传工作的作用很大啊！”

说话间，收发员送来了省电力报，关于北大山县供电局“村村通电”工程正式开工的消息也刊登在上面，而且整张报纸上关于“村村通电”工程的消息就这一条，这则消息里还特别声明了北大山第一时间落实全省农电工作会议精神，在红山电业局的坚强领导下，率先在全市吹响了“村村通电”工程的冲锋号角。

看到这则消息，副局长感慨地说：“乖乖，这个白如雪真的好生了得，尽管就这么一点小豆腐块，却给咱们脸上贴金了，省局领导对咱们的执行力肯定是要表扬的！”

“我也很满意，这条消息有很强的正面引导效应啊！”金和里也很高兴。

金和里马上叫来宣传科长王有根，要求宣传科立即向外发布一条关于本市“村村通电”工程全线开工的消息。

红山电业局的宣传工作跟全省电力系统其他兄弟单位相比，一直处在中间水平，既没有垫过底，也没有冒过尖。在“村村通电”工程全面开展，需要宣传工作大力营造声势的关键时期，仍然没有冲到前面，除了如雪的那条消息外，又是一如既往的风平浪静。尽管有一个曾经能以一顶仨的老宣传干事常大拿，但本来就身体状况不太好的他，这几年随着年龄越来越大，成绩也是一年不如一年，科长也不好给他压太重的担子，只希望他能按时、按要求完成局领导布置的工作任务，或上级下达的宣传指标。现在毛腾飞对王有根寄予厚望，可王有根也是巧妇难为无米之炊，都来这么长时间了，还是没有挖出几件能有效应的事件来。接到金局长要求向外发布“村村通电”工程全线开工的消息的指示，王有根又犯难了。因为常大拿今天刚请了病假，另外几位科员，别说能写出向社会媒体发表的文章来，就是写个平常小消息也是为难他们。无奈，王有根轻叹一声，只好放下科长的架子，亲自去农电科收集相关资料，亲自动手撰稿。

王有根上学时语文学得最好，加之这几年一直在支部书记岗位上管宣传工作，且又是直接领受了金局长指示，所以写一篇消息对于他来说并不难。很快，他撰写的关于红山市“村村通电”工程全线开工的消息就被省电力报、《红山日报》刊登，达到了预期效果，也受到了金和里的表扬。在金和里表扬王有根的同时，毛腾飞却对他提出了批评，认为他不善于管理，不善于坐镇指挥，同时也要求他要学会运筹帷幄，充分调动团队的积极性，让大家无论在哪个岗位上，都要有参与企业宣传的责任意识。

在毛腾飞的指导下，王有根也对目前的宣传重点，对调动人员积极性做了深思。可思前想后，他觉得自己纵有完美的策划，清晰的思路，还是巧妇难为无米之炊。于是，他决定找合适的机会向局长和书记要人，把白如雪要到宣传科来。

13

经过三个月的艰苦奋战，由穆驴儿任队长，白如雪任技术员的北大山县供电局“村村通电”工程第二施工队承建的首个配套正式竣工。

工程结束后，施工队离开的那天，老百姓都提着鸡蛋、抱着鸡、端着羊肉前来送别。特别是村里的孩子们，一直恋恋不舍地跟着施工队的车跑了很长时间。在这短短三个月时间里，这里的乡亲们已经和施工队员建立起了深厚的感情，特别是如雪跟孩子们的感情更深。

这三个月里，如雪基本没怎么回过县城，她把业余时间都用在了辅导村里孩子们的学习上。每天晚上从工作现场回来，她顾不得白天和施工队员一起爬山、翻沟、栽电杆、架变压器的劳累，快快带领施工人员整理好第二天的工料后，就投入到了给孩子们辅导功课的忙碌之中。

施工队的驻地高崖村是个自然村，村里没有学校，孩子们上学要翻一条深沟到对面山腰上的行政村小学去。对面村子的小学说是一所学校，其实只有两个教室和两名老师，一二年级孩子挤一个教室，三四年级孩子挤一个教室。两名老师都是村里初中没有毕业的农民，他们一个负责教数学，一个教语文。他们说是老师，可语文老师给孩子们的作文题，有时候他自己都搞不明白，数学老师也只能勉强做四年级的应用题。这里没有五年级，孩子稍微大点能走得动路了，就要到五公里外的乡中心小学去上五年级。

房东家的孩子都三年级了，还连个造句都不会。有一次如雪见孩子写语文作业造句“天真”：我今天真快乐，因为电工叔叔给了我一块钱；“可爱”：白如雪阿姨可爱给我们讲故事了；“难过”：村子对面的小河真难过。看到这样的造句，如雪觉得有些可悲，于是她就想再看看孩子的数学学的如何，就出了一道题：供电局叔叔来这里栽电杆，30 公里共有 400 根电杆，每天栽 20 根，需要多少天能栽完？每天能栽多少公里？这道题对于三年级的孩子来说，是有点难，做不出来倒能理解，但如雪讲了三遍，旁边四年级的孩子连听都听不明白。于是，如雪才产生了给孩子们辅导功课的想法。

在如雪的帮助下，孩子们的学习成绩都有了很大提高，就连房东高双水家那个最不开窍，反应最慢的孩子也进步不少。这让对面学校的两位老师很是佩服，还特意过来和如雪交流，并邀请如雪有空过去给全体孩子讲课。后来，如雪也趁没有出工的间隙，应邀去过学校两次。

有时候如雪晚上给孩子们补课，也非常耽误第二天施工备料的工作。穆驴儿不但没有不高兴，还非常支持。穆驴儿的支持让如雪有了更多的时间给孩子们讲课，这让村民们非常感动。所以施工队离开的时候，才会有那么人前来，才有那么隆重的送别场面。

施工队承担的第二个施工点在一个叫硬石洼村的地方，也是个小山村。这里的工程量跟上一个工程量差不多，但这里的山一半是土山，一半是石山，来这里之前，大家都做好了大干一场的准备。

之前对要架设的线走径进行复测定位时，如雪和穆驴儿找到村支书牛二叔，请他帮着给施工队找驻地。盼电心切的牛二叔就动员小儿子，一起搬到了大儿子家去挤，把自家的院子整体让给施工队当队部。

这天是个星期六，大家刚安顿完毕，黑辉就骑着摩托车赶过来了。因为前期准备工作还没有做完，一两天内还不能开工，于是穆驴儿就给如雪放假一天，让黑辉带她回县城去放松放松，星期天晚上再回来。

20 世纪 90 年代初期，这里各县供电局也就为数不多的那么几辆客货车或者领导坐的小车，班组干活儿的交通工具基本都是长江 750 三轮摩托和幸福 250 两轮摩托。黑辉这次骑来了一辆崭新的幸福 250 两轮摩托，还是红色的，这不但让村里人看着当稀罕物，就连施工队的好多人都羡慕。黑辉载着如雪出村时，后面跟着一串串孩子在追。

如雪紧紧抱着黑辉的腰，把脸实实地贴在黑辉宽厚的后背上。此时，她感到特别甜蜜，甜蜜得都快要醉了。

北大山小城初夏的傍晚还有些凉意，黑辉和如雪牵手走在城外的小河边。这里夏天绿树成荫，河边绿草青青，特别是岸边的小树林，是热恋中年轻人的好去处。现在天气还不热，加之小城人本来就少，此时河边除了黑辉和如雪外，再就是树上叽叽喳喳的麻雀了。

黑辉问如雪："'五一'劳动节你能跟穆队长请个假吗？我父母希望你能去家里坐坐。"

"我也特别想去看望他们，但现在施工任务这么紧，我又是队上的技术员，在这个关键的时刻真不好意思请假。"如雪有些为难。

"这个我当然清楚，让你专门去请假，我也不好意思，不过到时候看情况再定好吗？"

"嗯！嗯！"如雪含情脉脉而又使劲地点头。这是她第一次在男人面前露出的娇姿。

就这两个"嗯"，加上那可人的娇姿，差点能把黑辉醉倒。

望着如雪可人的样子，黑辉突然感到心跳得厉害，他感到自己的血液快要沸腾了，他紧紧地将如雪揽进怀里。短暂的拥抱之后，便是一段疯狂的热吻……

晚上，黑辉想要和如雪一起住在宿舍里，但如雪却坚持让黑辉去县供电局招待所里住，她认真地对黑辉说：“我们的爱情是纯洁的，没有结婚前我们一定不要越雷池半步！”

黑辉尊重如雪，只好听从她的安排。

此时尽管已经坠入了深深的爱河之中，但如雪还是保持着她对宣传工作的挚爱和坚持。安顿黑辉在招待所里住下，她赶快回到宿舍里又开始挑灯夜战，以最快的速度写了一篇关于北大山县供电局“村村通电”工程首战告捷的消息，又编辑好本期的《北大山电讯》之后，才进入甜蜜的梦乡。

如雪上次那篇文章和后来王有根发表的文章刊登在省电力报上，着实给金局长脸上贴了金，省电力局局长在一次工程推进会上对红山电业局的执行力强和金和里雷厉风行的工作作风大加表扬，并要求各地市电业局、供电局在适当的时候，组织人员去红山电业局施工现场观摩学习，整体快速推进全省此项工程建设进度。更让金和里受益的是他还借此机会向电力局长哭穷，说红山是个革命老区，这里山大沟深，工程建设费用跟预算费用有些不符，希望能追加费用。电力局局长早有让红山电业局当标杆的想法，听完后二话没说就答应了金和里的请求，立即叫来农电处处长和财务处处长，让抓紧落实红山电业局追加费用一事。

从省城回来后，金和里就给宣传科提出要求：以后各县供电局凡是“村村通电”工程的相关消息，都要站在市局的角度去宣传，既然要发布消息，就一定要起到轰动效应、全局效应。

那天，当王有根拿着写的关于北大山县“村村通电”工程首战告捷的消息请示毛腾飞，问要不要改成红山电业局首战告捷时，毛腾飞赞许地对王有根说：“你这就对了，工作要开窍，要有敏感性，这条消息如果就这样发出去，充其量也就是个点，你跟白如雪沟通一下，把这篇稿子内容扩充一下，由‘点’到‘面’，站在红山电业局的角度发出去，这样既有政治意义，金局长还高兴。另外，以后你们干工作一定要按金局长的思路去开展，不要像有些中层干部一样，一天到晚挖空心思地猜测领导在想什么，迎合领导的爱好办事情，更有些人还搞小动作，弄一些不光彩的事情去巴结领导，之后还到处吹嘘自己会干事……”

几天后，一篇《红山市“村村通电”工程首战告捷》的消息在市日报、省电力报相继刊登。当然，作者署名是两个人，如雪名字在前，王有根名字在后。这篇文章确实起到了宣传效果，一周后省电力局便组织人员前来观摩。

观摩组由电力局局长亲自率队，省农电处、基建处相关负责人、各地市供电局、电业局一把手、各县供电局相关负责人参加。出发前，电力局长提出要求，此次观摩不安排具体时间，不指定地点，更不准提前通知施工队，而是行车途中由他亲自随机指定地点。

观摩组从省城出发并没有直达红山市，而是沿途先去了其他两个市供电局的几个施工队，在个别施工队部，发现有人没有去施工现场，而是闲在家里打牌喝酒，这让被观摩的市县两级供电局局长非常尴尬。于是就有几个人私下盘算红山电业局，准备给最近常出风头的金和里来个突然袭击。当车队来到红山地界后，有人就给电力局局长建议：能不能去北大山县供电局随便哪个施工队看看，验证一下北大山县供电局是不是老在报纸上吹牛。

局长欣然同意。于是，观摩团来到了硬石洼村。当走进北大山县供电局施工二队队部干干净净的院子，看见码放得整整齐齐的各种器械、施工材料，看到墙上一目了然的工程进度表和张贴在醒目位置的人员职责分工时，大家对红山电业局的严格管理开始佩服，对红山电业局职工严谨的工作作风开始举手称赞。

北大山县供电局施工二队的队员们正在施工现场热火朝天地立电杆。只见吊电杆的抱杆起到一定角度，现场一名女指挥员手中红色令旗向下一指，守在抱杆左右的两排人员立即跑向指定的位置，拽绳的拽绳，拿锹的拿锹，然后随着她手中绿色令旗向上一扬，电杆继续匀速向上吊立，当起到90度角位置时，抱杆慢慢脱落落地，女指挥手中红绿令旗相互交叉挥舞两次，几名手持铁锹的人迅速冲上去向杆坑填土，随后一名等在旁边提着脚扣的人员便爬上电杆……

按照领导要求，观摩团不许进现场打扰，大家都站在附近的山坡上观看。井井有条，忙而不乱的施工场面无不让观摩人员感叹，特别是现场指挥者还是一名女工，这更让大家刮目相看，赞不绝口。

等电杆上人把吊绳、滑轮拆除下来后，他们清理现场准备往下一处转移时，按照大家请求并经电力局局长同意，金和里让赵荣喊来了如雪。

“你是这里的施工队长吗?”电力局局长问。

“不，我是技术员白如雪，我们穆队长带人在前面运电杆、挖杆坑，我负责随后指挥立杆。”如雪干脆地回答。

“既然是技术员，你把现场的‘安全措施’‘组织措施’‘技术措施’给我们简单地说一说，也把这段工程概况大概介绍一下。”

“你把这里将来的用电情况向大家介绍一下……”

观摩团的领导们七嘴八舌，前一个人的问题如雪还没回答完，后一个人又迫不及待地提问，好像非要把这位漂亮的女技术员问个张口结舌才善罢甘休。

自参加工作以来，如雪见过最大的领导便是红山电业局的局长金和里和党委书记毛腾飞，接触最多的领导只有赵荣和王有根，而此时面对全省电力系统最高领导和众多观摩领导，她略微有点紧张，但平静了一下，她开始一个接一个地回答问题。因为对这里的一切都了如指掌、胸有成竹，所以对于每一个问题她都对答如流，不疏不漏。

望着眼前这个年轻漂亮的姑娘，电力局局长语重心长地对金和里说：“原来她就是白如雪，真是棵好苗苗，放在哪里都是根硬柱子，你可要好好地培养，不过年轻人下来锻炼锻炼是好事，以后成长得会更快些!”

这么大的领导，竟然知道一名基层新员工，这让在场人员感到非常意外。看到大家有些纳闷的样子，电力局局长笑呵呵地一指站在后面的毛腾飞对金和里说：“没有这个白如雪同志，你能有他这么好的搭档吗?你现在工作能有这么顺风顺水吗?咱们省电力报我也是很关注的嘛，上次她写的那篇文章很不错啊!”

大家这才恍然大悟。是啊，要不是白如雪的那篇《管电者“公事公办”，用电人望眼欲穿》文章，全省电力系统不知道还有多少“电老虎”盘踞一方吃拿卡要，祸害百姓。红山电业局上一任那个党委书记可能还霸在他的地盘上跟金和里较劲呢。另外，以红山电业局以前的那种状态，也迎不来这么大的观摩阵容，电力局局长也不会驾临这里。想到这些，金和里便有些感激白如雪，又有了把她调到局机关的念头。

有了电力局局长的充分肯定和和观摩团的高度评价，有了金局长和毛书记的充分肯定，如雪和穆驴儿的干劲更足了，在他们的默契配合下，这里的捷报更是频出不迭。关于施工进度、与当地老百姓的和睦相处、乡镇村组支持的消息，频繁在《红山日报》和省电力报上亮相，其中一篇还上了《中国电力报》。也正是因为那则消息，才引来了《中国电力报》记者先后深入采访，对全省“村村通电”工程进行了深度报道，对电力职工不畏艰苦，乐于奉献的精神进行了大力宣传。

14

从过年离开父母到现在，如雪忙得连一次家都没顾上回，“五一”国际劳动节快到的时候，穆驴儿便让如雪抽空回家去看看父母。同事们也都清楚如雪身为技术员很忙、很辛苦，白天不但一直坚守在施工现场，晚上还要熬夜填写施工资料、写新闻稿件。此时工地上各项工作都有序进行，也不再像刚刚开工时那么忙碌，借此机会应该让人家休息一下。再说包括穆驴儿在内，队上所有人都轮换着休息过或者请过假，只有如雪从来没有请过假，于情于理都该给她多放几天假。

休假那天，如雪从驻地坐毛驴车到山下的小镇上，再从镇上坐拖拉机回北大山县，然后又从北大山县搭班车去市里。经过大半天的辗转，直到夜幕降临才见到她日夜牵挂的黑辉。黑辉把如雪带到宿舍简单地洗了把脸，然后就牵着她准备回家见父母。

“大灰狼、白如雪！大灰狼、白如雪！”

黑辉牵着如雪的手边走边开心地聊天，路过电力宾馆门口时，听到有人在喊他们。

顺着暗淡的路灯望去，只见电力宾馆院内喷泉后面那个小凉亭里站着三名女子，她们个个长发飘飘，长裙迎风，美丽的身影在昏暗的灯光下显得更加动人。其中一位正边喊边向黑辉和如雪招手。借着灯光，黑辉正准备仔细辨认时，如雪却挥手向那边打招呼，并用指头轻轻戳了一下黑辉的脑门说："傻蛋，还没看清啊，是丁秋香和马茜妮。"

喊话的果然是丁秋香。

走到近前，还不等大家开口，马茜妮先瞪着黑辉说："躲什么躲，我又不吃你，不就带了个白如雪吗，牛气什么呀！"然后回头又冷眼望着如雪说："哟，如愿以偿了，大帅哥最后还是被你给抢走了，厉害！"

一见面就遭到马茜妮一顿奚落，如雪有些不自然，不知该说什么才好。幸亏秋香解围："我说马茜妮你开什么玩笑，把人家两个都弄不好意思了。"

"没事，没事。"黑辉忙笑着说。

"我说如雪呀，不是姐说你，你也真是太重色轻友了。这么久都不和我联系，我给你办公室打过好几次电话，都说你不在。你老在外面跑什么呀？"丁秋香过来牵着如雪的手，一边说一边往如雪脸上端详，"比以前更漂亮了，怪不得大帅哥都拜倒在你的石榴裙下了。"

马茜妮问黑辉要带着如雪去哪里。

黑辉不好意思说是要去家里，就支吾着说："不去哪里，不去哪里，就随便转转。"

"随便转转？那好啊，我们今天就给你们当一次电灯泡，咱们一起转转怎么样？我们姐仨还没吃饭呢，请我们去吃个饭吧？如雪，你可别忘了，你来电业局报到的第一个晚上还是和我秋香收留的你，今晚你要请客。"马茜妮也不管三七二十一，连珠炮不断。

"咱们在这里说说话行了，干吗非要当电灯泡打扰人家。"丁秋香制止马茜妮。

说笑间，如雪和黑辉已听出马茜妮是在拿他们开玩笑，她们早就吃过晚饭了。可丁秋香的话却让如雪想起了刚来红山电业局那天晚上的情形，她从内心一直都感激丁秋香和马茜妮那段时间对自己的关照。且不说当晚丁秋香收留了自己，就冲分别都快一年了还没见过面，大家也该找个地方一起坐坐，聊聊天，叙叙旧。于是她就悄悄碰了碰黑辉的胳膊，示意他邀请丁秋香和马茜妮。

同时也对她们说："吃饭不吃饭都不重要，咱们找个地方坐坐，也好长时间没见了，择日不如撞日，今天咱们就好好聚聚吧。"黑辉马上领会，就附和着说："就是就是，咱们去唱歌吧，小南门汽车站那边新开了一家名叫'不夜城'的卡拉OK，是红山城里最热闹，也是档次最高的休闲场所，去晚了还不一定有包间呢，咱们现在就去怎么样？"

丁秋香还没吱声，马茜妮立即就拍板："好，说去就去，今晚就玩个通宵。"

在别人唱歌的过程中，如雪找机会悄悄问黑辉："咱们不回家去吃饭，你回去怎么和父母解释啊？"黑辉偷偷在如雪屁股蛋上拧了一下，附在她耳朵边低声说："小样，一会儿好好给我唱一首歌，家里的事情明天再说。"

"哎哎哎，干什么呢，干什么呢，我们都在对面坐着呢，这么旁若无人，无视我们的存在啊！秀恩爱也得看个地方，真是的！"见黑辉和如雪坐在那里说悄悄话，马茜妮有些不爽，瞪着眼睛直嚷嚷。

马茜妮虽然快要结婚了，但她从内心还是喜欢着黑辉，平时没有机会说话，这时候她多么期望黑辉能过来跟自己聊聊。

丁秋香不知道黑辉和马茜妮之间的事情，还以为马茜妮一直就这样快人快语，说话不拐弯地开玩笑呢，所以既不帮腔，也不说话，只是笑吟吟地看着他们。

在马茜妮的强烈要求下，如雪和黑辉分别讲述了自从参加工作到现在的各自情况，黑辉老实"交代"了他追如雪的经过。

如雪问马茜妮近况时，马茜妮只是轻描淡写地说："财务科的工作非常枯燥，天天坐在办公室对着那些数字算来算去的，忙得连个周末都没有。"接着，她又有些炫耀地说："不过我也找了个大帅哥，还是个研究生，各方面都不比大灰狼差，我们马上也要结婚了。"随后就说再没什么可讲的，催着让丁秋香讲她的近况。

丁秋香告诉大家，二次分配她被分到变电工区后，又被分配到距市区七十公里外的一座220千伏变电站当变电运行值班员。那座变电站远离村庄，地处荒郊野外，前面是一处荒坟岗，后面靠着秃山丘，白天人迹罕至，晚上更是孤寂。在冬季没风的夜晚，除了能听到电流声，再能听到的声音便只有自己的心跳声了。这里没有自来水，也没有水井，吃水要去附近的村子里拉，拉回来储存在水窖里慢慢吃，吃菜要等逢集时去三公里外的镇子上买，生活用品只能在换休的时候回去准备。特别是女人的用品极不方便，要是回家疏忽了就只好自认倒霉。幸好，在这里上十天班就能换休十天。两个月前，全省第一座500千伏变电站正式落户红山市区，因为自己在大学学的是“电力系统自动化”专业，红山电业局提前抽调培训运行值班人员的时候，自己第一批就被选中，才有幸离开了那座220千伏变电站。可还没来得及参加500千伏变电站运行专业培训，就又被变电工区推荐来进行半封闭训练，将和一起来的这位姐妹——惠思思及另一名同事，代表红山电业局去参加省电力局举办的变电运行工技能比武。

听说又投入到了紧张的学习之中，如雪俏皮地说：“你这个学霸又有用武之地了，反正你就是个学习狂，谁也比不过你。”如雪知道丁秋香不但爱学习，而且记忆能力超强，好胜心更强，一旦想要学习，就能全身心地投入，周边任何事物也影响不了她。丁秋香还有个更大的特点，就是干什么都想争第一。上岗前的那次培训，她的重视程度比任何一个人都高，别人玩她学习，别人睡觉她学习，最后她的成绩远远高出了第二名二十多分。所以如雪相信，丁秋香此次出征，一定能大获全胜。

虽然工作还不到一年，但如雪已经是红山电业局的名人了，惠思思也知道如雪。跟如雪聊天时她问：“如雪，你喜欢文学吗?”

“当然喜欢了，我上学时写的诗还在《星星诗刊》上发表过呢。”如雪有些自豪地对惠思思说。

“太厉害了，你太让我崇拜了，跟你相比我水平真是太次了。我从上初中时就学写诗，快十年了最好的成绩也就在《红山日报》和《红山文学》杂志上发表过那么几首诗，就这还是沾了我哥的光呢。”

“《红山日报》可是咱们地方党报啊，副刊就那么点版面，《红山文学》不但是咱们当地的权威杂志，在全国也是有名气，你能在这两个报刊上发表东西，还说自己不行？可不要太谦虚啊!”顿了顿，如雪又问惠思思，“你说发表诗还沾你哥的光？你哥是干什么的呀?”

“我哥啊？人家是大作家，是省作家协会的主席，都出版了八部长篇小说了，其中一部最近正在谈拍摄电视剧的事儿呢。我也是受了他的薰陶才喜欢上文学的。”说起哥哥，惠思思脸上露出了一种自豪的神色，接着她又对如雪说：“对了，有空你也给《红山日报》和《红山文学》投稿，编辑都是我哥的朋友，我跟他们也都熟悉，有必要的话可以给他们打个招呼。”

这天晚上大家歌没唱几首，话却没少说，特别是如雪和惠思思，有点相见恨晚的感觉，话题除了文学还是文学，其他三个人连话都插不上。最后，如雪和惠思思约定，如雪给《红山日报》副刊、《红山文学》杂志第一次投稿，由惠思思亲自带如雪给编辑部送去。

从卡拉 OK 歌厅出来已经是晚上十一点多了，如雪就跟丁秋香、惠思思去了电力宾馆住，黑辉送马茜妮回家。

马茜妮还想着如雪不在，路上黑辉能跟她多聊聊，关心关心自己的近况，没想到黑辉不声不响，她问一句，他答一句，一副心不在焉的样子，这让她更不高兴，也把心中对黑辉的不悦全部转移到了如雪身上。

第二天早晨，黑辉刚起来洗脸的时候如雪就来了。黑辉还拿她开玩笑：“哟，起得好早啊，见公婆心切，都迫不及待了吧？”

“我不想去见你父母了。”尽管如雪语气很平和，但黑辉听来却如一记闷雷，他很不相信地问如雪：“啥？啥？你说啥？怎么好端端的就变卦了？”

“我今天真的不能去你家了！”走近前，如雪用手抚摸着黑辉的脸颊，再次轻声说。

黑辉直起身来，搭在脖子上的毛巾掉在了地上也顾不上捡，瞪大了眼睛不解地望着如雪。

如雪把黑辉拉到挂在墙上的镜子前，让黑辉看自己的脸。

黑辉看了半天也没看出个门道来，如雪还让他继续看，他左看右看，还是没看出什么问题，只好问：“乖蛋蛋（这是二人世界里他对如雪的昵称，他也被如雪称为臭狗狗），有话你就直说吧，别卖关子了，我都快急出病了。”

“臭狗狗，你看我脸颊两侧是不是有道印子？两道印子是不是比其他地方皮肤白一点？”如雪侧过脸让黑辉看。

确实如此！被如雪这一提醒，黑辉才发现她脸颊两侧确实有两道印子。那是长期在野外戴安全帽工作，安全帽带下面太阳晒不着，便留下了痕迹。

如雪说什么都不肯去黑辉家了，还说你父母早等着见乖媳妇呢，而我的脸又黑又有印子，让他们看了多失望啊。她又埋怨地说：“你这个臭狗狗真坏，我的脸都晒成这样了，你一点也不提醒，存心让我去出丑啊？”

“你昨天都不在乎，今天却这么在乎，不会是有别的原因吧？这个根本没关系的。”黑辉极力想说服如雪。

“那我就告诉你昨天我为什么不在乎，今天却在乎。那是因为平时在驻地洗脸时我根本不照镜子，也顾不上照镜子，跟男人们一样，洗完脸只擦点油就忙着出工了。昨天从早晨出门到晚上见到你，我也没照过一眼镜子。而今天早上我在宾馆洗脸时一照镜子，差点没难过死，没想到几个月时光，就让风吹日晒把我变成了这个丑样子了。”接着，如雪以商量的口气对黑辉说，“第一次见你们家人，绝对要留下个好影响，还是等工程结束了，我回来好好保养一段时间，等脸变白了，咱们再去见你父母好不好嘛？”

黑辉见说服不了如雪，想了想，觉得她说的也有道理，毕竟人家是女孩子，任何时候都很在乎自己的形象和外表。于是便顺从了她，同意过一段时间再带她回去见父母。

如雪去见未来公婆的计划临时改变，但黑辉去见未来岳父母的计划却不能改变。毕竟如雪现在很忙，休一次假不容易，黑辉必须跟她回一趟家。

出发前，当黑辉变戏法似的把一把折叠着的轮椅打开摆在宿舍地上，说是送给如奎的见面礼时，如雪简直惊呆了，她又惊喜又感动，一时竟然不知该说什么才好。

目前，虽然已经快到20世纪90年代中期了，但红山人的消费能力却并不高，如雪也曾打听过，轮椅这东西也值点钱，在本市根本没有人经销。从去年开始，她就想给如奎买一把轮椅，但因为太贵，她一直没有舍得，没想到黑辉竟然买了。再说她也清楚，这把轮椅从外地带回来很不容易，她能不激动吗？惊喜之后，热泪便顺着她的脸颊滚滚而下。黑辉忙掏出手绢给她擦泪，爱怜地安慰：“傻蛋蛋，今天要去见我的老丈人、丈母娘和小舅子，咱们应该笑着出门才对呀，你哭什么呢？留下泪痕人家还以为我欺负了你呢。”如雪眼泪汪汪地抱住黑辉，把头深深地埋进他的怀里，哽咽着说：“给弟弟买轮椅是我计划已久的事情，我准备攒够了钱就去省城买，没想到你不声不响地就帮我完成了心愿，你真好，我太感动了……”忽然，如雪如梦初醒地望着黑辉问：“对了，我只给你说过如奎不能走路，也没说过他有没有轮椅，更没说过我想要给他买轮椅啊，你怎么就能想到买轮椅了呢？”

“为领导服务是我的荣幸，替领导办事是我分内的事情，我必须竭尽全力，意识超前地想到和做到。”和如雪在一起，黑辉总是这么诙谐幽默。

黑辉几句轻松的玩笑话便把如雪逗得破涕为笑，她拍了黑辉一下娇嗔道：“讨厌，八字还没见一撇呢，谁是你的领导！这东西是在哪买的？多少钱啊？我得把钱给你。”

“可能是在省城买的吧！多少钱我也不知道，反正我妈现在有的是钱，她的连锁店已经开遍红山市所有县区了，让富婆出钱买一把轮椅还不是小菜一碟！你给我什么钱，还跟我这么见外。”黑辉轻描淡写地说。

说是这么说，如雪也没有真的打算给黑辉钱。她知道，黑辉从来就不缺钱，甚至有时候见他大手大脚地花钱，她都有些心疼。

“走四方，路迢迢，水长长，迷迷茫茫一村又一庄；上山了，乖蛋蛋，臭狗狗，双双对对回家见爹娘……”从班车上下来回村的路上，黑辉肩上扛着轮椅，手里提着大提包，一路走一路哼，不时还蹦蹦跳跳的，乐得脸上都要开了花。

快进村的时候，如雪追着用手堵黑辉的嘴：“臭狗狗，别喊了，让村里人听见了多难为情……”

“一路走，一路唱；乖蛋蛋，臭狗狗……”黑辉就跟个获了奖的孩子一样，蹦得更欢，唱得更乐……

第四章

15

“五一”劳动节休假结束，如雪刚刚回到驻地，一个消息就传到了北大山供电局，是关于调她到红山市电业局办公室的消息。

那天晚上回到驻地时太阳已经落山了，大家晚饭后有下棋的，有看录像的，也有受如雪薰陶看书学习的。看到如雪回来了，大家都停止一切活动，围过来问长问短。如雪开心地把娘给她炸的油香、馓子拿出一些让大家品尝。聊了一会儿，如雪突然发现穆驴儿不在场，就问大家：“怎么没看见穆队长啊，他还在施工现场没有回来吗？”

“他哪儿也没去，一个人关在房子里喝闷酒呢！”

“为什么啊？谁惹他了？他还一个人喝闷酒？”如雪很了解穆驴儿，他从来不喝闷酒。他喝酒向来是要猜拳行令的，因为他划拳水平高，酒量也大，所以他特别喜欢热闹的场面。

“还不是因为你呗！”

“别走了，我们舍不得你走！”

“唉，你也该高升了，不能老是大材小用窝在这里啊！”大家七嘴八舌地对如雪说。

“谁说我要走了？哪来的消息？谁在散布谣言？”如雪一时被搞蒙了。

得知大家的消息是从穆驴儿那里听到的，如雪就去穆驴儿的房子里找他。

“哎哟，穆哥你不是拳高酒量大吗，怎么一个人在这喝闷酒呢？听说你发布消息说我要调走了？我啥时候说过我要走了？”如雪一进门就连珠炮似的向穆驴儿发问。

“你坐下，听我慢慢说。”穆驴儿递过来一个小木墩请如雪坐下，叹了口气有些失落地对如雪说，“昨天材料员笃二柱回局里拉电杆，赵局长让他带话回来，说市电业局准备调你到办公室当秘书，让我昨天就送你回去呢。唉，其实这对你个人来说是大好事，可惜你一走咱们施工进度就要受影响了！不过话又说回来，你既有文凭又有能力，也早应该进步了，待在这里也是埋没人才呀！”穆驴儿一边感叹，一边从身后摸出一瓶酒，拧开瓶盖，倒在他的专用酒杯——电灯开关盖里，端起来喝了一口。

“真的吗？事前怎么没有人给咱们说过呀？也没有征求过我的意见！”如雪些不相信。

“真的！”穆驴儿咽下嘴里的酒，肯定地回答。

“同志们，来来来，穆队长有话要对大家说呢！”如雪得到了确切答案后，转身冲院子里喊了起来。

“啊？啊……”穆驴儿有点莫名其妙。

如雪仍然冲院子里喊，见材料员笃二柱磨磨蹭蹭地不想过来，如雪又喊：“笃二柱，你不过来穆队长可生气啦！”

等不得穆驴儿站起来开口，如雪又发话了：“穆队长说的是真的，市电业局确实要调我去当秘书了，大家也知道，市局的秘书比咱这边的副局长都牛气，可是我现在就告诉大家：我不去，我要和大家继续在这里施工，直到‘村村通电’工程全部结束。你们信不信？”

大家有说信的，也有说不信的。笃二柱站在后面嘟囔：“我才不信呢，市局那么好，还整天跟着大领导有吃有喝好风光，傻子才不去呢！”

“我就说你怎么磨磨蹭蹭地不过来，原来你是不相信我啊！好，我现在就给你表个态，这瓶酒就能代表我的诚心。”说着，如雪抓起穆驴儿刚打开只喝了几口的那瓶酒，张开嘴就住下灌。

在这里，如雪就是大家心中的女神，她这么一喝，可把大家吓坏了，都不知所措，幸好房东大嫂反应快，急忙拨开众人抱住如雪，别人这才夺下如雪手中的酒瓶。

如雪冲着笃二柱笑呵呵地问：“这下还信不信我的话了？”

“信、信、信……”笃二柱被如雪这一闹腾，便有些惊慌失措。他结结巴巴的话还没说完，如雪又闹腾开了，她冲大家喊：“他不相信我的话怎么办？”

“让我来捣他两拳。”

“罚他多干活儿。”

……

“罚个屁，把那半瓶酒给他。”这时候穆驴儿摇摇晃晃地站了起来，咧着嘴笑笑地指着笃二柱说。

大家这才发现，穆驴儿的旁边歪歪斜斜的还倒着一个空酒瓶子——他的酒量确实是大啊！

大家起哄把笃二柱灌醉抬走后，穆驴儿又陷入了新的困惑，他想：即使是如雪本人不愿意调走，可是自己怎么给赵局长回话？赵局长又怎么给金局长回话？再说，在赵局长面前自己敢解释、敢辩解，但赵局长在金局长面前敢辩解吗？

尽管喝多了酒，这个顾虑还是让穆驴儿一夜无眠，直到天快亮时他才迷迷糊糊睡着。不想还没睡熟天就亮了，如雪就来敲门。

如雪在外面喊：“穆哥，今天是你送我回局里呢？还是我自己回去？”

如雪告诉穆驴儿，她已经想好了如何向赵局长解释这事。穆驴儿有顾虑怕见赵荣，就让如雪一个人回去，并让如雪帮他撒个谎，说他今天拉肚子不能回去。

中午快下班的时候如雪才赶回北大山县供电局。

赵荣正在办公室里生穆驴儿的气呢，范忠强在一边劝解。见如雪进来，没见穆驴儿，赵荣就不高兴地问：“穆清呢？让他早早送你回来，怎么现在才来？你们不怕金局长怪罪，我还怕呢！”

“本来我们昨晚就应该赶回来的，可穆队长拉肚子，我们走到半路上他实在坚持不了，我们就又回去了，今天他早上捂着肚子去工地了，他怕我们两个同时离开，工地上没有负责人会出问题。”

听如雪这么一解释，赵荣倒赞起了穆驴儿：“嗯，这家伙还挺负责任的嘛，看来我错怪他啦!”

如雪坚定地向赵荣和范忠强表明了态度，她说：“咱们局是全市承担‘村村通电’任务最重的单位，人手又少，要是我走了，施工二队就连个看图纸的人都没有了，这是釜底抽薪啊！再说我更喜欢现在的这份工作，我最近刚递交了入党申请书，这是我立功表现的最好机会，我请求继续留在施工队当技术员。”

世上没有不透风的墙。其实，金局长要调如雪到办公室的传言之前如雪也听到过那么一点点，她也打听过了，去办公室当秘书，工资比现在高不了多少，而现在她在野外施工，天天都有施工补助，要是全勤的话，一个月下来跟工资差不多。所以，给领导说要好好表现那不是她的真心，而多挣点钱才是她的心思。

其实赵荣也舍不得放如雪走，但金和里已经打电话跟他通过气了，他也很为难。想来想去，他还是硬着头皮拨通了金和里的电话。他给金和里汇报时，范忠强和如雪都在场，特别是范忠强，看到赵荣说话时唯唯诺诺的样子，手心里都捏出了汗，觉得自己比赵荣还紧张。可是当看到赵荣说着说着不再把电话听筒攥得那么死，眉头一点点展开时，他心里悬着的一块石头也慢慢落地了。因为他知道，自从前任那位党委书记被调离后，金和里就变得越来越强硬，特别是对违背他意愿干事的人，绝不容忍，轻则斥责，重则换岗位。

放下电话，赵荣笑着对如雪说：“刚拿起电话时，我也很忐忑，我还想着会被金局长臭骂一顿，但现在看来，你这丫头的选择是正确的，金局长完全尊重你的选择，并夸你是好样的，叫我好好培养你呢!”

这一年，黄土高原上的冬天似乎比往年暖和一些，都过了十二月中旬了，大地还没有完全封冻，直到一场大雪的降落，才让大地开始沉睡。地面坚硬得挖不开电杆坑时，如雪他们才停止施工，打道回府。掐指算来，从春节刚过开工到冰封大地停工，十个月时间里，如雪他们这个施工队完成的任务最多，工程量远远超过了另外一个施工队。据红山电业局农电科长透露，红山电业局所属各县供电局近二十支施工队，没有一个业绩能比过北大山县供电局施工二队的。

那天回到办公室，主任黎二明便交给了如雪一大堆工作任务。王大姐开玩笑地说："啊呀，大救星，你总算回来了，你不在这段时间里都快把我们眼睛盼绿了，特别是黎主任，自入冬之后就天天念叨你。以前你在的时候，他一天倒背着双手出出进进跟局长一样，你不在这段时间好多事情都要他自己干，可把他给忙坏了！"

黎二明在交给如雪一大堆工作任务的同时，也给了她一个大礼物——BB机。他很有成就感地对如雪说："这个你得感谢我，你是不知道的，这次局里配发 BB 机，只给班股长配发，而且只给一线班股长配发汉显的，其他人都是数字的，就连财务股股长都是数字的。开会时我特意提出给你配发一个，并要求是汉显的，局领导倒没说什么，几位副班长却意见很大。"

"后来呢？"如雪有些好奇地问。

"当然是赵局长拍板了，赵局长批评那几个提意见的人，说你要有白如雪那个本事，我给你们也配汉显的，你们要是超过她了，我就给你们配个大哥大。"

……

16

如雪回来后一边忙工作，一边不放松宣传意识。几天后，《红山日报》《红山电力报》《中国电力报》相继刊登了她写的长篇通讯。通讯以真实的事例，讲述了山区人民在没有电的时候生活条件的艰苦情形，及有电后生活发生的变化。其中有两个故事让人读了无不感叹生活在当今社会里多么的幸福。

第一个故事讲的是在一个几乎与外界不往来的小山村里，有一对夫妻结婚十二年竟然生了七个孩子。有人问男主人，你们日子过得这么清苦，为什么还要生这么多娃娃？男主人无奈地回答，不是我们想要生这么多，是因为夜里不点灯我们只能上炕，上炕睡不着就想干那事，防不住孩子他娘就怀上了，怀上了就只能生。原来，这里没通电前，晚上照明都是点的煤油灯，煤油运到山区价格都翻了好几倍，一盏小煤油灯一个月用的油钱，比三盏15瓦电灯泡的电费都高，大家为了省油，只好天黑就早早上炕睡觉。第二个故事讲的是一个山村里光棍很多，自从通了电以后，村民借有利条件马上办起了几个粉条加工作坊，办不起作坊的人就到作坊里给别人干活儿挣工钱。自从通了电后，县上给村里投资打井抽水浇地，仅仅几个月时间，村里的面貌就有所改变，开始有外村姑娘嫁到这里。

那天，当毛腾飞拿着一张《红山日报》来到金和里办公室的时候，金和里手上正拿着一张《中国电力报》看，两个人互相看看对方手中的报纸，不约而同地笑了起来。

"你笑什么?"金和里先问。

"我笑你明白我的意思。"毛腾飞很自信地回答。接着他回问金和里："你笑什么?"

"我当然是笑你的来意啦!"金和里笑着冲毛腾飞竖起了大拇指。

"几个月前，你要调白如雪到办公室当秘书，她不想来要留在基层锻炼是一方面，但据我了解，另一方面是因为她要留在施工一线挣补助费，据说她家里条件特别不好。所以我想跟你商量一下，看能不能破格给她上调一级工资，调她到宣传科来，宣传科比施工队更适合她!"毛腾飞坐定后表明了他的想法。

"咱俩搭班子真是绝配啊，你来这里我不但一下子能看出来你的目的，你的想法也和我不谋而合呀！咱们应该给她破格上调一级工资，她是棵好苗苗，是金子摆在哪里都能发光，好钢一定要用在刀刃上，尖兵一定要布在阵头上，宣传岗位确实是她最好的去处，放到办公室里可能会埋没了她。"他接着说，"她撰写的文章不仅对比了山区百姓有电前后不一样的生活状况，也展示了红山电力人的吃苦敬业精神；歌颂了'村村通电'工程的伟大，歌颂了社会主义的伟大啊！她昨天发表在市日报上的文章，市委书记也看到了，市委书记还特意给我打电话，代表全市人民感谢咱们快速落实'村村通电'工程政策呢!"

"是啊，'村村通电'工程给农民带来的幸福是前所未有的，就让白如雪用她动人的赞歌继续歌颂党的伟大，歌颂人民的幸福，歌颂人民电业为人民的丰功伟绩吧！”毛腾飞口气坚定地说。

春节前，北大山县供电局局长赵荣在先后接到金和里和毛腾飞打来的电话后，又收到了一纸关于调动白如雪到红山电业局宣传科工作的调令。

赵荣感慨地对如雪说：“为了调一个女娃娃，一把手两次亲自给基层领导打电话，真是前所未有，领导对你的器重真是无人能比啊！”

“唉，这次我怕是不敢再抗命了。可是，我真的不想去办公室当秘书呀！”如雪很不情愿地对赵荣说。

“不是叫你去当秘书，是调你去宣传科从事宣传工作。”

“啊？从事宣传工作？”听说是去宣传科，如雪脸上露出了开心的笑容。

北大山县供电局破例给如雪开了个欢送会，会议由赵荣亲自主持。他充分肯定了一年多来如雪对北大山县供电局做出的贡献，也高度赞扬了她的吃苦敬业精神，他说：“一个女娃娃，在短短的半年时间就能扭转咱们局宣传工作过去在全市局一直垫底的局面，多不容易啊，啊！她的一篇文章不但惊动了上层，还惩治了一批坏人、一批‘电老虎’，啊。金局长也因她的文章，为红山市‘村村通电’工程争取来了追加费用，真不简单啊，啊！更让人佩服的是金局长亲自点名调她去当秘书，她都舍不得离开施工队，宁愿跟大家在一线吃苦，啊！要知道，办公室那个地方可是基层好多员工把脑袋削尖了都钻不进去的，啊……”

去宣传科长王有根办公室报到时，如雪碰见了王成晟。王成晟正在和王有根聊天，见如雪来了，便有些不自然地对王有根说：“哦，小白来了，那你们聊，我先走了！”

王有根没让他走，说：“哎，怪了，如雪是咱们的新兵，她刚进门，你这个分管新闻宣传工作的副科长怎么却要走？坐下，坐下，咱们一起聊聊，一起聊聊。”接着，他给如雪介绍王成晟：“王科长你以前也认识，他现在是咱们宣传科的副科长，主要分管新闻宣传工作，以后工作方面的事情你就直接给他汇报吧。”

如雪的到来让王成晟有些尴尬和不自在，但当着王有根的面只好打哈哈，他装出热情的样子，站起来边说欢迎，边准备跟如雪握手。

如雪没有迎上去，只是站在原地冲王成晟礼貌性地点了点头，应了一声："王科长好！"

王成晟的反应很快，他见如雪没有跟自己握手的意思，装作很自然地把手抬起来挠了一下耳朵。

细节虽微，但王有根还是看见了，他开玩笑地说如雪："哟，如雪，你平时可是个很活泼的人，金局长下去你都不拘谨，怎么今天见了王科长却这么腼腆？是不是在施工队把你的性子磨蔫了？专门从事新闻宣传工作，可得有你刚到北大山县供电局时的那股辣劲和拼劲哦！"回过头来他又拿王成晟开玩笑说："你不是能说会道得很吗？怎么见了如雪就放不开了？是想入非非了呢，还是让大美女的气质和能力把你给镇住了？今后好好带着她干，她会用优异的成绩把你也抬起来的。"

"是啊，我分管宣传工作，白如雪的成绩多了，自然跟我分不开，以后扶正科长说不定离不开她的成绩。"王成晟也这么寻思。然而，他也明白，当时是自己出的坏主意，把人家如雪"推荐"到最偏远的北大山县去的。想到这里，他感到脸上有些发烧，不知该说些什么才好，幸好此时他的BB机响了，才有借口溜之大吉。

真正挑起重任，如雪才发现，这里的工作并没有她想象中的那么简单。毕竟这里是全局性工作，是专职宣传岗位，拿起笔来要能写，端起照相机来要能拍，扛起摄像机来还要能摄。

第一次受命，如雪就出错了。

如雪到宣传科的第二天，就赶上省里一位领导来红山市视察工作，领导想去农村了解农民通电后的生活变化情况，并视察正在兴建中的500千伏变电站。金和里出发前，亲自打电话叫王有根派宣传人员随他一起去现场摄像、照相，进行宣传报道。王有根便派老宣传干事常大拿摄像，如雪照相兼写宣传稿。

领导视察跟电业局工作有关的地方金和里全程陪同，常大拿和如雪也一起跟着。如雪虽然没有这方面的工作经验，但她人机灵，也不怯场，看到省上来的记者和市里来的记者在哪里拍照，她就跟着在哪里拍。一天下来照片是没少拍，可是最后洗出来的照片却没有一张满意的，不是拍虚了，就是人半个脑袋半张脸，或者把主要领导放在了边缘位置。给省电力报投稿时，只能发一条文字消息。但《红山电力报》及单位做展板却必须用照片，实在选不出来，常大拿只好找市日报社那天拍照的记者求助！

照片的事毛腾飞知道后，没有责怪王有根，也没有批评如雪。因为他也清楚如雪以前没有使用过照相机，就要求如雪拜常大拿为师，好好学习照相和摄像技术。毛腾飞嘱咐如雪，电力系统基层宣传工作者个个都是“双枪将”，既背照相机又扛摄像机，既然来到了这个岗位上，就要把照相和摄像技术都学到手，而且技术还要过硬，能随时随地担起重任。

入冬后，特别是过年前，电业局的生产、基建、营销等方面事情会暂时减少，而党群、后勤方面的事情却会变得越来越多。团拜会要报道，各种座谈会要报道，节前领导下基层慰问要报道……总之，如雪从进宣传科的第二天开始就没消停过，白天跑前跑后跟会、采访，晚上加班写稿子，有时候过了午夜才离开办公室。

就算特别忙，如雪也没有放松对学习的重视，只要有空闲时间，她就会拉着常大拿给她讲摄影、摄像知识。

春节放假前一天，如雪终于答应了黑辉的要求，随他晚上回家吃饭。

此前，如雪一直觉得自己在野外施工被风吹日晒，脸又黑皮肤又粗糙，一直不肯去黑辉家里，从工地上回来又因为忙，又一推再推都没有去过。本来她还打算等过了春节，正月里再去黑辉家，刚好也是去给他父母拜年。黑辉一让再让，到这天中午实在不依她了。中午他们在职工食堂吃完饭后，如雪又要去办公室，黑辉就拉住如雪郑重声明：“今天下午必须按时下班，必须去我家吃饭！”见如雪还犹犹豫豫的样子，黑辉便不高兴了，说：“你现在调到局机关了，成了大名人，这么推来推去的，是不是又有了别的想法？要是有别的想法，你就早说，不要因为我连累了你。”

见黑辉不高兴了，如雪怕再不去他真的会生气，只好妥协。但她嘴上不说，就故意逗黑辉，使劲掐了一下黑辉的胳膊。疼得黑辉直龇牙咧嘴，不等他反应过来她却笑着跑了，边跑边回头做鬼脸，快进楼时她喊了声：“臭狗狗，记得下班了在局门口接我!”听了这句话，黑辉一下子感觉到胳膊不疼了，兴奋地挺胸抬头，昂首阔步打着口哨上班去了。

那天下午领导不在，好多人都提前开溜了。如雪手头也没活儿，就拉着师傅常大拿给她讲摄影。常大拿不但写作能力强，摄影摄像水平也是顶呱呱。因为肚子里有东西，所以讲起来便滔滔不绝，而且常大拿也是个干什么都特别认真、特别投入的人，讲着讲着便忘记了时间，不知不觉就过了六点半。此时，黑辉还在局门外等如雪。可是左等不见如雪出来，右等也不见如雪出来，黑辉就想:“如雪不会骗了自己在这空等，自己却提前溜回老家过年去了吧?”

当黑辉带着满腹疑惑来到宣传科时，在门口却听到了如雪的声音:“谢谢师傅讲得这么细致，你下午给我传授的这些构图和用光的方法，比我自己看书、摸索半年都有用。不过用光方面我还很迷茫，尽管看了很多书，有些还是理解不透，比如……”

“比如该让人家常老师回家吃饭了。”黑辉站在门口说道。

如雪抬手看了看她一直还戴着的那块旧电子手表，此时已经六点五十分了。她有些抱歉地对常大拿说:“实在不好意思啊师傅，今天耽误了您回家，要不是他来，我可能还会拉着您继续问呢。”

常大拿笑着说:“看来咱俩都太入局了，我也没有察觉到都过了下班时间，你应该对人家小伙子说抱歉才对哦!”

常大拿走后，如雪还真一本正经地给黑辉说抱歉。黑辉见如雪不是有意失约，他也不是个小心眼的人，被如雪这么一本正经地说不好意思，倒觉得有些别扭，便佯装生气地要摔门而去，惊得如雪赶紧从后面把他抱住。黑辉趁机转身就把如雪抱起来放到旁边的桌子上，让她坐在上面，然后把头仰起来，把嘴噘起来……

如雪明白他的意思，就闪电似的在他嘴上亲了一下。黑辉还不罢休，继续仰着头噘着嘴，如雪悄声嗔道:“你疯了，这是办公室，叫人看见还了得?”

黑辉扳过如雪的头，深深地吻了一下她的嘴，才把她抱下来放在地上，说:“叫你跟我客气，下次再这样，我就把你拉到院子里吻!”

“讨厌，滚开!”如雪娇嗔着又要掐黑辉的胳膊，吓得他赶忙跑出办公室。

去见黑辉的父母，尽管如雪做了很长时间的心理准备，但当来到黑辉家门口时，她的心还是突突突地跳了起来，甚至觉得脸上特别烧，就在黑辉掏出钥匙准备开门时，她拉住了他，悄声说："我好紧张，咱们先别进去了，到外面透透气，让我平静一下、镇定一下好吗？"

他们在黑辉家院子里的花园中站了足有一刻钟，被一群点烟花的熊孩子站在远处又是指点又是喊叫的，才只好离开。

黑辉母亲早摆了一大桌菜，有鸡、有鱼、有虾……特别是那些海味，如雪以前别说没吃过，她见都没见过，也不知道该怎么吃。母亲一个劲地往她碗里夹，姐姐在一旁热情地劝她好好吃，爸爸也关切地问菜合不合胃口，弄得如雪怪不好意思的，只好推说今天中午吃得太多，现在还有些饱。

如雪不但是个机灵人，也是个勤快又麻利的人。饭后又是洗锅又是抹桌子扫地的，可把黑辉一家人高兴坏了，特别是黑辉的母亲，乐呵得嘴就一直没合上。第一次见面居然就把自己腕上的玉镯摘下来要给如雪戴上。如雪特别喜欢，想都没想就接过来了。但接在手里后，马上觉得自己失态了，就没有戴，而是拿在手里端详。姐姐黑芳已经跟如雪见过好几次面了，如雪也去过她家，知道如雪也是个性格开朗的人，于是便故意逗母亲："哦哟，富婆真是财大气粗啊，这如雪才头一次来就要给人家送这么重的实物啊？"说着，就从如雪手里抢了过去，还不等姐姐拿稳，黑辉从背后过来又抢走了，笑嘻嘻地说："去去去，这东西老贵了，你马上就要成老牛家的人了，哪能随便叫你们牛家人拿走，我那牛姐夫要是舍不得给你买，你就耐心等兄弟我发达了再给你买吧，这个你想都别想哦！"

黑芳笑着说："姐开玩笑呢，哪能抢弟妹的东西，你快给她戴上吧！"

黑辉就要给如雪戴上，如雪不敢再唐突了，就对黑辉说："我天天在外面奔波，有时候还要下现场去采访，拿照相机、扛摄像机戴着也不方便，还是由你保管吧。"

"瞧瞧，瞧瞧人家如雪，真不愧是文化人，多矜持，你说我这兄弟，也是上过大学的人，怎么说话就没有你这么有水平呢？"黑芳牵着如雪的手，也喜欢得不得了。

母亲看见女儿跟如雪也这么亲近，也很开心，就对黑辉说："把镯子给你姐吧。"

看到大家不解的表情，母亲就接着说："给她，妈还有一只呢，本来是想等她结婚前再给她，既然她这么喜欢，就让她提前戴上吧，另外一只就给如雪留着。"

黑芳戴上玉镯开心地抱着母亲直撒娇："我妈就是好，比谁都好。"

突然，她松开手，站到母亲面前大声说："富婆，你是不是想拿这个顶嫁妆？这是绝对不行的！"她又回头冲父亲嚷嚷："爸，你要给我做主，富婆要是拿这个顶嫁妆，你可得好好给她做做思想政治工作哦！"

父亲坐在沙发上，一边喝茶，一边看《中国电力报》，眼前的茶几上还摆着几张省电力报和《红山电力报》，沙发上竟然还有几张《北大山电讯》。他抬起头来，疼爱地看了看女儿，又笑眯眯地看着老婆说："人家现在是大老板，钱也是人家的，我的话人家会听？"

"哟哟，爸什么时候也变得这么圆滑了？谁不知道妈最听您的话，你的建议她绝对听。再说你还是党支部书记呢，做一个私企女老板的思想政治工作还不是小菜一碟？"

"什么呀，那是人家女老板素质高，平时尊重我，人家要是不想理我，我还能咋地！"父亲还是笑眯眯地看着老婆说话。这时，大家都发现，母亲正深情地望着父亲在笑。

黑辉的父亲是送电工区党支部书记，他看的这些报纸上都有如雪的文章。其实他在单位早看过了，这是拿回来让老婆看的。

按赵荣的要求，后来《北大山电讯》给本局各兄弟党政领导都寄送，沙发上的那些就是如雪寄给送电工区党支部黑书记的。

17

黑辉给如奎买的那把轮椅，不但给如奎带来了极大的帮助，也给爹娘带来了很大的方便，因为自从有了这把轮椅之后，爹娘无论是下地干活，还是出门办事，再也不用为如奎被关在窑里吃喝拉撒而发愁了，加之如奎吃了这么长时间如雪带回来的药，头疼病犯的次数也越来越少，腿也有点见效，现在他自己都能从炕上爬下来，扶着墙挪到轮椅上去。自从有了那把轮椅之后，他也像一只在笼子里被关久了的小鸟得到了自由一样，每天都自己转着轮椅在村里转悠。当然，有坡的地方他自己上不去，更不敢下，他只能走平路。最常去的便是看爷爷和堂弟如富。

如奎马上就要十岁了，可他却连一天学都没有上过。但如奎却跟姐姐如雪一样聪明，不管什么东西一学就会，而且也特别爱学习，勤奋刻苦，所以他虽然没有进过学校的门，但他的文化程度却能达到小学四年级的水平。

如奎他能有这样的程度，除了自己能勤奋刻苦之外，也离不开三个人的帮助：姐姐、爷爷、如富。姐姐教他学会了汉语拼音和加减乘除；爷爷上过私塾，能给他解读唐诗，讲许多典故；比他只小一个多月的如富已经是四年级学生了，则能给他讲很多自然常识。在他们的帮助下，如奎现在已经能写作文了，也能做数学应用题了。有一次做四年级的数学卷子竟然做了 85 分。这让村里的人对如奎刮目相看，孩子要是不好好写作业时，他们就会拿如奎来对比教训孩子，大多数都会说："你看看人家如奎，自己坐在炕上学习都比你强……"如奎是个懂事的孩子，尽管他求学若渴，但看见爷爷忙的时候他从不打扰，就会悄悄转着轮椅去找如富，要是如富在给牲口忙着剁草，或者正在写作业，他也不会去打扰。自从有了这把轮椅，如奎又多了一个大家称赞的地方，那就是他能帮娘干活儿了，他抢着做些喂鸡、扫地这样的轻活儿，非常勤快。

离过年就剩一天了，姐姐也该回来了。这天一大早，如奎就转着轮椅来到离家不远处的路口等姐姐。到了午饭时间，要不是爹来叫他回去，他都没有觉察已经日当正午了。这么多年来，过年家里从来没有杀过猪，最奢侈的是去年如雪有了工作能挣钱了，家里才宰了三只鸡。而今年不一样，家里养的猪也没有卖，前几天爹请人来杀了过年。因为想着如雪今天中午就能赶回来，所以午饭娘不但炖了鸡肉，还炒了猪肉，煮了排骨，蒸了白米饭。尽管这都是平时吃不到的东西，但如奎盼姐姐心切，只扒拉了几口就又去路口守候了。

夕阳西下的时候，如雪坐着一辆三轮农用蹦蹦车回来了。蹦蹦车刚进入视线，如奎就认出了车斗里坐的是姐姐。如雪穿着红色羽绒服，头上裹着粉色围巾，蹦蹦车在搓板般的山路上蹦跳颠簸，她双手紧紧抓着车斗前面的铁栏，身子前后左右不停地摇晃。这辆三轮蹦蹦车是如雪花了二十元钱在农贸市场里叫的，车主是邻村的肉贩子。早上如雪和黑辉去农贸市场买年货时，无意间得知肉贩子是邻村人，如雪就跟肉贩子讨价还价，最后商定给他二十元，让他顺路送自己回村。这样，她既不用等班车，又不用麻烦黑辉送她回来，还能多带点年货。如奎不敢转轮椅下坡，就从轮椅上站起来，摘下帽子向姐姐挥舞。如雪从进了村就一直往家这边眺望，她也看见了弟弟，她挣扎着站稳，一手紧紧抓着铁栏，腾出另一只手向如奎挥着打招呼。

晚饭后，如雪宣布了一条让全家人兴奋得都睡不着觉的好消息，特别是如奎，听完后就要拉着姐姐去告诉爷爷。

如雪告诉全家人，她之所以今天才回来，是在等黑辉母亲帮着联系给如奎治病的事情。黑辉母亲有个朋友在省城人民医院工作，那边把床位联系好了，正月初五就带如奎去看病。因为到人民医院看病的人太多、床位太紧，年前要是没排上队，就只能等正式上班了再去排队挂号，而且一天两天不一定能排上，为了充分利用假日时间，如雪才决定正月里带如奎去看病。

这个消息不仅让爹娘和如奎兴奋，也让整个家族都激动。晚上，爷爷正坐在炕上抱着旱烟锅过烟瘾，见如雪背着如奎进来，立即要下来亲自抱如奎上炕。当如雪说了这个事情后，爷爷激动得老泪纵横。一手拉着如奎，一手拉着如富，开心地说：“等我如奎娃腿治好了，就跟如富一起去上学，将来跟你们的姐姐一样，考上大学，当城里人，让爷爷跟着你们沾光。”

如奎送给如富一支钢笔，把兜里的巧克力全掏出来装进如富的口袋里，说：“这是姐姐给你的!”

这支钢笔如雪没有说过要送给如富，是如奎自己说的。这是她去省城出差时给如奎买的，价格很贵。她见如奎就这么送给了如富，就有些心疼，很不高兴地瞪了如奎一眼。如雪的举动除了如奎看见外，其他人都没有注意。爷爷感慨地对他的两个儿子——如雪爹和如富爹说：“唉，你们都比我强，我生了两个没出息的儿子，你们却都有这么懂事的娃娃，如奎和如富将来肯定跟如雪一样有出息。”

去省城给如奎看病，娘怕去的人多了花销大，就只想让爹一个人跟着去，可如雪不依，她不但要让娘一起去，还要带上爷爷一起去。她说这次不光是要去给如奎治病，还要带大家逛省城呢。如雪是个有主见的人，自上初中开始，家里的事情多是她拿主意，她有时候脾气很犟，爹娘扭不过她，只好由着她。所以只要是她决定的事情，基本都不再改变。这次她要娘和爷爷一起去，谁也说不过她，只能听从她的安排。

正月初四早上，二爹就套着牛车送大家去镇上搭班车。

天黑前如雪带着大家就赶到了省城，在离人民医院不远处的一个小旅馆里住下。第二天早上，当大家洗漱完毕准备去医院时，如雪的 BB 机响了，她打开一看是黑辉呼的：“乖蛋蛋，九点整再去医院，就在医院大门口等我！”

有熟人帮忙办事就是方便，黑辉一大早就来给如奎办好了住院手续，并预交了住院费。一切安顿完毕之后，如雪把黑辉从病房里拉出来，堵在墙角装出又要拧胳膊的样子，吓得黑辉忙躲闪：“咋，咋？大庭广众之下你想要非礼我吗？我喊人了！”

“你个臭狗狗，你是什么时候来的？来也不说一声，看我不掐你才怪呢！”如雪一边娇嗔，一边装作还要掐黑辉。

黑辉也不管这是在楼道里，紧紧抱住如雪，调皮地说：“其实我昨天晚上就来了，只是到了都半夜了，怕叫你去我住的那里，我忍不住要犯错误，而你又不给……”

“讨厌，滚开……”嘴上骂着，但如雪却紧紧地依偎在黑辉的怀里。

爷爷这么大年龄了，才第一次进省城，爹娘大字不识一个，别说省城，就连市里都很少去。好多好吃的东西他们都没有见过，更不知道那些叫做海鲜的多腿虫虫还能吃。

如奎是初六那天做的手术，手术前医生指着检查报告告诉如雪一家人：“如果两年前来做手术，保证能完全康复，但从目前情况看，因为双腿上下关节骨骼变形严重，即便是做了手术，将来也不一定能完全康复。”

也许医生说话都会保守点，那天如奎的手术很成功。医生高兴地说，左腿康复后会跟正常人的腿完全一样，但右腿手术虽然比预期的效果要好，却不容易康复，将来可能还得拄着拐杖走路。这个消息虽然让人感到遗憾，但大家还是为如奎感到高兴，毕竟他将来能自己走路了，不用再坐轮椅了，行动不用再靠别人了。

如奎睡着后，黑辉带大家去吃了顿火锅。爷爷感叹地说："要是没有我如雪娃，我到死都不知道省城会有这么多人，也不知道水里头游的这些个十几条腿的虫虫还这么好吃……"

如雪敬给爷爷的第一杯酒爷爷说什么都不肯喝，一定要给黑辉，他说："要是没有你，我们来这里连医院门都摸不着，虽然你和如雪还没有订婚，但我知道她将来一定过得比哪个姑娘都幸福，这是她前世修来的福气呀！"黑辉实在推辞不过，只好再倒一杯，跟爷爷碰杯。

这次来省城不但让亲人们开了眼界，也让娘闹了个笑话。晚上吃完火锅后爷爷去医院陪如奎，黑辉和如雪就带爹娘去逛商场。晚上逛商场的人太多，走扶梯太挤，黑辉就带大家去坐升降电梯。升降梯是个透明的观光电梯，电梯刚启动娘就吓得直哆嗦，双手死死抱住如雪，连眼睛都不敢睁开，更不敢抬起头来。当电梯上行到第三层时，电梯里只剩下了他们四个人。在如雪的鼓励下，娘睁开眼睛向下看了一眼，正好此时电梯又启动了，一下子就把她吓晕了。

出了电梯娘都不敢睁开眼睛，全身颤抖得跟筛糠一样，双手紧紧撕扯着如雪的衣服不松开，腿软得好长时间都站不直。那趟商场是没逛成，大家扶着她下楼梯边走边休息竟用了半个小时。

几天后如奎出院了。

这些年，一家人做梦都期盼着如奎能站起来，期盼着如奎有一天能走路。三个月后，如奎竟然站了起来，并慢慢离开了轮椅，拄着拐杖能走路了。

也许是因为年龄小的原因，如奎恢复得也快，半年后他居然扔掉了拐杖，虽然一瘸一拐的，但也能走得很远。

又过了一段时间，如富带着如奎去了一趟镇子上。去镇上赶集是如奎期盼已久的事情，也是他能走路以来想完成的第一个心愿。

18

虽然如雪以前干工作也是全身心投入，但有时候因为弟弟行动不便，她日夜牵挂会略有分心。自从弟弟手术成功后，如雪便彻底放下了思想包袱，把所有的心思都投在了工作上。加之黑辉那么爱她，想到爹娘身子骨还都很硬朗，想到弟弟背着书包走进了校门，她感到自己现在一点负担都没有了，干起工作来浑身有使不完的劲儿。

漫漫人生长路上，每个人的心情或多或少都会受到外因的影响，如雪也跟其他常人一样，生活中也无法避免这些外因的侵蚀。因此，就在她心情特别舒畅，准备大干事业的时候，王成晟又破坏了她的好心情。

王成晟分管宣传工作，平时工作中如果能避开的事情，如雪尽量避着不和他接触，就是有些工作自己干了，她也想方设法地推给常大拿，让他去给王成晟汇报。

有一次金和里和毛腾飞一起下基层调研，办公室、宣传科、财务科等科室相关人员也随行，也带着如雪和常大拿。晚上回来吃饭过程中，金和里给大家敬酒："第一杯酒我刚敬了毛书记，第二杯嘛，就要敬给毛书记主管的宣传科，你们工作很出色，我和毛书记都非常满意，特别是最近又增添了新力量王成晟和白如雪，咱们的宣传工作更是如虎添翼啊！"那天王有根不在，王成晟在。

敬完酒金和里又半开玩笑地说常大拿："我说老常啊，你马上就要退休了，业务上可不能保守呀，对年轻人要毫无保留地传授经验，一定要在你退休前把白如雪培养成宣传战线上的精兵！"

然后他又语重心长地对王成晟和如雪说："前段时间你们发表在市日报上的那篇文章我看了，很好，很有效果嘛。那件事情我对市区供电局很不满意，发了几次火他们都不能及时解决，却让你们一篇小小的文章就给解决了。对了，小白你以后要好好向王副科长学习，这篇稿子主要是王副科长主笔的吧？"

"哦，是我带小白去现场采访后我们共同完成的，最后是我们一起完善的。"王成晟站起来弓着腰向金和里汇报。

真不要脸！见王成晟这样说，如雪心里在骂。此时她真想站起来戳穿这个人的丑恶嘴脸。

金和里说的是关于一家土炼铝厂拖欠电费不交的事情。那天黑辉愁眉苦脸地告诉如雪，说他们市区供电局局长被金局长又收拾了一顿，回来限期让他负责把电费催回来。了解了炼铝厂拖欠电费的情况后，黑辉再去催电时，如雪就随同去采访，并写了一篇报道。平常她写的稿子王成晟从来不过问。那天他却主动来跟如雪要稿子。他说："听说你去土炼铝厂采访了？这种消息回头我审核一下你再向外投。"

属下写的东西要外发，分管负责人把关理所当然。于是，如雪把稿子写成后就先交给了王成晟。王成晟看完后就把稿子直接给了报社，第二天才告诉如雪，说他刚好要去市日报社办事，就顺便帮着带过去了。文章刊登后，署名作者是王成晟和白如雪两个人。王成晟又是打哈哈，又是责怪报社不负责任。当着如雪面故意骂报社，说这个报社是怎么搞的嘛，我又没署名，怎么还把我的名字写在了前面。并假惺惺地找电话号码，装出要打电话问责的样子。看他那个样子，如雪懒得理他，就没有吱声。不想今天当着大家的面，他竟然说出这么不要脸的话来，如雪真是又生气又憎恶，但她不想跟他计较，就做作很虚心的样子，对着金和里点了点头说了声"嗯"。

要是平时，如雪写什么王成晟都不会过问，他自知水平不如如雪，再说他最烦的就是文字工作，那天他来要如雪的稿子是有原因的。

有一天，王成晟去找金和里签一份文件，在门口听到金和里正在批评市区供电局局长，责令他限期催回拖欠已久的电费。后来他又得知了如雪专门去采访这个拖欠电费的事情，他就想：这可是金局长非常关心的事情啊，等白如雪把稿子写成了，自己把名字挂上，金局长肯定会表扬自己，毕竟自己分管这项工作！

所以他就这么恬不知耻地干了一件把自己名字挂在了如雪前面的事情。

王成晟是个非常善于察言观色的人，平时最大的精力就是琢磨领导的话，揣摩领导的心思，可这次却没有听出金和里话外之音，还以为领导这是在表扬自己，他压根就没想到金和里完全知道这件事情的真相。因为黑辉去催电费时如雪跟着去采访的事情，市区供电局局长来汇报时就说过，文章刊登后金局长还表扬王有根觉悟高，及时派如雪去采写报道了这件事时，王有根如实汇报说是白如雪有敏感性，主动联系市区供电局，并独自跟随催费人员去采访的。

金和里的那番话，并不是在教导如雪要向王成晟学习，而是在指责王成晟不该把名字挂在了如雪的名字前面。

毛腾飞也怕王成晟再出洋相让自己面上无光，毕竟宣传科是自己管的部门，于是就找了个机会敲旁侧击地提醒王成晟：“你有空可以带小白下基层去采访，帮她做好协调事宜，也没必要自己去动手写稿子。作为部门分管负责人，你要从高度、角度和方法上指导科员去工作。关于炼铝厂拖欠电费的那篇报道很有力度，金局长那天还跟我商量说，要重点培养有贡献的人。你可要加油啊，争取今年也干出一番成绩来。”

王成晟聪明多年，糊涂一时，他不但没有听出毛腾飞这是在提醒他不要再“写稿子”，倒误把“加油”认为是承认他的水平高，所以没多久他又干了一件蠢事，枉送了职场仕途。

那个土炼铝厂之所以一直拖欠电费，是因为老板是市区政府一位副区长的小姨子。那位副区长目前是区长候选人，他看到报道后，怕因此误了自己的政治前途，就责令小姨子赶快交清了拖欠多年的陈旧电费。督促小姨子交了拖欠电费后，副区长突然灵机一动，就在这件事上做起了文章。因为前段时间他听说过电业局专门去市里汇报个别小企业私自窃电的事情，市长表示一定会让政府相关部门配合电业局整顿此事呢。目前此项工作还尚未启动，自己是市区分管此方面工作的副区长，如果提前行动起来，岂不是比别人高了一筹？他汇报相关领导后，立即主动联系市区供电局，组织开展了一次整顿用电秩序行动。

其实清理拖欠陈旧电费，打击窃电这些事情，如果供电部门不找上门来汇报，政府领导很少有时间重点关注，所以副区长此次行动只不过是虚张声势给市领导表演罢了。当然，仅一个虚张声势也帮供电部门解决了一些长期以来都无法解决的问题，副区长因此达到了目的。

看了市电视台和市日报有关打击窃电、清缴拖欠电费的相关报道后，如雪又来了灵感，她决定将此事再进行深度报道。她将想法给王有根说了后，王有根让如雪也给王成晟打个招呼，毕竟他分管这项工作。

听了如雪的汇报后王成晟心里又打起了小算盘，心想这可是个好题材啊，要是成绩是自己一个人搞出来的，说不定领导会对自己更加赏识。于是，他告诉如雪，这种报道对外发布前他要把关。

如雪把稿子写出来后拿给王成晟看，王成晟说内容涉及社会与企业之前的关系问题，需要向局领导汇报了再说。但是，王成晟并没有给哪个局领导汇报，而是把作者的名字改成自己，悄悄把稿子送到了日报社。

几天后，这篇题为《让电力市场更规范》的长篇通讯被市日报大幅刊登。

第一眼看到市日报上这篇文章的作者，如雪还有些不敢相信自己的眼睛，仔细再看，作者确实是王成晟。她不由得怒从心起，一拳砸在桌子上，腾地就站了起来，拿起报纸气冲冲地向王成晟办公室走去。

如雪一改以往的矜持，把报纸使劲往王成晟桌子上一摔，然后瞪着眼睛，咬着牙盯着他。王成晟脸一下子红到了脖子上，继而他也显出非常气愤的样子，急忙说："怎么会这样，怎么会这样？我现在就问报社这是怎么回事？我可没有往文章上写我的名字啊。他们这也太不负责任了，一个喉舌单位工作竟然如此疏忽，上次把作者名字搞错还没答复呢，这次又出错，必须让他们给个说法……"说着，他拿起电话，问如雪知道报社的电话号码吗？

见王成晟这样，如雪倒不知再该说什么了，她不想看他的那副样子，就抓起报纸回办公室去了。

回到自己的座位上，如雪越想越生气，思来想去她咽不下这口气，她决定为自己讨个公道，让这个多次欺负自己的人看一看，自己也不是那么好欺负的。于是，她拿起摆在面前的另一份报纸——《中国电力报》。这张报纸上同样有一篇题为《让电力市场更规范》的文章。两张报刊登的文章不但标题相同，内容也完全相同，只是《中国电力报》上的作者是白如雪，市日报上的作者是王成晟。

如果如雪早站起来一分钟，就能在毛腾飞的办公室里碰见王成晟。刚才王成晟只是在如雪面前虚张声势，他并没有给日报社打电话。如雪走后他却拿着那张报纸去了毛腾飞的办公室里。当他兴冲冲地要把报纸拿给毛腾飞看时，毛腾飞连头都没有抬一下，淡淡地说：“这是金局长亲自过问的事情，你还是去给他汇报一下吧，我这正忙着呢，没工夫!”

王成晟刚走，如雪就来了。毛腾飞客气地给如雪倒了一杯水，他指了指自己的桌子，如雪看见桌子上摆着市日报和《中国电力报》。毛腾飞告诉如雪，他不但知道王成晟上次在文章上挂名的事情，还知道这次他直接霸占稿子的事情，也知道一些关于她如何被王成晟“推荐”到北大山县供电局的事情。毛腾飞安慰如雪，让她回去好好工作，不要因此影响情绪，也请她相信组织，这件事局里会做出正确、公平的处理。

刚开始跟毛腾飞说话的时候，如雪委屈的泪水止不住刷刷地往下流，听了毛腾飞的安慰，她又感激得止不住泪水流了下来，她哽咽着重复：“谢谢书记，谢谢书记……”

王成晟真是鬼迷心窍了，在毛腾飞这里碰了钉子，他竟然毫无察觉，还以为书记真的很忙，或者不想掺和局长亲自关心的事情。出了书记的门，他居然又拿着报纸去让局长看。

不等他开口，金和里就敲着桌子非常严厉地对他说：“难道你真的听不懂我和毛书记的话吗？这文章是写你的吗？就你肚子里的那点坏水水也能写出这么好的文章来？你现在就去给白如雪道歉，如果她原谅了你，这事回头再说，如果她不原谅你，我看你也该为自己的下一步考虑了……”

进金局长办公室前，王成晟看着报纸上自己的名字，心里美滋滋的还哼小曲呢，而仅仅半分钟时间，他就成了霜打的茄子。见王成晟愣在那里如冻僵了似的一动不动，金和里便呵斥他：“我的话你听不明白？还是我的表达能力很差没有表达清楚？出去!”

王成晟叫如雪到他办公室来一下，说有事要说，如雪没有理他，也没有听他当着办公室同事的面厚着脸皮解释，从头到尾连头都没有抬一下。

王成晟不甘心，晚上又到宿舍来找如雪。黑辉正在宿舍里安慰如雪，好不容易劝她想开了点，这个时候王成晟却来敲门。黑辉本来就想去找他算账，是被如雪拉住才没去。黑辉拉开门见是王成晟，二话不说对准他肚子上就是一脚，踹得王成晟一个趔趄后退几步才站住，不等王成晟站稳，黑辉上前就揪住王成晟的衣领，连扇两个耳光，指着他的鼻子大骂：“× 你妈的，如雪对你一让再让是因为她素质高，不跟小人一般见识，你以为我们是怕你还是咋地？再敢骚扰一次老子就打断你的狗腿。如若不信，你出去打听打听我黑辉是什么样的人？打断你的狗腿我连眼睛都不眨一下。”如雪怕打起来影响不好，便赶忙拉住黑辉。黑辉也明白这事局领导已经过问了，便没有再继续冲动。

王成晟也不是软弱人，只因为这件事已经闹得他非常被动，加之他也知道黑辉不好惹，他听说过黑辉半年前一个人打倒过四个地痞流氓的事情。所以被黑辉一顿打他不敢还手，被一顿臭骂也不敢还口。加之他怕再纠缠被众多人围观更丢人现眼，只好灰溜溜地走了。

第二天早上，正当王成晟想着如何再跟如雪解释时，毛腾飞打电话让他过去。毛腾飞也不客气，直接开门见山地对他说：“事情已经发生了，咱们就面对现实吧，现在最好的办法是你自己主动申请离开宣传科，这样无论对你，还是对大家都是个台阶。”毛腾飞还告诉王成晟：“这不光是我的意思，也是金局长的意思。金局长说了，他之所以很生气，还不仅仅是这件事情，也不可能就为这么一件小事就让你离开宣传科，还有你之前在劳资科的那些事情……”

毛腾飞的话王成晟明白，他明白领导让自己申请离开这里，是给自己留了面子，也是因为父亲的面子领导才没有直接收拾自己。要不是父亲以前专门请金局长吃过饭，及父亲的朋友在市委工作，估计他早就对自己不客气了。这怨不得别人，只怪自己心术不正，屡教不改。

几个月前，红山电业局承办了全省电力系统的一个岗位技术比武活动。作为承办部门的负责人（金局长一直没有给劳资科配备正科长，科里的工作还是由副科长王成晟主持，这是因为市委有人给金局长打招呼，希望金局长提拔王成晟当科长，金局长也同意过一段时间提拔他），王成晟没有把精力放在工作上，而是趁着活动经费多，管理漏洞多，利用职务之便天天摆宴席请人喝酒吃饭、打牌送礼。活动结束后王成晟去金和里那里签字冲账，金和里对大额的招待费及礼品费用非常生气，就要王成晟说个清楚。王成晟见实在搪塞不过去，就把那些说不清楚的账目赖在科员小李的身上。其实王成晟这样说，是因为小李也是有背景的人，他知道把责任推给小李，金和里就算非常生气，也不会再继续追究。

世上没有天衣无缝的事，金和里也不是糊涂人。事后他不但把小李和劳资科其他人分别叫来了解了情况，也从相关工作人员那里了解了情况，以及知道了劳资科还有个“小金库”。了解了真相，金和里大发雷霆，准备从重处理王成晟。王成晟见局长要动真格的了，便赶忙到市委找父亲的朋友来说情。市委的人出面说情，金和里不能不给面子，只好暂时饶了王成晟。但他警告王成晟，下不为例，要是再犯错误将新账旧账一起算。

离开劳资科的时候，王成晟顺手牵羊，带走了他用“小金库”资金私下购买的全局甚至全市最值钱的那台照相机。聪明的王成晟以为这事神不知鬼不觉，但他哪里知道金和里通过了解，什么都知道。之所以没有追究，是觉着王成晟去了宣传科，照相机带过去也能用得着，但后来得知照相机被王成晟送给了一位上级领导，金和里就又给他记下了一笔，等着有一天新账旧账一起算。

王成晟明白，事已至此，要是再找人说情反倒更丢人，局长也不会再原谅自己。他想，与其被下红头文件通报处理，还不如自己主动申请换个岗位。于是便对毛腾飞表态：“我知道自己错了，现在确实不适合再在机关再待了，我申请调离宣传科。”

王成晟原以为写个调离申请，领导会看在自己态度诚恳的分上从轻发落，结果没想到递交了调离申请，局党委立即就免去了他宣传科副科长职务，暂保留副科级待遇，把他调到基层班组以观表现。

就这样，一个被全局上下都看好的后备干部，一个职场上的滑头，便从一名副科长变成电建公司材料库的装卸工，正好和顾莉慧分在一个班组。

第五章

19

那天，如雪请假回老家给如奎办入学手续时，黑辉告诉如雪，他父母也想一起去如雪家，与她爹娘商量他们的终身大事。

现在王成晟滚远了，如奎病治好了，今年家里的庄稼又大丰收，如雪非常开心，在没有跟爹娘沟通的前提下，她欣然接受了黑辉和他父母的请求。

双方父母第一次见面就达成了共识，决定立即给黑辉和如雪订婚。

来之前黑辉父母就私下做了准备，想着如雪爹娘要是能答应就当场给他们订婚。得到了如雪爹娘的同意，他们就立即拿出了订婚必备的礼物，请来如雪的爷爷、外婆和重要亲戚，在黑暗的窑洞里给两个年轻人举行了订婚仪式。

当黑辉母亲把那只玉镯戴到了如雪的手腕上，黑辉把一个镶了大钻的戒指戴到如雪手指上的时候，如雪幸福得都要飘起来了。

按黑辉母亲的意思，国庆节就要给他们两个办婚礼。可黑辉和如雪都没有同意，一是觉得时间紧太仓促，二是黑辉工作忙请不了假。

黑辉请不上假是有原因的。最近省电力局召开了推进会，要求各地市供电部门务必在年内完成所有“村村通电”工程任务，各地市供电部门负责人也在推进会上立下了军令状，完不成任务者自动申请辞职。

从电力局开完会回来后，金和里就要求几个工程量少、任务轻的县供电局和电建公司、送电工区立即组建施工队支援工程量大、任务重的县供电局。黑辉所在的市区供电局也组建了施工队，前往支援小南川县供电局，黑辉任施工队技术员。

以前如雪在北大山县时，黑辉只能利用周末时间去施工队驻地看她，自从如雪调到宣传科后，黑辉可开心了，只要有空就能和如雪守在一起。他们在如雪宿舍里一起做饭，缠缠绵绵，有时候晚上半夜了黑辉都不想回自己的宿舍去。可这甜蜜的厮守还没持续多久，黑辉却要出去施工了，虽然只是短时间的分开，但他们都有些依依不舍。

黑辉临下工地前那天下午，去街上买了些羊肉，晚饭又不回家吃，在宿舍里和如雪包饺子。别看黑辉在家懒得什么都不干，什么家务都干不好，可在如雪面前，他却非常勤快，干什么都很认真仔细。不但帮如雪扫地拖地，还帮她洗衣服，最近还跟着如雪学会了做饭。那天包饺子如雪只负责擀面皮，其他活儿全部都由黑辉包揽。

把香喷喷的饺子端给如雪，黑辉深情地望着如雪说："我要把厨艺练得好好的，将来把我的乖蛋蛋伺候得白白胖胖的，让别的男人都羡慕死！"

如雪尽管嘴上骂黑辉又耍贫，但心里却乐开了花，比吃了蜜还甜。

饭后他们又卿卿我我地缠绵到深夜。因为缠绵的时间太长，黑辉已经控制不住越燃越旺的欲火，就想行男女之事。如雪被黑辉久久地亲吻、抚摸，此时也是春心荡漾，但她却能自制，黑辉想要她也不同意，她一直在坚实着底线。

黑辉就强来。如雪一个弱女子，哪能抵得住壮汉来硬的？她的上衣很容易就被黑辉脱了下来，就在黑辉解开她裤带的时候，她哭了起来。

黑辉被如雪这一哭吓住了，刚伸手要帮如雪擦眼泪时，如雪趁势坐起来，伸手抓起床边桌子上喝水的铁缸子，对准黑辉的脑门上就是重重一击。她也不管打得轻重如何，黑辉疼不疼，就快速穿上衣服，拉开宿舍门，提起拖把就把黑辉往出打。

被轰出来后，黑辉就有些不高兴，心想都已经快要领结婚证了，还这么保守。又一想，自己确实有些蛮横，就在门外说对不起，叫如雪开门他进去。敲了好一会儿，如雪在里面都不回应。黑辉在沮丧的同时，也有些恼火，他狠狠捶了一拳门，生气地说："好好好，你纯洁，你高尚！我走，我走，从明天开始，我半年都不来烦你！"

黑辉走后，如雪擦干眼泪，也冷静了下来，她问自己：是不是有些太保守了？现在的年轻人，多数谈恋爱没几天就发生性关系了，而黑辉都已经跟自己订婚了，自己却还死死守着最后的底线，那么自己为什么要这样呢？

如雪不知道自己为什么要坚守。她陷入了沉思。她想到了旱冰场上黑辉被自己堵得连话都没说出口的情景，想到了他徒步冒雪到北大山来找自己的情景，想到了他经常周末骑着摩托来驻地看自己的情景，想到了他给自己戴上戒指时的情景，想到他刚才说半年都不来烦自己……

时间已经过了午夜一点半，如雪却怎么也睡不着，她觉得黑辉有些委屈，也觉得黑辉这次真生气了。

此时，黑辉也没有睡着，他和衣躺在宿舍床上，黑暗中睁眼盯着天花板胡思乱想。他也想到了在旱冰场被如雪堵得连话都没说出口的情景，想到了马茜妮和顾莉慧因为自己而大打出手的情景，想到了自己连夜徒步去北大山找如雪的情景，想到了自己给如雪戴上戒指时的情景，想到了如雪总是这么顽固地坚守……

当、当、当……黑辉正在深思，他宿舍门被敲了几下。大半夜的是谁敲门？但黑辉懒得吱声，仍然呆呆地瞅着天花板发呆。

“别生气了，我知道你没睡，把门开开，我有话要说。”听见是如雪的声音，黑辉只好去开门。

如雪轻轻抚摸着黑辉脑门上被自己刚才一缸子砸起来的青包，心疼地说：“对不起，对不起，是我不好，给你道歉啦！”

此时黑辉虽然脑袋上还疼着，心里不悦着，但看到如雪，疼痛和不悦马上就烟消云散了，看着如雪可爱的样子，他一下子就把她紧紧搂在怀里。随着一阵亲吻，黑辉刚刚熄灭的欲火再次燃烧起来，他又有了生理反应。他一边狂吻如雪，一边抱着她慢慢往床边挪动。他试探着解开如雪上衣的扣子，见如雪没有拒绝，他便大胆地脱下了她的衣服，把她抱上床……

20

黑辉下工地前曾对如雪说过，因为工期紧，他这次去可能要很长时间才能回来一次。可是两周后黑辉却回来了。

他是被马茜妮叫回来的。马茜妮托人给黑辉带了一封信，信里说她要离婚了，她不想活了，想见黑辉一面，如果黑辉不回来，那可能就永远也见不到她了。她的信很短，就写了那么几句话，黑辉搞不明白是怎么回事，作为朋友，他决定还是回去看一看。于是就跟队长要了个拉材料的差事，回来见了马茜妮一面。

马茜妮哭着告诉黑辉，她丈夫考上博士了，不要她了，要和她离婚，她觉得活在这个世上没有什么意思了，想死。

黑辉有点纳闷，就问："他不是才研究生毕业吗？怎么又要去读博？"

"唉，都怪我妈和我那个一心想抱孙子的公公，把我们两个没有共同语言的人硬往一起拉，结婚后我才发现，他的心还野着呢，一直想往外跑，晚上只知道看书学习，我要是不主动，他从来都不要我。"马茜妮哭哭啼啼说。

"那你跟他好好谈谈啊，读博就读博，离什么婚啊！"

"咋没谈，已经谈崩。再说了，离就离，谁怕谁？凭我的长相，凭我的条件，又不是没有人要。"马茜妮抹一把鼻涕瞅着黑辉说，"其实我也不想死，这么好的生活，谁愿意死啊，我叫你回来，就问问你，你还能不能接受我？我到现在还深深爱着你，你嫌弃我吗？"

大老远地把我叫回来，原来她是这个目的啊，黑辉有些不悦。

见黑辉没说话，马茜妮又说："我妈说了，你要是愿意和我结婚，她保证你马上就能当上你们局的副局长。"

"你听我说，这跟嫌弃不嫌弃、当不当副局长没有关系，你是知道的，我已经快要和白如雪结婚了。"

"你骗谁呀，你们只是订了个婚，连结婚证都没有领，姓李的跟你姐是老同学，你能瞒得过我？再说了，就算订了婚又能怎么样？只要咱们俩相爱，一样可以跟白如雪说再见！"马茜妮瞪着黑辉，"说来说去你还是嫌弃我，我长的又不比白如雪差多少，不就结过一次婚而已，又没生孩子，再说结婚这么久，他也没有要过我几次……"

黑辉无以言对。

最后两人不欢而散，马茜妮哭哭啼啼地走了。

黑辉去局里找如雪，在局门口碰见了姐姐。他突然想起马茜妮说她丈夫和姐姐是同学，就问黑芳知不知道马茜妮要离婚的事情。

黑芳把弟弟拉到一边，悄悄对他说：“你千万可别再跟她有什么瓜葛，不是李歌要跟她离婚，是她自己的问题。”

黑芳告诉黑辉，马茜妮可能是受家庭薰陶的缘故，刚上班没多久就闹着要李歌的舅舅给她弄个副科长当，但她工龄太短没办法提拔。几个月前李歌舅舅出了点问题被免职了，她妈也从岗位上退了下来。这样一来，她就心情特别不好，回家动不动就发脾气，要么和朋友出去玩经常半夜三更才回家。她这样李歌也能宽容，心想过一段时间可能就好了，可没想到最近她越来越不像话，还老往省城跑，有一次李歌去省城出差，无意间看见她竟然和一个男人进了宾馆，所以回来才要跟她离婚。至于李歌考博士的事情，还是她鼓动的呢，她说考上博士将来能当大官……

黑芳嘱咐黑辉，让叫如雪中午一起回家吃饭，然后就先走了。

见到如雪，黑辉没有提跟马茜妮见面的事情，只说是回来拉材料的。如雪问起施工的情况，黑辉告诉她：施工队架线送电的地方叫狼牙湾村，距小南川县三十公里，距市区八十余公里，是一个群山环抱的小山村。这里几乎是个世外桃源，好多人连县城都没去过，甚至有些人都没去过十公里外的镇上赶过集。这里的人们穿着朴素破旧，信息闭塞，就像还生活在新中国成立之前一样。他们照明用的是食用植物油，吃的是石磨子推的麦子面，黄米、小米也是用石碾子碾出来的，只有夏秋两季才能吃到青菜，春冬两季的菜除了腌的咸菜酸菜就是萝卜干和存在地窖里的洋芋。到了晚上很少有人出门，即便要串门也是等有了月亮的晚上才出去，否则摸黑走路到处是沟沟坎坎极不方便，一不小心还会栽跟头。有一条小河从村前流过，在村尾不远处形成了一个堰塞湖，湖中的鱼儿又多又肥，在电力施工队来之前，这里的人们不吃鱼，他们一般都是把捞来的鱼儿喂猫喂狗。有一天他见孩子们把这么好的鱼儿喂猫喂狗，就从他们手里买来，清炖了晚上跟队友们喝酒。见施工队的人竟然吃鱼儿，这里的人先是惊奇，后来都争先恐后地去捞来到施工队换钱。鱼儿太多施工队吃不了，吃多了也腻，村民卖不出去了，便学施工队员，也把鱼儿洗干净掏了肠子肚子煮了吃——其他方法不好学，也一下子学不会，只有放一把盐巴煮着吃最简单……

听了黑辉的讲述，如雪特别感兴趣，就想跟着黑辉去那里采访。她觉得在当今社会还有这么封闭落后的地方实在不可思议，要是把那里通电后人们生活发生了变化的消息发布出来，不但能让社会各界看到“村村通电”工程的伟大，也能让人们看到党和国家没有忘记这里的老百姓，更能展示电力工人的吃苦耐劳精神。

黑辉他们这个施工队跟如雪以前所在的那个施工队差不多，有文化的人少，能看懂图纸的除了队长和黑辉外却再没有。前几天队长往山上运电杆时不小心把脚扭崴了，不能出去干活，施工现场全靠黑辉负责，所以他必须赶在天黑前返回去，否则晚上进山山路又窄又陡极不安全。跟如雪见面没说上几句话就又要走，黑辉有些恋恋不舍，但当如雪说要随他一起去采访时，他高兴得差点跳了起来。

王有根非常赞同如雪的想法，同意如雪随黑辉前去采访。

如雪被安排住在林嫂家。这家男主人常年在外打工，只有过年或者夏天庄稼收割的时候才回来，其余时间基本不回家，平时都是林嫂带着三个孩子在家。林嫂家的大丫头已经十二岁了，却一天学都没上过，从小就跟着林嫂在家干农活儿，而且洗衣做饭样样顶得住。老二是儿子，九岁了才上一年级。因为上学要走十里山路，还要途经一条大沟，孩子太小了走不动，所以这里的孩子多数都是八九岁才上一年级。三丫头七岁，林嫂也不准备让她上学，要她跟姐姐一样在家里帮工。

从市里到这里多数是山路，颠簸了一路，如雪有些疲惫。晚饭后黑辉忙着整理今天拉来的材料，就请女房东带如雪去林嫂家。

林嫂家的大黑狗特别凶，看见有生人来了，不顾一切直往前扑，恨不得把拴在脖子上的铁链子挣断。林嫂端着一盏油灯照着亮出来迎接如雪。那黑狗见主人出来了，亲热得两条前腿离地立了起来，就往主人身上搭，不想一条腿刚搭到林嫂胳膊上，就把她手中端着的灯罩碰落在地，把灯罩磕掉了一半。捡起摔破的灯罩，林嫂心疼极了，她拾起地上的土块就要砸狗，吓得狗急忙钻进窝里。

房东大嫂告诉如雪，林嫂的丈夫经常不在家，她家的安全全靠这条狗，林嫂那是吓唬吓唬，她才舍不得打狗呢。她还说："林嫂端的罩子灯村里也没几家有，是她丈夫从外地买回来的。这种罩子灯的灯芯太宽，特别费油，平时她根本舍不得不用，听说你是记者，晚上要写文章，她才拿出来给你照亮的。"说着，她顺手指了一下炕角。如雪发现在炕角的墙壁上挖有一个二十厘米见方的土窝窝，里面放着一个用墨水瓶做的小油灯。

"孩子父亲不让点胡麻油灯，说那东西烟太大，孩子写字时间长了会把眼睛薰坏，而且也不明亮，平时只要有人下山赶集，我就请别人帮我捎些煤油回来点这个墨水瓶小灯盏。"林嫂坦诚地说。

如雪仔细环视了一下林嫂的窑洞，只见这孔窑洞约有六米多深，三米多宽，两米多高，紧挨着门口的炕头端有一个小窗户，如果没有这个小窗户，白天关上门里面也漆黑一片。由于常年被灯烟薰燎，窑壁上就跟刷了黑色涂料一样，如雪用指头摸了一下窑壁，被手摸过的地方马上出现一道印子。

林嫂家做饭的小伙窑里也有炕，晚上三个孩子去小伙窑里睡。送走了房东大嫂，林嫂把炕桌搬来摆到炕中央，摆好罩子灯上炕和如雪聊天。灯罩虽然已经豁了一半，但还是比墨水瓶做的小灯明亮。林嫂告诉如雪，这个村庄大概有一百五十多年历史，是清朝时期一脉人被官兵追杀逃难经此，见这里依山傍水，山脚下地势又平坦，便在这里挖窑耕地，落户生根。尽管这里条件艰苦，但也能自给自足。

林嫂还告诉如雪，其实这几年丈夫在外打工，家里也攒了点钱，只因为生活在这个落后的地方有钱也没处花，就跟有劲没处使一样。现在家里虽然还没有通上电，但她已经买了一台黑白电视机，等丈夫再拿回来钱，她就买一台录音机，然后再买一台电动缝纫机、一个电熨斗，到冬天闲了就什么也不干，坐在家里听着录音机唱秦腔，慢慢地缝衣服。如雪顺着她指的方向看去，只见窑洞的最深处放着一个纸箱子，上面半苫着床单，那就是她新买的电视。林嫂说："我们这个自然村有三十多户人家，但却只有两三家有缝纫机，大家过年前给孩子缝衣服时，都要去有缝纫机的人家，请人家给孩子缝衣服，平时穿的衣服多是手工缝制。当然，村里的那些缝纫机都是脚踩的，没有一个电动的，缝一件衣服要花费很长时间，也费力气，人家帮你缝一件衣服就得浪费好多干活儿的时间，有时候连做饭的时间都得搭进去，甚至在煤油灯下熬夜，我去县城见过电动缝纫机，那东西就是快，用它缝三件衣服，脚踩的机子还缝不了一件……”

林嫂接着说：“这里的人过惯了自给自足的生活，也过惯了没钱的懒日子，有钱没钱无所谓，钱多钱少不在乎。其实养羊也能卖不少钱，随便都能换回电视机、缝纫机。再说养羊并不费力，白天让娃娃们赶上山让吃草，晚上赶回来就是了，我家没劳力都能养十只，可有些人宁愿蹲在墙角下晒太阳、捣闲话，也不动脑子把日子过得比别人好一些!”

林嫂的想法让如雪很是感动，她一冲动就想连夜把林嫂的话整理成章。但看了看那个费油的罩子灯，她实在不好意思浪费人家平常节省着用的煤油，只好等熄了灯林嫂睡着后，自己躺在被窝里打腹稿。

第二天，如雪跟着去施工现场采访。她发现施工队在干活儿的过程中，有一位小伙子干活儿特别卖力，特别是休息时间，大家都凑成一堆抽烟闲聊说段子的时候，他却一个人跑前跑后地忙着准备下一道工序的前期工作。如雪好奇，就问黑辉：“那人是谁？他怎么那么勤快?”

黑辉笑了笑，神秘地对如雪说：“你猜?”

“是你们给他的工钱多?”如雪猜。

“不是!”

“觉悟比别人高？是入党积极分子?”如雪再猜。

“不是!”

“那就是他脑子有问题，爱干活儿，或者被你们利用了。”如雪猜不出来，就故意拿话激黑辉，想让他自己说出来。

黑辉哈哈大笑之后，刮着如雪的鼻子说：“你猜的连一点边边都没沾上。让我来告诉你吧，他叫林峰，是本村唯一一个上过高中的、见过世面的、文化程度最高的人。前几年他一直在外面打工，去年才回来结了婚。妻子是跟他一起打工的外地姑娘，见他人品好，长相好，踏实勤快，对自己也好，便心甘情愿地跟着来了这个穷山沟沟。最近施工队来给村里架线通电，他比支书、村长都开心，行动最积极，凡事都主动跑在前面张罗。而且他还是一个有想法的人，他说盼来了电，他要靠电改变贫穷的生活，改变这里落后的面貌。所以有些人来干活儿一两天就嫌累离开了，甚至有些人我们加工钱都留不住，而林峰不但白天干活儿，晚上还要帮我们看工地，真是个好人啊！”

如雪采访了林峰，问他准备以什么样的形式靠电致富？有没有细致的打算？

干活儿的时候林峰不声不响，回答起如雪的问题来他却思路清晰，口若悬河，滔滔不绝，他说：“前些年是因为穷，守在家里看不到生活的曙光，我才跟着林嫂的丈夫去外地下井挖炭，可去后又发现煤矿的生活不比在家里好多少，下的苦力气不比种庄稼少，我又去了南方。因为上过高中，到南方我在一家工厂当了电工。这几年和女朋友攒了点钱，回家准备干一点事业，可回来一看，家乡还跟以前一样，闭塞、落后、贫穷，我就只能养羊、种地，努力过日子。现在终于要把电盼来了，我准备把那一大群羊全卖了，再贷一点款，先买一台磨面机、一台碾米机、一台炸油机，在村里办一个油面加工坊。这样至少乡亲们不用提前好几天就到村里那两台老石磨、石碾子上排队等着磨面碾米了，既方便了乡亲们，我也能以此赚钱致富。”林峰还告诉如雪：“我跟支书、村长都商量过了，等电通了动员大家再集资办一个砖厂，我们这个山沟沟什么都缺，就是不缺做砖头的上好红土，这里的红土烧出来的砖头特别硬，颜色也好看不愁销路。只要砖厂办起来，我们再把进出山的路修一修，往进拉煤、往出运砖也就不成问题了。”

好一个林峰！电还没来，他的蓝图却已绘就！

第三天早上，如雪没有去施工现场，等大家都出工了，她就待在黑辉住的窑洞里整理采访林峰和林嫂的内容。

支书林保强前天去县上办事，昨晚回来听说施工队里来了个女记者，就要来找女记者聊天，想请女记者好好把施工队宣传报道一下。但到施工队看到女记者正趴在桌子上写东西，等了好长时间也没见她写完，便只好作罢，等第二天早上再来找她。

林保强五十多岁，是一个行动精干，说话办事都特别利索的人，也是一个烟瘾特别大的人。如雪大概算了一下，和他聊天时间约有一个半小时，但这一个半小时的时间里，他抽了十一锅旱烟。

林保强告诉如雪，他当了二十年的支书了，最大的心愿就是希望狼牙湾也能跟别的地方一样，过上有电的日子。过去看到别的村子有电，干什么都方便，他特别羡慕。有时候也很自责，责怪自己这个支书当得失职，社会都这样进步了，而自己却还给乡亲们引不来个电。为此，这些年他也没少跑镇上、县上、市上，电管站、县供电局、市电业局。可经常是满怀希望地出门，又搭拉着脑袋回来，得到的答复要么是没有专项资金，要么就是没有特殊情况无法特意解决！不过话说回来，人家镇上、县上、供电部门也各有难处，国家没有给专项资金，挪用其他方面费用不是让人家犯错误嘛！但为了能点亮狼牙湾的黑暗，他不灰心、不气馁、不泄气，不怕撞南墙，更不怕碰钉子，还是一次又一次地到处跑、到处找。

林支书说："当年加固堰塞湖坝头的时候，公社要求我们大会战，曾经给村里拨过一台柴油发电机。要说那发电机啊，真是个好东西，虽然声音特别大，在近前吵得人说话都听不清，但发的电很足，工地上的几只电泡一亮，人感觉到心里都是亮堂的，你干劲不足都不由自己，可惜发的电不能送到家里。从那时起，我就下定了决心，就是跑断腿也要给村里把电引来。还是党的政策好啊，今年我还没顾上出去跑，人家施工队就主动上门来给我们架线通电了。真是感谢国家感谢党，更感谢电力部门，没有哪个朝代比现在好呐！"

提起施工队的电工，林保强举起了大拇指，他脸上挂着满意的笑容。顿了顿，他在鞋底上磕掉铜烟锅里的烟灰，把烟锅头伸进油黑油黑的布烟袋，再挖满一烟锅旱烟丝，划根火柴点着美美地深吸了一口，眯着被烟薰得半闭的眼睛动情地说："这些电工真是好样的，这些年我经常外出开会，也去过不少地方，跟电管站的电工、供电局的干部也有过接触，也听别人讲过有些地方的电工素质特别差，老百姓都背地里叫他们'电老虎'，说那些'电老虎'到村子里来干指甲盖大点活儿都少不了吃拿卡要，而且态度还特别差，侍候不好就不办事、不通电，还动不动就要掐电。可是这次来的这些电工却特别热情，有时候我都不敢相信现实，我就想，同样是电工，他们咋就跟以前的那些电工不一样呢？别说吃喝我们的，就是拿了孩子们捞的鱼儿，他们都要给钱。你是不知道的，过去那东西只有猫吃狗吃，我们是不吃的。有时候看他们在山上施工风吹日晒、起早贪黑的特别辛苦，我们就想给大家送点鸡蛋啊什么的，可他们从来都不要，就是要了也会给钱。他们平常施工就够累的了，但只要收工回来有空，还会主动给各家各户帮着干农活呢，特别贴心。就说那个黑技术员吧，他可真是个能人，每一张大图纸，他都如数家珍，别人看不懂，他却对上面画的那些个道道杠杠，熟悉得跟我黑夜里在家闭着眼睛能准确走到每一个角落一样。黑技术员不但勤快有文化，还很有耐心，村里上学的娃娃也没几个，学习好的更少，以前娃娃们作业不会做就不做了，就等着到学校挨老师的板子，可自从他来了之后，娃娃们都跟迎来了救星似的，一遇上不会做的作业就去找他们的黑叔叔。娃娃们老去打扰他，很浪费他的时间，可他从不推辞，也不嫌麻烦，任何时候都会热情地招呼娃娃们，认真地给他们讲题。被打扰、被浪费了时间，回头他写记录、算数据又得熬夜……”

交谈中，如雪也告诉林保强，一年前，八届一次全国人民代表大会之后，经过几次改制，国家第三次又成立了电力工业部。现在全国的电力部门都归国家电力部领导，从上到下都在转变工作作风，加强纪律建设，那些“电老虎”经过思想教育和道德素质教育，都不再耀武扬威、吃拿卡要了，还有人们以前说的“电霸”现象，也已经成为历史……

林保强和林峰一样，对电也有着很大的寄托，也对今后的日子充满了希望，他对如雪说：“实行生产责任制已经十多年了，经过这么多年的努力，大伙日子已经比前几年好多了，而且有一部分人养羊、种向日葵、种玉米也换了点钱，手头上也有了点积蓄，只是穷日子过惯了，有钱也舍不得花。有些人家不点煤油灯，你千万不要认为那是穷得买不起煤油，而是因为去镇子上赶一趟集不容易，大家也不会专门跑十多里山路去买煤油……通了电以后照明就不成问题了，如何充分利用电让大伙把日子过得更好一些，这是我最近一直在思考的问题。最近林峰跟我商量，让我先动员大家集资一点款，等秋天庄稼活儿都干得差不多了，就组织在堰塞湖首尾各修一个抽水点，买两台大型抽水泵，把湖里的水抽到塬上去。这样一来，山坡上那几百亩旱地就变成了水浇地，亩产量肯定能翻番，而且还可以种植经济作物。致富的道路呀，就在脚下了；幸福的生活呀，已经来到眼前了……”林保强有些眉飞色舞，说话间又把烟锅伸进旱烟袋里挖烟丝。

当天下午，如雪采访了百岁老人“林大哥”。大伙之所以把老人叫“大哥”，是因为他的辈分已经超过了六辈，不知该再怎么称呼了。年轻人都开玩笑地把他叫“大哥”，时间长了，“大哥”便成了大伙对他的统一称呼。

“林大哥”是晚清人，他除了今年春节去过一趟镇子上外，已经有十年没下过山了，在他的印象中，只有当官的、公家人才能用上电，老百姓是不可能用电的。所以直到林保强家电灯泡亮的那个晚上，他才相信了老百姓也能用电的这个事实。“林大哥”告诉如雪：“等家里的电通上了，我就让孙子到县上去买个戏匣子，我天天听秦腔。我孙女儿是镇政府的公家人，她家有个戏匣子，只要拧一下上面的疙瘩（开关），里面马上就会有人唱戏，好像里面的人不知道累似的，你不动那个疙瘩他就一直能唱，想听多长时间就听多长时间……现在我老了，眼睛也花了，有时候凑在油灯跟前捉虱子，把头发都燎了也捉不到（过去庄户人家不勤洗衣，多数人身上都有虱子）。林保强家电灯泡点亮的那天晚上，他们请我去看电，林保强他娘眼睛不好，但离电灯泡那么远她都能看见虱子呢……”

经过几天的采访和了解，如雪很快就整理好了素材。两天后，一篇通讯稿《狼牙湾的幸福梦》便从她笔下诞生了。

这篇通讯稿在社会上引起了强烈反响，人们无不为电力部门举手称赞，市委书记在市日报上看到后，立即指示交通局：想办法为狼牙湾修通致富路！

市交通局按照市委书记指示，第一时间派人进山调研、考察、勘测，并以书面形式上报市委、市政府领导及省交通厅，申请资金，快速为狼牙湾修通了进出山的一条柏油路。从此，狼牙湾人也结束了进出山运输只靠人肩扛、扁担挑、牲口驮的历史。

21

西北黄土高原上的天气既像泼妇，又像怨妇，刚才还好好的，但说变脸就变脸，说发脾气就发脾气，特别是春秋两季特点更是明显。就拿春天来说，昨天还是春光明媚，今天却是黄沙漫天，狂风肆虐；昨天还是草长莺飞，今天却突然雪花飘飘，一个倒春寒又把大地打回冬天的原形。秋天也是如此，上午还是风和日丽，碧空万里，下午忽然乌云密布，阴雨连绵。

距狼牙湾十几公里外的水泉乡，是一道平川，是小南川县最好的产粮区，也是全县最大的工业区。几条小河在这里交汇成大河，于是这里便有了充足的水源，所以各种工业、制造业这几年接连不断来这里安家落户，什么电厂、洗煤厂、冶炼厂、造纸厂、塑料厂……如雨后春笋一样崛起。而入秋后接二连三的阵雨和阴雨连绵，却使这里的企业遭受了巨大的损失，特别是给这些企业供电的输电线路造成严重破坏，倒杆断线事故天天发生，导致好多企业停电停产。每当事故发生后，供电部门的抢修队都会以最快速度赶赴现场进行抢修。为了尽快恢复送电，抢修人员吃住在现场，有的人几天几夜都没休息，实在累得撑不住了，就轮换着在现场临时搭建的帐篷里打个盹。每一起事故抢修结束，毫不夸张地说，抢修人员累得连走路的力气都快没了。这些人的苦，这些人的累，这些人的敬业精神，老百姓看在眼里，电力用户也记在心里。可就这样，还有个别求电心切的人，觉得停电时间太长，他们的机器不能运转，不能尽快恢复生产，影响了他们要弥补因停电造成的损失。于是，在不停催促供电局的同时，还有人找到政府要电，要赔偿，甚至有人还往省城相关部门打电话告状，说供电局行动散漫，抢修不积极……

雨时下时停，事故继续发生，为了尽最大限度减少人民群众财产损失，市领导要求红山电业局加快抢修速度。黑辉他们施工队也临危受命，组织精干人员投入抢修行列。

接到命令的那天，雨下得比之前任何一天都大。因为队长崴了的脚还没好利索，抢修队便由黑辉指挥。为了抢时间，黑辉他们在村里雇了几匹骡马和牛。骡马驮着相对小一点、轻一点的工器具；牛拉着车子载着重一点、大一点的抢修必用品，冒着大雨前往水泉乡支援抢修。这一带土质是胶质性红土，平时风吹日晒加之干旱，红土块硬得跟石头一样，可一湿水它马上就会软成稀泥，而且踩上去特别滑，别说牲口驮着东西拉着载重车打滑，就是人空手走着不小心都会栽跟头。黑辉他们要去的地方距狼牙湾大约十三公里，但从早上九点多开始出山，直到中午一点多才到达目的地。一路上他们踩着又滑又稀的泥泞，一分钟都不敢怠慢，历时四个小时才深一脚浅一脚地赶到。

地方政府、供电局、用电企业的相关领导、负责人们早就在目的地等候抢修队的到来。虽然看到大家已经疲惫不堪，但事故不允许耽搁半点时间，责任更不允许他们休息。于是黑辉他们不卸车、不松劲，以最快的速度吃完饭，然后就在现场负责人——小南川县供电局副局长史田生率领下，直奔被洪水冲倒了电杆的事故现场，投入紧张的抢修。

被洪水冲倒的线路是给下游一个村庄供电的 10 千伏线路，从送电端的 35 千伏变电站到村庄受电端的变压器处，全程不到四公里，中间却有三个地方、近十根电杆被洪水冲倒、泡歪斜。黑辉他们到现场已经下午三点了，此时雨已经停了，又来了一阵风把地面吹了吹，路上便不再那么打滑，有利于干活儿。史田生一声令下，所有人员各负其责，卸工具的卸工具，挖电杆的挖电杆，拉导线的拉导线……

黑辉和队友们挽起裤腿，背着吊立电杆要用的钢丝绳、起重绞磨，抬着抱杆等，踩着泥泞深一脚浅一脚地来回运送。一捆钢丝绳至少有四五十公斤，这在平时一个人背着走路都不方便，运送多是两个人用木杠从中间一穿抬着走路。那种铁绞磨底座、绞磨杠都在三四十公斤左右，而在这样的危急时刻，他们能一个人扛起、背起的，绝不两个人来承担。从狼牙湾一路赶来已经非常疲惫，但没有人说半句怨言，没有人喊一声累，就这样扛着背着来回运送，滑倒了再爬起来，汗水迷糊了眼睛擦干了继续走，跌倒了相互搀扶起来……此时，他们心中只有一个目标，那就是争分夺秒抢修受损线路，尽快恢复送电。每个人都抢重活儿、抢难干的活儿，每个人都好像比平时强壮了几倍。他们的相互关心，互相帮助，密切协作，团结拼搏的精神，无不让在场老百姓感动，无不赞叹电力队伍素质过硬，电力工人作风良好。乡亲们纷纷加入到抢修工作之中，干一些力所能及的事情。

经过抢修队员们的努力奋战，第二天中午的时候，被洪水冲倒、泡倾斜的那些电杆又直直地站起来了，掉落在泥土里的那些导线又高高地挂在了电杆上，村子里的灯又亮了起来，学校里又热闹了起来，孩子们放学排着队路过时，纷纷站在路边向电工叔叔们致敬，高声呼喊：电工叔叔你们辛苦了！

大家清理完抢修现场准备离开时，乡亲们又陆续赶来了，大家手中不是端着热腾腾的饭菜，就是提着热水拿着毛巾和洗脸盆，还有的人端着具有当地民族特色的千层大月饼。

看到乡亲们手中端着的月饼，抢修队员们才想起今天是中秋节。听到远处轰鸣响起的机器声，看到乡亲们脸上绽放的笑容，抢修队员们也开心地笑了。是啊，他们终于可以松一口气了，毕竟一天多时间的辛劳没有白白付出，终于让乡亲们在这个没有月光的中秋夜不再摸黑。

然而，大家只能暂时松一口气，还不能下战场，还不能下火线，还有新的任务在等着他们，命中注定这个没有亮光的中秋之夜，他们要在抢修现场度过。

清理完这里的工作现场，大家刚刚准备撤离时，一辆吉普车开来了，从车上下来一个看似知识分子的白脸胖子。他一下车就嚷嚷：“谁是这里的负责人，快给我抢修线路送电去。”看到他这么大大咧咧的傲慢样，有人就丢了一句：“这里没有负责人，只有干活儿的。”

听这么一说，来者急了，指着对他说话的人喊：“你知道我的稀土材料加工厂停一分钟电会损失多少钱吗？你知道稀土材料加工对于其他产业链的重要性吗？你知道我是谁吗……”

刚才说这里没有现场负责人的是临时工上官里奇，他自然不认识来者。此人也是个急脾气，他被来者指着鼻子这样叫嚣，就有些不高兴了，攥着拳头也冲来者喊：“我管屎你是谁，我只是好心告诉你负责人不在，你冲我喊个屎，你那个烂屄加工厂就是停产一年跟我又有个鸟关系……”

来者叫水新波，是当地一个暴发户——水泉稀土材料加工厂的厂长。他也是如雪舅妈的表弟。此人脾气急躁，大大咧咧，仗着哥哥是水泉乡派出所的所长，干什么事情都很高调，特别是近两年发了点财，更是目中无人。也就是说在当地除了听乡上领导和他哥的话外，别人他几乎不往眼中瞧。给稀土加工厂那边供电的线路，电杆多数都远离河畔，只有为数不多一些沿河架设，虽然阴雨不断，洪水泛滥，但那边的用电却一直没有受到威胁。没有受到威胁就不等于不会发生事故。故事最终还是发生了，就在今天上午，洪水冲垮了一处河岸，近十米高的河岸上方有两处电杆，河岸垮塌了，电杆也跟着栽下去了，前后相邻的电杆也被巨大的张力拉倒了一串串。线路停电之后，水新波不去电管站报事故，更不知道给县供电局打电话，而是直接跑到这里的线路事故抢修现场叫人，他觉得反正抢修恢复供电是供电局的事情，谁来抢修都一样，于是就有了前面的那一幕。

就在水新波叫嚷的时候，史田生和黑辉复查线路回来了。了解了情况后，史田生打发上官里奇先去帮黑辉他们收拾工器具，然后一边安慰水新波，叫他不要着急，一边用手中的对讲机跟设在电管站的临时抢修指挥部联系。并告诉水新波，线路停了电应该及时给当地电管站报修，或者给县供电局的值班室打电话，因为这里的抢修队是临时组成的，去哪里抢修要听指挥部的统一调遣，现场负责人无权决定要去哪里抢修。

水新波虽然仗着有点钱在当地有些张扬，但他毕竟是个见过世面、有头脑的人，经史田生这么一解释，也觉得自己刚才有些莽撞，就从车后备箱里拿出两条翻盖“红塔山”香烟来，拆开要给在场的人每人发一盒。当然，他明白，这支抢修队离他的工厂最近，也是刚刚完成了这里的事故抢修，他的工厂要及时恢复送电，肯定是这支队伍承担任务，他得跟负责人拉拉关系。

史田生没有接水新波的“红塔山”，他告诉水新波说：“全国电力部门都在搞作风建设，不允许我们吃群众的、拿群众的，更不能利用职务之便收受礼物。”

史田生说的事水新波也清楚，他讨好地说：“你们电力部门现在整改作风的事情我也听说了，但这只是一点小心意而已，又不是送礼，后面抢修的事肯定还要烦劳你们，再说刚才我有些过激，算是我给弟兄们赔不是了。”

史田生实在推辞不过，就接了一盒已经拆开的香烟，给大家每人发了一支。就在此时，指挥部来命令，让史田生先带一部分人快速奔赴水泉稀土材料加工厂倒杆现场进行抢修，另一部分人由黑辉带回指挥部调休，调遣的支援队伍随后就到。

身为这支队伍的负责人之一，黑辉说什么也不肯回去休息，他的理由是自己年轻能挺得住。另外，这支抢修队伍是他带来的，大家的情况他也熟悉，跟大家配合也默契，更方便配合现场负责人指挥施工。史田生怎么也说服不了黑辉，也拿他没办法，只好请示指挥部。史田生知道黑辉在这支队伍里是最累的，也是干的活最多的，他不忍心看着黑辉继续再疲劳，只能请指挥部下令让他回去。

黑辉这种忘我的工作精神很让指挥部的领导们赞扬，经过商议，决定同意黑辉继续协助史田生指挥抢修。

当史田生和黑辉带领抢修队员赶到倒杆事故现场时，天已经快要黑了。此时，远处一层一层的乌云又卷了过来，而且越压越厚，越压越近，越压越低，等慢慢盖过头顶之后，淅淅沥沥的细雨便下了起来。

到了现场，黑辉第一个跳进河里，拆卸泡在水中的电杆上摔变形的横担。电杆是倒栽葱掉在河里的，横担已经严重变形，深深扎在泥中，而且螺丝也生锈了，因此拆卸起来比较艰难。为了不耽误时间，史田生就留下上官里奇给黑辉打下手，安排完相关任务之后，就带着其余人到别处去了。

此时雨越下越大，河里的水也在不停地上涨，黑辉刚下来时水位还在大腿处，而现在已经漫到了腰间，他和上官里奇只顾着低头拆卸螺丝，完全没有注意到河水越来越大。

连日来的山洪不停地往狼牙湾堰塞湖注入，堰塞湖原本就不太高、并不坚固的土坝已经到了最大承受极限，越来越让人感到不安。为了防止堰塞湖垮坝，水泉乡乡长还多次前来查看，并组织人员进行加固。但是洪水还在不停地灌入，靠人力拉着架子车、挑着担子运土加固已经成了杯水车薪，完全阻止不了越来越大的隐患。果然，就在黑辉泡在河里拆卸电杆上横担的时候，一股又大又猛的山洪又从上游奔泻而来，只一个浪头便冲豁了堰塞湖的土坝，这就是黑辉泡在河中水涨到腰部的原因。

土坝被冲开了豁口就不好堵了，如果执意再去堵，估计得赔人命进去，所以当豁口由两米宽变成三米宽时，乡政府领导和支书林保强不得不做出选择，下令坝上人员以最快速度撤离。站在高处，大家拄着铁锹眼睁睁地看着豁口越来越大，继而土坝彻底垮塌，却又无能为力，心里特别的难过。

堰塞湖要比下面的河床高出近百米，随着土坝垮塌，几十米高的巨浪像中了魔咒一样咆哮涌出。站在高处的人们看着奔流而下的洪水，每个人都非常难过和惋惜。他们知道，聚这么一堰水多么不容易，筑这么一个坝多么不容易，下游的农民平好田整好地更不容易，而山洪这么一冲，坝这么一垮塌不但水跑了，下游的良田也被冲坏了，损失将无法估算。

上游的堰塞湖垮塌，下游正泡在河水中忙碌的黑辉和上官里奇却全然不知，等听到山洪声音的时候，巨浪已经滚滚而来。抬头看见远处几米高的巨浪，黑辉首先想到的是河里的电杆和掉落在地上的导线会被洪水吹走，如果被吹走，不但将使国家的财产损失更严重，抢修的难度和工程量都将增大。他看巨浪还有一段距离，就赶忙把上官里奇推上岸去，叫他扔下绳子来，把河里的电杆拴住，系在河岸上面的大树上，然后自己再上去。

黑辉刚拴好电杆浪头就来了，他看旁边河畔边有台阶，台阶上还长着许多小树枝，于是就过去抓着树枝和蒿草沿台阶向上爬，可刚爬上去躲开浪头，浪头却把那面崖畔整片给冲垮了。随着崖畔的垮塌，黑辉也仰面朝天倒下被埋在了巨浪之下。

二十六岁的人生，就这样走到了终点！

22

如雪从上初中开始就养成了每天坚持写日记的习惯，从初中到大学毕业，到正式成为一名宣传工作者，她一直都在坚持。但她的日记很少写自己的情感，多是以记事、见闻为主、议论感言为次的文笔，同时还有读后感、书评影评等。比如自在北大山县供电局开始写作以来，每篇稿子只要被刊登，她都要把这篇稿子抄进自己的日记里，且附上写作感想，或写对稿件的点评。也正是因为她有这样的习惯，才有了很多素材的积累，也才为日后的诗集和长篇小说的出版奠定了基础。

黑辉他们临时受命去水泉乡的那天，如雪就知道了。那天晚上，她感到前所未有的焦躁不安，领导布置的一篇署名文章也不想写，还没有编辑完的《红山电力报》也不想编，下班后恍恍惚惚就去了黑辉家，吃完饭后又神不守舍地坐在沙发上发呆，黑芳还以为如雪病了，就摸摸自己脑门，又摸摸如雪的脑门，见没有什么异样，便开玩笑地说："一看你那痴呆样子，就知道是想辉子了。才几天不见啊，就想成这样了，要是实在想得不行，这个周末姐姐陪你去看他，带些好吃的也慰问一下他。"

黑辉母亲也觉得如雪是个重情感的姑娘，对如雪的表现看在眼里喜在心里，就阻止女儿别再开玩笑，并叫她开上自己的小车送如雪回宿舍。

回到宿舍，如雪神情还是有些恍惚，原本晚上拿回来要写的东西也懒得写了，也不管任务完不成明天王有根会不会责怪，就直接上床和衣而卧。

躺在床上迷迷糊糊，辗转反侧跟烙饼一样，就是睡不着，耳朵里跟钻进去蚊子一样，嗡嗡嗡响个不停，脑袋跟喝醉了酒一样昏昏沉沉。索性，她下床从抽屉里取出日记本，提笔写起日记来。这是她人生中第一次，也是唯一一次写自己的情感，写对恋人的相思……

第二天早晨，如雪跟往常一样，在别人还没上班来的时候，就已经把办公室打扫得干干净净。她打开电脑，准备完成昨天没有完成的稿子（那时候电脑还是个特别稀缺的珍贵物件，就是机关单位，一般部门也不会有，而如雪却是红山电业局唯一一名有专用电脑的科员）。这时，金和里来电话了，叫她到办公室去一下。

金和里告诉如雪："这几天全市阴雨还在持续，洪水也给电力设备带来了不可估量的损失，局里组建了多支抢修队奔波在全市各县区抢修事故，保障人民生产生活用电。可还有人不理解，无理催促要电，甚至诽谤我们，损坏电力企业的形象，说我们不积极、不作为。希望你邀请市日报社和市电视台记者立即去全市受灾最严重的地方——小南川县电力抢修现场采访报道，给人民群众一个展示，也让社会各界都看看我们是在尽力，尽最大努力为人民服务，不是不作为、不主动，而是积极担当，努力拼搏。”

现在毛腾飞和金和里在宣传工作方面有指示、有要求，有时候不给宣传科长王有根布置，会直接叫如雪去当面说。王有根也向如雪表示，只要领导有指示，她可以不用来告知自己就去执行，事后也不用再来汇报。但如雪不是糊涂人，她非常尊重科长，凡事还是先要禀明王有根才去执行，就算有些事情来不及说，事后她也会给王有根详细汇报。今天跟往常一样，如雪从金和里办公室出来，没有先去联系市日报和电视台记者，而是去了科长王有根的办公室。

虽然给了如雪很大的空间，但如雪对自己的尊重还是很让王有根满意，他听了如雪的汇报，急忙催促她去联系记者，说：“你这个傻丫头，这么急的事情你还来给我说个什么呀，还不快去联系记者，千万不要耽误时间，我这就到车队给你联系车去。”当然，他去车队要车，也是在表明自己的工作态度。

如雪请上市日报、电视台记者赶到设在水泉乡电管站的抢修指挥部时，已经过了中午，在指挥部的安排和相关人员带领下，到乡政府、几个停过电的工厂采访完后，已经快傍晚了。他们回到指挥部准备吃了晚饭再去抢修队做个夜间现场报道。可是当大家刚端起饭碗时，史田生用对讲机呼叫指挥部，说现场发生河岸垮塌事故，有人被埋在洪水中了，请领导火速前往现场指挥。

当得知被埋在洪水中的人是黑辉时，如雪如闷雷击顶，只觉得眼前一黑，双腿一软便不省人事……

此时大浪已过，水位下降到不足两米深，史田生已经组织人员在河里寻找黑辉。首先下河的是上官里奇。他痛哭着，捶打着胸脯对史田生说：“早知道如此我就不上来，让黑技术员先上来，人家是大学生，有文化，有技术。我这个没文化的半老头不该先上来啊！苍天啊，你为什么这么不公平啊……他说什么都要下去在泥水中刨人。此时大浪已过，史田生只好命人在他腰间结结实实地绑好绳子，然后从塌方的地方把他放下去。同时，也给另外三个人系好腰绳让他们拿着同样被布裹了头的铁锹下去挖泥。

功夫不负有心人，经过四个人快速紧张地搜寻，黑辉被从淤泥里刨了出来。然而，一个年轻英俊、潇洒帅气，有文化、有修养，人见人爱的好小伙，早已撒手人寰，终止了与世界的交流，断绝了与亲人的联系。

一个无私奉献、爱岗敬业的好同志；一个与人和睦相处、总是为他人着想的好青年；一位可歌可泣、为抢修事故不顾个人安危的好电工；一位电力烈士的事迹第二天就刊登在市日报上，同时在电视台播出。

黑辉的父母亲哭得死去活来，如雪在医院里醒来又几度昏迷。

其实以黑辉父亲黑书记的面子，找金和里和毛腾飞求个情，完全可以把黑辉安排在市区供电局办公室，或者调整到其他不用到一线的安逸岗位上。母亲也提过多次要黑辉辞职。但经营连锁店他更不愿意。他说他喜欢现在的岗位，喜欢这份工作，喜欢骑着摩托下乡送电，喜欢跟农民打交道。正是因为喜欢，他才把宝贵的生命献给了热爱的事业。

黑辉的遗体去火葬场的路上，林保强带着狼牙湾的乡亲们赶来拦下了灵车。他们请求不要把黑辉的遗体火化。林保强对电力部门的领导和政府领导们说："是我们没有看好堰塞湖，才使土坝坍塌夺走了黑技术员的生命。黑技术员是我们的亲人，也是我们的恩人。是我们没有守住洪水，他才失去了宝贵的生命，我们想把他请回去安葬在狼牙湾风水最好的地方，请他监督我们守护堰塞湖，也请他和狼牙湾的人民永远在一起……"

谁说都无用，谁劝都无用，望着灵柩前站着的林保强和几位老人，望着两旁列队的乡亲们和披麻戴孝的孩子们，领导们眼眶湿润了，同事们流泪了。各级领导只好和黑辉父母亲商量，请他们定夺儿子的安葬问题。

黑辉父亲虽然是共产党员，从内心来讲他和妻子也希望儿子被土葬，但他还是以大局为重，希望乡亲们不要意气用事。林保强请求黑辉父亲说："黑技术员是你的儿子，是红山市人民的儿子，是狼牙湾的亲人，我们请求您同意他去狼牙湾，请求他和乡亲们永远在一起……"一个平时有主见，说话办事干脆利索的村支书，此时已经泣不成声，双膝跪在比他大不了几岁的黑辉父亲面前。继而，后面人群全部跪倒，哭声铺天盖地。

就这样，黑辉被狼牙湾乡亲请去安葬在他们认为风水最好的地方——堰塞湖北岸。乡亲们在他的墓碑上刻着：狼牙湾亲人黑辉之墓！

后来逢年过节、清明时节，乡亲们都要打发孩子们去给这位亲人上坟扫墓、拜祭烧纸钱。

黑辉下葬的时候又下起了中雨，雨水沿着乡亲们的头发流到脸上，流到衣服里。乡亲们的衣服湿透了，但他们好像不知觉一样，踩着打滑的红胶泥路，抬着沉重的灵柩，硬是爬上了海拔比村庄高出很多的堰塞湖北岸。爬陡坡的时候，灵柩左右排满了人，滑倒一个，马上又顶上来一个，滑倒被扶起来的，用衣服把沾了泥水的手擦干净，接着再替换别人。到达目的地的时候，所有人身上、脸上、头上都糊满了泥水，但黑辉的灵柩却被稳稳当当地放置在木架上，干干净净没有沾到半点泥污。

黑辉被狼牙湾乡亲认作亲人；被党组织追认为共产党员；被省电力局授予“先进工作者”“劳动模范”；被市委授予“最美电工”、被省委授予“抗洪抢险烈士”！市委宣传部和省电力局联合组织了“黑辉烈士”事迹报告团，在全省进行巡回事迹报告，团省委号召青年学习黑辉烈士事迹，争做有用人才；电力部门号召广大职工学习黑辉光荣事迹，爱岗敬业，服务人民，奉献社会。好长时间内，只要人们提起“黑辉”这个名字，都会竖起大拇指，称赞他是红山市人民的骄傲，是红山市的英雄！

尽管黑辉的事迹被人们传为佳话，但对于黑辉的亲人来说，都无法从失去他的痛苦中走出。特别是他亲爱的如雪，怎么都无法接受失去他的现实，那一段时间里如雪彻夜失眠，只要闭上眼睛，脑海里全是黑辉熟悉的身影、可亲的笑脸。

是啊，她怎么能忘记？她默默地写下了一篇怀念黑辉的文章《永远的相思》：你熟悉的身影在眼前飘过，把我孤寂的灵魂又搅得支离破碎。默默抚慰唇温早已消失的肌肤，仿佛听见有你的声音在夜幕里叹息……你舍身而去的那一瞬间，把我有生以来初奏的乐章，顿时摔得万籁俱寂……你带走了我优美的赞歌，把我的梦想、你的憧憬，撕成了碎片，把我初奏的乐章埋进了泥泞……命运的现实把你变成了汪洋大海中的一叶孤舟，淹进漂泊……任我痛苦、抑郁，你不回眸；任我望穿双眼，你不回眸，你身后的浪涛割倒的是一片心如刀绞；你身上的泥泞掩盖着一片哀痛的呼唤……我们共同开拓的美梦在季节的风沙里埋没，那个携手今生的誓言在无助的时空里凋零……今宵，当我跨过星河重温你宽厚的伟岸时，黎明的钟声却把你化成一股清风飘然带走……

如雪并没有把这篇文章发表，也没有给任何人看，这是她泣诉给心爱的“狗狗”的心声。

黑辉毕竟走了，无论是谁，都要正确面对这个现实，如雪不但要面对这个现实，她还要面对另一个现实——她怀孕了！

她只跟黑辉订了婚，没有领结婚证，更没有举行婚礼，而且只有那么一次，她居然怀孕了。

如雪从失去黑辉的痛苦中，又陷入了难以抉择的泥潭。生了，以后的路将怎么走？流产，她实在舍不得。

她茶饭不思，彻夜失眠，日渐消瘦。

黑辉虽然走了，但如雪还跟以前一样，周末都会去他家。看到如雪精神这样不好，黑辉母亲还安慰她，说毕竟辉子已经走了，咱们都想开点，你也不要再那么难过了，以后的路还很漫长。同时，她还让黑芳征求如雪的意见，说如果如雪愿意，就认她做干女儿。

如雪同意。就这样，以后她都是以干女儿的身份出现在黑辉的家里。

那天晚饭后，如雪正在和干妈洗锅。突然，她觉得一阵恶心，就捂着嘴往洗间里跑。

吐完出来，见干妈拿着纸巾站在门口。她关切地盯着如雪问：“你怎么了？”

“没，没怎么，没事，只是有点不舒服。”如雪不敢看干妈，低头接过她递来的纸。

“你呀，要保重自己的身体，看最近都瘦成什么样子了？”干妈心疼地说。

“嗯，嗯。”如雪低头答应着。

“芳芳，芳芳，你开车送一下如雪吧，她今天身体不舒服。”干妈一边伸手扶如雪，一边喊黑芳。

就在黑芳和如雪刚跨出门，母亲又大声喊黑芳：“芳芳，让如雪先下楼，你过来我给你安顿一下，回来帮我买个东西。”

母亲把黑芳拉进卧室，指了指黑芳的肚子，说：“最近我发现如雪不太对劲，你悄悄问问她……”

最近黑芳也特别忙，有时候还要加班，顾不上跟如雪多聊天，就是有时候晚上送如雪，也只是送到局门口。今晚受母之命，她说想和如雪聊会儿，便随如雪来到了宿舍里。

黑芳平时跟如雪相处得很好，挺能聊得来，所以她不绕圈子，坐定后就指着如雪的肚子，开门见山地问：“怎么回事？能给姐说说吗？”

“什么怎么回事？说啥？”如雪假装不解地反问黑芳。

“事实瞒不过眼睛，看，姐也是过来人。”说着，黑芳挺了挺自己的肚子。此时，黑芳身怀六甲已经五个多月了。

见隐瞒已经不可能了，如雪长叹一声，只能对黑芳说自己怀孕了。

听完后，黑芳不知道该再说什么，安慰了如雪几句后，就回去给母亲复命。

面对突如其来的消息，老两口悲喜交加，两双手紧紧握在一起，想不到儿子走了，还给他们留下了骨肉。

惊喜之后，马上又是担忧。他们害怕如雪会去流产。

母亲马上就要去求如雪，请她务必生下这个孩子。

黑芳和父亲劝住了母亲，让她冷静点，说生不生全凭如雪自己决定，这个时候咱们要是强求，说不定会适得其反。再说，要求她生下这个孩子，对她也不公平，毕竟她和辉子没有领结婚证，还是个姑娘。

下一个周末，黑芳来叫如雪去家里吃饭，如雪很忐忑，她不知道干妈会怎么说孩子的事情。可是到饭后一家人都没有提及，就跟黑芳回去没有说过一样。这样，反倒使她更加不安。

当晚，如雪又失眠了。一夜思前想后，她终于坚定了选择。

一大早，她就去了干妈家。她告诉干妈，她要把这个孩子生下来……

自从黑辉光荣牺牲后，黑辉母亲因为过度悲伤，原本并不严重的肾病现在变得非常严重，特别是随着冬季的到来，身体状况也越来越差，有时候连饭都不能做。为了照顾干妈，如雪不得不请假挺个大肚子陪她去医院，或在家陪她。按说如雪现在的表现干爸干妈应该高兴，可他们一点都高兴不起来，反而更加想念可爱、懂事而苦命的儿子。但他们还不能在如雪面前流露出来，怕又引起她伤心，只好私下里相互宽慰，怪儿子命短，没有福气和这么好的姑娘一起生活。

此时黑芳已经坐了月子，不能过来陪母亲。见如雪如此用心地照顾母亲，只能一次又一次地拉着如雪的手表达谢意和歉意。

干妈的公司经营现在已经步入了正规化，平时也不用自己盯着，更不用她守在公司，但纯粹不去也不是个办法，毕竟公司下面还有那么多连锁店，没有自己人看着也不行。于是，干爸只好把党支部的工作都委托给办公室主任去负责，自己挤些时间料理公司的事务。当然，大家都清楚他的情况，他一天半天不来上班，也没人说什么。

随着肚子越来越大，和对工作的越来越不主动，如雪也被身边的流言蜚语层层包裹，甚至有人还说黑辉刚刚走了她就跟别人搞到了一起。这个男人是谁？议论不堪入耳，说什么的都有。直到有一天穆驴儿挺身而出，人们才不再乱说。

那天，穆驴儿经过财务科办公室，听见里面一个女人说："你们知道白如雪怀的那个野种是谁的吗？不知道吧？据我分析，可能是王成晟的。"

"别胡说了，她跟王成晟矛盾那么深，怎么可能，再说了，要是有这事他们早搬到一起住了，王成晟已经离婚了，父母也不在市里，白如雪挺个大肚子，他能不管吗？"有人反对。

"王成晟是什么样的人你们还不知道吗？典型的纨绔子弟，哪来的责任心？白如雪刚来他就瞄上了，追不到手，他还来问我，白如雪是不是有对象了？嘿嘿，让我给挑拨了一下，骗他说白如雪和黑辉在搞对象，并骗他说白如雪请我去问他，看他能不能想办法把她和黑辉分到一起工作。其实我清楚黑辉只是有想法而已，但我怕她把黑辉给抢走了，才那么说，没想到王成晟嫉妒生恨，就把那个狐狸精给推荐到北大山县……"

穆驴儿已经到楼梯口这边了，还能听到这个女人的声音，他极不舒服，就回头来到财务科。

穆驴儿认识说话的女人叫马茜妮。他不管三七二十一，指着马茜妮就说："你这个人真不咋地，你瞧你说的都是些什么话呀？满楼道都能听见，白如雪已经够惨的了，你还要往她身上泼脏水。"

穆驴儿过去打架出名，在红山电业局也有名气，财务科几个人都认识他，也知道他和白如雪过去在施工队当过搭档，见是他进来了，就都低下头假装干活儿不再说话。马茜妮那张嘴从来就没饶过人，她哪里能容得穆驴儿这样指责自己，就迎过来喊：“哟，我说河边无青草，哪来的多嘴驴？”

穆清虽然得了“穆驴儿”这个外号，但从来没有人敢在他当面叫，听马茜妮话里带个“驴”字他火就往上蹿：“我说你嘴放干净点，谁是驴？”

“谁是驴谁知道，反正我不是。再说我的嘴是我的，我想说什么就说什么，你还能把我咋地？”还不等穆驴儿说话，马茜妮的刀子嘴又蹦出话来，“你急什么，难道那个野种是你的不成？”

“我的？你放屁！要是我的我他妈早坦坦荡荡地站出来照顾白如雪了，可惜我穆清没有那个资格，配不上人家白如雪。”穆驴儿怒冲冲地对马茜妮说。

“你才放屁，不是你的你管什么闲事？真是个多嘴驴，跑这里撒野。”马茜妮也来劲了。

“你再骂一句？”穆驴儿气得脸都红到脖子上了。

“放屁，多嘴驴……”马茜妮一点也不怕。

“臭婊子，你比谁都不要脸，我今天不撕了你的脏嘴才怪。”说着，穆驴儿就要动手。

“干什么呢？上班时间吵吵闹闹成何体统？”

大家回头一看，站在门外喊话的竟然是局长金和里。

被局长一顿批评，马茜妮和穆驴儿都不再说话，都老老实实地认错，并向对方道了歉。

穆驴儿走后大家才知道，局党委刚刚决定要提拔他当北大山县供电局副局长，金局长刚找他谈完话出来路过财务科。

事后，穆驴儿也感叹，那天要不是局长及时出现，他可能就把马茜妮给打了，那样的话也就失去了被提拔的机会。当然，虽然是他先去吵的架，但也没有影响被提拔，因为包括领导在内，所有人都认为他是正义的，是无私的，是一条好汉。

23

现在，如雪把心思全放在肚子里的宝宝和照顾干妈上，几乎中断了与别人的一切来往，别人来跟她交流她也不热情，让人觉得她又自闭又冷漠。就连“十一”国庆节放假都不回家。当然，不回去也是因为她的肚子一天比一天大，她不想以这种形象出现在族人和乡亲们的眼前。

如雪不回来，爹娘能理解，他们就自己坐班车来看如雪，给她送鸡蛋，送小米，并给她宽心，娘还嘱咐她要勇敢面对现实，既要好好照顾肚子里的孩子，还要真心照顾卧病在床的干妈。

自从黑辉走后，如雪也没有再写过一篇文章，就连热爱的诗歌也没了兴趣。有一天《红山文学》的编辑打电话跟她约稿，她都找借口推辞了。

一个月后市文代会要召开，这次会议也是市文联历史上规模最大的一次会议，《红山文学》准备出两期特刊，其中是一期“青年号”，要着重推出本市青年作家。听说如雪没有答应约稿，惠思思觉得很可惜，就劝说如雪，希望她重视此事，因为如果作品在这期杂志上发表了，无论对她今后在文学道路上的成长，还是加入省作家协会都有帮助。

如雪觉得思思的话有道理，也准备静心创作。可无论如何，她都找不到灵感，提起笔来要么觉得无从入手，要么就是走神，勉强几次无果，无奈只好再次作罢。

自从如雪的肚子挺起来后，领导们就不再给她布置工作任务了。她工作的积极性也越来越低，平时能敷衍就敷衍，能应付着过的就应付，上班经常迟到早退，甚至旷工都不在乎。如雪这样，让同事们很有意见，背后免不了说她许多不是，甚至有人说她是借着黑辉的面子拿自己太当回事。但如雪并不在意，依然迟到早退，甚至半天不上班。

几个月后，如雪顺利地当上了“未婚妈妈”，生下一个胖小子。胖小子跟照片上黑辉小时候一模一样，特别招人喜欢。

如雪生孩子之前，干妈病重得在医院里连坐也坐不起来，只能躺着。但如雪一进产房，她却意外的精神了，并且能自己走到妇产科去，坚持在产房外守候。

如雪早已经给孩子想好了名字，无论男孩还是女孩，都叫承志。

小承志的到来，不但使妈妈重新面对生活，也使奶奶的病好了许多。奶奶甚至都能从病床上下来照顾他们母子了。

几个月时间很快就过去了，如雪的产假结束了。

此时，全市“村村通电”工程基本竣工，金和里要求宣传科要加大宣传力度，向社会展示工程的成效。在这样的重任面前，疾病缠身的常大拿有些力不从心。毛腾飞就让王有根去做如雪的思想工作，让她还是以事业为重，不要总是把心思放在家里，这样的话不但影响她的前程，也让领导对其他职工不好交代。其实毛腾飞不说，王有根也多次想找如雪谈谈，可又觉得无从说起，不知道怎么说才合适。说实话，王有根也不想因为要求如雪努力工作而引起她的伤感，于是就这么一拖再拖，眼睁睁地看着她负责的工作一再滑坡。同时他也装作没听见地听着别人对如雪说三道四，有时候也躲着不敢跟局长书记正面汇报。

按照领导指示，王有根把如雪叫到办公室谈话，他告诉如雪：“最近领导对咱们的工作非常不满意，多次在会上提出批评，但你师傅老常身体不好，我见你最近状态不好，就没有告诉你们，经常硬着头皮挨领导批评，但最近‘村村通电’工程已经到了尾声，领导对工程的宣传工作又提出了新要求，咱们一定要按照领导的要求加大宣传力度，争取给这项民生工程再唱一曲完美的赞歌。”王有根还告诉如雪：“金局长和毛书记都要求我们的宣传队伍要深入一线，把镜头对准一线劳动者，把镜头对准通了电的村庄，要用真实的画面，真实的故事，歌颂电力建设者，歌颂党的好政策，展示山区人民告别黑暗迎来光明的新气象!”

“本来我想和你、老常，咱们三个人一起下基层去采访，你负责文字和图片，老常负责摄像，我给你们跑协调，可毛书记不同意我出去，说现在科里没有副职，我走了其他工作会受影响，也不同意老常去。你也知道，老常最近糖尿病发作得很厉害，恐怕不能胜任工作。再说他也是快要退休的人了，也不好意思让一个快退休的老同志带病去一线吃苦，只好请你和秦春一起去。你和秦春一起合作，凡事你就多担待一点，多吃一点苦。也不要怕吃苦、怕吃亏，家里的事情，还要尽量克服。”王有根没好提她孩子的话，只是在布置工作任务的同时，旁敲侧击地给她做思想工作。

秦春今年三十多岁，几年前就是局里的团青干事。按说没有团委书记，他一个人负责团青工作表现好的话被提拔个团委书记应该没有问题，可这家伙不但思想散漫，工作积极性不高，还总是一副得过且过、拈轻怕重的样子，生怕自己干多了吃亏。所以，不但领导对他不满意，同事对他也有意见。那个团委书记岗位空缺了快三年，领导都没有考虑过提拔他。前一段时间金和里与毛腾飞商量，准备补充这个岗位，可两位领导把能看进眼里的年轻人逐个筛了一遍，都没有考虑到他。最后二位领导又决定，等几个差不多能胜任的年轻人再成长一段时间再说。王有根知道，让秦春和如雪出去搭档，如雪肯定是要吃苦、吃亏，甚至可能还要吃气，因此就提前提醒她，好让她有个思想准备。

秦春的为人如雪非常清楚，他只是工作不积极，他的人品没有问题，平时跟自己相处得还算和睦，听王有根这么说，她坦然地告诉王有根说：“我知道领导一直在关照我，这段日子我没有好好工作也没有给我什么压力，我很感谢。但现在既然交给我任务了，我就会尽力去完成，吃苦吃累我不怕，我能经受得住考验，也会跟秦春好好配合的!”

其实如雪非常热爱现在这份工作，只是因为失去了黑辉才萎靡不振，因为生孩子才没有好好工作。现在见领导对自己寄托的希望还如此之重，想到现在承志和干妈有保姆照顾——其实保姆是干妈的一个远方妹妹，她独身一人，已经搬过来和干妈住在一起了。有姨姨照顾他们，自己完全能放心工作。于是，她马上开始调整精神状态，并以最快的速度进入了工作状态。她容不得别人背后说三道四和蔑视自己，她决定干出点成绩让所有人看看。

在随后近一个月时间里，如雪和秦春奔赴在偏远山区里，采访报道工程情况，采访报道通电后山区人民生活发生的变化，采访报道电力建设者的艰苦拼搏。虽然如雪还在哺乳期，身体也还虚弱，但她好强能吃苦，和秦春出去采访，晚上无论回来多晚，她奶完孩子，把孩子交给姨姨照看，然后都要去办公室整理采访素材，或者完成撰稿。刚开始秦春很不乐意，心想局领导他妈的准备提拔团委书记，考察了那么多人都没想到我，这时候把宣传专责常大拿放在家里闲着，却让我这个团青岗位上的人出来搞宣传，谁爱敬业谁敬业去，谁爱奉献谁奉献去，反正我不吃那个苦，我不敬那个业。王有根派他时，他不好说什么，但他想好了，出来就出来，反正胡乱拍些镜头回来交差就是了，就是拍不好又能怎么样？但和如雪奔波了一段时间，如雪的敬业精神和吃苦精神感染了他，处处为他着想，处处帮他的行为触动了他。渐渐地，他无所谓的消极思想也开始发生变化。就这样，这个大家公认的懒人、不积极分子，没有被奋战在施工现场的电力建设者感动，却在无形中超越自我，改变了自己。在接下来的日子里，每到一处，秦春都要认真地拍摄，不放过任何一个有新闻价值和存档价值的镜头。可能是秦春刚参加工作时给常大拿当过助手的缘故，因此摄像时角度把握要比如雪把握得好，把握得精准，摄像机也扛得稳，拍的镜头也有视觉冲击力。

秦春的变化让大家感到有些意外，当然也有人认为这很正常，因为那个团委书记的岗位还是很有诱惑力的。

秦春也是个幽默的人，只要有空，他就会给如雪讲笑话，把如雪逗得一天笑得嘴都合不拢。在和秦春搭档的日子里，如雪也渐渐开朗起来，恢复了往日的活泼。

经过深入采访，如雪在行业内外报刊上发表的文章，及市电视台播放的秦春拍摄的新闻，一时引起了多家媒体的关注，媒体记者们也纷纷前来采访。于是，红山市的“村村通电”工程便成了全省的亮点，加拿大《环球邮报》的记者百德夫妇也闻讯赶来采访。

1995 年 12 月 7 日一大早，位于红山市最南端的一个小山村锣鼓喧天，鞭炮震耳，乡亲们兴高采烈地舞狮唱戏，学生们身着盛装载歌载舞。这个坐落在大山深处，祖祖辈辈贫穷落后，不知在漫漫长夜里沉寂了多少年的小山村，现在也告别了黑暗迎来光明。今天，省里要在这里举行“村村通电”工程竣工仪式。上午九时许，随着合闸送电成功，随着省领导庄严宣布全省所有山区，所有以行政村为重点的“村村通电”工程胜利完成，百姓欢呼了，村庄沸腾了。

庆祝当天，许多媒体记者云集小山村，百德夫妇当晚还和如雪夜宿老乡家里一起采访，并把他们采写的消息和如雪采写的通讯译成英文，通过电波在第一时间传向世界……

第六章

24

完成局领导布置的“村村通电”工程宣传报道任务之后，如雪对前面那些采访素材进行了系统整理，经过思考、谋篇，又撰写了一篇报告文学。如雪想把文章投给《红山文学》，但因为之前没有完成编辑老师的约稿，她有些不好意思去编辑部送稿子，就请惠思思帮她送。

惠思思要如雪和她一起去，并告诉如雪，去年市文代会召开得非常成功，省领导要求文化部门借鉴红山经验，加快推进文化建设工作，打造具有本省特色的文化软实力，同时还把本届省文代会放在红山市召开。现在离文代会召开还有一个多月时间，要是文章能发表在这期《红山文学》上，那可就露大脸了，因为这期《红山文学》要作为会议材料之一发给每一位代表。

如雪就抱着试试看的心态，和思思带着稿子一起来到《红山文学》编辑部。

接待如雪和思思的正是跟她约稿的编辑老师洪代梦。洪代梦第一次给如雪在《红山文学》上发表文章，以及如雪加入市作家协会，都是思思给引荐的。来之前，思思先给洪代梦老师打过电话，并如实告诉洪代梦，如雪上次为什么没有完成约稿的实际情况，也转达了如雪的歉意。洪代梦听后表示理解，也让思思转告如雪，没什么歉意不歉意的，只要有好文章就赶快送来。

洪代梦对文章给予了高度的肯定，他认为这篇文章写得很有深度，不但构思严谨，点面结合恰到好处，故事情节感人，而且符合当前形势，也符合杂志的选稿要求。但能不能选用，还需等跟编委们沟通之后才能确定。

洪代梦是思思哥哥惠秉华的同学，和惠秉华及另一位作家被誉为省文学界的“三剑客”，不但在本省家喻户晓，就是在中国作家队伍里也有盛名，而且他的小说经常荣获国家级的文学大奖。洪代梦不但是一位有才气的文人，而且工作严谨，待人接物表里如一，深受读者的喜爱和敬重，他也是《红山文学》的创刊人之一。

回去的路上，思思告诉如雪说：“我已经打听到了，正常情况下这期杂志应该已经交付印刷了，但因为这期杂志要在文代会上作为会议材料之一发给代表，因此除了市委宣传部、市领导要把关，省文联、省委宣传部都要审核，所以才拖到现在还都没有定稿，因此你的文章是有机会被插进去的。”思思还告诉如雪：“洪老师不但是杂志的主编，还是这期杂志的责任编辑，他刚才没有直接否定，就能看出他本人已经同意选用了，只要他提出把你的文章补进去，肯定没有人反对，在这方面领导们向来尊重他的意见。”

此时快到晚饭时间了，思思就叫如雪一起去吃火锅，但如雪歉意地谢绝了思思。最近干妈的病又重了，又在医院里躺着，这会儿她得先回家给孩子喂奶，然后再去医院替换干爸，今晚轮到她陪干妈。

干妈家住的是复式房子，上下两层很宽敞，如雪生下承志还没出院，干妈就请如雪搬过去一起住。从内心来讲如雪是不愿意去的，但想到承志毕竟是人家的亲孙子，就只好答应暂时过去住。现在，她已经是这个家庭中的一名成员了，吃住和他们在一起。

本来如雪的孩子还小，不应该在医院陪干妈，但干爸身体也不怎么好，白天劳累晚上再守在医院里他吃不消，黑芳的孩子也小，所以如雪就跟大家商定：白天干爸在医院，晚上她和黑芳轮换，每人一晚。

且说干爸晚上回家去了，如雪在医院刚把干妈的衣服洗干净，准备坐下看一会儿书时，她的汉显 BB 机就响了起来。

是思思发来的传呼，内容是：速回电，有好消息告诉你。

干妈还在打吊针，干爸和黑芳都不在，如雪不好出去回电话，就没有理会。可是思思等不到回电，就不停地传呼。干妈见状，就对如雪说：“不管是谁呼，你都应该给人家回个电话，这也是对别人的尊重。”同时，干妈说自己一个人待着没问题，让如雪去办自己的事情。

如雪临出门时，听见干妈轻声说了句：从明天开始就好了。

什么意思？明天什么就好了？见干妈没有明说，如雪也没有多问，就出去给思思回电话了。

最近看着如雪刚刚恢复的身体又因为照顾自己，还要奶孩子而开始消瘦，干妈也很心疼，有时候也很无奈，但又说服不了如雪，只能如此。

见如雪回来后脸上带着笑容，干妈就开玩笑地问："看你这么开心，是不是有情况了？"

"什么情况？"如雪没听明白。

"是男朋友呼你？"干妈也不避讳，而且最近她还和黑芳主动在帮如雪物色男朋友。

"不是不是，哪有什么男朋友，是洪老师和编委们商量后，把我那篇文章刊登在这期《红山文学》上了，是惠思思打传呼给我报喜呢。"如雪解释道。

那篇文章干妈知道，有一部分还是如雪在这间病房里熬夜写的。得知这个消息，干妈也非常高兴，她举着大拇指对如雪说："丫头，你真棒！"接着，她语重心长地跟如雪谈起了如雪的终身大事，她说："辉子走了也一年多了，看着你现在已经从痛苦的阴影中走了出来，我和你干爸都为你感到欣慰，同时也为你的个人问题感到着急，你就放下包袱，早早考虑这个问题吧。至于承志，你带他走也行，或者留下我们给你带也行，不要让他影响你！"

"干妈，你们今天这是怎么了？中午姐姐跟我刚说完这事儿，晚上你又来了，是不是你们谋划好了要把我嫁出去啊？我年龄又不是很大，你们急什么呢！"如雪撒着娇对干妈说。现在她跟这一家人的关系非常密切，非常融洽。特别是跟干妈的关系，已经处到了无话不谈的地步。当然，如雪也明白，干妈一家子是真心为自己着想，是真心为自己好，可她现在根本不想考虑这事，她想加紧完成一件重要的事情——出版自己的诗集，然后等承志大一点了再考虑个人问题。

干妈了解如雪的心思，就笑着说："好好好，不说了，不说了，我们尊重你的意见还不成嘛！"

第二天中午如雪刚回到家，黑芳也带着惠思思回来了，她手里提着一个大袋子。孩子还在睡觉，姨姨已经把饭摆在桌子上了，黑芳先招呼思思落座，然后神秘地对如雪说："咱们先吃饭，饭后我有好消息告诉你。"

"什么好消息啊？承志还没醒来，吃完我要和思思聊天。"如雪边给思思夹菜，边问黑芳。

"吃完再说，保证让你心动！"

黑芳吃饭快，还不等如雪放下碗筷，就过去把她刚才提回来的手提袋拿了过来，让如雪猜里面是什么东西？

如雪猜了几次都没猜中，就不想猜了。

黑芳笑呵呵地从袋子里取出纸两个盒，并告诉如雪，这是两部手机，咱俩一人一部。

黑芳告诉如雪，妈看着你晚上守在医院里没时间出去办事，传呼响了出去回复也不方便，就托人买了手机。

如雪这才明白，干妈昨晚说的从今天开始就好了，原来是这事儿。

黑芳开玩笑地说："本来富婆只准备给你买，被我大闹一顿，她才不得不也给我买。我得谢谢你呀，跟着你沾光了。"黑芳拿自己开玩笑，如雪并不介意，她慢慢凑近黑芳跟前，猛地抓住她，准备把她压在沙发上挠痒痒肉，突然想到承志还在睡觉，就住了手，说："看在承志的面子上，妹今天就饶了你，要不然，不把你挠得尿裤子才怪呢！"黑芳最怕挠痒痒肉，黑辉在的时候，他常抱住姐姐让如雪挠，直到她笑得眼泪出来，连连求饶才肯罢休。

20 世纪 90 年代中期，手机在红山市还是个稀罕物，价格也特别贵，通话还是双向收费，除了有钱的人，领导干部才有手机。得知干妈送的这部"摩托罗拉"牌手机要好几千元。如雪就不想要了，她觉得自己没有必要拿这么昂贵的东西，更不好意思在别人面前拿出来使用。

见如雪不肯接受，黑芳就劝她说："都买回来了，你不要那我给谁？富婆已经把钱都花了，你总不能让她为这事闹心吧？我的好妹妹，你就受了吧！"

黑芳给如雪出了个主意，说要是觉得拿着太显眼的话，平时就关机装在包里，有人打传呼时再拿出来回电话。黑芳还告诉如雪一个消息："富婆让我晚上在全城最好的‘美食城’酒楼订个雅间，让你请《红山文学》的几位老师吃个饭，跟老师们多交流交流，拉拉关系，后勤方面你牛姐夫全权负责，下午你只管约人就是了。”

思思也才说明来意。原来，思思的哥哥惠秉华回来了，晚上她想叫如雪去她家吃饭，介绍她认识哥哥，这下正好一举两得，晚上把哥哥和编辑老师们都请来一起聚聚。

思思是500千伏变电站的值班员，今天休息正好有空，如雪就把手机给她，让她回宿舍打电话约人。

临走时，如雪开玩笑地对思思说：“妹妹，手机可是双向收费，省着点打，别拿着它一直跟男朋友腻歪了。”

思思看了一眼黑芳，做了个鬼脸笑着对如雪说：“真小气，有芳姐这么坚强的后盾，你还抠门啊！”

省文代会如期隆重召开，会议对红山市的文艺工作给予了充分肯定，特别是对市作家协会的工作高度表扬，同时对红山文联在培养青年作家方面的工作提出要求，也对红山市青年作家寄予厚望。省文联主席在脱稿讲话时，还提到了青年作家白如雪，对她发表在专刊上的报告文学进行了点评，认为这是近年来红山市，乃至全省最有意义、最有深度的一篇报告文学，他号召参会作家要向白如雪学习，深入一线，深入生活，去采写有深度，有感染力，接地气的文章，不要闭门造车，不要夸夸其谈，更不要无病呻吟……

其实如雪这篇文章中的部分事件，她前期以消息或者通讯的形式也在市日报上发表过，只是领导们因为工作忙，没有时间多关注。这次会上，领导们读了这篇讲述那些封闭、贫穷的小山村实施“村村通电”工程后，老百姓从黑暗走向光明，从封闭落后过上新生活的故事后，看到了电力部门对社会经济发展做出的贡献，看到了电力员工的勤劳和敬业。特别是个别领导改变了过去对电力部门的宣传工作漠不关心、无视存在的态度。会后，市委书记特别指示：以“村村通电”工程为契机，开展一次大规模的主题宣传活动，宣传改革开放以来红山市工农业发展，及老百姓脱贫致富的新气象。

这次文代会对于如雪本人来说收获巨大，作品不但被领导给予了高度评价，她本人也被社会各界熟知，特别是她还认识了几位很有名气的作家，以及报刊的编辑，这为她后来在文学道路上走得更远、飞得更高拓宽了道路。更重要的是因为自己的这篇报告文学，还给单位赢得了树立企业良好形象的宣传机会。

主题宣传活动由市委宣传部牵头，宣传部部长亲自任领导小组组长，分别设立工业组、农业组、渔牧林业组、教育组。作为这次宣传活动主要成员单位之一，市电业局党委书记毛腾飞在主题宣传活动启动会上作了专题发言。

宣传部部长对电业局的专题发言非常满意，当场指示：把电业局从工业组分离出来，专门成立电力组，组长由电业局党委书记担任，电视台、日报社、文联各出一名成员，其他成员由电业局员工配合。电视台、日报、杂志，优先发布电力宣传内容，树立榜样，带动其他行业向电业局学习，为地方社会经济发展作出新的贡献。

金和里对此次宣传活动也非常重视，亲自出席了毛腾飞主持的电力宣传组专题会议，并要求所属各基层单位、各部门全力配合宣传组的工作，也要求宣传科全力以赴，尽最大努力完成这次活动，把握这次难得的机会，极大限度地树立电力部门的正面形象，让人们彻底消除脑海中还残存的“电老虎”“电霸”印象。在借助社会媒体的同时，也要动员内部力量，加大在行业媒体的宣传力度，让红山电业局成为全省的标杆，乃至在全国都能叫得响的品牌。

毛腾飞虽然是电力宣传组的组长，但他毕竟是企业的主要领导，日常工作特别忙，于是就委托王有根负责具体工作。

说来也巧，正在这个时候省电力局要召开一个会议，要求各基层单位宣传科长必须参加，一律不准请假。于是，王有根连一天基层都没下便又卸任了。王有根给毛腾飞建议让如雪接挑他的担子，负责全程协调及带队。理由是她熟悉业务，同时也希望领导给年轻人一个锻炼的机会。

毛腾飞同意王有根的建议。

为了表示电业局对此次活动的重视，出发前毛腾飞还宴请采访报道小组成员。毛腾飞是个爽快人，他喝酒不像别的领导那么保守，也不耍赖，跟谁碰杯他都是满杯，要是别人喝不下去了，他还会把别人的酒往自己杯子里匀一点。

毛腾飞酒量也大，谁来碰杯他都不拒。几轮下来，别人舌根子都硬了，走路摇晃了，他却还笑眯眯的面不改色、头脑清醒。

席间，还有一个跟毛腾飞一样清醒的人——王有根。那年头，凡是在县供电局当过领导的几乎酒量都大。所以尽管喝了不少，但王有根也清醒。这不，他还帮毛腾飞解围呢。一位喝多了的记者摇晃着跟毛腾飞碰杯，迷离着醉眼说："您是党委书记工作忙，没时间带我们去采访大家都能理解，可王科长又不去了，我们怎么有点不受重视的感觉。我们此行可是给供电部门来做宣传的啊！"毛腾飞笑了笑，正准备回答时，王有科从后面过来开口了，他说："我不去是因为水平不如我们白科长，白如雪是我们科的副科长，有她陪着大家，既能协调工作，还能写稿子，更重要的是她参加过'村村通电'工程建设，前期也去好多地方采访过，轻车熟路嘛！"

"白如雪是副科长？如雪，你这就不对了，什么时候当上副科长的？我们合作这么长时间，都是老朋友了，高升了也不告诉大家啊，太不够意思了，罚酒，罚酒……"

被王有根这么一说，又经大家这么起哄，如雪有些慌乱，就赶忙解释，可越解释越说不清楚，越说不清楚大家越起哄，无奈她只好向毛腾飞投去求助的眼光。王有根来打圆场毛腾飞很满意，但王有根把如雪说成副科长他有些不悦。自己不在场随他王有根怎么说都无所谓，可自己在场让王有根这么一说，记者这么一闹腾，他也不知说什么才好。看到如雪眼巴巴地望着自己，他只好含笑对如雪说："你要是能喝的话，就给大家敬敬酒吧！"

如雪还在奶孩子，不能喝酒，只能以茶水代酒敬大家。

回家的路上，毛腾飞责备王有根不该信口开河，当着自己的面说白如雪是副科长。王有根借着酒意也有些大大咧咧，笑嘻嘻地对毛腾飞说："我的好书记啊，我是看您被那帮记者围在中间问这问那的，怕还有几个没喝酒的再过来起哄，就冒昧地说了那么几句。我认错，我认错。不过话又说回来，白如雪这么优秀的同志，当个副科长还是能胜任的。"

毛腾飞瞪了王有根一眼，并不生气地骂道："滚𣱽远，你他妈的这是认错吗？你在酒桌上不但给我压担子、挖陷坑，现在还来指导我的工作？那你提拔她好了。”

“呵呵，嘿嘿嘿，不敢不敢!”王有根小声回了一句，吐了一下舌头，不再说话。他明白什么叫点到为止，聪明的他已经从毛书记眼中看出了他并没生气。

第二天采访报道组出发前，毛腾飞对如雪说：“这次活动至关重要，行程既要按原计划方案执行，还要保证安全，注意言行，不要因为言行问题造成负面影响，引起舆情。”同时他还叮嘱如雪，有什么情况及时向他汇报，在搞好协调、联络工作的同时，还要好好写稿，不能辜负了市领导和金局长的期望。

25

如雪这次出去采访，可能还要在各县住宿，而承志还没有断奶，干爸干妈都不想让她去，却又不好劝说，就让黑芳去说。如雪觉得承志有姨姨照看没有问题，黑芳的话她没有听，就是最后干妈亲自来说，她也没有改变计划。她这个人向来都是这样，只要认定了的事情，就一定要坚持。另外她觉得就算在外面住，最多也是一晚上，孩子一个晚上不吃奶也没有什么关系。再说，这次活动领导特别重视，一定要干出成绩来。

一个周末，如雪按原计划带采访组去北大山县，早上出门时承志不知怎么了，歇斯底里地哭，姨姨看不下去，就劝如雪别去了在家陪孩子。看着孩子哭成那样，如雪也些于心不忍，但她觉得临时取消计划不好给毛书记交代，自己临时不去也不好给采访组的人说，只好狠了心把孩子塞给姨姨，然后含泪夺门而出。

如雪哪里知道，孩子哭闹并不是恋她，而是她晚上把材料拿回来在床上装订时，半截断订书针掉在床上，戳进了孩子的大腿上，孩子是疼得在哭。她早上给孩子喂奶时不但没有发现，出门的时候还连手机、传呼机都没有带，害得大家一天都找不到她。

这次电力组宣传活动的采访方案和行程计划，都是如雪负责编写的。按计划整个行程共一周时间，计划采访一位市委领导，三位县委县政府领导，五位乡镇负责人，两位县供电局长，十名供电职工，十五个新通电村及若干名老乡。每到一处，采访组都受到了热情接待。被采访者倾心畅谈，用最真实的心声，最朴实的语言，表达了他们对电力部门的肯定和赞扬。

去北大山县采访的那天，车刚到县城外，如雪远远就认出了等在路边的是县供电局局长赵荣的专车。如雪在北大山县工作时，经常坐着赵荣的专车出去，有时候如果她坐赵荣的车出去采访没有回来，赵荣下乡就坐三轮摩托车，有人还调侃说那辆车是局长和如雪两个人的专车了。赵荣听到后一本正经地说，谁要和白如雪一样有能耐，我就把这辆车让给谁。

如雪一行乘坐的是一辆进口商务车，是红山电业局最高档的车，估计也是全市最贵的车，所以站在路边眺望的人一眼就认出来了，远远就挥手打招呼。

挥手的人是北大山县供电局办公室主任黎二明。

黎二明告诉大家，赵荣局长已经约好了县委庞书记，大家现在就去采访，午饭后接着采访赵荣局长。

此时是上午十点，据黎二明讲，庞书记今天本来还有别的事情，但因为是赵局长去约他，他就答应挤时间来见大家，不过大家最多只有一个小时的采访时间，即便赵局长跟庞书记关系好，咱们也不能拖延时间。

在去县委的路上，黎二明还告诉大家，庞书记是个很严谨的人，大家采访前得商量好，具体提什么问题，谁先问谁后问，最好有序进行，否则时间可能不够。另外，庞书记的脾气也不好……

“他脾气好不好，电视台的刘武昌最有感受啦！”不等黎二明把话说完，一直坐在后排没有说话的美女记者上官美蓉说道。

“就你多事！”刘武昌懒洋洋地说。

“啊呀，大家都这么熟悉，有什么事故你就讲讲吧，咱们也好借鉴借鉴。”如雪首先对上官美蓉的话感兴趣。

“说说吧，说说吧！”

大家都想听听。

“好吧，那我就说说。”刘武昌娓娓道来，“北大山县是咱们市特色农副产品加工大县，半年前全市在这里召开了一个发展特色农副产品产业的推进会，在杨过河村参观淀粉合作社时，省电视台的报道组也来了。省电视台报道组就想在现场采访庞书记。那天我的任务就是陪同报道组一行。按说干咱们这一行的，不可能不懂规矩，可报道组带队的那位‘大拿’却一点都不讲规矩，自以为是省电视台的就真牛 × 了，当时人家庞书记正陪市领导参观呢，那哥们就把庞书记拽过来要采访。报道组主动给做宣传，按说庞书记应该高兴，可那哥们事先想都没想好要让庞书记说什么，就让庞书记对着镜头尴尬地站着。后来庞书记按自己的思路讲了讲，别人都觉得庞书记讲得很好，可那哥们一会儿说庞书记讲得太少，一会儿说讲得还不够到位。摆布来摆布去庞书记就点不耐烦了，就不想再讲了，叫来分管副县长来让采访。省电视台采访组这次来是市委宣传部部长亲自接待，那哥们哪里把一个副县长放在眼里，他嫌副县长出镜分量不够，非要拽着庞书记继续采访，庞书记问还要讲什么？他倒好，说你先等等，我想好了再说。庞书记本来就有些不悦，加之前面还有上级领导需要他亲自招呼，被这么折腾来折腾去的，他就生气了，连头都不回转身就走。按说这也是给了那哥们一个台阶下，但他还不醒悟，还继续缠着庞书记，说什么这是给你们做宣传怎么能不配合呢？别的县委书记寻上门请我们也不一定去……庞书记听着听着就火了，直接说了一句‘不稀罕’，然后直接让工作人员把‘闲杂人’往外请。大家觉得人家好歹也是省电视台的，不能这么不给面子，就劝庞书记别闹僵了，但庞书记这个人性子直，要是真来劲了几头牛都拉不回来，谁也不怕，谁的面子都不给。大家怎么劝他都不听，硬是让工作人员把我们一行清出场。当然，后来这事也就不了了之了。之后，听说庞书记对县委办公室提出要求，要是再有媒体记者前来采访，必须要有采访提纲，否则就是中央台的记者来他也不见。”

如何采访庞书记，提什么问题，请他讲什么，谁先提问谁后提问，其实在出发之前如雪就和记者们商量过了，大家都做足了准备，如雪也把采访提纲打印好随身带着。

庞书记对县供电局的工作向来都很满意，特别是对赵荣严谨的执行力和雷厉风行的作风更是赞赏，除了工作外，他已经和赵荣是好朋友了。他也多次对别人说，近年来供电局对全县的经济发展和改善民生大计作出的贡献最大，只要供电局有什么需要解决的问题，大家手头上其他事情只要不紧急，都可以先放一放，优先为供电局办理事务。这次采访庞书记，有赵荣提前去协调，自然不需要采访提纲了。

庞书记被誉为全市口才最好、思维最敏捷、最能吃苦、最直率的“四最”书记。果然名不虚传，记者的每一个问题他都对答如流，而且回答非常细致、全面且有高度。

采访中，趁着庞书记正在兴头上，刘武昌就问：“村村通电后，那些村子现在的变化如何您去看过吗?”

这个问题大家在来的路上讨论时也有过争议，有人认为：如果庞书记只去过个别村子考察和调研过，对全部情况并不掌握，要是这样问，会不会让庞书记难堪？最后经过商量，决定把这个问题留给脑子活、采访经验丰富的刘武昌把持，如果没有合适的时机，就放弃这个问题。

庞书记先不回答，他回头喊秘书让给记者们茶杯里添水，然后笑着说：“刘记者伶牙俐齿啊，提这个问题是不是有意考验我?”不等刘武昌回答，庞书记接着说：“这个问题我早就想到你们会问，或者说等你们问，我还怕你们不问呢。其实‘村村通电’工程结束后，我和赵荣局长专门去那些通电村走了一圈。我记得县供电局有个叫白如雪的职工以前写过一篇报道，讲的是一个山村光棍很多，自从通了电以后，村民借有利条件都开始靠电致富，没有条件又没有资金的人，就去别人家打工挣钱。另外，有电后山脚下堰里的水也能抽到田里了，仅半年时间，村里的面貌就有所改变。现在那里的变化啊，更大！当时她写的是有外村姑娘准备嫁到这里，而现在这个村子没成家的老光棍基本上没有了，通电才两年时间，乡村面貌和农民生活已经今非昔比……”

“这就是白如雪，现在是市电业局宣传干事。”赵荣指着如雪给庞书记介绍。

“NO，她已经是宣传科副科长了！”刘武昌补充了一句。

赵荣疑惑地看着如雪。

“不、不是……”如雪摇着手想要解释。

“我就喜欢有能力的人，有能力的人应该快速成长起来，祝贺你!”庞书记站起来再次和如雪握手。

十一点整，采访按原计划顺利完成，记者们收获很大，都得到了自己想要得到的信息。就在大家准备告辞的时候，庞书记发话了，他对大家说：“先别急着走，有一个问题一直没有人提问，但我一定要说。”这时，一直站在庞书记身后的秘书提醒他：得去开会了。

庞书记回头对秘书说：“我说过，只要是供电局有事情，其他不紧急的事都可以放一放。今天是赵荣局长带着记者们来和我聊，我就得把话聊完，聊透，十一点的会议咱们改到下午再开吧。”

秘书走后，庞书记笑着对大家解释：“今天利用周末时间，我们要开个会，讨论一下有关扶贫工作的事情。不过那个会推迟到下午开也没关系，我们自己的会随时可以开，可你们走了我就没有说话的机会了，我要借你们的笔和镜头，夸一夸电力工人。”顿了顿，庞书记又说：“你们提了那么多问题，就是没有提到涉及供电员工的问题，没有提到他们是如何完成‘村村通电’工程的问题，难道你们不想知道他们艰苦奋战的故事吗?”

庞书记给大家讲了几个关于电力员工挑战恶劣环境，无私奉献，全心全意为无电村着想的故事，其中就有赵荣和穆驴儿的故事。

第一个故事跟去年全市在北大山县召开的那个发展特色农副产品推进会有关：推进会的参观点在离县城不远的杨过河村，发展农副产品加工业，电力供应必须要有保证，而杨过河村的用电情况却不乐观，甚至有些小作坊的线路都是用裸露铝丝代替的。听说要把参观点放在这里，当地乡、村两级干部就一起来找庞书记要电，希望借这次机会让供电局把杨过河村及沿途几个村子线路改造完善一下，把小变压器再增容一下，让小作坊也跟有规模的厂子一样有可靠的电源。当庞书记把大家的想法对赵荣讲了之后，赵荣马上向市电业局金局长汇报。最后金和里多次跑省电力局，才争取来一笔专项资金，改造完善杨过河村及沿途几个村庄的用电环境。省电力局批准下达专项资金的那天，离推进会召开已经只剩下十天时间了，庞书记不相信赵荣能在参观前完成这里的线路改造任务，就对赵荣说，实在完不成就把路边的电杆先换一换，其他地方的可以慢慢来。赵荣干事向来雷厉风行，他对庞书记保证，一定能在推进会前完成任务。为了不影响正在进行中的农网改造工程进度，赵荣就自己带队，只从各施工队抽来四名人员支援这支施工队，单位除了身体有恙及上了年龄的女职工外，其余在家人员全部随他下现场。

庞书记听说赵荣亲自带人奋战赶工期，就一直想去现场慰问他，而由于公务缠身，直到第七天才有时间。那天早上，他率人天不亮就驱车出发，想赶在施工人员出工前看望大家。早上七点，当庞书记一行来到施工队驻地时，却只见看管材料的老大爷一个人在。庞书记很纳闷，就问老大爷："供电局的施工队呢？不可能这么早就出工了吧？"

老大爷告诉大家，供电局的人不是这么早就出工了，而是一直在工地上昨晚就没有回来。他感慨地说："为了给我们这里改线路，供电局的人不分昼夜地干活，过去大跃进、大会战的时候人们也没这么拼过，可供电局现在的这些人好像不瞌睡似的，不分昼夜地干活儿，真让人敬佩啊！"

施工现场在村外的路边。远远地，庞书记和大家看见了身材魁梧的赵荣光着膀子，和另外三个人抬着一块电杆底盘爬坡，还有七八个人在路边忙乎着。这时，一辆手扶拖拉机从庞书记身边开了过去，大家看见铺着厚厚一层干麦草的车箱里躺着一个睡着了的人。

赵荣见庞书记来了，赶忙穿上衣服不好意思地说："工作现场不穿衣服是违章的，但由于山沟里湿气太重，晚上穿上衣服干活，汗水加上湿气衣服潮得实在没法穿，为了多干活儿，我们只能如此。"赵荣告诉庞书记，手扶拖拉机上睡着的那个人叫穆清，是北大山县供电局的一个施工队长，他带领的施工队在几公里外的一个村子里施工，但他每天晚上都要坐着拖拉机来这里帮工，天亮了在拖拉机上睡回去，然后再投入到本职工作之中。

连着讲了几个故事，庞书记看了看手表，此时已经过了中午十二点半，就有些歉意地对大家说："不好意思，你们没有提问我倒说得比回答你们提问占用的时间都多，耽误了大家吃饭，今天午饭由我来做东。"

庞书记和赵一样，很少请人吃饭，也不接受别人请客，被一些人称为是刀枪不入，或者不近情理的"黑包公"，今天居然破例要请这么多人吃饭，真是难得，县委的人更是对供电局刮目相看。

简单的午饭后，如雪一行采访完赵荣，又去了十公里外的一个村子采访。

一路上，如雪兴致勃勃，开心地跟大家交流，畅谈采访庞书记的收获，给大家讲赵荣的故事。此时，她哪里知道，承志已经住进了医院，黑芳正在打电话四处寻她。

从早晨开始，承志一直哭个不停，还不到中午嗓子就哭哑了。姨姨有些害怕，就给如雪打电话，结果发现她的手机和传呼都在家里。承志的爷爷奶奶都在医院，她只好给黑芳打电话。

黑芳来也看不出孩子是怎么了，就赶忙和姨姨带着承志去医院。从儿科查到放射科，最后才发现孩子大腿内侧根部戳着半截订书针。断订书针可能刚开始只是插在肉皮上，但由于大人抱着他不停地活动，到发现时已经完全没入肉里了。

早上如雪没有说要去哪里，所以黑芳到处打电话都找不到如雪，直到下午四点多才问到黎二明，黎二明赶忙骑着摩托去找如雪。

黎二明找到如雪一行时，他们刚采访完一家农户，准备再采访两家，然后夜宿北大山县城，明天继续采访下一个点。

匆匆忙忙赶到医院时已经是晚上八点多了，此时，哭了大半天的承志也累了，睡得很香。

黑芳告诉如雪，断订书针毕竟只有半厘米长，就是完全进入了肉里，但拔除并不困难，医生甚至连麻药都没有用，只用手术刀在承志腿上划了个小口就将其取了出来。黑芳在安慰如雪的同时，也埋怨她太粗心，说断针戳的地方太危险了，要是再偏一点，就戳在孩子膀胱上了，那样的话后果可不堪设想……

望着可爱的儿子，望着他裹着绷带的嫩腿，如雪又心疼又自责，眼泪像断了线的珍珠，一串一串地往下掉。她还不敢哭出声来，她怕吵醒承志，只能掩面而泣。

经过这次事件，干妈一家都觉得如雪会给领导请假，不再早出晚归地在外奔波。然而，让干妈一家非常失望的是，如雪居然还是那么执着，把孩子塞给姨姨照看，继续带着宣传组到处跑。只是她向大家保证，最多中午不回家，晚上再晚也会回来。

干妈特别生气，但却无奈，只能心疼地看着孙子喝奶粉。

26

这次出去采访大家都有收获，日报社记者的消息被《光明日报》发表，电视台的系列报道被省台连播，文联作家的报告文学被省内外多家杂志相继转载，特别是电视台制作的电视专题片，在后来联合国扶贫机构来考察时都派上了用场，为本市发展赢得了巨大支持。如雪此行的收获也大，她带着照相机拍到了许多风俗民情，配在她创作的几首诗歌里，起到了锦上添花的作用。

此次专题宣传活动达到了预期效果，特别是电力组的成绩突出，受到了各级领导的肯定和表扬。

这次出去采访，如雪还有个重大的收获，就是又结交了两个好朋友：一个是电视台的刘武昌，一个是日报社的上官美蓉。上官美蓉是和黑辉一起下河捞过电杆的那个上官里奇的女儿。通过上官美蓉，如雪才了解到上官里奇是一名下岗工人，当时因为还没找到合适的工作，就暂时在供电局打临工……

黑辉出事之后，上官里奇带着女儿上官美蓉来看望过黑辉父母，如雪也听说过，只是几次都没有遇见。这次采访回来，上官美蓉又跟着如雪去看望了黑辉父母。上官美蓉是个机灵而又懂事的丫头，人长得漂亮，嘴也特别甜，很得两位长辈欢心。之后便经常替如雪晚上去医院照顾干妈。

且说这次专题宣传活动结束后，市委宣传部又组织召开了总结会，并请到市委书记出席。会上，市委书记特意点名表扬了电力组，这让毛腾飞很有面子。看着坐在身边的如雪，毛腾飞突然想起了王有根说过她是副科长的话。于是，他决定回去找金和里商量一下，重点培养如雪。

毛腾飞到金和里办公室还没开口，金和里却先说了他的想法，金和里的想法竟然和毛腾飞的想法一模一样。

就这样，一个没有任何背景，一个才工作三年多时间的年轻人，以实际行动为自己赢来了机会，走上了团委副书记的岗位，成为红山电业局历史上最年轻的干部，也是第一位年轻女干部。

如雪走上团委副书记岗位后，暗下决心要好好干一番事业，回报企业、回报金局长和毛书记对自己的培养。

然而，就在如雪给自己制定了一个奋斗目标，准备甩开膀子大干一番时，一个对于她来说非常不好的消息突然降临。

那天下午，如雪拿着精心准备的关于要举办一场青工辩论赛的策划方案去给毛腾飞汇报，可还没说上一半，就被一个电话打断了。

电话是省电力局干部处打来的，要求毛腾飞立即动身前往电力局开会。毛腾飞只好把方案暂放案头，前往电力局。

毛腾飞接到的电话是组织上调整干部，在岗位变动前召他去谈话的电话。当晚，一个消息从电力局不胫而走：金和里和毛腾飞同时调离红山电业局，到别的地方任职，一位叫苗森的人来接任金和里任局长，并兼任党委书记之职。第二天又有消息传来：北大山县供电局局长赵荣被提拔为红山电业局工会主席。

新来的局长苗森长期在省电力局工作，从普通职员到目前的职务，都是在机关成长起来的，没有基层工作经历，可以说只有理论没有实践，干什么事情都是套规章制度，拿上级文件说话。只要他自己想做的、自以为是对的，别人就必须执行，有时候几位副职的建议他都不听，就是开党委会研究重大事宜，他也是以自己的意见为核心。苗森还有一个特点就是不放权，即便忙得不可开交，他也不把党委书记的工作交给副职分担一些，而且对党建、宣传、工会、后勤工作极不重视，甚至有些边缘化。这些部门的人去汇报工作，他总是一副冷冰冰的样子，如果是不太重要的工作，他还不高兴，一点面子也不给就批评，说你们红山电业局的中层干部太没水平了，屁大点事都来麻烦局长。且说王有根，被训了几次之后，就觉得自己对这个岗位有些力不从心，于是就想换个岗位。

就在王有根有这个想法的时候，机会还真来了。

黑辉父亲老黑到了退居二线的年龄，那天办完离任手续，他就准备去给苗森打个招呼，在楼梯上碰见王有根，两人就聊了会儿。

老黑当年在红山电业局生产科的时候，苗森还是省电力局生产处的一名科长，那时候只要去省城办事，老黑必定要请苗森出来“潇洒”一下，现在苗森来当局长，无论在哪种场合，他对老黑都很客气，也很给面子。王有根和老黑的关系也不错，闲聊中他对老黑说：“那天苗局长还念叨，说你退二线了一时半会还没有合适的人来接替你，若是他要你推荐接替人选，你一定要推荐我，我实在不想在宣传科待了。”

老黑明白王有根的心思，就爽快地答应了，他说：“要是人家问我，那肯定没问题，要是不问，我也不好意思主动去说。”

王有根陪着老黑去苗森办公室，还没落座苗森就对老黑说：“你这一离任太让我发愁了，送电工区是咱们局重要的生产单位，党支部书记需要个有水平的人去干呀，你觉得谁来接替你合适？”

老黑装作无意间看了王有根一眼，然后又笑着装出一副不好说的样子。

苗森似乎有些明白，指着王有根问：“他？”

老黑慢腾腾地说：“王科长到基层去当支部书记有些屈才了，还是留在机关更有作为。”

“屁吧，什么屈才，一天到晚就知道在办公室里待着，我看还真不如去送电工区当支部书记。”苗森不屑地说。

“完全服从领导安排，完全服从领导安排。”王有根及时，也显得非常诚恳地对苗森说。

几天后，王有根果然到送电工区当了党支部书记。同时，经局党委“研究”决定，提拔办公室负责接待工作的干事马茜妮到宣传科任副科长，主持工作。

马茜妮不是在财务科吗？怎么会在办公室负责接待工作？这事还得慢慢说起。

有一次，省电力局基建局副局长苗森来红山电业局调研，晚上金和里安排了饭局。喝酒过程中，苗森悄悄问金和里，红山市有没有唱歌的地方？为了讨好苗森这位上级单位领导，为了能多争取点支持，就算没有，金和里也会说有。但那年头红山市还没有歌厅，更没有三陪小姐，只有卡拉 OK 屋，而且去卡拉 OK 屋唱歌都是自己约女士。于是金和里就吩咐办公室主任安排饭后唱歌，机关几位年轻美女，包括马茜妮就被叫去陪唱歌了。当然，那时候如雪要不是挺个大肚子，肯定也会被叫去。

唱歌期间，金和里和其他领导除了轮着给苗森敬酒外，还示意美女们不停地给苗森敬酒。

马茜妮除了美貌之外，还有一双会察言观色的眼睛，一张能说会道的嘴。别人碰杯的时候她请苗森唱歌，别人唱歌的时候她请苗森跳舞，别人跳舞的时候她又和苗森交头接耳，把个苗森陪得乐开了花。金和里见苗森黏糊上了马茜妮，也不打扰，便自顾自和别人喝酒唱歌去了。午夜，曲终人散的时候，金和里看不见苗森，就问办公室主任，办公室主任说苗森喝多了，马茜妮送他回宾馆了。

金和里和苗森以前都在机关，关系很好。他了解苗森，这家伙不但酒量大得出奇，猎艳本事也超乎常人，这会儿估计已经把马茜妮哄到了床上。

金和里猜得没错，这会儿苗森正和马茜妮在宾馆的大床上摞在一起。这个让无数男人垂涎三尺的大美女，天生就是个尤物，她妖艳妩媚，把好色的苗森累得上气不接下气。另外马茜妮也因为跟李歌离婚了，好久都没有被男人碰过，此时更需要滋润，所以时而被动，时而主动，如饥似渴地享受着这个兽性十足的猛男。

马茜妮是个清高的女人，除了以前在乎黑辉外，对其他讨好自己的男人连正眼都不看一下，可她怎么会这么容易就和苗森上了床呢？其实她和苗森早就认识，李歌在省城看到的和她在一起走进宾馆的那个男人就是苗森，但那时候他们并没有肌肤之亲。那次是马茜妮喝了酒苗森送她回宾馆而已，到宾馆马茜妮并没有让他进房间。虽然后来他们也还见过面，一起吃过饭喝过酒，但关系却再没有更进一层。

此时马茜妮轻易随苗森来宾馆，还被他“哄”上床，这除了苗森会泡女人外，还因为马茜妮本身就想结交这位有权力的上级领导，再说这位领导也很帅。因此，之前跳舞的时候苗森借机揩油，对她动手动脚时，她就有了想法，但她表面上装出一副正经的样子，几次都巧妙地把苗森的手从自己的“关键”部位上推开，而苗森从她推开自己手时用的力道上感觉出了她并不坚决的态度，就胆子越来越大，不停地占便宜。随着苗森的继续揩油和得寸进尺，马茜妮也开始“诱狼深入”。后来苗森说喝多了让她送他回宾馆时，她也发现苗森并没有完全喝醉，就装作很无奈的样子去送他。到宾馆苗森要抱她时，她半推半就，装出要走的样子。苗森哪里舍得她走，就拉她坐下，说聊会天。

交谈时，苗森关切地问马茜妮工作中有没有困难，需要不需要帮忙？

马茜妮明白苗森的心思，就毫不隐瞒地对他说，她想去办公室干接待工作。

凡是在电业局机关工作过的人都知道，那年头办公室的接待工作任务特别重，而且压力还大，一不小心就会被领导收拾。可在财务科工作顺风顺水的马茜妮为什么要去那个岗位？这是因为她觉得，就算目前自己的工作压力不大，可一天到晚窝在财务科连个局领导都接触不上，而接待工作不但随时能跟局长接触上，还能接触到上级领导，能为自己以后的发展创造机会。再说自己现在独身一人，没有拖累，就算忙点也没有关系。

“想去办公室搞接待工作？就这么点事？”苗森轻描淡写地问。

“嗯！难道你还能给我办大事不成？”马茜妮盯着苗森问。

“大事不敢说，但这点事儿还真不叫事，等以后有机会了，我让金和里提拔你。”苗森一边说，一边凑近马茜妮。

马茜妮还坐在床沿上，苗森站在她对面，她并没有站起来，只是抬头问：“你不会是为了占我的便宜骗我吧？”

“我发誓没有骗你，金和里是我的哥们，我保证你马上就能去办公室。再说了，他还有更重要的事情要求我呢，没有我，电业局这次报的小型基建计划也实现不了，我这次正是为此事来调研的。”说话间，苗森伸出手抚摸马茜妮的头发。见马茜妮没有躲闪，苗森双手捧着她的脸，吻了一下她的额头，马茜妮还没有躲闪，苗森心里一乐，便把她轻轻推倒在床上，然后喘着粗气往她身上爬……

第二天，苗森对金和里说，马茜妮机灵活泼，适合干接待工作。

金和里已经明白苗森和马茜妮的关系已经不同寻常，就故意问苗森："然后呢?"

"咱俩之间还用绕圈子吗? 然后我回去就给领导汇报，说通过几天的调研，认为你们请求批准的那个小型基建项目完全符合需求，而且需要追加资金!"苗森吐个烟圈，又坏坏地笑着把烟圈往金和里脸上吹去。

"不可救药! 你说你因为女人都栽了多少个跟头了? 还改不了这臭毛病! 不过你既然已经提出来了，那我看这么办再好不过了!"金和里也爽快地说。

苗森之所以在金和里面前如此直白，有恃无恐，除了他和金和里一起工作过关系好之外，金和里曾经也跟他一样是个"采花"爱好者，只是后来走上仕途后他才严格要求自己，不再放纵风流。

两天后，马茜妮就被从账务科调到办公室负责接待工作。

后来，金和里也答应过苗森，等过一段时间了提拔马茜妮。没想到金和里还没顾上提拔马茜妮，苗森却来接了他的班。

现在苗森要提拔马茜妮，跟之前临时调整干部一样，也是事前没有征求过任何一位局党委成员的意见。

那天开完局长办公会，他突然宣布要召开党委会，研究干部调整的问题。他提出包括王有根在内，要对三十多名中层干部工作岗位进行调整。

苗森到任才三个多月时间，这却是第四次调整干部了。前三次都是动几个人，而这次却是大动干戈，涉及岗位之多史前无例，超过全局中层干部一半人数。虽说调整频繁，但生产、营销岗位上专业对口、技术精湛、善于管理的骨干他却基本不动，动的多数是曾经跟着上届党委书记与金和里作对过的那些墙头草，以及那些多年在岗位上不作为、混日子的人，他说要将合适的人用在更适合的岗位上。

苗森提名新提拔的干部只有马茜妮一人。上次提名的是她，这次还是她。上次苗森要提拔马茜妮当办公室副主任，表决时没有一个党委成员表态，大家都不吭声，沉默了好长时间都没有人说话，最终苗森只好宣布散会，这事也就暂时放下了。这次大家还是跟上次一样，到表态的时候仍然没有人说话，沉默了一会儿，苗森便盯着分管安全生产的刘副局长看。宣传工作跟安全生产是两个专业口，刘副局长管不着，他既不表态，也不惹苗森，就说了句模棱两可的话：“我尊重大家的意见！”尽管苗森对此不满意，但这样也行。然后，他又盯着下一位党委成员瞅，下一位见实在搪塞不过去，便顺水推舟也这样说。最后一位是工会主席赵荣，苗森之所以最后才征求赵荣的意见，一方面是赵荣进局党委班子的时间最短；另一方面是他知道这家伙性子耿直，要是他先说了不同意见就会影响别人，这样他的目的就又达不到了。

赵荣虽然没有反对，但他说话向来是直来直去，他说：“既然马茜妮能提拔，那么生产、营销、农电这几个部门还有几个年轻人也很优秀，学历也不低。如果局长要给年轻人机会的话，其他人是不是一起考虑一下？”

对于赵荣的这番话，苗森非常生气，但他强控制住自己的情绪，装作和气地说：“其他人我也考虑过，只是中层干部岗位基本饱和了，而马茜妮并不是我非要培养，这是有关领导打了招呼的。其实我也很为难啊，不说领导是谁嘛大家不信，说出来嘛又等于出卖了领导。既然这样，那就大家看着办吧！”

苗森这么说，谁还再反对？大家总不能真的追问是哪个领导吧？再说大家都知道马茜妮在市里确实有关系。赵荣就算再耿直，也不好再说什么了，只好跟着其他领导一样，无奈而又违心地表决同意。

27

苗森偏见地认为，精神文明建设、企业文化、新闻宣传、劳动竞赛这些事情对于供电企业来说可有可无，供电局就应该抓好安全生产，想法子多卖电。因此他对这些工作几乎是不闻不问，经费也是一减再减，致使党办、工会、后勤、宣传等部门的工作几乎处于瘫痪状态。这些部门要是想干个什么事情，或者想组织开展个什么活动，他极不支持，他觉得这些人是闲着无聊瞎折腾，还乱花经费，借搞活动自己开心。就是任命马茜妮当了宣传科副科长，他还是一如既往地不过问宣传科的工作，很长时间都不给宣传科配科长，一直让马茜妮主持工作。当然，不给宣传科配正职也有别的原因。这是马茜妮的原因，是马茜妮不让他给宣传科配正科长。因为马茜妮明白，要是配了科长，自己在这里就说了不算了，日子也就没有这么清闲了，处处还得听正职的。

马茜妮到宣传科来当副科长，其实并不是苗森的意思，而是她自己的意思。按说她那么喜欢跟领导接触，就应该要求在办公室当副主任。即便嫌办公室工作太累，也应该去干老本行，到财务科或者审计科，她为什么偏偏要来这个已经被边缘化了的地方呢？马茜妮喜欢跟领导接触已经是过去的事情了，现在她已经和局长在一起了，不需要再为那事儿费心思了。至于老本行嘛，她现在已经完全没有兴趣了。来这个被边缘化了的地方，就是因为她看上了这里的清闲。她现在的心思压根不在工作上，她要求苗森将她安排到这里来，是因为这个清闲的地方没有工作压力，她能轻松地干自己想要干的事情。她已经谋划好了，要在苗森在任期间，借他的势力给自己弄点钱，就连怎么弄她都想好了。

马茜妮基本不跟科里的人交流，也不怎么过问工作，她每天就待在自己的办公室里，或者不声不响就走了，好像跟宣传科没有什么关系一样。面对如此景象，大家特别失望，如雪好好干一番事业的积极性也一落千丈，渐渐也和别人一样，抱着过完了今天看明天的态度混日子。当然，之前她也有过想法和思路，但每次刚开口就被马茜妮给否决了，或者说扼杀在了萌芽状态。

现在随着时间的推移，马茜妮对如雪已经不再那么敌对了，但从内心来讲她还是很排斥和讨厌如雪的。因此，她容不得如雪在自己面前出风头，更容不得她比自己强，只允许她和别人一样平平庸庸、老老实实地上班下班。

工作轻松了，如雪便有了更多的时间去陪孩子，去照顾干妈。甚至有时候下午她都可以提前半个小时或者一个小时溜号。马茜妮以前干接待工作时，早上提前上班一小时，晚上半夜回家是常事，但自从到了宣传科之后，她变得自大和懒惰起来，平常迟到早退犹如家常事，有时候下午还不来，干她自己的事情。劳动纪律她自己都不遵守，自然就不会过问别人。所以，科里谁要是有事情，半天不来也没人问及，更没有人划考勤。

那天下午如雪在医院里陪干妈，主治大夫悄悄对她说，你干妈这病已经到了晚期，与其继续躺在医院里受罪，还不如跟家人建议一下，让她回家清清静静地休养。

干爸现在虽然不用去单位上班了，但还要料理干妈公司里的事务，不能天天陪在医院里，黑芳平时工作特别忙又有小孩子，也不能天天陪在母亲身边，如雪现在工作尽管不是很忙，但也不可能什么都不干一直陪在干妈身边，她还要帮姨姨带承志。干妈看着大家又忙又累也心疼，就嚷嚷着要出院，但因为之前大夫没有发话，大家就一直不让她出院。现在见大夫这么说，大家就不再劝解，同意她出院回家休养。

那天干爸不在，晚饭后姨姨有事也回家去了，如雪哄承志睡着后刚准备睡觉。黑芳叫她出来，说妈今天精神不错，我晚上也不回去了，你先别睡，咱们陪妈聊会天。

那晚是 1997 年 6 月 30 日，几个小时后香港将回归祖国。香港回归凡是中国人没有不激动的，干妈虽然病入膏肓，但她也是华夏儿女，也怀着一颗激动的心，守在电视前要看中国国旗在香港升起的那一幕。

就这样，三个女人边看着电视边天南地北地聊天。午夜，回归仪式结束后，如雪就劝干妈回卧室去睡觉，干妈却意犹未尽还不想睡，她的话题也由香港回归转到了如雪的个人问题上。她说："香港这么复杂的问题都能解决，你的个人问题为什么就迟迟不能解决呢？你都告诉过我们已经从失去辉子的阴影中走了出来了，但为什么还禁锢自己，迟迟不找男朋友呢？"

其实之前干妈干爸、干姐夫妇都单独跟如雪谈过这事，希望她不要再这样自闭下去，身边有合适的小伙子就好好接触，毕竟也二十好几的人了。如雪到现在还没有男朋友，不光爹娘，就是干爸干妈都很为她操心。大家都在张罗，不是今天家里人托人约她去跟张三见面，就是明天朋友、同事拉着她去跟李四、王二麻子见面。有时候如雪也在想，要是感觉上能过得去，就跟人家相处，差不多就结婚。可不管是张三李四还是王二麻子，见过之后没有一个有感觉的。次数多了，便弄得她心情越来越沉重，越来越没心思，也对见面、约会的事情越来越反感。特别是最近，谁要跟她提这事她就会特别烦躁，甚至不高兴。这不，白天刚拒绝了刘武昌给她介绍男朋友的好意，晚上干妈又提起这事来，她刚刚还高涨的情绪便一下子跌入低谷。为了不使干妈扫兴，她只好应付道："我也正考虑这事呢，要是有合适的我肯定会跟人家相处，尽快结婚，可眼下就是没有一个投缘的……"

"你姐准备给你介绍一个，小伙子特别优秀，你保证能看上，让她给你说说吧！"干妈扭头对黑芳说，"还是你自己给如雪说吧，我就不用在中间传话了。"

黑芳冲如雪笑了笑说："这本来让富婆给你说，让你领她的人情，她却嘴笨，那就听姐慢慢给你道来吧！"

黑芳告诉如雪："我有个同学从上小学时就一直是全校第一名，现在是在读博士，昨天碰见他，听说他放弃了留在首都一家央企总部的优厚待遇，怀着一腔热情回来要在家乡干事业呢。因为没有工作经验，他就主动申请先去市扶贫办锻炼，最近跟着扶贫组在北大山县搞扶贫。当年他可是追过姐的，尽管现在姐已经是孩儿他娘了，但还关心着老同学的终身大事呢。得知他还是单身，姐就及时给他推荐你，他听说你漂亮又优秀，也有点意思，想跟你见个面。这一回你可得重视了，再不能敷衍了事！"

被干妈和黑芳两个人轮番做思想工作，如雪有些招架不住，只好投降，答应一切听从黑芳安排。

干妈和黑芳激动的劲儿也慢慢感染了如雪，她也开心起来，便俏皮地说："哟，姐，你的表达能力也太差了吧！说了半天还没说出个人家姓甚名谁？高个还是矬子？白脸还是麻子呢？"

"哦，看我，真是思路不清，表达能力太差，说半天了还没告诉我们的大诗人、大记者我同学的名字呢，请听好了：他叫李歌，高大魁梧，皮肤白净，五官端正，浓眉大眼，声音洪亮，不但脾气好，还善解人意，人见人爱，人见人夸。"

"李歌？他叫李歌？"如雪惊讶地问。

"是啊，难道你认识他？"

"不认识，也没见过，但却知道他是谁。他不就是刘武昌的表哥，马茜妮的前夫吗？"如雪淡淡地说。

"你是不是嫌他结过婚？"看如雪这表情，干妈和黑芳有些着急，异口同声地问。

“不是不是。最近这几天刘武昌一直缠着我说这事，说他表哥回来了，还没有女朋友，要给我介绍呢，下午又要来找我，我很烦，就找了个借口躲开了。”如雪解释道。

“不介意就好，人家条件不错，什么时候见个面?”干妈试探着问。

“巧了、巧了！看来还真有缘，明天就见面，等着富婆给你办嫁妆吧!”黑芳激动地站了起来。

“既然这样，那就请姐姐看着办吧。”如雪无条件地答应了。

见如雪同意了，干妈才放心地去睡觉了。

第七章

28

此时，就在黑芳给如雪和母亲讲老同学李歌的时候。李歌也正坐在北大山县高崖村村长高双水家的土炕上，看着黑白电视，听高双水和其他几位来串门的老乡讲几年前县供电局给这里架线通电的故事，讲“村村通电”工程施工队吃苦耐劳的故事，讲一个叫白如雪的漂亮女技术员的故事。

虽然前妻马茜妮在电业局工作，但李歌对电力部门的事情并不感兴趣，因此大家讲那些架线通电的故事时，李歌也没怎么在意，他关注的是电视里香港回归的直播场面。直到高双水拿出一张照片给市扶贫办主任张泞看时，才引起了他的注意。

“你看，你看，这个就是供电局的漂亮女技术员白如雪，她真是漂亮得很，而且特别有耐心，给娃娃们辅导功课时比老师都辅导得好，别说娃娃们特别喜欢她，就是大人们对她都有些恋恋不舍……”

“就是、就是，她个子高高的，圆脸蛋白净净的，大眼睛水灵灵的，柳叶眉弯溜溜的，高鼻梁直挺挺的，细腰身那个好看呀，啧啧啧！别说把男人们迷得神魂颠倒，就是我们女人看着都喜欢。那些个小伙子们，以及个别结了婚的男人，一天到晚想方设法跟人家搭讪，有事没事都来找人家聊天，有两个小伙子还想请我把白如雪给他介绍当女朋友呢！”不等高双水说完，话就被老婆打断了。顿了顿，他老婆接着说：“真是癞蛤蟆想吃天鹅肉，人家是公家人哪能看上他们。”

因为听表弟刘武昌和老同学黑芳都提起过白如雪这个名字，此刻就算看电视特别认真，高双水和他老婆的话也钻进了李歌的耳朵里。于是，他把目光从电视上收回来，投向高双水手中的那张照片上。

张泞、北大山县扶贫办刘科长及李歌是贵客，都被高双水请在炕上坐着，高双水也坐在炕上，与李歌中间只隔着一张小炕桌。尽管 25 瓦灯泡的光线很暗，但隔着仅一米远的距离，李歌还是能看清高双水举在张泞眼前的照片。只见照片上有五六个孩子，中间簇拥着一位身穿工作服，头戴安全帽的美女。美女不用问便是白如雪了。她站在孩子们中间，被孩子们脏旧的衣服、红红的脸蛋一衬托，本来就漂亮的她，显得更加楚楚动人。李歌不由自主地将手伸了过去，从高双水手中接过这张照片来，细细观看……

“来，小李，抽支烟！小李，抽支烟！”高双水给李歌递过来一支香烟。

“小李，你是不是让白如雪的美貌给迷住了？”见高双水递烟时连叫两声李歌还盯着照片发呆而不应声，刘科长就在旁边喊。

刘科长这一喊，李歌才回过神来。他发现大家都在瞧自己。

李歌忙笑着对高双水说：“谢谢，我不会抽烟！”然后他给自己打圆场，指着照片上的如雪说：“这是白如雪啊，我认识，早就认识呢！”

表弟刘武昌曾多次对他说过，红山电业局的白如雪如何漂亮，如何出众，甚至有时他说白如雪时都有些激动。李歌就拿表弟武昌开玩笑，说既然那个白如雪如此出众，你自己为什么不去追求她，却这么高风亮节把她给我介绍？是不是你觉得她带个小孩就嫌弃人家？而我离过婚就跟她般配？刘武昌有些感慨地告诉李歌，并不是说如雪带小孩他看不上，而是自己的这副长相和白如雪不般配，人家白如雪也不可能看上自己，他有自知之明。

刘武昌身高不到一米六五，小眼睛、塌鼻子、嘴大黑牙，外貌是有点丑，可他的头脑却非常聪明，能说会道能办事，可谓是情商高智商高。因此，其貌不扬的他人缘却特别好，办事能力特别强。这点不光李歌知道，如雪也清楚。朋友们的好多事情办不了，但只要请刘武昌出马，大多数都会迎刃而解。当然，这也跟他的记者职业有关系，毕竟他认识的人多一些，接触领导的机会也比别人多一些，路子自然也就广一些。因为工作关系，他经常跟如雪打交道，现在已经成了要好的朋友。在刘武昌要把李歌介绍给如雪之前，如雪也在撮合他和丁秋香，半年前丁秋香和前男友就分手了。丁秋香聪明实在，刘武昌聪明机智，而且这两人脾气都好，肯定能谈得来。但由于各种原因，刘武昌和如雪相互给对方要牵线的事情拖了很久都没有实现。

此时李歌给自己打完圆场，回头又表现出看电视很投入的样子。他用余光观察别人没有关注自己时，又快速地看了一眼照片中的白如雪。

一年前，李歌也有过一段爱情经历，女朋友总觉得自己有知识，有能耐，一心想去大洋彼岸她心中的美利坚“天堂”里生活。而李歌从不愿意把祖国培养了自己这么多年的知识拿去给别国做贡献，就说什么也不肯去。志不同道不合，他们只能分道扬镳，各奔前程，李歌也放弃了一家央企总部的极力挽留，回家乡来作贡献。

刚刚和女友分手，李歌不想这么快就再谈恋爱，可回来这段时间里，热情的表弟刘武昌三番五次缠着要给自己介绍女朋友。就在李歌做通了自己的思想工作，同意刘武昌给自己介绍女朋友的昨天，他又碰见了老同学黑芳，黑芳也要给自己介绍女朋友。李歌听出了黑芳和刘武昌说的白如雪是同一个人，但他并没有多问黑芳什么，只是表示愿意见面。此时，再听了高双水他们的话，李歌已经完全相信，这个白如雪不但长得漂亮，素质高，而且人缘好，工作能力强。于是他便决定见一见白如雪。

按原计划本来市扶贫办下周才来这里举行扶贫捐赠仪式，但今天下午省里突然通知，说下星期一联合国扶贫组要来红山市考察，要把给本省的唯一一笔扶贫款项投放在红山市的某一个贫困县。于是，市政府紧急开会，最后研究决定把这个县定为北大山县，再把重点定到了高崖乡。市扶贫办也临时决定取消下周的捐赠仪式，提前把扶贫物资送到这里，并由市扶贫办主任张泞亲自带队前来调研，以做好迎接联合国扶贫组的前期工作。

李歌是临时接到张泞的通知一起来的，刘武昌和黑芳并不知道他去了北大山县。

时光进入 20 世纪 90 年代末期，地处黄土高原腹地的北大山县还没有彻底脱离贫困，甚至有的地方温饱问题还没有解决，住在半山坡上的高崖村部分村民，更是因为交通不便而依旧过着贫困的日子。几年前，如果不是电力系统实施“村村通电”工程，这里的人民估计还生活在没有电没有光明的黑暗里。现在，村民磨面虽然有了电磨子，大多数家庭点灯不再用煤油和食用植物油，但多数人还是没有走上发家致富的道路，没有从贫困中走出来。

贫穷跟人们的落后思想、懒惰的行为有很大的关系。懒汉高守财就让县扶贫办的刘科长非常生气。

第二天发放捐赠物资前，当高双水把贫困户名单拿来给张泞和刘科长过目时，刘科长坚决不同意给高守财捐赠。他告诉张泞，三年前县上给每个特困户救济了一头母牛，希望大家好好养殖、繁殖，借此走上脱贫之路，可这个高守财好吃懒做，并没有好好养殖，他依然坐吃山空，第二年又欠下一屁股债，到头来不得不把母牛和两只牛犊牵到集市上一起卖掉。被高双水教训了一顿后，他就用还债剩下的钱买了两只奶羊回来。可第三年，这两只奶羊又变成了几只老母鸡。现在，他只能靠母鸡下蛋换点盐和醋，喝酒抽烟照旧赊账。

高守财是高双水的本家侄儿，就算高守财不争气，高双水也要给侄儿争取一下，他的理由是高守财腿脚不灵便，劳动力不如别人，需要帮扶。

捐赠户确定不下来，张泞就让高双水带大家去帮扶对象家实地考察一下再说。

其实高守财只是有点腿瘸，并没有高双水说的那么严重。高双水和刘科长争执的时候高守财早已得到了消息，就在大家往他家走来的时候，他早已拄着一根长棍一瘸一拐地在院子里忙乎着喂鸡。

高守财的老婆跟丈夫一样也是个懒人，此时太阳都升起三电杆高了，她还坐在门槛上一手拿一根葱，一手拿一块黑面馍馍慢腾腾地嚼着，见高双水带着人进来，她也不打个招呼，却径自转身进了窑洞。

懒人高守财没有练好劳动的本领，倒练就了一腔油嘴滑舌。他见高双水一行进来了，就拄着棍子，拐着“很严重”的瘸腿笑呵呵地迎了上来：“啊呀各位领导，我说组织上怎么现在不关心我这个残疾人了啊？我想当个养鸡专业户，但缺少支持啊，再不来关怀我，这些鸡就怕要饿死了。”

院子里三十几只老母鸡正在吃食。

看到此情此景，高双水不由得惊叹一声：这小子突然哪来这么多鸡，这次又撞上狗屎运了！

回想三年前县上确定贫困户的时候，这小子痢疾拉了一星期人都变了模样，加之腿瘸，调研组走进他那臭气薰天的黑窑洞里，一下子就被那凄凉的景象打动了，于是他就成了唯一没有争执、唯一一个全票通过的特困户。

“你哪来这么多鸡?”刘科长问高守财。

全县所有贫困户刘科长了如指掌。

见刘科长如是问，高守财就讨好地笑着回答：“是赊的，赊的。自从接受了您的批评教育，我回来后就深刻反思，然后出去打工，但打工挣的钱还是不够养家糊口，于是我就回来养鸡，这些鸡是我跟别人赊来的，说好了等鸡开始下蛋换钱时，再给人家还钱。”

“狗屁打工，你是个好好劳动的人？还不是我娘家哥好!”黑窑洞里传出了高守财老婆的怨声。

原来，高守财妻哥看着他们日子实在寒碜，借钱又怕高守财挥霍了，最近就给养鸡厂付了一点订金，赊回来这些鸡，让他们养殖脱贫。

不管他以前如何，现在只要好好养殖，不要再胡折腾，总归是进步了。就这样，经过讨论，高守财的名字又上了帮扶名单。

发放完捐赠钱物，李歌又跟着张泞走家串户进行调研，然后再随他去北大山县政府开会，写调研报告。

四天后，省市县各级领导陪着联合国扶贫组到了高崖村。

联合国扶贫组负责人是一位德国女人，名字叫斯特安妮。斯特安妮不会说汉语，也不会说英语，她交流完全用的是德语。

在高崖村和村民交流的过程中，随行翻译听不明白这里的方言土话，翻译中还出差错、闹笑话，不光是他本人着急，斯特安妮、各级领导都着急。

在高守财家，斯特安妮抓了一把晒在院子里喂鸡的醋糟，用德语问高守财老婆：“这个是干什么的?”

翻译用普通话转问高守财老婆。高守财老婆能听懂普通话，却不会说普通话，就用土话对翻译说：“介斯刚漏出醋基糟子，不咧看斯鸡娃子的好味道，年馑里头都斯凿木的好味道。”（意思是说：这是刚酿过醋的醋糟，不但是小鸡的好饲料，在灾年里都是我们的好食品。）

翻译没听明白高守财老婆的土话，误以为她是说这个东西能吃，晒干后再加工一下味道更好，就用德语对斯特安妮说了，斯特安妮听完后就捏起一撮往嘴里放，想尝一下它的味道。

醋糟苦又涩，斯特安妮还没合上嘴，就怪叫着又吐又摇头，不解地问翻译：“你是不是搞错了？这种东西人怎么能吃？还说味道好？”

站在后排的李歌实在看不下去，就用非常生硬的德语对翻译说：“不是这样的，你理解错了，也翻译错了。”

李歌也能听懂一些德语，但却说不了几句。当翻译走过来用德语跟他交流时，他却不知再怎么说，只好用英语对翻译讲。

李歌的英语说得比这位翻译说得还流畅。于是，李歌又成了这位翻译的方言翻译。

通过考察，联合国扶贫组向上级申报：给北大山县修通四条主干道；给北大山县五个贫困乡修梯田，扶持种桑养蚕。

29

一周后，李歌才忙完这里的工作回到市里。刘武昌要给他约见如雪时，如雪却在前一天就回乡下老家去了，她爷爷病故了。

从市里到小南川县红河滩镇的班车每天只有上下午各一趟，接到如奎从镇邮电所打来电话时，已经是下午四点多了。如雪给马茜妮请了假，给干妈打电话说了一声，连承志都顾不上带就一个人往汽车站赶。她还是没有赶上班车，无奈她只好返回单位，请车队队长派个车送她回家。

车队队长是个热心肠，得知情况后不但立即给如雪派了一辆越野车，还嘱咐司机留在如雪家里给帮忙，等如雪爷爷安葬完毕再回来。

如雪赶回家时已经天黑了。院子里跪满了人，停放爷爷遗体的灵堂里也跪满了人。如雪还没走进院子就跪倒了，泪水像断了线的珠子，一串一串地往下掉，她一边伤心地哭着，一边大声地叫着：“爷爷、爷爷……”

如雪的到来，并没有引起跪在屋里院内的人们过多的关注，因为好多人都在哭，大家的注意力仍然在灵堂里。

“领了吧，快把羊领走！”

“领了吧，您老人家还有什么扯心的事情放心不下呢？”

……

灵堂里站着一只洗得特别白净的羊，跪了一圈的人们将羊围在中间，目不转睛地盯着羊七嘴八舌地说着。

白七一手揪着羊耳朵，一手端着一壶酒，时而给羊背上倒一点酒，时而给羊耳朵里灌一点酒，时而噙一些酒往羊脸上喷一口。他这么做，目的只是想叫羊打个激灵，或者抖一下身子。然而，羊拼命地挣扎着，一点也没有打个激灵或者要抖一下身子的意思，它一心只想逃跑。喷出了嘴里的酒，白七双手捧着羊脸对着桌子上的灵位说：“三爸，您平时也是个干脆人，这会儿怎么一点都不干脆了？您这人一向话少，心里想的什么大家也揣测不到，您就把羊领走吧，看亲戚族人都跪了半后晌了，您还要等着见谁呢？”

“如雪回来了！”这时院子里有人冲屋里喊了一声。

“啊呀，您看我粗心的，怎么把如雪给忘了。三爸，您往外看，您孙女回来了，就跪在外面呢！”说着，白七把羊转了个方向，放开手让羊面冲院子站着。然后他又冲院子里喊：“如雪，如雪，快过来，怪不得你爷爷不领羊，原来他一直等着要见你啊！”

刚才这只还东钻西窜想要逃跑的羊，这会儿白七放开手它却不跑了，一动不动地站在原地，抬起头来向院子里眺望着，好像如雪爷爷的灵魂真的已经附在了它身上。

羊纹丝不动地站着，一直静静地看着如雪来到近前。

“爷爷，你就把羊领走吧……”如雪跪到羊跟着，一句话还没说完，羊突然抖了一下全身，并使劲地摇着头，甩着耳朵。

“羊领了！羊领了！”白七扯长了嗓门冲院子里大声喊。

顿时，院子里哭声四起，哀乐奏起，隆重的叩拜仪式正式开始。

在红山地区一带奔过丧的人都知道，“领羊”是当地流传已久的一种民俗。人去世了要在灵位前献羊心，但宰羊之前要让故者的亡灵把羊“领走”，也就是要把羊的魂“牵走”，让它也去“那边”。人们把活羊牵到灵位前念念有词，希望亡灵入羊身，把羊的魂魄带走。做法是把羊说得抖一下身子，或者摇一下头甩一下耳朵，就认为亡灵把羊“领走了”。但有时候就算人们在灵位前跪得再久说得再多，羊都不会抖身子，不会摇头甩耳朵。无奈，人们便给羊身上倒水倒酒、灌耳朵、洗身子，强逼它动一下。即便如此，有时候它也无动于衷。实在等不住，最后只能象征性地把羊头抓住摇一摇，就算是被亡者“领走了”。但有时候也很奇怪，只要提到某个人的名字，或某个人出来说一句话，羊就会全身大抖、使劲摇头甩耳朵，然后孝子们就要放声大哭。

爷爷的葬礼非常隆重，来了很多人，不但红山市电业局工会主席赵荣带着一些人来了，红河滩镇还来了一位副镇长。

此时正是夏收农忙时间，爷爷安葬后，如雪请了几天假，留在家里帮爹娘一起抢收麦子。

承志三天不见妈妈，哭闹得不行，没办法，爷爷奶奶只好带着他来找妈妈。

如雪早出晚归顾不上陪干爸和干妈，就让如奎帮着看承志，陪干爸干妈。干爸见如雪和爹娘有些忙不过来，就也跟着去田里帮忙。

干妈出院这一段日子，倒比躺在医院里精神好了一些，最近还能帮着照看承志。这几天如奎带着几个小孩跟承志玩耍，陪她坐在树荫下说话，她心情特别好，仿佛觉得病又轻了一些。她一高兴就想给孩子们送礼物，就装作不经意地问孩子们喜欢什么。

如奎说喜欢看《西游记》，最近电视里又在重播《西游记》，可家里那台黑白电视动不动就没信号了，有好多精彩的地方都没看上，要是家里有台彩电就好了。（这里也是“村村通电”时才有电的）

如富说喜欢游戏机，跟着爹赶集时看见门市部里的人在耍《魂斗罗》，越看越过瘾，等长大以后有钱了，一定要买一台来玩个几天几夜。

“我喜欢玩俄罗斯方块!”

“我喜欢城里女娃娃背的有好多个兜兜的花书包!”

……

孩子们的愿望各不相同。

干妈把孩子们的愿望一一记下，用笔写在纸条上，让如奎和如富去镇邮电所给黑芳打电话（她虽然有手机，但目前这里手机还没有信号）念给黑芳听，让她把纸条上写的东西送到这里来。让如奎和如富去镇子上前，干妈和如奎如富拉钩约定：这事不准告诉任何人，包括如雪。

只要是拉了钩，孩子们就会守口如瓶。所以，两天后当黑芳突然送来很多东西，大家才知道干妈和孩子们的约定。

黑芳送来了一台 24 英寸平面直角大彩电，还有一个接收信号的“大锅”、一台 VCD 和好多内容精彩的电视剧光盘，并给如奎送了一辆能变速的山地自行车。当然，还有如富的游戏机及其他孩子喜欢的东西。

那天下午如雪和爹娘、干爸又去田里了，干妈照旧让如奎用 VCD 机给孩子们放武打片《天龙八部》。干妈突然发现白七的小儿子小牛没有来。一问才知道，小牛他娘看见掉在柴火堆上的电线点着了柴火，就端了一盆水想把火泼灭，结果被电击倒在地上，小牛见娘倒在地上，赶忙去拽，结果也被电击倒在地。

干妈很喜欢小牛，听说小牛被电击了，就让如雪带她去看小牛。小牛他娘一只手掌被电击了一个黑洞住进了医院，小牛没什么大碍，只是受电击后身体特别虚弱，休息几天就会好。

这样的情况让如雪感到非常痛心，觉得乡亲们实在是愚昧无知，白七在供电所看了那么多年的大门，家里人一点安全用电常识都没有，别的人就更无知了。于是，她决定给乡亲们讲两堂脱盲的电课。

当如雪把她的想法对村长说了之后，村长非常赞同，但他又有点犯难，因为眼下正是农忙时节，人们白天没有时间来听电课，累了一天晚饭后都想早早休息，也不一定有人来。见村长这么说，如雪就有些不高兴，说我义务给大家讲知识怎么会没有人来？便不再跟村长磨嘴皮子，而是让孩子们挨家挨户去通知，说村里包了电影，明晚要在村小学里放电影。

晚上当大家来到学校里时，见并没有电影，操场上只摆了一张旧桌子，是如雪要给大家讲电课，于是有的人就骂骂咧咧地走了，怪如雪骗人，说白天割麦子这么累还被骗得跑冤枉路。

当然，也有些人没有走，他们想看如雪怎么讲课。于是男人坐在一起抽烟，女人们坐在一起聊天，孩子们追逐嬉戏，大家有心无心地听如雪在那里说道。

见乡亲们都不来听电课，如雪既着急又扫兴，还不甘心，但干着急也没有办法。

如雪失落的样子干妈看在眼里，记在心里。第二天她给如雪出了个主意，让如雪再去找村长，请村长叫乡亲们来“有偿”听课。

什么是有偿听课？就是不但请电影队来放电影，而且来看电影的家庭，来一个大人可以领一包洗衣粉，来两个大人在领两包洗衣粉的基础上再加一盒牙膏，听完了电课就发东西，大家领了东西愿意看电影的就看电影，不愿意看电影的可以自行方便。

如雪是个很惜财的人，怎么可能为讲电课而花那么多钱？

这钱不是她花，是干妈花。

如雪知道干妈有钱，也不在乎这点钱，但她也不愿意让干妈这么破费。她大概算了一下，请电影加买东西，至少也得四百块钱。但干妈却觉得这样花钱有意义，也值得。

如雪和干妈两个人各抒己见，都说服不了对方，爹娘便来帮如雪，干爸也来帮干妈。还是干爸能做思想工作，毕竟是当过书记的人，没费多大劲就说服了如雪。

于是如雪又去找村长，表明了意思，村长觉得这是个好办法，就在村部的喇叭上喊。村长是村里最权威的人，他的话大家都相信，村长一喊，晚上乡亲们果然都来了。如雪准备的洗衣粉等东西远远没够发。这一点干妈早就料到了，也提前做了准备。她让如奎准备了些纸条，没领到东西的人在纸条上写上名字，登记后发给本人，让明天拿着纸条再来找如奎兑换东西。如奎办事干脆利落，只见他组织小朋友们给大家发东西时队伍排得井然有序，一点都没有出现拥挤哄抢现象，写纸条登记时解释得头头是道，没有一个人对此产生质疑或者吵嚷现象。

村小学院子不小，但却只有三间土木结构的瓦房，一间老师办公的小瓦房，而且年久失修，都快成了危房。如雪讲电课时，干妈触景生情，又做出一个重大的善举——她要捐资重盖教室和老师办公室。村里没有多少孩子上学，就算邻村也有部分孩子来上学，也用不了几间教室。虽然盖不了几间教室，但也需不少资金，如雪大概估算了一下，除了盖教室，老师办公室，再加上一些附属器材，就目前的行情，费用大约是自己三四年的收入。这些钱对于有公司的干妈来说不算什么，但对于这个学校来说却是个大数字，机会也是千载难逢。学校马上给镇学区汇报，学区又给县教育局汇报，这事很快就定了下来。

如雪觉得这件事情很有新闻价值，于是她回城第一时间就去找刘武昌和上官美蓉，将这件事情对他们讲了。刘武昌和上官美蓉也觉得此事很有新闻价值，于是一起去了一趟白家堡，对此事做了采访报道。此事在市日报上发布和在市电视台上播放后，立即引起了社会各界的关注，干妈的公司也因此受益不少，可以说她的这次善举，也给公司做了一个免费广告。

如雪回去上班的时候，干妈和干爸还留在村里，干妈不但接受了采访，还与红河滩学区、小南川县教育局洽谈了增加捐资助学的相关事宜。最后，她提了一个要求，希望学区聘请如雪当学校的名誉校长。出了那么多的资金，要个名誉校长太简单了，各级领导完全同意。但这事儿保密工作做得很好，消息一直没有透露出来，直到几个月后学校剪彩那天如雪受邀回去才知道，这次盖房捐资人的名字竟然不是干爸干妈的名字，而是她白如雪。

按照干妈的安排，如雪不得不坐在主席台的正中央，戴上了孩子给她系上的新红领巾，接受了县教育局局长颁发的名誉校长聘书。看着坐在主席台下前排的干爸和干妈，如雪不知道自己是激动，还是感动，泪水迷住了她的视线，校长拿着话筒请她讲话，说了两遍才把她从深思中唤醒。

讲话稿是干妈为她准备的，但如雪没有照稿宣读。她走下台去把干妈扶上台来，含着泪讲述了干妈捐资的经过，并代表所有孩子，代表乡亲们给干妈深深鞠了三躬，感谢这位伟大的母亲，感谢这位白家堡村的贵人。

本来主席台中央坐的就应该是干妈，剪彩的时候出面的也应该是她，但她一直以自己行动不便为理由，所有的仪式都让如雪出面，她越是这样往后靠，大家反而对她越敬佩。当如雪在主席台上毕恭毕敬地对着她鞠完躬，说了一声“谢谢干妈，您真伟大”的时候，台下的孩子们不约而同地跟着大喊：您真伟大，您真伟大！

孩子们的声音传出了校园，传出了村庄，余音在山涧回绕。那情那景，让在场的人无不感动得热泪盈眶。

剪彩仪式结束后，干爸干妈又叫如雪和他们一起跟校方领导座谈。因为他们又临时决定要给学校再捐赠几台电脑和一个图书室。如雪也对干爸和干妈说，要和校方提个条件，把学校名字改为：黑辉小学！

干爸干妈被如雪这样的提议惊了一跳，惊得一时不知该如何是好。但如雪特别认真，她告诉二老，如果不答应她的条件，她就请辞名誉校长之职，也不再参加任何座谈及活动。

教育局的几个头头都在，大家碰了一下头，立即请示上级，上级经研究决定，同意如雪提出的条件，把“小南川县红河滩镇白家堡村小学”的名字改为：“小南川县黑辉小学”。

黑辉小学不但是红河滩镇基础设施最好的小学，也是红河滩镇图书最多的小学，更是小南川县第一个有电脑教室的小学。此后，这里便成了全县的教学示范基地。

这一切，都缘于从这个小学走出大山的如雪，更归功于如雪带回来的这一对爱心夫妻！

30

如雪刚从老家回来，刘武昌就给李歌打电话，叫他回来和如雪见面，可联合国工作组这里的工作才铺开，扶贫办最近忙坏了，有时候晚上都要加班，李歌根本没有时间，约好了几次都因为临时又有事而没有见成。那天，李歌好不容易腾出时间，就赶忙给黑芳和刘武昌打电话，叫他们约上如雪，晚上出去一起坐坐，可如雪却又临时有了事情。

那天如雪假满回来，可把马茜妮高兴坏了，对于她来说如雪简直就是及时雨、救火队。因为省电力局要举办一个宣传科长培训班，不但时间要一个月，而且地点还在一个位于山沟沟的电厂里，又是封闭式培训，不允许请假。电力局像是在考验大家似的，上午十一点才电话通知，却要求参培人员下午下班前必须到指定地点集合。要是早一点通知的话，马茜妮还有时间叫如雪回来去参加，可时间太紧，她来不及去把如雪叫回来，只好准备自己去参加。

中午，马茜妮悄悄溜进苗森的办公室，临行前来“慰问”苗森。他们在办公室的沙发上仓促行事，一番云雨之后还没到上班时间，她又悄悄溜出来回自己办公室。当路过如雪办公室时，看见如雪在里面，马茜妮高兴得差点跳了起来，她也不管如雪有没有困难，商量也不商量，直接以领导的口气派如雪去参加培训。如雪才说了一句她孩子还小，马茜妮就不高兴了，阴着脸说：“我最近身体不好，天天熬中药喝，要不然我自己就去了，你要是不愿意去，那我就给局长和书记汇报一下，然后给电力局那边打电话说红山电业局没人参加就得了。”

见马茜妮这样，如雪再无话可说，只好点头答应。此时承志和爷爷奶奶还在乡下没有回来，如雪也不用操心他们，回家简单收拾了行李，就立即往省城赶。

如雪走的时候忘记了给黑芳说，快到省城时才想起来，电话打过去时，黑芳都已经往约好见面的地方走了。一个小时前，刘武昌就把李歌从单位喊了出来，陪他去发廊理了个发，隆重地整理了一下个人形象。当黑芳来到约定的地方，告诉他们说如雪因为有急事临时去了省城时，两个人突然跟泄了气的皮球一样，坐在椅子上都不吭声了。特别是李歌，突然有一种被忽悠了的感觉。他有点不悦，心想以后也不跟如雪见面了。

李歌不打算跟如雪见面那是当时想法，几天后他又改变了想法，当刘武昌替他去约如雪时，才得知如雪这次出去要一个月后才回来。

其实一个月时间很快，不知不觉就过去了。那天如雪参加培训结束后，回到省城见红山电业局没有来办事的车，就直接去长途汽车站坐班车。

班车上的同座是一个约莫二十八九岁的高个帅男子，落座后他也不说话，拿出一本外语书就看了起来。如雪发现他读的是德语书，一本德语日常用语汇集，就有些好奇地问他："你是大学生啊？"

"啊？不是不是，哪有我这么老的大学生！"小伙子笑着回答。

"哦，那一定就是老师了。好认真啊，坐班车也不浪费时间。"如雪赞赏地夸他。

"不是不是，就随便看看而已。咦，对了，你也懂德语？"帅男子很有礼貌地反问如雪。

"略知一二。"如雪谦虚地说。

交谈中如雪告诉他，她大学时选修过德语，实习期间还兼做过几个月时间的德语翻译。

"太好了，真是太好了！你是红山人吗？你住红山市里吗？"对方兴奋地问如雪。

"我是红山市人，就住在市里！你这是怎么了？"如雪见他这么兴奋，也有点好奇。

"哦，是这样的，我是红山市扶贫办的，现在联合国在咱们市的北大山县有扶贫项目，扶贫组的组长斯特安妮女士是德国人，她不会中文，也不会英语，只能用德语和翻译交流，而翻译能听懂普通话却听不懂红山方言，更不理解北大山县的土话，我只好用英语再给翻译当翻译，非常费劲。最近我在学德语，要是能学好，我就直接给斯特安妮当翻译！"接着，他又说，"我上大学时也选修过德语，但时间不长就放弃了，现在要自学才发现没那么容易。既然你是咱红山人，我以后遇到困难了来向你请教行吗？"

"请教谈不上，也不敢当，但互相交流学习倒是没问题。"如雪谦虚地回答。

交谈中，如雪从他的容貌特征和话语里，已经联想到了刘武昌和黑芳说的在市扶贫办工作的李歌。此时她想，这个人不会就是李歌吧？

他就是李歌。李歌对如雪有点一见如故的感觉，他总觉得好像在哪里见过这位美女，但却一时想不起来在哪里见过。自从和如雪聊上之后，李歌就再没有看书，一路上滔滔不绝地说个不停。尽管李歌话很多，但如雪一点也不烦。

从省城到红山市每天有很多趟班车，平常车上经常拉不满人，但那天不知为什么人特别多，中午如雪到车站买票时，去红山市所有班次的车票都售完了，只有这趟路过红山市的车次还有为数不多的几个座位。得知如雪是因为没买上其他车次的票才坐这趟车时，李歌双手一拍，兴奋地说："看来是老天爷专门安排我认识你这个德语老师的啊!"

李歌的举动有些可爱，也让如雪有些不解，就问："为什么这么说?"

李歌颇有感触地说："昨天我来省城给联合国扶贫组驻省城临时办事处送了资料，本来准备今天一大早就回去，可等着给我表弟刘武昌带东西耽误了时间，也没买上其他班次的车票。要是再耽搁一会儿，估计就坐不上这趟车了，你说这不是老天爷安排我认识你这个老师是什么?"

"你表弟叫刘武昌?"李歌这么一说，如雪也确定了他就是李歌。

"我表弟是叫刘武昌，你认识他?"

"不光认识，我们也是朋友呢!"如雪笑着回答。

李歌伸出手来边要和如雪握手，边惊喜地欢呼："太有缘了，太有缘了。能告诉我你的尊姓大名吗?"

此时如雪却暂时不想告诉李歌真相，她想逗逗他。

如雪和李歌握了一下手，看着李歌憨憨的样子，就故弄玄虚地说："这个嘛！暂时保密哦，你就暂时把我叫'朋友'吧，回去自然会知道的。"

李歌还以为如雪是刘武昌的同事，就不再追问，说："那好，那好，那就等回去再赐教。"此时，李歌还是没有想起来在哪里见过这位美女。两个月前他虽然看过如雪的照片，但照片上的她毕竟才刚刚工作，而现在她比照片上成熟了许多。照片上她戴着安全帽，现在的她却留着披肩发。而且李歌只看过一次照片，此刻认不出来也正常。

他们越聊越投机，以至于车进了红山汽车站他们都没察觉。

此时已经是下午六点多了，李歌拦了一辆人力三轮车让如雪坐上先走，他抱歉地说："实在不好意思，我要去参加一个聚会，不能送你了，回头我给你打电话，咱们约上刘武昌一起坐坐，我还要向你请教德语呢。"

此时如雪心里清楚李歌要去哪里，就故意问："你要去哪里？"

"美食城。"

"美食城啊？正好同路，上车，咱们一起过去。"如雪笑眯眯地望着李歌。

今晚是黑芳在"美食城"饭庄摆了宴席，要给如雪接风洗尘。当然，还有另外一个目的，那就是安排如雪和李歌见面。

参加今晚小聚的人除了黑芳夫妇、如雪、李歌、刘武昌、惠思思、上官美蓉外，如雪还特意让黑芳通知丁秋香，要她务必来和大家聚会，她要趁着这个机会给秋香和刘武昌牵线。

快到美食城饭庄时，如雪远远看见刘武昌和上官美蓉站在门口向这里张望，她觉得没有必要再逗李歌了，就问李歌："你是不是要去参加黑芳张罗的聚会？"

"啊？"话刚出口，李歌似乎明白了什么，瞪大了眼睛瞅如雪，但还不等他开口，如雪便伸出手来跟李歌握手，笑着说："不好意思，不好意思，我是白如雪，路上故意没有告诉你，是跟你开了个玩笑，千万不要介意。"

说话间骑车的大叔已经把车子停在了刘武昌和上官美蓉面前。

看到如雪乐呵呵的样子，而李歌又一脸的窘相，刘武昌和上官美蓉都有些丈二和尚摸不着头脑。从门里刚刚出来的黑芳看见如雪和李歌一起坐着人力三轮车来，更是惊奇。

刚才大家还在为这二位担心呢，怕谁误了车回来得太晚，迟到了会给对方留下不好的第一印象，没想到他们竟然一起坐着三轮车来了，而且出现在大家面前时一个笑一个窘。

31

其实今天这个聚会的真正策划人还不是黑芳，她只是出面张罗而已，真正的策划人是上官美蓉。那天上官美蓉去看黑芳母亲，聊天过程中上官美蓉给黑芳和她母亲出了这么个主意，后来母女俩一合计，觉得这个主意不错，就由黑芳出面张罗，借给如雪接风，安排她和李歌见面。

前天如雪给干妈打电话，说她今天就能到家。她还告诉干妈，回来要好好给干妈做一顿洋芋糊糊面——别看这个洋芋糊糊面特别好做，但十个人做出来的是十种味道，干妈只爱吃如雪做的，她不止一次对别人讲，没有人做出的洋芋糊糊面比如雪做的更好吃。如雪不在的这段时间里，干妈特别想如雪，也特别想吃她做的洋芋糊糊面。但她却在电话里告诉如雪，回来第一件事情必须先去跟李歌见面，和他多聊聊，多了解。

如雪思儿心切，恨不得马上就见到她心爱的承志。但干妈却告诉如雪，承志几天前就去姥姥家了，这孩子特别喜欢跟他舅舅在一起，有时候连妈妈都想不起来，却闹着要去看舅舅。

如雪有些失落地对干妈说："伤心啊，人家还想着早早回来看您，看承志呢，你们俩都不想我呀！"

"想呀，谁说我不想我的如雪了？但和李歌见面是大事，跟你看承志看干妈一样重要。"

如雪这才听从黑芳安排，安心地来"美食城"和李歌见面。

大家坐定后，黑芳端起一杯酒说："能喝酒的举起酒杯，不能喝酒的端起水杯，咱们热烈欢迎我的妹子外出归来，为她接风洗尘。当然，碰杯之前，我得隆重介绍一下我的妹子——白如雪女士……"

"我说姐姐，你就别酸了，你看看在座的哪位不认识我，还用得着这么隆重推出啊？"坐在黑芳旁边的如雪站起来，从肩膀上压了压黑芳，请她坐下。

黑芳虽然见如雪和李歌一起坐三轮车来的，但并不确定他们已经认识，就说："那好，我就先介绍一下这位帅哥吧——我老同学李歌先生。李歌先生是博士，也是市扶贫办的干事，红山市未来的年轻领导干部……"

"我不知道你们中间谁还跟李博士不认识，但我已经在回来的班车上认识他了。"如雪又打断了黑芳的话。

"刚才看见你们一起来，还以为你们是凑巧拼车！"黑芳恍然大悟。

“怪不得你坐在三轮车上笑呢，原来你们早就认识了啊，快说说，是怎么认识的?”刘武昌急着问。

大家都是年轻人，年龄都差不多，坐在一起本来就不拘谨，加之黑芳和如雪来了这么个轻松的开场白，气氛马上就活跃了起来。

“是他主动跟我搭讪的，让他给大家讲吧!”如雪笑盈盈地看着李歌。

“是……”李歌本来想对如雪说是你先跟我说话的好不好？但他马上刹住了，改口说，“是、是我说还是你说？我看你口才比我好。”

“哟，哟，哟，这么眉来眼去的，吊我们胃口还是咋的?”上官美蓉忍不住了，接着又冲李歌说，“李大哥，你是爷们，绅士一点好不好，你先说，如雪补充。”

对，李歌先说，如雪补充！大家一致同意。

“好吧，那就我来说说我们是怎么认识的吧！要不咱们先‘走’一个再说?”李歌端起酒杯提议。

“对，‘走’一个再说!”

于是大家端起酒杯或者水杯一起碰杯，喝酒的喝酒，喝水的喝水。

姐夫见如雪不端酒，说什么都不依，非要她喝一杯不可。

大家都知道如雪平时基本不喝酒，但今天她是主角，就都跟着起哄，非让她喝不可。除了黑芳和李歌，没有人不起哄。被逼得没办法，如雪只好端起酒杯抿了一口。刘武昌不依，又逼着她把杯里剩下的喝完了。

一杯下肚如雪脸就红透了，惹得大家哈哈大笑。

如雪瞪着李歌嗔道：“都怪你，没吃东西先碰什么杯啊?”

李歌装出一副做错了事的样子忙说：“抱歉，抱歉，下次我替你喝。”

“你说的？可不许反悔!”如雪开心地在李歌肩膀上拍了一巴掌。

喝了第一杯酒，李歌讲起了他和如雪今天认识的经过，不过他却没说是如雪先跟自己搭话的，而是自己主动跟如雪找话题的。

从之前多次相约见面未成，到今天他们意外相遇，大家都觉得好事多磨，以后他们肯定能走到一起，无不为他们感到高兴，特别是黑芳更加替这个没有做成弟媳的干妹妹高兴和祝福。席间，她特意抽空出去给母亲打电话汇报了一下这里的情况。

母亲听了也特别高兴，她觉得自己的一片心思总算没有白费。她也为这个没有当成儿媳的干女儿高兴。这个干女儿，现在对自己无微不至的照顾，有时候都超过了亲女儿对自己的照顾，自己对这个干女儿的喜爱，现在已经跟对亲女儿的喜爱一样了，她默默地为干女儿今后的幸福而祝福！

此时，如雪很开心。因为她对李歌很满意，她也从李歌看自己的目光中观察到了他对自己的亲近。

当然，如雪也没有忘记今天约秋香来的目的。之前她也得到过确认，刘武昌和秋香都表示愿意接受对方。于是如雪在跟刘武昌碰杯时，提醒他要主动点，别让秋香失望。

一场小小的聚会，促成了两对有情人的牵手！

如雪今天是主角，大家都要跟她碰杯，特别是刘武昌端着酒杯又是祝贺又是感谢，如雪招架不住就又喝了几个半杯。尽管每次喝的时候杯子里的酒都剩下一些，但如果计量的话，如雪喝到肚里的酒也差不多有二两了。二两五十多度的白酒对于一个没有酒量，而且几乎不沾酒的女人来说，已经够多了。

李歌要给如雪敬酒，如雪实在喝不下去了，就拿起水杯准备碰。可刘武昌不依，端起酒壶就给如雪杯子里添了满满一杯，嘴里还不停地嚷嚷："就这态度，以后还想当那啥、啥……"

"那啥？你不说清楚，人家如雪怎么干啊？"姐夫又跟着起哄。

"博士后呗！当然，这个'后'可不是那个后，是皇后的后哦！"刘武昌挤眉弄眼地笑着对大家说。

"讨厌！"如雪不轻不重地在刘武昌胳膊上拧了一把，只好端起酒杯，回过头来跟李歌碰了一下。

"停，停，停。哪有这么灌美女的。"正当大家都笑着看如雪怎么喝这杯酒的时候，坐在对面的上官美蓉说话了。她站起来拨开笑眯眯的刘武昌，接过如雪手中的酒杯，然后走到李歌面前，调皮地问："李大哥，你说这杯酒应该怎么喝？"

李歌的反应就是快，他接过上官美蓉手中的酒杯回了一声："应该这么喝!”然后就把那杯酒喝了个底朝天。

“不对,不对,应该这么喝。”上官美蓉又把杯子从李歌手中要了过来,回头对刘武昌说,“哥们,添酒。”

上官美蓉把酒杯递给如雪,说:“姐姐,这酒你还得喝,但让李歌把他杯子里的酒喝下去一半,然后再把你杯子里的给他添一些,你们互敬!”

“有水平,有水平,这才叫劝酒,看你们两个,就知道硬逼着让如雪喝!”黑芳一边夸上官美蓉,一边指责老公和刘武昌。

在一片哄闹的掌声中,李歌和如雪按上官美蓉的提议喝了杯中酒。

然后,大家又瞧着上官美蓉忽悠秋香和刘武昌连碰三杯。当然她网开一面,每次只给秋香的杯子里倒三分之一的酒。

别说再继续喝下去,就是看着别人一杯接一杯地往嘴里倒酒,如雪都有些反胃,于是趁混乱的时候她悄悄溜出了包间。她怕在包间内的洗手间里忍不住吐了,损坏了自己的形象,也影响大家的情绪,就悄悄到外面的公共洗手间准备去吐。

任何事情都没有百分之百的圆满,就算有些事情让人已经感到很满意了,但或多少都会出点小插曲、小意外、小瑕疵,留下美中不足,或者一些遗憾。如雪今天也是。就在她从公共洗手间出来的时候,碰见了一位让她特别特别不想见到的人——王成晟。

王成晟一边摇摇晃晃地扭着醉步,一边嘴里不干不净地胡乱骂咧着,一副横行霸道的样子。

王成晟是从如雪对面走过来的,此时虽然醉眼蒙眬,但他却立即看见了如雪,等如雪走到近前,他一把拽住如雪。此时他想起了与如雪之间的恩恩怨怨,就一边撕扯一边骂:“你个狐狸精,又在这里害谁?我他妈好好的一个科长,都让你给断送了,害得老子现在天天要看别人的脸色,今天你还敢出现在我面前,我他妈今天非 × 了你不可……”

就在此时,不远处的楼梯口传来一个女人的声音:“就是那个王八蛋,就是那个王八蛋,你们看那个流氓又在欺负别的女人……”说话间一位衣衫有些不整的少妇带着三个男人冲了过来。话音还没有落,少妇便以迅雷不及掩耳之势一把抓在王成晟脸上。顿时，王成晟的脸上出现了四道血印子，如雪趁机脱身闪到了一边。还不等如雪明白过来是怎么回事，三个男人雨点般的拳脚就招呼到王成晟的头上和身上。

这时，有人来寻王成晟。那三个打王成晟的男人见此人和王成晟是一伙的，不分清皂白，直接摁倒也是一顿暴打。

有人打 110 电话报了警。不一会儿，警察就赶了过来。

尽管只是被王成晟撕扯了几一下，骂了几句，但如雪情绪一下子落到了低谷，心情特别不好，便提出要先回去。

一次非常欢愉的聚会，就这样被王成晟的出现给搅了局。

第八章

32

如雪等人并不知道，王成晟喝多酒的那天是马茜妮在请客。马茜妮也没有想到，请王成晟来吃个饭，他会闹出那么大个动静来，还连累得哥哥也被人家打伤了。

前面说过，马茜妮谋划着要借苗森在红山电业局任期间谋财。最近她办起了一个电杆厂。

从去年开始，国家又投重金，再次对农村电网进行大规模改造，马茜妮正是看准了这个商机，才甘愿到宣传科这个现在不被人关注的地方任职，腾出大把时间办她的电杆厂。那天刚好是电杆厂建成剪彩的日子，因为剪彩时自己不方便出面，而且中午设宴庆贺时几个重要人物也不方便到场，于是她晚上又设宴款待几个必须要搞好关系的重要人物。王成晟也是必须请的重要人物之一。

一年前，马茜妮随哥哥马永成请外地来的朋友吃饭，王成晟也在场，一问才知道他和哥哥是初中同学。后来哥哥和王成晟一起吃饭时马茜妮又参加过几次，便和王成晟熟悉了，听说王成晟的父亲现在是红山市国税局局长，又得知王成晟有些神通广大的朋友，所以马茜妮在看准了商机要办电杆厂时，就私下向王成晟请教，王成晟不但给马茜妮出了很多主意，还热情地找朋友帮她贷款，才使马茜妮没怎么费事就办起了那个电杆厂。

马茜妮知道王成晟是个喝多了酒管不住自己的人，经常失控闹事或者出言不逊得罪人，那天晚上请客时特意让哥哥看着他，防止他喝多了又惹事。

在场的都是在当地有点脸面的人物，加之王成晟在位子上的时候也经常请这些人吃喝，大家见面不免要多碰几杯，王成晟贪杯时马永成也不好多劝。王成晟喝了酒喜欢抽雪茄，那天喝多了酒他又想抽雪茄，马永成没留意时他就晃荡到楼下去买雪茄。以前王成晟抽烟喝酒全部都在楼下的小卖部消费，小卖部的老板娘不但有几分姿色，性格也很开朗，平时男人们在她面前说些带"颜色"的话她也不在意，偶尔还会主动跟他们打情骂俏。正因为如此，男性回头客才更多一些。那天王成晟借着酒意，进去后就有些过分地对老板娘说下流话，不想老板娘搭理了他几句他就有些忘乎所以，就对人家动手动脚。刚开始老板娘并没有介意，只是把王成晟推开。王成晟真是让酒烧昏了头脑，见老板娘不介意，居然又钻进柜台里去抱住老板娘又是摸胸又是亲脖子。老板娘就不高兴了，在提出警告他还不知趣的情况下，就给他来了一记耳光。此时如果他识趣给人家说声"对不起"，然后溜走也许就没事了，可他不但不识趣，还站在那里嬉皮笑脸地说下流话，再次伸手抓老板娘的胸，结果老板娘一躲闪，衬衣上的一个扣子就被揪掉了，老板娘恼羞成怒，抄起柜台下的一截棍子对着王成晟就是一顿乱敲。按说把色狼打跑也就没事了，毕竟做生意的人都不愿意在自家门前惹事，怕影响生意。可王成晟离开后，老板娘忽然觉得脖子上被王成晟刚才亲过的地方有些疼痛，一照镜子才发现，那里被王成晟咬了一个大印子。她火冒三丈，立即打电话叫来哥哥弟弟和老公，寻上楼来找王成晟算账。这时王成晟在楼下晃荡了一会儿，上楼碰见如雪正在撕扯，就被老板娘等人赶来捕了个正着。

马茜妮在跟别人碰杯时，无意间发现不见了王成晟，就叫哥哥赶紧出去找，可等了很久又不见哥哥回来，马茜妮就自己出来找。当她从三楼寻到二楼来的时候，看见哥哥和王成晟都倒在地上，旁边围着许多人，还有几个警察。她还没走到近前就听见背对着她的白如雪在给警察指手画脚地描述，她似乎明白了什么，便没有过来，就让另外一个朋友出来跟着去了派出所，自己又回包间招呼其他客人。

最近市里正在严厉整顿社会治安，王成晟这次事件性质恶劣，可以说是撞到了枪口上，公安部门要从严处理。如果从严处理的话，说不定要拘留，可把马茜妮吓坏了，赶忙去找王成晟的父亲，请他连夜托人跑关系疏通。

这起事件发生在公共场合，已经造成了严重的社会影响，就算跑了关系，公安部门也不得不公开处理。处理结果是：对王成晟的扰乱治安秩序的行为进行罚款，行政拘留七天（后来并未执行），给老板娘赔礼道歉，承担在斗殴中对方受伤人员的医药费（对方没有人受伤，是在讹诈），并自负医药费。对于殴打王成晟的那三个男人，公安部门也做出了公正的处理，除对他们进行治安罚款外，还责令承担被打伤的劝架人——马永成的住院费（其实根本没必要住院，这是以讹还讹）。

王成晟的罚款及承担的那些费用自然不用他本人掏腰包，全部都由马茜妮幕后承担，那些钱必须由她来掏，她也不心疼。但她却非常生气如雪那天的态度，她觉得别人已经把王成晟和哥哥都打倒在地了，就算王成晟再不对，你们之间再有过节，但毕竟大家在同一个单位工作，你也没有必要再当众给警察指证及指控他，而哥哥被打的经过你却一点都不提及。马茜妮越想越气，就决定找机会给如雪点颜色看看。

老板娘一家得知公安部门并没有对王成晟执行拘留后，非常气愤，但却拿不到证据去告。于是又来红山市电业局闹事，要求严肃处理王成晟。真是好事不出门，坏事千里行。电业局对王成晟酒后出格的事还没做出处理，全单位就已经传得沸沸扬扬，一时间成了大家热议的话题。

老板娘家扬言，要是电业局不严肃处理王成晟，他们就去省电力局上访，苗森怕真闹到上面去不好收拾，就答复老板娘家处理王成晟，最后的果是：扣除半年工资，通报批评。

红山电业局对于王成晟作出处理后，老板娘一家虽然再没有来闹，但这样的处理结果在红山电业局人看来，实在是有点太轻，轻得让人觉得不可思议。因为以往要是本单位职工打架，苗森都会从重处罚，重得让当事者几乎难以承受。王成晟打架这事要是发生在别人身上，扣半年工资后，至少还得加上半年奖金、待岗半年、记过处分什么的。

局里为什么对王成晟的处理这么轻？除了马茜妮和苗森外，估计也就只有王成晟知道了。王成晟这件事有马茜妮出面，苗森不得不从轻处罚。那天开会讨论如何处罚王成晟时，苗森让各位局领导先说，然后针对大家或从轻处罚或从重处罚的意见，他做出决定：“我看就酌情处罚一下吧，公安部门已经罚得够重了，再说他以前的作风不是这样的，现在酒后管不住自己，听说是因为丢了职务又被发配到基层去，受了打击才有这样的过激的行为。当然，换位思考，如果是我，也许我的情绪会跟他一样波动。这件事情虽然很龌龊，但他也够倒霉的了，咱们就不要再棒打落水狗了，毕竟还是咱们的职工嘛!”

苗森的言辞让在座的领导们听了觉得有些幼稚又可笑，大家都怀疑自己是不是听错了？这不像是他的作风啊，平时他可是对犯了错误的人一点都不留情面的，难道这就是一名党的干部对一个屡教不改之人宽恕的理由吗？特别是赵荣，几次都想开口反驳。旁边刘副局长早就察觉到了赵荣异常的表情，就快速在本子上写了两个字：淡定，然后推到他面前让他看。赵荣看后，“唉”了一声，只好把快要憋不住的话咽回肚子里。他忽然发现，自己最近跟苗森有不同意见的事情有些多，今天就算自己反驳成功了，他也不会改变主意，他决定了的事，局党委班子成员就是全举手否决了他还是会想尽一切办法去做。再说自己老这样持不同意见，也不利于班子的团结。于是，他也只好跟大家一样怀着不可思议的心情，违心地表决了对王成晟的处理决定。

局里的红头文件下发两天后，王成晟才头上缠着纱布来上班。按说以这种形象出现在单位，他就该老老实实地待在班里，但他好像对此根本不在乎，不但不老老实实地待着，还满单位楼上楼下地到处乱窜，哪里人多专往哪里钻。有人问他：“王科长，你头上怎么缠着纱布啊？”

“跟人打架被打了，别看我头被打破了，我也把对方打得住院了。”每当别人讽刺地大声喊他王科长时，他照样理直气壮地答应，他总认为自己离开科长位子是暂时的。当然，他也以为别人都不知道他为什么跟人打架，还要厚着脸皮吹嘘自己有能耐。

王成晟的工作岗位是搬运岗位，和顾莉慧两人负责开小铲车。有人来库房领了材料，他们就开着铲车把那些人力搬不动的大物件、重物件给铲起来装到货车上，活儿不是很多也不累。刚来这里时，他和顾莉慧轮流着开铲车，但自从他借着父亲的关系帮顾莉慧只花了一顿饭钱，就一步到位把她男朋友从基层税务所给调到市国税局后，他就牛 × 了，就跟领导一样指使顾莉慧替他开车，而自己不是待在屋里看电视、喝茶，就是找人下棋、戳闲话。顾莉慧也因为欠王成晟一个大人情，加之多干了活儿还有好处，王成晟这样指使她，她也默认。

这里有一个多数人都不知道的潜规则，就是那些需要用铲车装的材料都是那些大修工程、改造工程和小型基建上的用料，那些领料的部门为了跟材料库的人搞好关系，图个方便，就在装车的时候悄悄给材料库的人塞点好处。王成晟家庭条件优越，父母也只有他这么一个儿子，那点蝇头小利他根本不看在眼里。他告诉顾莉慧，你替我干了活儿，别人给好处你就直接拿走，我不要，你也不用告诉我。

有顾莉慧帮着干活，王成晟现在越来越不像话，有时候竟然几天都不来上班，既不给电建公司的领导打招呼，也不给材料库的主任请假。各级领导也懒得理他，只要不惹事，他爱干什么、去干什么也没有人关心，更没有人过问。这次酒后闹事被打伤，他没来上班也不给单位请假，要不是人家来局里闹事还没人知道他去干什么了。他倒好，来了也不安安稳稳在自己的岗位待着，却端着水杯子跑到材料库主任武天才的办公室里，坐在沙发上跷个二郎腿东拉西扯。他经常来办公室瞎扯，武天才也习以为常了，但这次他耀武扬威有些过分，像给单位立了功似的，特别影响武天才办公。武天才实在忍不住了就劝他回到岗位上去，说了几次他都一副癞皮狗不怕狼的样子，就是不走，一来二去武天才就生气了，拍着桌子让王成晟滚出去。结果这小子根本不理武天才，还继续坐在那里摆出一副看你能把我怎么样的样子，后来还跟武天才吵了起来，他一点也不示弱地叫嚣着："别人能坐在这里闲扯为什么我就不能了？我被免了职来这里你以为我就屃了是不是？欺负我是不是？这次打架我放倒了几个人局里都没能把我怎么样，你还能把我怎么样？"要不是在场的人拦住，他差点还跟武天才动起手来。

武天才实在拿王成晟没有办法，就来找电建公司经理，说王成晟这样闹，弄得他在职工面前一点威信都没有了，请求把王成晟调走。关于王成晟平时的表现，电建公司经理也很不高兴，听了武天才的话，经理也来气了，于是就带着武天才一起来找苗森汇报情况，并请求把王成晟调离电建公司。

这一次马茜妮也帮不了王成晟了，他被交到局劳资科后，再往下安排，所有部门、单位都不接受。于是，王成晟就成了个红山电业局有史以来第一个有工作单位而没有工作岗位，还享受着副科级待遇的人。

所有部门和基层单位都不接收王成晟，王成晟便对武天才怀恨在心，那天晚上就借着酒意去武天才家敲门闹事。

那天是个周末，武天才一家回乡下去了晚上没有回来，王成晟敲不开门，就一边大声喊叫，一边踢门。邻居不堪受扰，就打 110 电话报了警。那天执勤的 110 队长正好是在美食城带走王成晟的那个队长，因为上次马茜妮来跟他拉过关系，所以他这次没有公事公办，只是把王成晟带到派出所里训了一顿，让他酒醒了回去给武天才道歉。

其实王成晟并没有喝多，他只是装醉去找武天才，没想到警察会来。被带到派出所后他才有些害怕，被队长教训时，他装出特别后悔、特别诚恳的样子，老老实实地听着，不停地点头，嘴里一个劲地答应着。他嘴上答应着说要去给武天才道歉，但心里并没有那么想，他现在只希望警察快点放他出去，不要新账老账一起算把自己给拘留了，至于跟武天才之间的恩怨等回去了再说。

王成晟这一闹，在所有人看来，他已经不可救药了，彻底成了一个破罐子破摔的混账。

但出乎人们的意料，王成晟却因为这件事情而想明白了做人的道理。

那晚从派出所回来，王成晟一直睡到第二天下午三点多。其实他早早就醒来了，只是躺在床上没有起来。醒来后他一边抽烟一边想着如何再找武天才算账，想着想着他又想到了和如雪之间的事情，想到了自己在武天才办公室里取闹的情景，想到了过去的风光和现在的落魄……

他突然觉得自己竟然是一个非常差劲的人。自己都这样觉得，那么在别人的眼中，自己是个什么样的人呢？王成晟又陷入了沉思……许久许久，他突然坐了起来，一个念头在心中油然而生，他决定改变自己，重走人生路。

王成晟做的第一件事情就是去给武天才道歉，跟武天才握手言和后，他又拿着写好的辞职信去找苗森辞职，他恭恭敬敬地把辞职信交给苗森，表明来意后也不多解释，深深地给苗森鞠了一躬，然后头也不回地走出了电业局的大门。

33

王成晟离开电业局，不用愁没有工作，父亲随便给哪个朋友说一声，完全可以给他再安排个安逸的好地方。但王成晟再也不想当“公家人”了，他想自己干事业。于是，他骑着全市独有的，他心爱的“川崎 750”越野摩托车四处奔波，找适合自己干的事情。

王成晟是个有商业头脑的人，没几天就在兴建中的开发区和马茜妮那里同时找到了商机。

王成晟准备收购一家濒临倒闭的水泥厂。

父亲就王成晟这么一个儿子，几年前好不容易想办法给他跑了个副科长，不想他不但没有好好把握，现在居然连工作都丢了，他怕儿子没事干学坏，不但同意儿子收购水泥厂，还出面帮他贷款，张罗收购水泥厂的相关手续。

此时，红山市地区农村电网改造工程正在如火如荼地进行，工程涉及全市几百个乡镇，工程量要比几年前实施的“村村通电”工程量大得多，所需电杆的数量之多也可想而知。而让其他电杆供应商羡慕又嫉妒的是，每次招标，那个新成立的“草田春”砼业有限公司总是能中标，几乎占去了电杆需求量的百分之六十。而且同样的竞标，这家就算报价比别家高出许多也能中标。关于报价是不是高了的问题，有两个厂家还专门试过，在一次投标时，他们故意把电杆报价压到几乎没有利润的地步，结果还是没有中标。后来大家就明白了，这家公司不但实力强，而且后台也硬。

“草田春”砼业有限公司就是马茜妮的那个电杆厂，有苗森暗中支持，那个电杆厂只用了一年时间就发展成全市规模最大的电杆厂，加之有王成晟这个智多星出主意，及苗森跟地方政府相关部门领导的关系，“草田春”现在不光生产电杆，业务已经扩展到了建筑行业，参与到了市开发区的建设之中，电杆厂也升级成了矽业有限公司。

苗森高瞻远瞩，早在马茜妮注册电杆厂的时候，就要求电杆厂的法人既不要用她自己的名字，也不要用家里其他人的名字，要用一个可靠的“外人”。马茜妮自然明白局长的意思，注册时就把舅舅注册成了电杆厂的法人。所以这个“草田春”矽业公司频频中标，别人只能怀疑，却搞不清楚它的来头。有人曾私下对厂子进行过商业调查，查到了法人叫陆清，是一个基本不露面的老头子，三位副经理中一位叫马永成的是红山电业局宣传科科长马茜妮的哥哥，但他在公司的分工是管安全的，与营销业务根本没有关系。

马茜妮的这个舅舅不是在红山市的那个舅舅，这个舅舅是姥姥和第一个姥爷生的，从小就被亲戚领养了。姥姥和第一个姥爷离婚后带着妈妈支援大西北来到了本地，妈妈后来也跟着现在的这个姥爷姓了。那个舅舅从来没有来过红山市，很少有人知道妈妈在外省还有个亲哥哥。所以这个神秘的老头子总经理是什么来头，谁也不知道。另外，有苗森指导，马茜妮的这个公司人员组织机构十分严密，就是另外两位经常代表公司经常出面的副经理都不知道公司真正的老大是谁，他们只私下听从中间传话的马永成指使。

至于“草田春”这个名字，当然是有寓意的。草田者苗也，马茜妮的小名叫春春。当马茜妮第一次把这个名字告诉苗森时，苗森满意极了，他似乎看到了他和亲爱的春春永生永世都组合了，他不顾这是在办公室里，关上门抱起马茜妮激动地直喊心肝、肉肉，并迫不及待地把马茜妮抱在怀里，然后让马茜妮弓腰伏在办公桌前，他火急火燎地站在后面行起了好事。

“草田春”矽业有限公司每次招标、谈重要业务时都是另外两位副经理按各自分管的业务出面，除非是政府高级别的领导要来，非出面不可的时候，马茜妮才会培训一下总经理陆清，叫他露一下面。当然，老头子退休前也在国企当过干部，见了领导如何应付他自然懂得，至于业务方面的问题，问到哪里他就把哪位分管副经理叫过来，让他们来解说。

“草田春”矽业公司的发展速度快得惊人，刚成立时还只是一个小厂子，才短短一年时间资产就超过千万元。厂子效益这么好，父母和哥哥有时候也会问及，茜妮却悄悄告诉他们，这个厂子有重要人物参股，重要人的参股自然不是出钱，而是人脉。马茜妮还告诉他们，关于重要人的事情，不但不能多问还要保密。父母和哥哥无不感叹马茜妮聪明能干，但他们做梦都想不到她竟然是电业局局长的情人。

当初办厂子时，马茜妮告诉苗森，要是将来厂子有了规模，就给苗森送股份。当时他俩正躺在床上聊天，听小心肝这么说，苗森开心极了，他翻起身来含情脉脉地说：“只要我一直能和你这样，我就非常满足了，挣多少钱都是你的，我一分不要。”

马茜妮是个很重感情的女人，她现在已经深深爱上了苗森，有时候她都梦想着要嫁给他。现在企业走上了快速发展的道路，她也兑现给苗森股份的承诺。于是，在电杆厂升级成为砼业有限公司的过程中，公司便多了一个股东——苗森。至于这个神秘的股东怎么从公司分钱，只有马茜妮说了算。当然，为了保险期间，这个股东注册时也是用的假身份证。

“草田春”砼业公司的利润之所以非常丰厚，除了业务做得大外，还有一个原因，那就是偷税逃税。“草田春”砼业公司是如何逃税的呢？这是因为有人在暗中帮忙。

马茜妮偷税逃税的事情还要从王成晟的水泥厂说起。

王成晟刚把水泥厂收购到手的时候，水泥厂因为产品质量问题，尽管有路子，但一时半会儿还打不开销路，更不能起死回生，于是他只好把大量的水泥往马茜妮的电杆厂里送。随着“草田春”电杆厂的生产量不断加大，所需水泥质量差点也没有关系，而且价格还低，所以有多少马茜妮也能消纳多少。后来王成晟的水泥还是不能大规模进入开发区的建设工地，他就给马茜妮出主意，让她成立砼业公司，给建筑工地送混凝土浆。这个点子对马茜妮来说太重要了，她马上行动，在苗森的暗中帮助和王成晟的联络下，砼业公司的业务便不费吹灰之力地打进了开发区的建设现场，还打进了周边各县的建筑工地，王成晟的水泥又再次大量地进入了“草田春”公司。当然，随着资金的慢慢积累，王成晟也更换了一批老旧设备，水泥的质量也渐渐提高了，也开辟出了别的销售渠道。

有一次“草田春”又成功中了外市三个大标，马茜妮算了一下税额，差点没把她吓倒，她赶忙给王成晟打了个电话，约他见面。马茜妮向王成晟诉说了她的苦衷：“每次中标我都觉得利润不错，可结算后却所剩无几，我还以为是给各方‘打点’得太多了，今天无意中估算了一下税额，我才发现咱们是给在税务局打工呀！利润都交给他们了，你点子多，赶快帮我出个主意！”

马茜妮一席话也提醒了王成晟，他恍然大悟地说：“对呀，我怎么就没留意这个事儿，你这一说我才想起为什么我的利润总是不如预期的效果好，看来再不采取措施，咱们只能眼巴巴地看着辛苦钱让税务局那些王八蛋拿走了。”

“哎哎哎，嘴上积点德，谁是王八蛋？请问令尊在哪里高就呢？”马茜妮提醒王成晟。

“别看他坐在主席台上人模人样的，他也不是什么好鸟，这么多年对我妈不冷不热的，私下跟别的女人搞，也基本上不回老家看我奶奶。他就知道过他的官瘾，缠着跟我要孙子。当然，不管怎么说，咱这事还得找他帮忙，看能不能给咱们想个办法把税率调一下。他要是不帮忙，我就几个月不回家，跟他不说话！”

两人经过周密的合计，最后决定先给王成晟他爸——红山市国税局的局长送礼，求他帮助想办法调税率。

他们送给王局长的礼物是一块瑞士进口手表和一只玉镯。那天晚饭前，王成晟把礼物放在饭桌上讨好地说：“王局长，这是儿子孝敬您和老妈的礼物。”

王局长自从帮儿子把水泥厂收购来后，也想了好多办法帮他推销水泥，最近也清楚他的厂子赢了利，但儿子拿来的这两件贵重礼物，倒让他有点惊讶。

他和老伴开心地接受了礼物。

几天后，当王成晟趁着母亲不在家时，带着马茜妮来家里，说明了来意，并告诉他两件贵重的礼物是马茜妮出钱买的时，差点没把他气晕。但在儿子死缠硬磨加威胁下，他不得不听儿子的话，答应替儿子和马茜妮想想办法调税率。

王局长之所以很容易就被儿子说服，不光是因为接受了马茜妮的礼品，也是因为这也关系到儿子水泥厂的利益，所以他才答应的。

按说王局长违反规定给马茜妮调了税率，马茜妮就该知足了，但现在她已经让钱迷了心窍，对此并不满足，她还想偷税漏税。于是，她又背着成晟，私下去找王局长行贿，让他帮着逃税。

王局长因为之前收受过马茜妮的礼物，也帮她和儿子办了违反政策的事情，所以马茜妮带着钱来找他时，他并没有怎么坚持，就被马茜妮攻克了。从此，他便开始在“草田春”公司分红，也提心吊胆地做着噩梦。

34

马茜妮现在已经是正科长了，凡事不必亲自出马，有些会议她想参加了就去，不想参加了她就不去，派如雪去参加。

如雪也早已适应了这种不用作为的工作环境，在这两年多时间里，虽然没有再写过一篇像样的宣传稿件，但她文学创作的热情丝毫未减，不但完成了诗集的整理准备出版，还在加紧步子创作一部电力题材的长篇小说。

自从上次王成晟酒后闹事之后，马茜妮一直对如雪耿耿于怀，无时无刻不惦记着要收拾如雪。但如雪毕竟也是一名中层干部，业务能力强，人缘好，不抢功，不犯错误，这让马茜妮一直没有机会，最多也只是找茬给她个脸色，或者把手下人没干好的事推到如雪身上让苗森训她一顿。这毕竟都是些小事情，如雪被苗森训一顿也就了事，没有再把她怎么样。所以尽管马茜妮对如雪的态度不好，但如雪的文学创作却未受影响。

那天下楼时，马茜妮听见走在前面的局办文书和秘书聊天，一个说：“刚刚收到电力局转来的省委宣传部会议通知，省里要开一个文化工作会议，电力局要求咱们局派一个人去参加。我觉得这样的会议也只有白如雪去参加才合适，别人去了也是白占名额。”

另一个说：“这几天正是省城的旅游文化节，白如雪太有福气了，还能借着这个机会在省城多玩几天呢。我觉得这样的会谁去参加都一样，又不要作交流发言，只是坐在那里听听而已，可惜这样的机会永远也轮不到咱们!”

那是一个关于提升文化软实力打造品牌形象方面的会议。如果平时，马茜妮肯定会让如雪去参加，但听了文书和秘书的对话，她突然有些嫉妒，心想：对呀，又不作交流发言，去了只是坐着听，我凭什么让她去？于是，文书把文件送来时，马茜妮就拿着文件去找苗森。看到苗森办公室门关着，她才想起来苗森今天早上就去省电力局开会了。于是她给科里的人打了个招呼，就也去了省城。

第二天，也就是会议报道的前一天，红山市委宣传部通知红山市电业局办公室，说省委宣传部临时决定特邀优秀青年作家参加这次会议，市委宣传部经研究决定，选派白如雪前去。（省委宣传部邀请优秀青年作家参加会议，是文联给提的建议。建议各地市、行业选派优秀的、有发展前途的作家来参会，于是红山市委宣传部征求洪代梦的意见，就选派了如雪。）红山电业局办公室主任经电话请示在省城开会的苗森同意，立即通知如雪赶往省城参加会议。

会议由省文联主席主持，省委宣传部部长出席并讲话。如雪的座位在第一排，而省电力局仅有的两名代表之一——马茜妮却坐在第二排。交流发言的顺序是按各地市、行业进行。期间，和马茜妮一起来的那位省电力局领导有事临时出去了，马茜妮坐在他的位置上顶着，当轮到电力局发言时他还没有回来，大家就都把目光投向马茜妮。按说马茜妮作为一名基层干部，在这种座谈会形式的会上发个言，讲几句话也没有问题，再说她的口才也不差，可单位的宣传工作她从来没有过问过，文化方面的工作又多数在工会，她知道得更少。别说从全省电力系统层面去发言，就是本单位的事儿她都说不清楚。当大家都看着她的时候，她只能红着脸摇着手连连推辞："我不说了，我不说了！"

马茜妮推辞了，主持人只好让下一位发言。

马茜妮的尴尬不仅仅是她本人的尴尬，也是全省电力系统的尴尬，她坐在那里就代表着参会单位，可是会议除了电力系统没有发言，其他参会单位都做了交流发言。

下一个交流发言的过程中，部长就问坐在旁边的文联主席："是不是电力系统对提升软实力工作不够重视？听说他们的企业文化和职工文化都搞得不错嘛，怎么就不交流一下呢？回头了解一下。"尽管部长的声音不大，但马茜妮还是听见了，刚回来坐在她后面的电力局领导也听到了，这让马茜妮感到非常尴尬，有点无地自容。

马茜妮的尴尬还没有就此结束。

轮到特邀作家们发言时，原来没有打算发言的如雪却发了言。最近马茜妮老是跟如雪过不去，动不动给她脸色看，特别是上周红山市精神文明建设办公室拿来一个合作协议，说白了就是想拉个赞助让红山电业局出点钱，马茜妮知道苗森最讨厌这种事情，就故意推给如雪，说她负责宣传工作，让她去给苗森汇报，害得如雪被苗森一顿臭骂。今天她在这里发言，也是有意埋汰马茜妮，也算是一个小小的报复。

如雪的发言虽然很短，但内容非常丰富，颇有见解，她提到的关于如何激励基层文艺工作者、大力培养草根作家、领导要深入基层多调研指导基层文化工作的建议，让在座的领导非常认可。特别是宣传部部长，他赞许地对文联主席说："一定要重视她的建议，这才是接地气的呼声。刚才我还说人家电力系统这方面工作做得不好呢，这个白如雪不也是电力系统的吗？看来是个别人的能力问题，电力系统基层工作做得很扎实嘛！"听到部长的话，马茜妮几乎羞得抬不起头来，后悔自己真不该来凑这个热闹，丢下这么大个面子，同时她对如雪的嫉妒和对立变成了怨愤和敌对。

开完会，如雪来跟马茜妮打招呼，马茜妮爱理不理地"嗯"了一声，转身就走了。

本来这次来省城，马茜妮还想着开完会再去找苗森，给他一个惊喜，跟他好好地幽会一番呢，没想到这么尴尬，这么扫兴，就气冲冲地回去了。

马茜妮生气地等了两天苗森才回来，看到马茜妮很不开心的样子，苗森还以为马茜妮是想自己了呢，就给她讲这次会议的精神，他说："1997 年 1 月国家电力公司就成立了，但一直保留着电力部的牌子和部分职能，省电力公司也是这样，都成立了这么久了，也保留着电力局的牌子和部分职能，这次电力局召开会议，是研究讨论、贯彻落实国务院有关规定，摘除电力局的牌子，并向有关部门移交还保留的部分职能。所以这次会议开的比哪次都长，害得我天天想你。宝贝儿，你是不是也想我了……"

"想、想、想，想你个头啊，你一天到晚就惦记着人家的身子，你能不能关心关心我？我被别人侮辱了你也不管。”马茜妮装出非常委屈的样子打断了苗森的话，就开始告如雪的状，并加盐调醋地说了许多如雪的不是，她对苗森说：“这个白如雪真是太没规矩了，她还真以为自己是个什么大人物，全不把红山电业局放在眼里，当着那么多人的面胡说八道，你猜她都说了些什么？”

“她总不会在会上骂红山电业局，骂我吧？”苗森问马茜妮。

“骂你那都是轻的，她在会上提了好多不该提的问题，说红山市的文化工作这不行那不行的，还说各级领导不深入基层不调研，不了解基层。一口一个红山市穷，一口一个红山电业局文化工作做的还不到位，说得红山市去参会的领导直拿眼睛瞪她，省电力局的领导不停地瞅她，提醒她不要再说下去了，可这个小女人只管自己嘴上痛快，絮絮叨叨就是不住嘴，气得我真想过去踢她一顿。这都不算，关键是前面我顶领导坐在第一排没发言，她在后面这么出风头，宣传部长就说电力系统个别人能力有问题，差点没把我羞死，你说她这是不是有意埋汰我、侮辱我？”马茜妮边说还边假装擦眼泪。

“红山市穷这是天时地利原因，是政府的事情，是各级领导操心的问题，她胡说什么？这让市委、市政府、电力局领导怎么看红山电业局？我们带的队伍就这样没规矩？去，你把她给我叫来，我得好好教训教训她！”苗森也生气了。

“别别别，这会去叫她来，你这不是出卖我吗？还是等一等，回头找机会再收拾她。”马茜妮可不是个糊涂人，“最好把她给我从宣传科弄走，弄得越远越好，我再也不想和这种自命不凡的人待在一起了，免得影响我的情绪，使我老得快。”说着，马茜妮愤愤地盯着苗森。

现在马茜妮对如雪真是恨得咬牙切齿，恨这个女人不但曾经跟自己抢黑辉，在警察面前指证王成晟，后来又抢走了自己的前夫，这次还让自己丢尽了面子。

这里不得不提一下马茜妮与李歌的关系。当时李歌要离婚马茜妮死活不肯，后来她哥哥还叫来几个人把李歌打了一顿，闹翻后李歌到法院起诉才离的婚。后来李歌回来几个月了马茜妮都不知道，直到那天王成晟酒后闹事她才看见李歌跟如雪等人在一起。第二天她就去找丁秋香，问李歌怎么跟他们在一起。丁秋香因为一直跟马茜妮关系不错，就如实相告，说如雪和李歌已经确定了恋爱关系。听到这个消息，差点没把马茜妮鼻子气歪，当着秋香面就大骂李歌没出息，找谁不好，非要找个没结过婚有孩子的女人。又骂如雪不道德，找谁不好，偏偏找她的前夫。然后要秋香给如雪带话，希望如雪退出，她和李歌会复婚。如雪知道马茜妮和李歌的事情，她也让秋香给马茜妮带话，说你们复不复婚跟我没关系，和李歌谈不谈恋爱是我的自由。在如雪这里碰了钉子，马茜妮又去找李歌，希望李歌远离如雪，跟自己复婚，但李歌只说了三个字“不可能”，然后连看都没有看她一眼就走了，气得马茜妮回来要跟如雪算账，最后苗森才摆事实、讲道理把她劝住。

此时见马茜妮这么生气，苗森就问：“把她弄走？而且越远越好？可是弄哪里去呢？上个月才调整过中层干部。前几天有人在电力局干部处的金处长，也就是我的前任金和里那里告我，说我不务正业只会‘洗牌’，他怕传到局领导那里去对我不利，就私下提醒我最近再不要折腾了。他刚说完我又调整干部，他会怎么想？”苗森听不进去红山电业局领导班子成员和下属的话，但金和里的话他得听。

“看来我还得继续跟这个狐狸精待在一起，继续看她那趾高气扬的样子了！”马茜妮有些伤感地说。

看着小情人一脸不快乐的样子，苗森心疼得不得了，恨不得过去把她揽在怀里好好地安慰安慰，可现在毕竟是上班时间，他还有很多事务要处理，办公室门不能关，只好安慰马茜妮：“别急，让我想想……”话还没说完，他猛一拍桌子站了起来，高兴地说：“有了，有了！”

“有什么了？快告诉我！”马茜妮急切地问。

“昨天市政府开会，给各单位指定了一个对口扶贫点，不但要对扶贫点进行物资资助，还要求两年内要使那里的状况有所改变。咱们的那个帮扶点在南大山县一个特别偏远的小山村，我们昨天去调研时发现，村里只有一个破教室，里面挤着十来个娃娃，而且就一个老师，我干脆让她去那里支教好了。”苗森冲马茜妮吐了个烟圈，得意地说。

“亲爱的，你真是太好了，我得奖励你一下。估计你这次回去也没有交

‘公粮’吧?”马茜妮把声音压得非常低。

“好吧，你先去老地方等我，我随后就来。你可不知道，这几天我是多么地想你呀!”苗森的声音低得也只有他们两人才能听见。

下午刚过五点，苗森就溜出单位，走过一个街口，看左右没有认识的人，便从包里取出帽子和墨镜戴上，打出租车来到本市最好的酒店——红山大酒店。

红山电业局在红山大酒店有一间长年包房，名义上是红山电业局的包房，其实只有苗森一个人住过，其他副职从来没有住过。当然别的副职家都在本市也不会来住。苗森家在省城，但局里给他在家属院专门腾了一套楼房，平常他住在家属院的楼房里，很少住这里。每次来这里，都是马茜妮在另外一间房子在里等他(现在“草田春”公司在这里也有长年包房，平常马茜妮自己拿着房卡)，完事后他悄悄从马茜妮的房子里溜出来进包房里去休息，他从来不和马茜妮在单位的包房里幽会。

苗森今年四十多岁，个头高身体壮，但在妻子眼中他却是一个“没用的东西”。因为他平时总以工作劳累、力乏为借口，不与妻子亲近，也很少过性生活。特别是认识了马茜妮之后，他和妻子的性生活就更少了，有时候两三个月都不碰妻子一下，不交“公粮”。他那贤惠的妻子哪里知道，她亲爱的老公却是被别的女人给掏空了，他把甘露全滋润了比她漂亮的年轻女人。现在，苗森每周至少要和马茜妮行两次男女之事，就是他还没有来红山电业局任职的时候，每个月都要想办法和马茜妮见一两次面。当然，他也不止就和马茜妮这么一个小宝贝玩，他在省城还有一个跟马茜妮差不多一样漂亮的小心肝。别看他很长时间才尽最大努力给妻子交一次“公粮”，但在马茜妮和另一位小宝贝的身上，他却有使不完的力气。因为好几天都没有见到亲爱的马茜妮了，这天见面他比平常更饥渴、更纵欲……

按照马茜妮的意思，几天后苗森亲切地召见了如雪。苗森热情地给如雪倒一杯水，请她坐下，然后慢慢地跟如雪聊起天来。

苗森的突然热情，让如雪有点受宠若惊不知所措。她不安地端着局长递来的水，小心翼翼地回答着他的每一个问题。

说苗森突然热情，这也是有原因的。像如雪这样漂亮的美女，哪个男人见了不热情？哪个男人不想和她接近？苗森这么好色的人哪能对她不动心？但是苗森不敢。

记得苗森刚到红山电业局的时候，如雪拿着那份关于要举办一场青工辩论赛的策划方案来请示，初次见到这么漂亮的属下，苗森脑子里不干净的念头就不由自主地产生了，如雪站在对面汇报方案，他几乎没听进去一句话，只是不停地打量着她漂亮的脸蛋和丰满的胸脯，直到马茜妮在外面敲门时他才从意淫中回过神来。此时，他正幻想着如何像搞马茜妮一样，把这个漂亮的团委副书记搞到床上。被马茜妮的敲门声惊醒后，苗森也发现自己有点失态，为了遮掩自己的表情，他便让如雪先回去，等仔细看了方案再决定。

马茜妮是个爱吃醋的女人，再说一直站在如雪的对立面，自然容不得苗森喜欢如雪。于是她就明确地警告苗森，不许亲近这个“狐狸精”，而且这次活动也不许同意，否则我就不让你安宁。马茜妮是个泼辣的女人，也是一个敢说敢做的女人，这一点苗森非常清楚，就只好顺从马茜妮，以后不再对如雪笑着说话，也不好好支持她的工作。

一贯的冷漠突然变得这么热情，如雪哪能不感到受宠若惊？当苗森关心地问到如雪找男朋友了没有时，如雪如实回答，男朋友在市扶贫办工作。听如雪说男朋友在市扶贫办工作，苗森脸上露出了一丝不易察觉的笑容，他说：“有一项任务我想来想去都没有合适的人去担当，和你聊天的过程中我还在跟自己作思想斗争，究竟要不要对你说，现在我觉得，把这项光荣而艰巨的任务交给你，局里完全可以放心了。”

“什么任务？我能行？”

“你肯定行，只有你最符合条件。一来嘛，你是共产党员，吃苦精神你具备；二来嘛，你是青年干部，你应该给青年员工作表率；三来嘛，你有知识有学历，符合这项工作要求；四来嘛，你男朋友在市扶贫办工作，有利于咱们跟扶贫办搞好关系，这项工作市里是要考核的。”苗森说得头头是道，听得如雪丈二和尚摸不着头脑，但她不敢插嘴，只能等他继续往下说。

绕了一个大圈子，苗森才告诉如雪这个任务是让她去扶贫点支教。

去偏远山村扶贫支教是一份苦差事，多数人都不愿意去，如雪也不想去，但她还没有开口，苗森又说：“我也知道你孩子还小，按理说不应该派你去，但我听说你的孩子现在由他姥姥带，这样我也放心了。要说困难嘛，人人都有，你就克服一下吧！”苗森这样说，如雪就是有再多的理由也说不出来了，只能长叹一声，不得不点头接受这份局长说非自己莫属的光荣任务。

35

肩扛着重任
手牵着银线
踏破了千年的沉寂
驱走了漫长的黑暗
点亮了百姓的心灯
……

如雪的诗集《点亮心灯》在红山市文联主席洪代梦的指导下，在省作协主席惠秉华的帮助下如期出版，这是她在诗集签售暨作品研讨会上朗诵其中的一首诗。

前段时间如雪想要出版个集子时，先去请教洪代梦。洪代梦不但给她提出了很多建议和意见，还打电话联系惠秉华，打听省作协最近有没有对青年作家或者作品的扶持项目。

好运真是从天上掉下来砸到如雪头上了，洪代梦的指导不但让她的作品质量更高，那个电话还给她争取到了一笔扶持费用。

近期省作家协会正好有个重点作品扶持项目，省作家协会经过研究，认为白如雪的诗歌是近年来唯一一个歌颂电力行业的好作品，而且内容不亚于成名诗人的作品。于是她的作品几乎没费什么周折就入选了扶持项目。

诗集出版之后，丁秋香问男朋友刘武昌，能不能想办法给如雪张罗一个新书签售暨作品研讨会？刘武昌就去找惠思思商量这事儿。经过一番合计，惠思思又去找洪代梦。洪代梦不但赞成大家的想法，而且还答应以市作协的名义来办这个作品研讨会。

作品研讨会有市作协主办，有媒体刘武昌等朋友出面张罗，有几位成名作家来捧场，还有一位企业家出资赞助，真是又体面又有档次。

出资承办作品研讨会的企业家是小南川县稀土有限公司的老板水新波。水新波是刘武昌联系的。水新波不但赞助了这次会议，还另出资购买了一些诗集捐赠给了小南川县教育局。

诗集刚印出来，如雪就先给苗森和赵荣送去，同时也第一时间给马茜妮和科室的每位同事签名送了一本。

其实诗集里的好多作品苗森也在《红山电力报》和省电力报等地方见过，他对如雪的作品还是很喜欢的。那天他拿着如雪签名送来的新书，对如雪大加赞赏。看着如雪可人的样子，他突然有些后悔，不该把这么一个如花似玉的大美人、大才女派到那么偏远的地方去支教，这样的美女哪怕是天天看着也养眼啊！感慨的过程中，苗森下意识看了一下办公室门口，突然感到马茜妮要来了，笑容不由自主又收敛起来，心平气和地对如雪说："你给赵主席送书了吗？一定要先送去，回头我给他说一声，让工会把你的书给各基层单位的职工书屋配发一些。"

苗森的关怀，再次让如雪受宠若惊，感动得都有点热泪盈眶。

作品研讨会虽然没有请到苗森参加，但苗森却要求工会主席赵荣务必要去给自己的职工捧场。另外，他也要求马茜妮和赵荣一起去，他觉得这件事情意义不同，希望马茜妮表面上一定要应付一下。

每每遇上如雪出头露面的好事情，马茜妮就极不舒服，既嫉妒又气愤，这种场合马茜妮更不会去。苗森刚开始说的时候，她还拿眼瞪苗森，怨苗森向着那个小女人。可转念一想觉得还是去一下，去了说不定还能认识那个圈子里的一些名人呢，再说如雪怎么说也跟自己在一个科室，如果不去反倒叫别人小看自己。

新书签售暨作品研讨会特别成功，好多人都闻讯前来捧场，新书当天就卖出去了发行量的一半。

诗集《点亮心灯》是一部歌颂电力工人无私奉献、爱岗敬业的作品，也是歌颂电力部门心系百姓、造福百姓的作品，不但受到广大读者的喜爱，也受到了各级领导的肯定。有一次省电力局工会主席来红山电业局调研工作时，在基层班组看到了这本集子，便马上要接见作者，得知如雪“主动”请求去最偏远的地方参加扶贫支教了，领导就有些遗憾地说：“看来这个白如雪不但是个才女，还是个爱岗敬业的好典范啊！现在能主动去那么偏远的地方吃苦的年轻人真不多见，下次红山电业局评劳模先进的时候，一定要推荐她呀，等她换岗回来后，苗局长要是同意，我就把她调到电力局工会去，我觉得她更适合在那里工作，好钢得用在刀刃上嘛!”这位领导的一句话，确实让如雪得了不少先进荣誉，诗集也被全省电力系统各基层单位相继订购而再次印刷获利，但调到省电力局工会工作的事情却没有实现，因为半年后工会主席就高升到国家电力总公司去了。

干妈的病情一直在恶化，现在身边一刻也离不开人，干爸接手公司后业务不断扩大，再没有时间来分担家务。自己白天上班，晚上还想好好创作，如雪不忍心姨姨太辛苦既要照顾干妈还要帮自己带承志，于是半年前就把承志送到乡下给父母带。现在，如雪给家里盖起了全村最好的大瓦房，家里的田地爹也不种了，都承包给别人耕种，现在爹娘最大的任务就是在家带承志。但是承志已经到了上幼儿园的年龄，不能一直待在乡下，如雪去南大山县支教前和李歌回了一趟老家，准备把承志带回城里让他上幼儿园。至于接送承志上幼儿园的问题，干爸已经安排好了，从公司抽出一个人来专门负责。

李歌已经到家里来过好几次了，娘已经把他当成了自己人，午饭后就问李歌和如雪：“你们到底要等到什么时候才结婚呢？我这几年身子骨还硬朗着，你们早早生个孩子娘还能帮你们带几年……”

爹怕李歌尴尬，就一个劲地拿脚尖戳老婆子，让她别再说，可她还是絮絮叨叨地说个没完没了。

自己被派到偏远山区支教，如雪怕爹娘多想，就暂时不想对他们讲，见娘唠叨个不停，她干脆抱着承志去菜园子里找如奎。如奎是个勤快的孩子，假期里他一刻也不闲着，不是下地干活，就是帮爹娘做家务。午饭后他见爹娘跟姐姐说事，就挑着水桶去浇菜园子了。

李歌就对未来的岳父岳母讲了他们要推迟婚礼的原因：“本来上个月就要回来和您二老商量这事，我们打算在千禧年（2000 年）元旦的时候举办婚礼，但最近我和如雪都忙，一直拖到今天才回来看您二老。按说现在离元旦还有好几个月时间，如果着手筹划时间是没问题，但最近如雪又接到了一个新的任务，要下乡去扶贫支教。因为那里比较远，加之她刚去可能要忙一些，所以我们商量了一下，准备把结婚的事暂放一放，等她那边稳定了我们再张罗。”

听了李歌的解释，二老有些失落，但只能无奈地接受这个现实。

诗集出版发行了，推迟结婚的事情给双方父母解释清楚了，承志上幼儿园的名也报好了，如雪这才放心地去了南大山县。

如雪支教的那个村子叫富裕村。村名叫富裕，其实这里并不富裕，起这么个名字，也许是先祖们对未来日子的一种寄托吧！

市扶贫办这次给富裕村扶贫，除了物资帮扶外，还跟教育局联合起来，要从思想上对这里的人民进行帮扶。这里的人多数都没有文化，文盲几乎占人数的五分之三，而且好多孩子都不上学。近年来尽管国家把进出山的路修平了，把电也引进来了，可他们过惯了落后生活，条件虽然发生了巨大变化，但却还没有走上脱贫致富的道路，好多人还是跟以前一样常年外出不回来。他们说是外出打工，其实有一部分人是装疯装傻装残在城里乞讨，只有过年、春播和夏收的时候才回来。可气的是有些大人外出时还带着学龄儿童，一茬一茬地往外带，一茬一茬不上学混成了成年人。年龄大的没文化不说，可二十岁以下没进过学校的也不少。可悲的是有些人过年从外面带回对联都倒着贴，有的不光倒着贴，还会一倒一顺贴，识字的人给指出来，他们还会强词夺理地说倒着贴明年光景就会倒过来。这个村子里困难户多，乡上年年从县里申请救济，县里年年从市里申请救济，市里便一年接一年地给这里拨救济粮和救济款。今年全市最后一次大规模扶贫摸底前，各级领导来这里调研时了解了情况后，对这里的现状觉得有些不可思议。但沉思之后又觉得这里的人实在可悲、可怜，也可恨。于是除了给这里拨了救济物资外，还增加了文化救济，下决心不再输血，而是要想办法改变他们的观念，让他们学会自己造血，自己拔穷根。

苗森前来调研时，在这里看到的情况是实情，村子里确实只有一间教室，教室里挤着一、二两个年级十来个学生，学生的课桌不是木桌子，而是用方土块垒起来的土台台，坐的是自带的小板凳，或者树根、破砖头垒起来的座位，学校仅有的一名苏老师也只上过几天中学。

苏老师告诉如雪和同来支教的别老师，其实每学期开学也有不少孩子来报名，但最多上到二年级就不上了，家长的理由是认几个字出去不当“睁眼瞎子”就行了。现在教室里的十六个孩子，自愿来上学的只有十人，另外六人中一人腿脚不方便，一人眼睛有问题，两人因为还小跟不动外出的大人，才坐在这里当学生，还有两人是他的亲戚，是被他多次动员才来上学的。

按照扶贫办的要求，如雪他们必须赶在新教室盖好之前完成“招生”任务。

如雪的招生工作首先从住的房东家入手。房东苏大爷的两个孙子都是男孩，大的九岁，小的七岁。今年他家种的谷子多，孩子的父母外出的时候没有带他们，让他们帮爷爷奶奶拔谷子。

如雪问苏大爷为什么不让孙子上学时，苏大爷说：“别人家的娃娃都在外面挣光阴，我把娃娃送到学校去，还不被人笑话啊，我家的光景又不比别人强。再说了，念个书能顶个啥用啊？长大了又不能顶钱花，咱们这里娶媳妇儿，对方又不管你念书了没有，关心的是你的日子过得怎么样。”

“你听说过古时候的秀才、状元吗？听说过现在的中专生和大学生吗？这些人就是把书念好了才当了官，才挣了公家钱，才过上好日子的……”如雪讲了好多道理，苏大爷就是听不明白，她只好这样打比方。这样说苏大爷能听明白，但他思想还是转不过弯来，他感慨地说：“这些我怎么不知道？前些年我也一直在外面混，知道那些坐小车的、吃公家饭的都是有文化的人，可知道了又能怎么样？我们这些人哪能跟人家比，那个苏老师他爹能耐得很，怎么也没有把他供成个吃公家饭的人？到头来还是个种地的民办老师。我看与其叫娃娃念那几年书耽误时间，还不如叫他们早早在外面挣光阴……”

任凭如雪怎么说，苏大爷就是不同意让两个孙子去上学，如雪实在没话说了，又拿自己当例子，可苏大爷一句“那是你比别的娃娃聪明”，就把如雪堵得再张不开口了。

苏老师是本村人，第二天终于动员了一个娃娃来报名，别老师却和如雪一样，刚开始就吃闭门羹。

但他们还得继续努力，因为新教室已经开建了。当听苏老师说那个腿脚不便的孩子学习最好时，如雪突然想起了弟弟如奎，她灵机一动又去找苏大爷。

苏大爷和两个孙子在苜蓿地里给羊割草，他和大孙子用镰刀割，小孙子往架子车上抱。苏大爷比孙子割得快，把孙子甩了很远。如雪到地里先不说话，接过那孩子手中的镰刀，甩开膀子就割起了苜蓿。尽管这几年工作忙回家少了，回去提镰刀的次数更少，但她的基本功还没有丢失，没有多久就把苏大爷赶上了。

见如雪把镰刀使得这么快，苏大爷有些纳闷，就问如雪："你一个当老师的，怎么也会割草？还割得这么快？"

如雪来的时候就想好了怎么跟苏大爷聊天了，她告诉苏大爷："我老家在跟你们这里一样的深山里，但我爹娘不甘心让我长大了早早嫁人生孩子，就坚持供我上学，那时候我看到爹娘苦得腰都弯了，也想回家种地帮他们，但想到将来考上学了挣了钱会让他们过上更好的日子，我就拼命努力学习，现在不但自己不用一天到晚像个'之'字一样蹲在田里甩镰刀，还用挣的工资给爹娘盖了青砖大瓦房……"

刚开始苏大爷还有心无心地边割草边听如雪说话，可听着听着他就停下了手中的镰刀坐在苜蓿上，从腰里抽出旱烟锅子，边抽烟边和如雪聊起了天来。

看着他抽烟不小心把烟渣子掉到脚面上烧了一下忙着扑火的样子，如雪就问："苏大爷，你猜我爹现在抽什么烟？"

"肯定是旱烟了，咱们这里的农民就爱抽这个！"苏大爷想都没想地对如雪说。

"错！我爹抽的是纸烟！"

"纸烟？他一个山里的农民哪来那么多钱买纸烟抽？"苏大爷脸上露出了疑惑的表情。

"我给买的啊，我每月都要给他定时送回去。谁说农民就爱抽旱烟？我看我爹自从抽上纸烟后，就再没种过旱烟，也没动过他的那个烟锅子。"

“哦，我怎么忘了，他有你这么个挣工资的女儿，肯定有纸烟抽了，他肯定有纸烟抽了……”苏大爷似乎恍然大悟地念叨着。

“那你想不想以后天天抽纸烟?”如雪接着问。

“当然想了，我怎么不想抽呢，那东西闻着都香，可是……”苏大爷看了看自己的旱烟锅再没说下去。

“那你就让两个孙子上学啊，将来都考上大学了，给你买个纸烟算什么，还要接你去城里坐小轿车，去住楼房呢……”

接着，如雪便讲了弟弟如奎以前有病在家自学和他特别想上学的故事，并告诉他，如奎今年已经初中毕业了，而且以全校第三名的好成绩考上了县高中。

如雪不但做通了苏大爷的工作，使他让两个小孙子去学校报了名，苏大爷还热情地带着如雪去别人家招生。

苏大爷是个热心人，平常谁家有个大事小事他都会去帮忙，特别是那些儿女不在家的留守老人，或多或少都受到过苏大爷的帮助，苏大爷走到哪里都很受尊敬，所以他带着如雪到各家各户招生基本上不用费什么口舌就能成功，即便是思想比较顽固的人，也要给他三分面子。

36

开学前，三间教室顺利竣工，村里能上学的孩子也全部来报了名，外出的孩子也被老人们带话叫回来了一些。现在，学校的教室不但从一间增加到了四间，老师从一名增加到了三名，学生也从十六名增加到了五十多名。三位老师商量了一下，根据目前的情况，把孩子们分成一、二、三年级，十岁以下的为一年级班，十岁以上的为二年级，原来已经学到二年级课程的那几个孩子继续升级上三年级。

因为筹备时间长，各项工作准备充分，学校一开学就能正规运转，三位老师也才有了喘息时间，如雪也抽身回了一趟市里。

自从来到这里，如雪先是做村民的思想工作招生，接着是给孩子们建立档案，然后又马不停蹄地编写教案。两个多月来，她脑子里除了学生就是学校，忙得只回过一次家，有时候连个囫囵觉都睡不上，想承志了也只能晚上爬到山梁上去打电话。村里接收不到手机信号，只有山梁上还能弱弱地接收一点，白天就是特别想念承志，也顾不上爬那么高去打电话。

那天坐在回市里的班车上，如雪才发现自己除了特别想念承志外，也特别想念李歌，就期盼着班车开得更快一点，她好快快见到承志和李歌。其实这期间李歌也来看过她两次，第一次来带着承志，承志倒是在这里住过几天。而李歌工作很忙，第一次是上午来下午就回去了，第二次来承志还在，他不能过多地表达对如雪的情爱，如雪也没有过多的机会感受他身上那种自己最爱闻，而且闻着就感到特别沉醉的男人味，他们只能隔着承志说话，然后趁承志睡着后草草地亲热一下。

班车还没有进站，如雪就看见李歌在车站门口翘首期盼。如雪下车后，也不管旁边人多，一下子就扑进李歌的怀里。李歌更是旁若无人，轻轻捧起如雪的脸，把嘴印在如雪的唇上，继而疯狂地亲吻。

那个时候红山市人的思想意识还不是很开放，如果一对男女在公众场合搂搂抱抱，大家就会觉得非常不雅，甚至会说三道四。但此刻这一对恋人却全然不顾公众，如雪双手紧紧地搂着李歌的脖子，紧紧闭着双眼，尽情地享受着这心醉的幸福。

他们深情地亲吻着，眼中只有自己的世界。

一个小偷窥视了他们一会儿，然后装作若无其事地走过来，在他们全然不知的情况下，悄悄提走了如雪丢在一边的提包。如雪和李歌依然沉浸在忘我的世界里，等他们从甜蜜中走出来的时候，那个小偷早已无影无踪。

李歌急切地问如雪："包里有什么贵重东西吗？咱们赶快报警吧！"

"就几件换洗的衣服，让小偷拿回去洗了穿吧！"如雪满不在乎地说。接着，她刮了一下李歌的鼻子俏皮地问："那报警时警察问怎么把提包弄丢的，你怎么回答？是不是你说和女朋友抱一起亲热没察觉让人拎走了？"说完她自顾自哈哈笑了起来，随即牵起李歌的手就大步走出车站，倒把李歌弄了一脸茫然。

走着走着，李歌突然停了下来，责怪地对如雪说："还说包里没什么贵重东西，你的手机呢?"

"这!"如雪调皮地举起一直攥在手里的手机。

原来回来的路上如雪一直发短信和李歌聊天，下车时手机也没有往包里装，一直在手里攥着。因此，这个干妈送的，已经跟随了她两年多的手机才幸免易主。

本来李歌想和如雪先去他们的新房子里好好幸福一下，然后再去幼儿园接承志，可他们刚走出车站，就接到了黑芳的电话，她问如雪回来了吗?说妈又昏迷了，再回来晚了恐怕就见不到她了。

如雪赶到家的时候，干妈还没有从昏迷中醒过来，干爸和黑芳夫妇都守在床边。

黑芳告诉如雪，妈这几天动不动就昏迷，而且一次比一次昏的时间长，她也坚持不再去医院，她知道自己剩下的日子不多了，说与其去医院白白浪费那些钱，还不如省下来捐助给需要帮助的人和贫困山区的孩子们。

干妈醒来的时候已经是晚上九点多了，她看见如雪抱着已经睡熟的承志坐在床边，就问："你干爸和黑芳呢?"

如雪告诉干妈："我让他们休息去了，今晚我来陪您!"

干妈开心地笑了。接着，她喘着气低声对如雪说："其实我早就该走了，去另外一个世界里和辉子在一起。但自从承志来到这个世上后，我就舍不得离开了，是你们娘俩给了我精神和动力，我才有勇气与病魔斗争。现在承志已经上幼儿园了，你也找到了李歌这么优秀的小伙子，我再没有什么牵挂的了。另外，黑芳辞了电业局的工作，接手了公司，我更放心了，终于可以安心地走了。"

干妈还告诉如雪，她之所以能挺到此时，是因为还想再和亲爱的如雪女儿再好好拉拉话，见不到亲爱的如雪女儿，她死也不瞑目。

安顿承志睡好后，如雪一直守在床边陪干妈到天亮。

早晨梳洗完毕，干妈叫来黑芳的孩子和承志，一手拉着一个，微笑地看着他们，然后慢慢地、安详地闭上了眼睛。

黑芳和父亲尊重母亲生前的遗愿，丧事一切从简，而且把她的遗体安葬在狼牙湾，和她亲爱的儿子、英雄的儿子黑辉眠在一起。

干妈的后事处理完毕，送走了所有亲戚朋友，干爸拿出两个文件袋交给如雪。如雪不解地问干爸这是什么，干爸也没解释，只让她自己打开看。

第一个袋子里装着有关公司方面的遗嘱，这是一份经过公证的遗嘱，遗嘱明确了公司继承人及股东持有者，大致意思是黑芳任公司总经理，并占公司70%股份，承志占公司30%股份，并由爷爷全权代管至他十八岁后再移交。

另一个袋子里装着一串钥匙，一本房产证，房产证上清清楚楚地写着：白如雪。再仔细看，房产证的日期竟然跟“黑辉小学”的建成时间差不多。也就是说，这个房子是跟“黑辉小学”几乎同时建成的。

如雪几乎不敢相信自己的眼睛，她张大了嘴巴惊讶地望着干爸和干姐姐。

“这是真的，里面还有一封信，你看看!”干爸慈祥地对如雪说。

文件袋里果然还有一封信，是干妈写给自己的信，如雪赶忙打开看。

亲爱的如雪，我的好女儿：

首先，我要感谢上苍安排我那短命的儿子和我们一家认识了你，你是一个给我们一家人带来了幸福的好人，也让我那可怜的儿子的生命有了延续。辉子虽然命短，但有你陪伴的那些日子，相信他是非常幸福的……尽管我也走得早，但我也感到很幸福，如果没有你对我无微不至的照顾，没有承志的到来，我也许两年前就离开了这个世界，如果没有你无微不至的照顾，我想我会被病魔折磨得早就不像人样了……你干爸身体也不太好，希望你还是一如既往地和姐姐一起关心他，照顾他……

人赤裸裸地来到这个世上，又会赤裸裸地离开。我一生艰苦创业也积累了一点财富，如果没有受到你的感染，我想也许我的那些财富充其量也就是些数字，正是因为你的优良品格感染了我，让我深受启发才拿它做了一点善事，让山区的孩子们离开危房坐在宽敞明亮的教室里学习……你年纪轻轻却有一种多数人都没有的无私奉献精神，善良、博爱的品格……

至于给承志的公司股份，我非常抱歉地对你说，只能给他这么多，请你不要介意，也不要生气，我想你能理解。但给你的这套四合院，我知道要是我不亲口对你说，你肯定不会接受，我怕当面给你，你拒绝了我心里难受，又怕你干爸和姐姐说服不了你，只好留下这些只言片语。我的好孩子，干妈恳请你收下吧，就算是干妈对你的回报吧。再说你爹娘劳碌半生也够辛苦的了，就把他们从山里接出来，让他们和你住一起享几天清福，还能帮你带承志……

如雪几乎是抽泣着读完这封信的。合上信她再也控制不了内心的激动，伏在黑芳的肩膀上失声痛哭。

尽管那年月房产还没有炒起来，但这套位于城市边上的小院子也值不少钱，如果是十年后，这院子估计得如雪好些年的收入才换得回来。尽管如雪觉得自己没有创造出能接受这套房产的价值，自己也没有享受这套房产的思想准备，但有干妈这些发自内心的肺腑之言，她只能接受。

把爹娘从乡下接到城里来，是如雪做梦都想实现的愿望。现在有了这个小四合院，如雪终于可以实现多年都不能实现的愿望了，她一次又一次默默地感谢干妈帮她实现了愿望。

这个时候干妈的馈赠对于如雪来说，还不是唯一的好事，还有另外一件好事正在向她走来……

就在如雪返回学校的路上，市政府正在召开一个重要会议，一个马上能与她扯上关系的会议。

如今，联合国支援的红山市所有扶贫项目已经全部竣工，验收工作即将开展，为了保证工程验收一次通过，红山市政府高度重视，在验收小组到来之前，专门成立了领导小组，并提前进行自验。这次会议是自验后领导小组召开的一次总结会，也是一次部署接待工作的会议，因为三天后联合国扶贫项目的验收小组就直接进驻重点扶贫点北大山县了。

这次会议内容特别多，市长也提出了严厉要求：如果哪个部门的工作出现疏漏，哪个部门负责人就自动辞职。尽管大家都觉得这是市长在吓唬人，但大家都不敢不重视，毕竟混到现在的职位都不容易，所以大家又相信市长这不是吓唬人。市长也明确指出，有困难就早提出早解决，决不容许出了纰漏再以存在困难找理由推诿、开脱。

说到困难，市扶贫办主任张泞突然想起一件事来，他说：“验收小组成员的名单明天咱们才能拿到，也不知那位德国女组长斯特安妮还会不会亲自来？”

市长提前到省上开过会了，知道一些情况，就对张泞说：“据说她不但要亲自来，还要一直等所有项目验收完才回去。”

“坏了，坏了，他那个翻译不行啊！”张泞担忧地说。

市长有些不解，问：“人家前后也就来过咱们这里两次，而且每次来都时间不长，难道你私下还和他们有交往？怎么就说翻译不行呢？”

斯特安妮前两次来的时候市长凑巧都不在，经大家七嘴八舌地解释，市长才明白斯特安妮两次来都是深入基层，亲自到老百姓家中了解情况，而她带的那个翻译在此之前没有接触过这里的方言，对这里的方言只能听个一知半解，好多话都翻译不准确。大家还告诉市长，第一次他没翻译准确是李歌用英语和他交流，第二次是李歌自学德语后直接和斯特安妮交流，但最近李歌调到市委办公室了，这里别说再没有人会说德语，就连个能听懂一句德语的人都没了。

市长就让张泞跟市委办公室联系，把李歌再借回来帮一段时间忙。

市委办公室不是一般部门，市政府不可能想借李歌就能借到。所以会后张泞先没有跟市委办公室联系，而是先打电话给李歌，准备跟李歌沟通之后再做决定。李歌抱歉地告诉张泞，他昨天就跟市委秘书长出差了，而且十天后才能回来。

这对于张泞来说是个很不好的消息。得知李歌已经到了外地，张泞就觉得再说什么也没有意义了，就挂了电话。

这时市长办公室打来电话，问李歌的事落实得如何了，张泞只好如实相告，并请转告市长，他正在想办法，估计很快就能解决，保证不会误事。接电话的过程中，张泞听见手机不停地提示有来电，结束通话后，一看竟然有十个未接来电，都是李歌打的。他正准备回过去时，李歌又打过来了，他急切地说：“张主任，总算给您打通了，我打电话不为别的，是想给您推荐一个懂德语的人，我的德语就是跟着她学的，她比我强多了，而且她有在北大山县的工作经历，完全可以胜任工作，她是红山电业局的白如雪……”

37

早九点多，如雪正在给孩子们上课，无意间抬头向院子里看了一眼，只见三个人正在向教室这边张望。仔细一看，其中有一人是红山电业局教育科的小王，她就有些纳闷，小王怎么会来这里？这几个人来干什么呢？她怕影响孩子们听课，又把目光收回来，继续讲课。

来者三人中除了红山电业局教育科的小王，还有一人是刚从河岗水电站调到教育科的小牛，另外一人是红山市扶贫办的孙科长。

小王给如雪引见了孙科长和小牛后，告诉她，他和孙科长是来接她回去的，小牛将留在这里顶替她的工作。小王还告诉如雪，你已经被红山市扶贫办借去帮忙了，估计一个月后才能结束，所以离开前就把能带走的东西全部带走，这里的工作可以放心地交给小牛，他是中文系的高才生，教小学生完全没有问题。

如雪觉得有点奇怪，什么工作还这么着急？是叫我去写东西吗？但她马上打消了自己的疑虑，因为她听李歌说过，扶贫办的笔杆子特别多，他们的水平一点不比别的地方人员的水平低，她准备把小王拉到旁边问个究竟。小王没跟她走，就直接对她说：“昨天下午市长亲自给苗局长打电话，说联合国扶贫小组要来验收全市的扶贫项目，要请你去当德语翻译。市长亲自打电话借人，苗局长能不重视吗？他要求我们科立即找人来接替你在这里的工作，换你回去，这不小牛就来了嘛。孙科长是专程跟我来接你的，我们可是天还没亮就出发的，你快点收拾吧，领导还等着接见你呢！”说完，小王又自言自语地嘟囔了一句：“小牛真是运气不好，好不容易从基层努力到局机关来，还没待上一个月就又被派了出来，还这么远。唉，真是旦夕祸福，说来就来啊！”

如雪回去的第二天，斯特安妮女士一行就来了，并直接进驻北大山县。市扶贫办分给如雪的工作是给那位专职翻译当助手，并承担斯特安妮在此期间的生活秘书。

第一天，如雪流利的德语，精准的翻译，加之她的机敏干练，就赢得了斯特安妮的赏识，晚上吃饭时她不止一次向市长提起如雪，夸奖红山市方面给她的翻译找了个好助手。第二天，当斯特安妮得知如雪是李歌的女朋友时，她显得特别高兴，就主动用德语和如雪聊天，打听李歌最近的情况。一路上，她和如雪用德语聊当地民俗，了解红山情况，真是越聊越投机，甚至晚上吃饭时都要把如雪叫到自己身边坐着。从第三天开始，斯特安妮几乎连翻译都不用了，无论是跟验收小组成员交流，还是跟当地老百姓交流，她都直接对随在身边的如雪说，不知道的人还以为如雪是斯特安妮带来的翻译呢。

联合国扶贫工作领导机构对这次验收非常严格，验收小组不但由斯特安妮亲自带队，各小组负责人也是省里派来的专家。本次验收一共分交通道路、梯田平整、农村基础设施三大类六个小组。虽然工作点多面广，工作量大，但斯特安妮不辞辛劳，每天都要亲自到各小组去察看验收情况，找老百姓了解工程施工期间的一些情况及他们对扶贫项目的感受。有时候验收小组早都收工回去了，她还在现场工作。

斯特安妮不光是一个敬业的人，也是一个兴趣广泛的人。她告诉如雪，她喜欢文学，喜欢摄影。

这些扶贫项目能顺利地落户红山市，也许真与斯特安妮喜欢摄影有一丝半缕的关系。因为她第一次来这里时，工作结束后张泞陪她去红山有名的景点红山峡看了看。红山峡不光有秀美的山色，潺潺的小溪，还有三阶数条小溪汇聚的阶梯瀑布。可惜当时刚下过雨，张泞陪斯特安妮一行只能走到第一阶梯瀑布的不远处观望，路太滑无法继续朝前走，更是无法看到第二阶梯、第三阶梯瀑布的壮观。离开时，她感慨地叹息，有机会一定要再来这里看看第二和第三阶梯瀑布，拍摄那些瀑布。

斯特安妮这样认真地工作，她自己感觉不到什么，但各小组却很头疼，因为她要是到了现场，各小组组长不但要陪她随处走动，给她汇报情况，还要把正在记录的数据拿来让她过目，这无形会使工作进度慢了下来，也影响大家早收工回家的计划。于是就有人提出，请斯特安妮去红山峡看瀑布。现在刚到中秋，红山峡的景色是最美好的时节，那里的阶梯瀑布三层相距不过四公里，落差却有几百米，眼下这个时节第一层处的山还是绿的，第二层处却是红绿相间，而第三层处的所有树叶都红了，层林尽染，非常壮观。并且秋天瀑布的水也相比春夏时节要多得多。听了张泞等人的介绍和推荐，斯特安妮就有些动心了，第七天就在张泞和如雪的陪同下驱车直达红山峡。

红山峡的美景果然一下子就迷住了斯特安妮，她端着相机不停地拍摄，几乎达到了如醉如痴的地步，直到太阳落西还不想离开。红山市除了美丽的红山峡自然风光之外，还有著名的地震遗迹、古代建筑、自然遗产。此后的一段时间里，她几乎忘记了去现场视察，而是带着如雪和翻译奔波在红山市的山水之间。

其实验收数据到最后才汇总，斯特安妮在验收期间根本没必要亲自去现场，也没必要看那些数据，但她是个很敬业的人，尽管白天忙着拍照，但晚上她都要把各小组组长叫来开会，过问验收进展情况。斯特安妮也很关心大家，她知道大家白天工作都很累，开会的时间不是很长，最多不会超过一个小时。

三周后，联合国在红山市的所有扶贫项目全部验收合格通过，斯特安妮的摄影创作也是大获丰收。当然，除了扶贫项目验收圆满结束，个人摄影创作满意外，她说自己还有一个更大的收获，就是结识了如雪这个忘年交。这期间，她和如雪天天形影不离，达到了无话不聊的地步，甚至有时候她拉着如雪到她住的套间里去住，让如雪陪她聊天解闷。毕竟在这里工作，能跟她用德语聊天的除了翻译外，也就只有如雪了。

被临时借到市扶贫办来工作，这对如雪也是一件大好事，因为她不但结识了斯特安妮这样的国际友人，还因此积累了为人处世的经验，也把快要遗忘的德语经过交流又变得跟以前一样熟练。还有一件好事，就是她也因此再也不用去富裕村支教了。

为斯特安妮饯行的那天晚上市长作陪。斯特安妮很能喝啤酒，见她这样能放得开，市长自然高兴，就不停地带人轮番敬她，并要求如雪也给她敬酒。如雪与斯特安妮碰杯的过程中，市长少不了要问她表现如何，服务得满不满意等问题。对于如雪的表现斯特安妮还能说什么，她除了夸奖就是感谢，并一再表示很喜欢如雪，说如果以后有机会，她还要专门再来看看她这位年轻的朋友。聊着聊着，她突然提出了要见如雪的领导，说要当面感谢红山电业局给她送来这么优秀的助手。

市长一个电话苗森就飞奔而来。

与苗森碰杯的过程中，斯特安妮问苗森："听说我们离开之后，白如雪女士还要再回到富裕村去教书？她擅长的可是写作哦，她学的还是你们电力系统的重要专业，要是让她去教三年小学生，是不是有些大材小用了？"

市长也在一旁打哈哈："老苗你也真舍得啊！居然把这么优秀的专业人才派去教小学生，你没觉得这是浪费人力资源吗？你要是再不好好珍惜，小心我给你挖走了。"

如雪来富裕村支教，对于富裕村来说也是一件大好事，因为这期间如雪还带着斯特安妮去看过那些可爱的学生，回来后斯特安妮还为富裕村小学申请了一个助学项目呢。助学项目的事情苗森也知道，还打电话表扬过如雪。酒桌上斯特安妮和市长这么一说，苗森觉得让如雪去支教确实有些可惜，也顾不了回头怎么对马茜妮说，就当场表示不再让如雪去富裕村教书，他说："小白去支教确实有些大材小用，这边工作结束后我们就安排她到更能施展才能的岗位上去工作，让优秀的人才为我们的企业，为红山市的发展做出更大的贡献。"

第二天送别斯特安妮时，李歌也来了。斯特安妮一再嘱咐如雪和李歌，结婚时一定要请她，她一定要来参加他们的婚礼。

"没问题，没问题，到时候一定专程去请您！"李歌显得很真诚地对斯特安妮女士说。

"给我寄请柬就行了，专程去你们哪有那么多的时间？噢，对了，你们度蜜月的时候可以去德国旅行，我隆重邀请你们去我的家乡看看。"

"一定，一定！"别说这一走斯特安妮会不会回国去，就是没回国，她那么忙，哪有时间专门来参加婚礼？如雪和李歌嘴上应承着，但心里却认为结婚是不可能请到斯特安妮的，不过是客气话罢了。但出于礼貌，他们还是留下了她的固定地址和电话。

第九章

38

结束了市扶贫办那边的工作回到局里，如雪不想再回宣传科去了，她觉得自己还年轻，不能再在那里混日子了，同时她也感觉到马茜妮对自己越来越苛刻了，她们之间的对立也由暗到明，如果再继续对立下去，迟早会发生冲突。于是，她提出要换岗位，去生产一线工作，理由是自己大学所学专业是电力系统自动化，不想把专业荒废了。

如雪的这个请求，无论对她自己，还是对苗森都是一个很好的台阶。于是苗森就让她去变电工区当工会主席，但是如雪不想坐在这样的岗位上虚度年华，就问苗森自己能不能去500千伏变电站工作。如雪的这个请求苗森没有理由不同意，就让如雪跟变电工区主任商量，也告诉变电工区主任，如何分工是你们自己的事情，就不要给我汇报了。

如雪是变电工区工会主席，按说去了500千伏变电站至少也应该是副站长，但副站长需要局里任命，变电工区没有权利让她当副站长。工区领导班子经过最后经过商议决定，同意如雪把工会工作委托给别人，带着职务暂时到运行岗位上当值班员。这样，如雪便成了红山业局继王成晟之后第二个出现在一线班组的副科级班员。但这样的情况如雪并不尴尬，因为这是她本人自愿下班组的，不像王成晟当时是暂时保留副科级待遇被下放到班组的。

500千伏变电站的站长也是副科级级别，不知该怎么给如雪安排工作才好，就客气地对如雪说："你在这里什么也不用干，每天来喝茶看报就行了，来不来上班也无所谓，也不用请假。”

如雪是一个有抱负的人，怎么会喝茶看报，干当一天和尚撞一天钟混日子的事情呢？再说她是自愿来一线工作的，所以就在运行岗位上实实在在地当起了值班员，把心思放在了认真工作和学习业务上，工区和变电站里的政务她一律谢绝参与。如雪本来就是科班出身，加之聪明好学，所以到运行岗位上，没用多长时间就熟悉了工作环境，也很快进入了工作角色。

此时，冬天已经来临。

此时，如雪爹娘也搬进了城里，住进了干妈馈赠的那个小院子里，如奎也从乡下来到红山市最好的中学就读。

前一段时间如雪忙着陪斯特安妮，所以爹娘搬家和如奎转学，她一点时间都没有，也顾不上张罗，这一切多亏了李歌。李歌不但帮着二老把家从乡下搬进城来，还把如奎从小南川县中学转到了全市最好的中学。给如奎转学极不容易，李歌到处托人说情送礼，费了好大周折才办成。通过这次表现，李歌赢得了二老的更加信任和喜欢，他们对李歌的疼爱就和对如雪、如奎一样，甚至有时候如雪和李歌说话时声音高一点，他们都会偏袒李歌，及时提醒如雪要和李歌相互尊重，好好待他。其实有时候如雪故意逗李歌玩，故意惹他着急，可二老却误以为如雪在耍小孩子脾气，就会出面替李歌说话。这不，那天晚饭后如雪和李歌在厨房里洗碗，两人又说起关于结婚的事。这事他们已经达成了共识，准备在千禧年元旦如期结婚。聊着聊着，如雪的调皮劲又上来了，她见李歌洗涮时笨手笨脚的样子，就说：“你真笨，不会做饭不说，洗个碗还溅得到处是水，和你结了婚还不把我累死。这婚暂不结了，等你学会做饭再说，明年要是学不会，明年我也不跟你结婚，谁爱伺候你你就娶谁去……”

“我的姑奶奶，你能不能小声点，二老听见了还以为我们又吵嘴呢！”李歌轻轻在如雪屁股上拧了一下，小声提醒她。

“哎哟，坏蛋，你敢掐我，看我不收拾你。”如雪边说边揪着李歌的耳朵在他的下巴上轻轻咬了一下。尽管她已经压低了声音，但还是被一直在关注他们的二老听见了。

娘就站在院子里喊如雪，让她回屋来。

爹娘还没开口，如雪先笑着撒娇："看看，看看，女婿现在比女儿亲啦。我是逗他玩呢，你们这就坐不住了要偏向他。"

当二老听了如雪和李歌的打算后，高兴得一夜都没睡着。第二天一大早，爹就搭班车回老家去了，他是去找方圆有名的那个梁阴阳看好日子去了。虽说如雪和李歌已经决定要在元旦那天举行婚礼，但那天是不是个好日子，爹娘还是想问问梁阴阳。

爹从老家还没有回来，李歌的父母就已经过来等着他了。爹回来告诉大家，公元二〇〇〇年一月一日是农历十一月廿五，梁阴阳掐指算了，说那天宜婚嫁，是个黄道吉日！

自从李歌和马茜妮离婚后，李歌父母特别不是滋味，后来李歌读博士时谈了个女朋友，他们才开心了点，可没多久那个女的又去了美国，差点没把二老给愁坏了。自从见了如雪后，他们喜欢得不得了，就天天盼着儿子跟如雪结婚。所以新房他们早就准备好，日常所需物品也准备过一些，此时虽然离元旦不到一个月时间了，但从现在开始张罗也不仓促。

如雪和李歌不敢相信斯特安妮会有时间来参加他们的婚礼，但还是提前寄出了请柬。

如雪也邀请了苗森，并请他来当证婚人。苗森答应出席婚礼，但推荐赵荣当证婚人，一来赵荣是如雪的老领导，二来他是红山电业局的工会主席，当证婚人最合适。其实，苗森也想给如雪当证婚人，他觉得上次听了马茜妮的话，把如雪放下去支教有些对不住她，她并没有犯错，无非是马茜妮对她不满而已。

现在苗森跟马茜妮已经不再是简单的情人关系了，他们已经是紧紧拴在一条绳子上的两只蚂蚱，他是她的保护伞，她是他的捆绑绳，一旦她不高兴解开了绳索，自己也就掉下深渊了，所以他现在不敢惹她，只能推荐赵荣当证婚人。

如雪和李歌的婚礼如期举行，地点就在美食城。如今美食城经过装修扩展，规模今非昔比，不但是全市最大的饭店，也是最豪华的饭店。那天，如雪和李歌请的客人基本上都到了，特别是有两位贵宾的到来，让他们感动得泪流满面。一位是斯特安妮，另一位是红山电业局原党委书记毛腾飞。

斯特安妮真是低调，本来头一天晚上她就带着丈夫弗迪森和翻译来到红山市了，但她没有通知任何人，直到婚礼快开始的时候才出现在大家的视线中。因此她的到来如雪和李歌完全不知道，另外也是因为他们很忙没有时间知道。斯特安妮刚到婚礼现场的时候，也不让别人告诉如雪，她说要给如雪和李歌一个惊喜。直到婚礼开始后，事先沟通好的主持人才隆重介绍了这位来自远方的异国朋友。斯特安妮为如雪和李歌送上了真诚的祝福，在送上鲜花的同时，还送上了一个特大的惊喜——邀请他们去德国度蜜月。说是邀请，其实行程她已经做好了安排。这个惊喜不光把如雪和李歌惊呆了，也把在场的所有人给惊呆了，这个礼物实在是太厚重了。

婚礼进行到颁发结婚证书的时候，原本说好的证婚人赵荣并没有按主持人事先说好的路线走上典礼台，却还在座位上跟旁边的人说话。大家举目望去，只见介绍来宾的时候还空着的、原本应该是苗森坐的那个座位上，却坐着红山供电局上一任党委书记毛腾飞。此时，他正在和赵荣谦让着什么。因为事先说好的是赵荣上台证婚，但赵荣说您既然来了，就去给两个年轻人当一下证婚人嘛，这样他们会更有面子。见赵荣这么说，毛腾飞无法再推辞，只好走上台去。

毛腾飞在邻市供电局当党委书记，如雪知道他很忙，就没有邀请他来参加自己的婚礼。可是毛腾飞怎么来了呢？如雪百思不得其解。当和毛腾飞握手的时候，如雪突然想起了在他手下工作的那些日日夜夜，想起了他对自己的关心和培养，顿时思想的闸门大开，她双手紧紧握着他的手，感动的泪水一下子就涌了出来。

毛腾飞拍着如雪的肩膀笑着说：“傻孩子，今天这么好的日子，你哭什么啊？快笑笑。你没看赵主席冲我做鬼脸吗？他这是怪我上来把你给惹哭了呀！”

“哪有，赵主席才不会呢，我看见您来了这是高兴的，就控制不住想哭。对了，您怎么来了呢？”如雪这才破涕为笑。

“啊，你们不请我，就不兴我自己来啊！”毛腾飞跟如雪说完，又回头对李歌说，“一定要好好待如雪哦，这可是个千里挑一的好媳妇啊，也祝福你们比翼双飞，相亲相爱……”

随后，赵荣也走上台来为两位年轻人送上了祝福，然后又对如雪大加赞赏：“白如雪同志是年轻人学习的好榜样，也是我们身边的典型楷模，啊！她有一种先天下之忧而忧，后天下之乐而乐的精神，啊！无论工作中，还是生活中，她总是处处为别人着想，为集体着想，啊！她工作认真，为人处世表里如一，啊……”赵荣还勉励如雪和李歌今后要继续努力，在人生的道路上取得更加优异的成绩。离开时他悄悄告诉如雪，毛书记现在是咱的局长了，昨晚才到任，一会儿敬酒时要改口叫局长哦，不能再叫书记了。如雪问苗局长哪里去了，赵荣摆了摆手说：“老苗的事回头再说，今天就开开心心地享受你们人生中最美好、最幸福的时刻吧，其他事情没必要费时间去关注。”

苗森走了，毛腾飞来了。这世事变化真是难以想象啊，也应了“铁打的营盘流水的兵”这句老话，回想起过去的那些日子，仿佛就在昨天。如雪清楚地记得，那天为斯特安妮饯行时，苗森还给市长说要在红山市大干一番，至少农网改造工程不结束他就不离开这里。如雪清楚，农网改造工程少说也得一年后才能结束，而且几天前她和李歌去送请柬时，苗森还鼓励自己好好工作，好好表现，年底调整干部时给她换个好岗位呢，怎么说走就走了？

如雪哪里知道，几个月前，也就是她去富裕村支教的那段时间，有人实名举报，给电力局领导写信揭发红山电业局和“草田春”公司之间的不正常，并提供了一些参考数据。电力局领导秘密派监察处、审计处、财务处、农电处以提前自查的名义，对红山电业局农村电网改造工程情况进行了摸底调查，特别是对苗森任职以来的财务情况和众说纷纭的干部任用情况进行了全方位调查。

调查摸底结果表明，资金方面：自苗森任职以来，光转给“草田春”砼业有限公司的资金达六千万元之多，而按照工程电杆用量和市场价计算，“草田春”砼业有限公司卖给红山电业局的电杆费用还不到这个数字的一半，这个结果把大家都吓了一跳，这简直是个天大的黑洞啊。提拔干部方面：自苗森到任以来，任用干部问题极为严重，被提拔的那些人上台后能胜任、有作为、讲奉献的寥寥无几，拿公家钱大吃大喝、碌碌无为、搞小动作的却是为数不少。这其中也有如雪的继任者——现任团委副书记冷珏琳，这个姑娘虽然漂亮，人低调，但工作能力一塌糊涂，别说让她组织开展一个差不多规模的活动，写一份材料、工作报告，就是写篇三四百字的发言稿她都搞不定。而她工作才三年，就被提拔成了团委副书记。

调查组回去之后，电力局很快就将苗森停职，并派毛腾飞前来接手这里的工作。

39

婚礼后的第二天中午，如雪就到局里来看毛局长。那天虽然是星期六，但以如雪对毛腾飞的了解，她知道他才到任周末肯定不会回家，他要么在办公室处理公务，要么就下基层去检查工作。

如雪的判断没错，毛腾飞果然在办公室。他刚批阅完文件，正准备到农网改造工程现场去检查呢。见如雪来了，他热情地请如雪坐下，并与她聊了起来。

毛腾飞问了一些关于他离开之后局里的情况及一些关于苗森和马茜妮的传言（纸终究包不住火，尽管苗森老谋深算，但他和马茜妮的行踪还是被人发现了）。如雪把局里这几年的情况及自己知道的都一一向毛腾飞做了详细汇报，也把苗森派自己去支教，李歌推荐自己给斯特安妮翻译当助手的经过如实告诉了毛腾飞，但她却没有提及马茜妮平时为难自己，与自己对立的事情。

他们一直聊了两个多小时，毛腾飞希望如雪回宣传科来，把已经一塌糊涂的宣传工作搞起来。如雪给毛腾飞汇报了自己的想法，她说自己想好好在变电站干两年，一来那里非常缺少专业人才，二来她也想借此把快要荒废了的专业知识重拾回来。她还建议毛腾飞重新把王有根调回宣传科来，现在这里的局面，除了他别人根本没有能力挽回。

如雪是大龄晚婚，有足够的婚假随斯特安妮一家去德国度蜜月。临行前毛腾飞叮咛如雪，既然出去了就多玩几天，工作上的事情就不要牵挂了。

结婚第三天，如雪和李歌就随同斯特安妮一家去了德国。一路上斯特安妮不停地对丈夫夸赞如雪和李歌，并多次强调如雪是她在中国最要好的朋友，还把如雪叫妹妹。弗迪森先生是个资本家，有的是钱。因此，无论是在国内，还是到了德国，如雪和李歌的所有花销他都全部包揽，坚决不让如雪和李歌花一分钱，并且他还准备安排如雪和李歌去瑞士再玩几天。

就在斯特安妮夫妇给如雪和李歌做思想工作，要他们去瑞士玩的前一天，也就是如雪婚假满的四天前，她收到了变电工区主任发来的手机短信，主任要她尽早回来，说单位有重要事情要跟她商量。

如雪向丁秋香打听，才知道省里要举办首届 500 千伏变电运行岗位技能比武，红山电业局就把此项任务布置给了变电工区，让变电工区全权负责此事，并派人参加。

红山电业局 500 千伏变电站现有二十多人，但一半以上人是前几年招工的待业青年，大中专技校毕业的占一部分，本科毕业且学电力系统专业的也只有白如雪、丁秋香、惠思思三人。如雪明白，虽然多数人缺乏专业理论水平，但平常工作中只要坚守在岗位上，严格按规程操作、巡视、检修设备绝对没有问题，也不会出错，但要是选出参加全省级别大赛的人，能胜任的还真是寥寥无几，看来主任这是要自己去参加比赛啊。想到这里，如雪觉得自己有责任，也有义务尽快回去接受这样的重任，于是就和李歌商量，提前结束休假回国。

其实如雪就是没有接到变电工区主任的短信，李歌也准备跟如雪商量回家呢。李歌觉得，虽然现在跟斯特安妮是朋友了，但从红山市到这里的这些天，已经够打扰人家了，还让人家那么破费，他也清楚西方人可是很少像中国人那样请客的。尽管人家不在乎那点钱，但自己和如雪除了工作上帮过斯特安妮外，私下交情时间很短，无功怎好如此受禄呢？如雪的想法正合他意。于是，他们意见达成一致后，就告诉斯特安妮夫妇，如雪突然接到了重要的工作任务，必须尽快回去，只能取消瑞士之行，等以后有机会再来这来拜访他们。

如雪的猜测果然没错，变电工区主任要她来负责组队参加岗位技能比武的事情。

岗位技能比武要求每支参赛队为四名队员，一名领队。由于是全省级别的比武活动，红山电业局也高度重视，最后决定领队由工会主席赵荣亲自担任，任命如雪为队长兼队员，另外三名成员除了丁秋香和惠思思之外，还选了一名有过 110 千伏和 220 千伏变电站运行岗位经历的年轻人宗平东。

如雪在大学的时候曾经参加过多次竞赛活动，有丰富的竞赛经验，她先根据这次竞赛要求找来相关资料，带领大家从理论知识入手攻关，毕竟理论知识要占总成绩的 70%。

为了提高学习效果，如雪带领大家在 500 千伏变电站里进行封闭式训练。大家对学习重视的程度自不必说，每个人都很认真。四个人中如雪虽然丢弃专业几年时间了，但她天资聪颖，加之重任在肩，没有理由不进步；丁秋香学习踏实有技巧，且记性最好，如果是单一的理论考试，说不定她能拿满分；惠思思在大学学的也是“电力系统自动化”专业，加之在变电检修和运行岗位上都干过，有理论也有实践；宗平东虽然理论方面弱一点，但他刻苦好学，肯定能胜任。

这次封闭式学习，按计划四周内不准队员请假，不准离不开变电站，也不容许任何外人打扰参赛队员。但毛腾飞特别关心大家，还是多次派赵荣来“打扰”他们，在督战的同时也给他们带来很多慰问品。

离比武日期还有三天时间的一个下午，毛腾飞亲自检阅了这支他寄予厚望的队伍。他的检阅分三步：一是笔试，二是提问，三是实践操作。理论考试考了两份试卷，结果成绩是丁秋香得了两个 100 分；惠思思一个 99 分，一个 97 分；如雪得了两个 95 分；宗平东得了一个 93 分，一个 92 分。提问过程中，每人回答 10 个问题，都是 10 答 10 对。

若是平常，毛腾飞也没有时间来专门这样检阅大家，因为那天是一台主变停电检修，也是这个站投运以来第一次停电检修。因为倒闸操作关系到全省电网的安全，毛腾飞不敢轻视，一大早就来现场督战，直到所有操作结束，中午他在变电站职工食堂吃完午饭后，没有休息就来检阅如雪他们。见理论没有问题，毛腾飞非常满意，就要求大家到现场去实践操作一下。

那天设备都停了电，毛腾飞就让安监科长亲自监护，让如雪他们四人在停电设备上模拟操作。因为不能直接操作，就在做好防护措施的情况下，把操作步骤说清楚就行。真是天赐良机，要是平时哪有机会这样操作？一下午的模拟操作，让如雪他们释疑解惑，彻底搞清楚了死记硬背但没有完全理解的一些问题。也正是这次操作，给他们后来在赛场上沉着应战铺垫了基础。

比武的日子很快就到了，四个人都以饱满的精神走进了赛场。竞赛共分三个环节进行：一是理论考试；二是回答问题，包括必答和抢答；三是现场操作，包括个人操作和团队操作。

理论考试丁秋香和惠思思都拿到了100分，如雪拿到了94分，宗平东92分。竞答现场，必答题四个人都是对答如流，没有一次失误，抢答时惠思思手快嘴快，加之丁秋香一次次完美的补充，很轻松地就夺取了第一。现场操作由于四个人工作经验不如别的团队丰富，失分较多，只得取得了第三名的成绩，但这对总分的影响并不是很大，毕竟实践操作的占分比例只有30%。所以最后红山电业局代表队有惊无险地夺取了本次竞赛的团体第一名。值得祝贺的是这次竞赛四名队员都进入了前十名。丁秋香第一名，惠思思第二名，如雪第八名，宗平东第十名。

丁秋香被省劳动竞赛委员会命名为“全省变电运行岗位标兵”，惠思思被命名为“全省变电运行岗位技术能手”。

只有付出，才有收获。大家能取得这样的成绩，离不开平时的努力，所以回到工作岗位上，他们再次受到了奖励。特别是丁秋香和惠思思，从此便踏上了飞黄腾达的星光大道。丁秋香被任命为500千伏变电站站长。站长，这对于丁秋香来说只是一个新的开端，后来她还和惠思思代表省电力公司参加了两次国家电网公司举办的竞赛活动，又取得了优异的成绩，再后来她又多次获得“国家电网公司特等劳动模范”“国家电网公司金牌工人”“省劳动模范”“省首席技师”等荣誉。惠思思也被任命为500千伏变电站副站长职务，从此后踏踏实实一步一个台阶奋斗，多年后努力到了省电力公司运维检修部主任的岗位上。宗平东也通过奋斗，后来成为全省电力系统有名的技能专家。

岗位技能比武结束后，如雪还是一直坚守在变电运行值班员的岗位上，这让丁秋香和惠思思跟前任站长一样感到为难，站里有些事跟她商量嘛，她不听，也不参与，不给她说嘛毕竟她还是变电工区的领导，于情于理都应该打个招呼，问变电工区主任，主任又说你们自己解决。

两个月后的一天，正当两人商量如何向变电工区主任汇报，请他把如雪叫回变电工区时，新任党委书记赵荣打来一个电话解决了她们的困惑。赵荣要求她们通知白如雪交接完手中的一切工作，立即到他这里来报道。

生产一线身累但内心却清闲，如雪已经做好了一直在这里干下去的准备，至于那个中层干部职务，有没有她已经不在乎了，所以接到丁秋香的通知，她没有先去赵荣那里报道，而是直接去了毛腾飞那里。

毛腾飞听了如雪的想法后，表扬了她这种吃苦好学、扎根一线的踏实劲，同时也语重心长地对如雪说："几个月前，我采纳你的建议，叫王有根回来再抓宣传工作，他身体不好不想再回来，我也不好勉强，所以科长就暂时没有换，还让马茜妮担任，但因为"草春田"公司的事情，马茜妮失联都快一个月了，别说她家里人找不到，就连公安部门都找不到她。看着局宣传工作已经衰落到如此地步，我和赵书记都很着急，而纵观全局，竟然没有一个能担起重振我局宣传工作重任的人。于是我们才决定请你回宣传科来工作。另外，我和赵书记也准备向局党委推荐任命你做宣传科科长。"

毛局长一席话，让如雪感动得不知该说什么才好。毛局长、赵书记，这是自己人生中的两位伯乐，两位贵人，不要说为红山电业局尽职尽责，就是感谢他们的知遇之恩，自己还能不受命吗？还能不来好好工作吗？

如雪能做的，便是当天就走马上任。

40

如今，红山电业局宣传科副科长退居二线，常大拿退休，马茜妮失联，宣传科就只剩下秦春和团委副书记冷珏琳两人了。看到如此局面，如雪有点触目伤怀，回想当初王有根当科长时，就王成晟一个人没有什么作为，其他每个科员都爱岗敬业，工作积极，成绩斐然。这几年里，马茜妮为了捞钱，坐在这个科长位子上既不作为，还为了不让人关注而让苗森把这个部门一而再再而三地边缘化，才使这个昔日积极为全局安全生产、营销服务、电网建设摇旗呐喊，树立企业形象，让人夸赞的部门了落魄到今天这步田地。

到任后，如雪一个人待在办公室里，坐在马茜妮留下的冷板凳上，静静地思考，许久许久，直到半夜才回家。她暗下决心，要是不把红山电业局的宣传工作干出成绩来，决不罢休。

如雪先把秦春叫来，和他聊了一会儿，听了一下他对宣传科当前工作的一些看法、意见和建议。秦春认为，宣传科变成现在这个样子，既是苗森不重视宣传工作造成的，也是马茜妮不作为造成的。他认为，如果要改变目前这种状况，首先要改变的不是外部环境，而是要从内部着手进行改变……

秦春的建议让如雪眼前一亮，一个想法油然而生。

改变内部环境，如雪首先是跟局长书记申请要人，对宣传科人员进行了补充。

两名新人员补充到位后，如雪做了明确分工：秦春负责摄像工作，新调来的两人兼做文字和摄影记者。同时，经局长书记同意，她又把师傅常大拿聘请回来当编辑，负责把已经休刊两年的《红山电力报》重新办起来，并且把《红山电力报》由原来的四开半月报变成对开周报。其次是对新调来的两名人员进行培训，培训任务由师傅常大拿和自己共同承担。同时还效仿赵荣当年的做法，制定了一个半年扭转局面，一年出成效，两年叫得响的“三步走”计划。

这里得交代一下新调来的两人。那位男同志名叫是福，是两年前分配来的大学毕业生，他是一名拥有电力专业和汉语言文学双学位的高才生，不仅文字功底深厚，还是一名摄影发烧友，所以如雪才选中了他。那位女同志不是别人，正是当年和如雪一同参加工作的顾莉慧。别看顾莉慧以前和马茜妮因为黑辉而大闹过，但后来她的变化很大，不但工作努力，上进心也强，工作之余还一直坚持写作，这几年在报刊上发表了许多脍炙人口的优秀作品，大家对她的评价很高，她和马茜妮的事情，也随着时间的推移渐渐被人们淡忘，如今提起她，大家更多的是赞赏。

是福和顾莉慧都是对文字情有独钟的爱好者，他们对宣传工作的热爱跟如雪有些相似。来到这个岗位上，他们不负如雪和领导的期望，没用多长时间就上了道，且能独立担当重任。尤其是是福，在常大拿和如雪的指导下，很快就引起了省电力报老师们的关注，他拍的生产、建设及电力服务现场的图片，只要投出去就一定能被选用。用省电力报一位老编辑的话说，这个新手已经把省电力报的老摄影记者都“盖”了。也正是由于他勤奋好学、刻苦敬业，悟性高、眼光独到，才为他以后取得更优异的成绩奠定了坚实的基础。顾莉慧也不差，来到宣传工作岗位上，只要有时间她就跑现场，而且只要一出手就有好文章，她的系列报道《飞旋的银线——来自红山地区农村电网二期改造工程一线的报道》，以真实的故事讲述了红山地区自从实施农村电网改造工程以来，农村发生的巨大变化和农民生活今非昔比的面貌，系列报道相继刊登在省电力报和市日报上，为红山电业局农村电网改造工程大会战营造了浓厚的宣传氛围，受到了各级领导的好评，也因此让省电力局的人对红山电业局有了新的认识，改变了苗森在任时造成的不良影响，树立了良好的形象，也为红山电业局争创全国文明单位赢得了支持。毛腾飞和赵荣在省电力局开会时，还因此受到过省电力局领导的表扬呢。

如果说是福和顾莉慧两个人的出色表现和他们的快速上道实现了如雪工作计划的第一步，那么接下来她对基层通讯员的大力培训，就充分体现了人多力量大，是实现一年见成效的有效举措。

当是福和顾莉慧能独当一面的时候，如雪身怀六甲的肚子也慢慢挺了起来。有一天下午，是福和顾莉慧都去了农网改造现场采访，省里一位领导路过本市，突然莅临红山电业局。毛腾飞要求宣传科派两名记者来现场报道，并要求外发一条电视新闻。如雪就让常大拿扛上摄像机摄像，本来她拿着照相机要自己出马，但就在关键时刻她肚子突然疼了起来。没办法，她只好求援，请保卫科的胡干事去顶个急，回头稿子她自己写。

那位胡干事的照相水平真是不敢恭维啊，他拿着比宣传科还先进的新数码相机，平时见人就讲器材，说技术。那天他高调而信心满怀地端着个相机前一张后一张，右一张右一张，“咔咔咔”地拍个不停，把一张 512 兆的特大储存卡都拍满了，却没有拍回来一张能用的照片。他拍的会场全景要么是斜的，要么是虚的；拍的中景要么分不清人物主次，要么左右两边的人是半个脑袋、半个脸；拍的特写不是“人面挤墙”，就是“顶天立地”“左右碰壁”。常大拿搞了半辈子新闻，对摄影摄像设备情有独钟，他见胡干事拿着新鲜的高端设备，就要来观看，期间还端着试拍了几张。一点也不夸张地说，要不是常大拿试拍的那两张全景和中景照片应付，领导要照片时拿不出来的话，好多人都得跟着受牵连。幸亏那位领导低调，临离开时再三强调，不要发他的个人照片，否则，第一个交不了差的就是如雪这个宣传科长。

通过这次件事，如雪深深地感到，要把宣传工作干出成绩来，光靠宣传科这几个人是远远不够的，别说基层一线的亮点得不到很好的宣传，就是情急之下连个替补的人员都没有。于是，她决定办三期通讯员培训班，全面提升宣传队伍的水平。

平常各科室的负责人、科员们也给《红山电力报》和省电力报投稿，所以如雪第一期培训对象主要以局机关人员为主。第二期培训对象以各基层单位办公室人员、骨干通讯员为主。第三期培训对象全是基层班组、各变电站等一线人员。这三期培训，如雪针对不同层次，不同对象，制定了不同的培训计划，授课也邀请了不同的老师，每次培训新闻写作和摄影知识各占一半时间。

21 世纪初，尽管照相机在普通人群中还不普及，但大家对摄影常识却都感兴趣。讲写作的时候好多人都溜号子，不好好听课，但到了讲摄影课的时候，教室里每每都是满座，就连那些开始时骂骂咧咧，埋怨如雪把他们都弄来培训，耽误了工作的人都静静地坐下来认真地听课，而且他们不但自己听课，还把别人拉来一起学习。

如雪此举别说在红山电业局史无前例，就是在全省电力系统估计也没有，培训不但普及面广，涉及人员也多。就拿第三期培训班来说，本来要求各基层单位来十人参加，可报到时却远远超出了预期人数，平时那个空荡荡的大礼堂，竟然坐得满满的。特别是到了稿件点评的时候礼堂里静得出奇，除了老师的声音，再连个翻书的声音都听不到。这次培训如雪请到了省党报一位资深编辑，他的讲座不但精彩，深入浅出，还通俗易懂，贴近现实，对通讯员稿件的点评也非常到位，既能吸引大家津津有味地听，又能让大家听明白稿子的问题在哪里，互动环节还把气氛推向了高潮，效果非常好。

看到局长书记如此重视宣传工作，各基层单位领导们也不敢轻视，特别是几个县供电局，都争着请如雪去讲课。如雪也是有求必应，带着精心准备的讲义，经常下基层单位讲课。大家对如雪的讲座跟听省党报资深编辑的讲座一样感兴趣。虽说如雪没有人家讲得好，讲得透，但她毕竟是局内人，能讲到大家关注的问题的焦点上，能解答大家平常写稿子遇到的困惑，也达到了预期效果。

本来如雪想把全局十多个单位走个遍，别人不请她也要主动去送课，但她的肚子却一天比一天大，不允许她再四处奔波。无奈，她只能按时老老实实地来上班，再老老实实下班回家。

如雪和李歌婚后就没有在自己的小家里做过一顿饭，他们跟没有结婚的孩子一样，下班去爹娘那里，而且回去就能吃上娘端来的热腾腾的饭菜。

不能下基层，不能跑现场，如雪坐在办公室里看自己运筹帷幄的成果也是一种极大的享受。

通过对基层通讯员大规模、大范围的培训之后，红山电业局宣传工作确实是有了明显的进步。不说其他报刊采用的稿件，就光省电力报刊登的稿件，半年的数量都比前两年的数量还要多。红山电业局的来稿，除了是福的图片经常刊登之外，其他通讯员的稿件也占去了不少版面，这让省电力报各版的编辑和总编都感到有些为难，因为红山电业局的稿件相比其他单位的数量既多，质量也高，还有可读性，但刊登得多了也惹麻烦。据说一家电厂的领导因为多期在报纸上看到本厂只有“豆腐块”，就很不高兴，特意派宣传科科长到电力报编辑部来打探情况。那天，宣传科科长去的时候，编辑部正在开会。那位宣传科科长现场了解到，本周编辑部收到的投稿，能入选的红山电业局的居然占一半之多，为了平衡各单位，编辑们把红山电业局的稿件减掉几篇，但数量还是不少。为了不让红山电业局的稿件太突出，就再减。可是减过之后又发现其他单位的稿件问题太多而无法刊登。无奈，编辑们不得不又把红山电业局被拿的稿子再拾回来两篇。

红山电业局的宣传工作为什么做得好？他们的职工为什么都有“两下子”？

通过了解大家才知道，以前成绩突出是因为有个白如雪，后来好起来是因为白如雪给自己增加了两个得力助手，现在优秀是因为白如雪搞“全民皆兵”。

好一个白如雪，真是了不起！大家佩服得五体投地。

各兄弟单位都纷纷效仿，相继展开多轮次、多层次，大规模、大范围的通讯员培训。

一时间，全省各基层单位宣传工作都争先恐后，起到的宣传效果也越来越好。省电力报收到的投稿也越来越多，质量也大幅提升，编辑们都乐得相互道贺。相比以前，现在组稿时再也不用费心费时间地大动干戈、大刀阔斧地去改稿子了，有些稿件组稿时甚至都不用怎么改动就能用了。

41

时间进入 21 世纪，央企和国企改革的冲锋号响遍了神州大地。电力企业在刚刚经历了“厂网分离”之后，运行才两年的中国电力总公司又迎来了新一轮改革，被分成国家电网公司和南方电网公司。时至 2003 年，国家电网公司经过稳步启程，正式跨上了快速发展的康庄大道，各省电力公司保留着原电力局时的一些功能全部移交，各地市、县供电局也相继更名为供电公司，红山电业局也更名为红山供电公司，毛局长自然就成了毛总经理。

按照改革要求，红山供电公司宣传科与党委办公室合并，更名为思想政治工作部，简称思政部。思政部主任由原来党办主任担任，如雪任正科级副主任，主要负责宣传及企业文化建设工作。

改制之前如雪就请产假生孩子去了，她负责的工作暂由主任替她分担。

如雪当初生承志的时候是非常顺利，这第二胎却成了难产，剖腹产时又出了点意外险些送命。由于手术后恢复太慢，如雪便多请了一段时间假，但后来还是没有恢复好，赵荣就帮她在毛腾飞那里说话，又准许她在家休养了一个月。

这期间，如雪在家一边哺乳，一边坚持文学创作。等她假满结束的时候，谋划已久的长篇小说初稿也顺利完成。如雪这篇二十多万字的小说，除坐月子期间一个多月没写，其他时间她基本是马不停蹄，每天至少要写三四千字。这篇小说之所以写得这么快，也是因为黑芳送了她一个特别实用的工具——笔记本电脑。

如雪正式上班的时候已经到第二年初夏，白科长也变成了白主任。她刚回来上班被人喊白主任时还有点不适应，还有一点不适应的就是把毛局长叫毛总，她总觉得有点别扭，总觉得像是在喊私企老板，就很长时间都改不了口，一直还把毛总叫毛局长，后来有人纠正了几次她才改过来。

如雪才上班一周，一项重要的任务就来了。那天早上党委书记赵荣开完周例会回来，就让她马上去分管营销和农电工作的范副总经理那里一趟。并告诉她，一定要高度重视范副总经理那边的工作，必须保证高质量地完成任务。赵荣也不细说是什么任务，就把她打发走了。

什么事情这么着急啊？赵书记怎么不说清楚就让自己走呢？如雪边走边寻思。

如雪走进楼下的副总经理的办公室门口，见北大山县供电公司经理范忠强端着茶杯正往门口这边瞧，见如雪进来了，便忙招呼她坐下。

范副总经理？看到范忠强端着茶杯，如雪才明白范副总经理就是范忠强。

“是您找我？您什么时候高升的？”如雪大半年不上班，局里发生的好多事情她都不知道。

“对，是我找你，事情是这样的……”范忠强笑着招呼如雪坐下。

范忠强告诉如雪，他是昨天才上任的，刚来上任就遇到了一件麻烦事情。此时，如雪才明白赵荣要自己一定要完成的任务，原来是一件三言两语说不清楚的麻烦事情。

范忠强告诉如雪：“小南川县有个叫红家台的村子，是全市窃电最先出名的村子，前些年只有开油面加工坊的那个外号叫红溜儿的人窃电，后来在他的影响下，使用家用电器多一点的人也开始跟着窃电，慢慢地大家都觉得公家的电不窃白不窃，人家窃电了少交电费，自己不窃电反倒要多出电费，承担他们不交的那些电费，于是窃电的人便越来越多，就发展到了后来大多数人都窃电的局面，成了远近闻名的窃电村。一时间窃电之风相当猖獗，管都管不住，供电所、县供电公司想尽了一切办法都治不了。平时查窃电要是请上公安部门的人一起去，被逮住的还算老实，会乖乖交出窃电所需工具，也认罚。要是只有供电部门的人去查，别说没收他们用来窃电的电线和设备，就是通知要暂时停谁家的电，马上都会聚一群村民围攻查电的人……”

通过与范忠强的交谈，如雪才知道，因为村民窃电时用的都是大功率电器，前天过负荷烧坏了村里的公用变压器。昨天一大早，村霸红溜儿给供电所打电话，叫嚣着要天黑前必须给他们把电通上。他们的窃电行为已经成了公开的事情，供电所清楚变压器是怎么烧坏的，所长方言就不想及时给他们抢修，想给他们停几天电，借此机会警告他们不要再无节制地窃电，否则变压器承受不了。另外，停几天电他们窃不了电还能给国家减轻一点损失。可上午十点还没等见供电所的人来修电，红溜儿就打发两个儿子来供电所叫骂，说再不去送电就带人来砸了供电所。这个红溜儿不但是红家台的村霸，就在全乡也没有几个人能惹得过，如果他发起飙来，别说敢砸供电所，就是派出所他照样敢去闹。方言只好亲自带上三个人去红家台村抢修送电。

经检查，发现是变压器内芯烧坏了。变压器内芯烧了，别说供电所，就是送到县供电公司也修不了，只能送到变压器修造厂去大修。因为没有预约，去了肯定得排队等，快的话一天就能轮上，慢的话等几天也说不准。红溜儿不管三七二十一，他只要电，而不听任何解释，并把方言扣在村里不让离开，让其他三个人去修变压器。红溜儿后天要给小儿子娶媳妇儿，家里人很多，忙出忙进的，也有人给方言说好话，请他给想想办法尽快把电通上。看到大家都这么着急，方言想起供电所还有一台容量小一点的旧变压器，那是前几天从另外一个村里换下来还没有上交的旧变压器，于是就让人送来先安装上应急。旧变压器安装好后，方言告诉红溜儿，这台变压器不但容量小，还有毛病，千万要通知村里人不要窃电，否则它根本承受不了高负荷又会被烧坏。

村里人窃电的事红溜儿不但不管，还是个罪魁祸首。就算方言当面提醒他，就算他也清楚变压器容量小，他也不会制止别人，何况村里百分之八十的人是红家本族人。

到了晚上，那些窃电户照旧拿出大功率的电炉子做饭，还有各种各样大功率的电器。那台小容量变压器果然承受不了高负荷，还不到晚上九点钟就又烧坏了。红溜儿给供电所打电话，要求供电所必须连夜来抢修送电。变压器又被烧坏，方言也很生气，就冲着电话跟红溜儿喊了几句，告诉他现在供电所也没办法，只能等着换前面送去修的那台变压器了。可红溜儿家里等着办喜事，没电哪里行？放下电话他就带着一帮人来到供电所。其实他来的初衷只是想把供电所的人押过去修变压器，可在供电所里发飙叫骂的过程中，红溜儿突然发现院子里还放着一台变压器，就认为是所长方言对白天的事怀恨在心，故意不给他们送电，他怒从心上起，举起手中的棍子就准备打方言。其实他也只是想吓唬吓唬方言，在他把棍子举起的时候，方言出于本能就抓住了棍子。此时红溜儿的小儿子就在旁边，认为方言这是要还击，就来了个先发制人，以最快的速度抡起手中的铁锹拍在方言的后背上，方言一下子就被打倒在地。此时方言已经失去了反抗力，但红溜儿的小儿子还不罢休，又抡着铁锹，雨点般地砸在方言的身上，方言的一条腿便被砸折了。见小儿子把方言放倒了，红溜儿的疯劲也上来了，就冲着带来的小伙子们大声叫喊："给我打，咱们今天就给这些狗日的点颜色看看。"得到领头长辈的命令，那些早已按捺不住的小伙子们便抄起手中的凶器直往电工们身上招呼。顷刻，供电所全部人员便被这些歹徒打伤在地。

讲完事情的经过，范忠强把两份书面材料交给如雪，让如雪看完材料后，再随他去医院采访方言和其他几个被打伤了的人，尽快写一篇新闻报道，呈送省电力公司有关领导过目后，立即给行业内外媒体投稿，呼吁社会各界谴责窃电行为，争取有关部门支持，早日惩治不法分子。

范忠强交给如雪的两份材料是写给市领导和公安部门的汇报材料。如雪根据材料内容和现场采访被打人员、当晚目击者后，马上写了一篇消息，主标题为：窃电成了公开事；副标题为：这样的电耗子谁来管？

《法制晚报》最先发表了这则消息。

也许如雪真有在宣传岗位上出风头的运气。从参加工作以来，每次她只要写出有分量的文章，都能激起一波巨浪。这不，她写的那条消息刊登当天就被省政法委书记看见了。政法委书记看完后非常生气，就拿起笔在报纸上作出批示，要求红山市公安局立即过问此事，严惩不法分子。并将此事告知省委书记。省委书记立即指示，不但要严惩不法分子，还要在全省开展一次大规模的用电秩序整治活动，不但要依法打击无理阻挠电力建设、盗窃电力设施及电能的不法行为，还要规范用电秩序，保障电网健康发展，使其为全省经济社会发展做出更大贡献。

全省“促进电力发展 整治用电秩序”活动启动大会在红山市召开，省电力公司、各地市政府主要领导、各地市供电公司相关负责人都来参加了会议。作为本地当事单位，红山供电公司所属各县供电公司负责人都参加了会议，毛腾飞还特意要求如雪派人现场报道。

这么重要的会议如雪不敢马虎，就亲自带着是福去会议现场。

“促进电力发展 整治用电秩序”活动启动会，是红山市政府近年来承担的一次规模较大的会议，不光是省领导点名要设在这里召开，会议还由分管工业的副省长亲自主持。会后，如雪写的消息马上就在行业内外媒体上刊登。这件事情也在全国电力行业引起了不同的反响，特别是在随后整治用电秩序的过程中，如雪采写的消息发表在行业媒体上，受到了各省电力公司的关注，继而各省也拉开了轰轰烈烈的整治用电秩序活动大幕，开始对电力市场进行整治、严肃规范用电秩序。

由于当时红山地区除了一些农网完善工程之外，电网建设项目也不多，所以此次整治工作便是以打击盗窃电力设施和盗窃电能行为为主。启动大会召开之后，红山市政府又及时召开了部署会议，并成立了领导小组，下设专案组和用电稽查组，领导小组由分管工业的副市长担任，红山市公安局局长、红山供电公司总经理分别任副组长。专案组设在市公安局；用电稽查组设在红山供电公司，每个县供电公司各设一个稽查小分队，并配宣传人员。宣传人员由市电视台、日报社、供电公司三个单位抽人组成。

每个稽查小分队有两名宣传人员，一人摄像，另一人照相兼写稿。抽配宣传人员时，供电公司思政部除了负责党建和精神文明建设的那位专责没有参与外，如雪、秦春、是福、顾莉慧都分别与电视台、日报社的人搭档，随同稽查小分队下现场采访。就连那位官二代美女团委副书记冷珏琳，如雪也让她参加了这次行动。其实在如雪和常大拿的帮助下，在秦春等同事的薰陶下，冷珏琳现在无论在工作态度上，还是工作能力上都进步很大，参加这次活动不管是拍照还是撰稿，在如雪看来，她都能胜任。

用电稽查小分队查窃电多数都是晚上行动，此时如雪的小儿子瀚瀚还在哺乳期，可她为了能拿到第一手材料、真实材料，就一次都不落地跟着出去。对此李歌意见很大，就责备如雪，说承志现在上小学有他爷爷负责接送，吃饭睡觉有姥姥操心，学习有如奎辅导，你不管还能说得过去，可是瀚瀚还小，晚上要吃奶，你让姥姥天天给他喂奶粉这怎么行？那份工作难道离了你别人就不能胜任了吗？另外，李歌也怕如雪身体吃不消，因为剖腹产时手术出了意外，身体还没有完全恢复，过度劳累会落下后遗症。

如雪也明白这样对孩子不好，也影响自己和李歌的感情，但她却说服不了自己，她想趁着这次活动做一个有影响力的系列报道，再展示一次自己的实力。只好请求李歌理解自己，烦劳他暂时辛苦一段时间，等忙完了这阵子再好好弥补。李歌见说服不了如雪，就私下给赵荣打电话，将如雪剖腹产时出了意外的情况对赵荣说了，希望能关照一下如雪。其实如雪这么忙赵荣看在眼里疼在心里，但他清楚如雪的身体情况，更了解她的个性，如果说怕她太辛苦身体吃不消，或者说让她晚上留在家照顾孩子，可能会伤了她的自尊心。经过深思熟虑，赵荣就和毛腾飞商量，给现任思政部主任换个岗位，让如雪来当思政部正主任。这样一来，她负责全盘工作就没有时间去跑现场了，也体现不出这是领导把她当成了弱者，在同情她，照顾她。

赵荣找如雪谈话时，如雪表示，这场没有硝烟的战争是缘于自己的一则消息，她想好好发挥特长，完成策划好的系列报道，为这次行动再唱一曲完美的赞歌，希望领导能重新考虑一下对她工作的调整。见如雪这么坚持，赵荣便装作生气的样子责怪她："干工作要顾全大局，你不能这么片面，不能只想着去干具体的事情，啊！你要用发展的眼光看问题，现在公司已经开始着手争创'全国文明单位'的前期工作，这项工作有多么重要你不会不知道吧？啊！你的能力毛总和我是非常清楚的，这个重任只有你才能担起来，啊！"

或许如雪真的跟别人说的那样，对写东西上瘾，好强，爱出风头。赵荣都找她谈话了，她还想完成策划中的那篇深度报道，就跟赵荣讨价还价，希望一周后再换任。

一个月前因为一篇几百字的消息引起了省政法委书记的关注，引发了全省整治用电秩序活动。一个月后又因为一篇深度报道，引起了全国范围内的电力市场的整治行动，这不仅给电力企业挽回了巨大的损失，也极大限度地割除了一些多年吸附在供电企业身上的蛀虫和毒瘤。这让红山供电公司领导们非常高兴，也让省电力公司领导刮目相看。此时，中国共产党 82 周岁生日即将来临，省电力公司党委书记与赵荣聊天时，还特意问如雪是不是共产党员，说如果是就推荐评选省电力公司年度优秀党员；如果不是就赶快发展入党，这么优秀的人必须尽快发展入党。党委书记明确指出，宣传工作对企业的贡献，跟生产一线员工对企业作出的贡献是一样的，一样有价值，宣传工作者一样值得尊重，一样值得树立榜样。

就这样，只有四年党龄的如雪，就超越了很多老党员，不但成了红山供电公司本年度优秀党员，也成了省电力公司本年度优秀党员。

42

且说那晚红溜儿带人打伤方言和供电所其他人员之后，并没有得到他想要及时得到的光明，直到一周后村里那台变压器才返厂修好，在村里承担了修理费，被打的轻伤人员能带伤干活时，才去给他们安装变压器，恢复了送电。

红山供电公司也正式向法院起诉了红溜儿父子。红溜儿因聚众伤人、带头盗窃电力商品，被公安部门刑事拘留。红溜儿的小儿子犯故意伤害罪被判了刑。同时法院还判他们父子承担所有受害人住院费、医药费、营养费、精神损失费、误工费。

红溜儿只是一个乡村无赖、村霸，并不是土豪，承担了那些受害人的住院费和医药费就已经够他受的了，如果再赔偿受害人的精神损失费、误工费，估计他倾家荡产都凑不够。红山供电公司也不愿意供电所员工和当地老百姓关系闹得太僵，也担心再闹下去，以后大家不好相处，不利于开展工作，所以经范忠强提议，供电公司领导班子经研究后，决定派人去做方言等人的思想工作，建议大家考虑减少，或者放弃相关费用的索赔。

这个任务便落在了如雪的肩上，毕竟她现在是思想政治工作部的主任。

用后来红溜儿的话说，供电部门的职工无论是对待老百姓的态度上，优良的团队作风上，还是个人思想觉悟上，都在社会上是一流的，都是令人佩服的，方言和他的同事们也是如此。

那天如雪去方言家看他，并转达了红山供电公司党委的意见后，方言完全同意，他也表示能理解，愿意放弃精神损失费和误工费用的索赔，并主动打电话给其他同事，按照如雪的建议，召集大家第二天到红山供电公司座谈。

方言腿伤还没有养好，但他坚持也要去参加座谈会，他怕个别人想不通、有情绪而不愿意减少，或者放弃索赔。他说毕竟大家都听他的话，他出面效果可能会好些。如雪觉得方言说的有道理，便同意他也参加座谈会。

第二天上午十点多，如雪正在与方言他们在会议室座谈，楼下的保安推开门，站在门口神情紧张地向如雪招手。

保安告诉如雪，门外来了一个叫红溜儿的人，手中提着一把菜刀正在叫骂，扬言要砍人。

毛腾飞不在，赵荣让如雪赶快打电话报警。

就在拿起电话准备拨打 110 的时候，如雪突然觉得，报警不是解决问题的唯一办法，若要根除问题，除非想办法从内心纳服红溜儿。于是，她不顾大家的劝阻，决定会一会红溜儿。

供电公司紧闭的大门打开了，红溜儿见向自己走来的是一位少妇，出于男性的本能，他收起高举着的菜刀，冲着如雪吼：“你是干什么的？你们领导干什么去了？派个漂亮女人来想给我施美人计吗？告诉你，我不吃那一套。”

“解决问题跟男女没有关系，您有什么话咱们好好说，不要拿个菜刀满大街晃来晃去的，这样损坏您的形象。”

“形象是个 ×，我已经被你们逼得走投无路了，还要个什么形象，我儿子也判刑了，法院判的那些钱我也赔不起，与其被再抓去坐牢，还不如死了算，但我不能白便宜你们，死前也要杀两个垫背的。”红溜儿情绪非常激动。

“您看这样行不行，咱们好好谈谈，有些话等我说完了，你要是还想再拼命就冲着我来吧，反正我也跑不了。”如雪的表现很镇定，没有一点害怕红溜儿的样子。

……

几经交涉，最后红溜儿同意和如雪谈谈。

如雪把红溜儿叫到门房里坐下，慢慢把红山供电公司动员职工减少，或者放弃向他索赔的事情原原本本地对红溜儿讲了一遍，并劝他先回去，以后的事情慢慢再商量解决。红溜儿根本不肯相信如雪的话，但他的情绪还是略微稳定了一些，他冷笑着对如雪说：“你当我是三岁小孩啊，就那么好哄？还不是想拖延时间等警察来抓我！反正我已经豁出去了，大不了一死，谁来我就砍谁……”

如雪费尽了口舌，红溜儿就是不相信她说的话，也不回去，紧攥着刀柄眼睛不停地向外瞅。

如雪就问他：“那你如何才能相信我说的话？”

“除非方言他们亲口对我说，否则我就是不相信，一会儿要是警察来抓我，我就先跟你同归于尽。”说着，红溜儿从桌子上跳下来，又扬起了手中的菜刀，一副要拼命的样子。

“那好吧，我现在就带你去见方言他们！”如雪做出了一个连她自己都觉得不可思议的决定。

这句话也把红溜儿吓了一跳，他更不相信方言等人这会儿都在供电公司大楼里，但他还是跟着如雪上了楼，他把菜刀举在胸前，紧紧地攥着刀柄……

此时，方言已经做通了其他人的思想工作，大家都愿意放弃精神损失费和误工费的索赔。

当得到了方言等人的亲口确认之后，刚才还提着菜刀站在如雪身后眼放凶光的红溜儿一下子跟变了个人似的，目光突然变得呆滞起来。接着，他蹲在地上，扔下菜刀双手捂着脸哭了起来。

这场景让方言等人有些不敢相信，这就是平时那个气焰嚣张、不近情理、横行霸道的无赖、村霸红溜儿吗？谁几曾见过他如此无助？谁几曾见过他如此脆弱？谁几曾见过他在别人面前流泪？

红溜儿流着泪回去了。

第二天一大早，红溜儿又来了。但他这次来没有提菜刀，也没有拿别的凶器，他讨好地请保安带他去见如雪，他说有重要的事情要对如雪说。

看来红溜儿是真的是服如雪了，他也信任如雪。

确实如此！昨天回去后，他挨个去那些窃电户家里警告，说以后不准再窃电，谁要是再窃了电，村里的线损就让谁一家负责；他也告诉大家，以后不准再为难供电所的人，否则就是跟他红溜儿过不去。村里的人自然听他的话，也怕他，他这样隆重地挨家挨户警告过之后，还真没有人敢再窃电了。

今天他来找如雪，是想通过如雪转达他对供电公司的歉意，转达对方言他们道歉。同时，他也告诉如雪，他要将功赎罪，举报那些深隐藏、还没有被查处的窃电分子。

红溜儿告诉如雪，在离他们村子不远的山后面有个村子叫麻沟村，是个窃电现象非常严重的村子，一年盗窃的电量绝不在红家台村之下，只是那里的人小心谨慎，手段高明不易被发现而已。平时他们听到有查电的风声马上就收手，不查的时候才伸手。另外，村里有个全村人赡养的孤寡老人，一直就住村口生产队时期看麦场的房子里，要是晚上供电所的来查电，他就会站在房子后面的土丘上大声唱：天旱了，麦干了，小心娃娃失火了……然后全村人就快速藏起窃电的电器。没有证据又不能搜，所以这个村子里的“电耗子”一直没有被揪出来，最近大规模的整治活动结束后，这个村子里的“电耗子”又开始行动了。

近两年麻沟村的线损越来越高，起初供电所还以为是线路和变压器有问题，可在农村电网改造工程中，给这里换了线路和变压器后，线损还是居高不下。于是供电所就知道这个村子也有高负荷窃电设备，但查了几次只抓到几家没什么电器的用户，一直找不到啃电的“大老鼠”。没有证据重复检查村长就不高兴了，就指责供电所的人太不像话，凭空怀疑好人，说这不叫检查，而是违法私查民宅，并扬言说再这么不信任村民查来查去的，就别怪大家不客气了。无奈，供电所只能暗中观察，以至于到现在还没有发觉他们是采用什么办法窃电的。

红溜儿提供的线索太重要了，要不是红溜儿来举报，查窃电的人就是再多去十次也查找不出证据。

去麻沟村突击查电时，供电所请了当地派出所的民警，如雪也跟着去了。

那是一个四面环山的小村庄。深夜当大家驱车转过山腰时，远远看见这个坐落在环山之中的小山村灯火辉煌，犹如一座小城镇。大家都知道，这里跟红山市其他山村一样，并不富裕，好多人才刚刚脱贫，还没有致富，怎么家家户户会舍得花钱给院子里拉那么亮的灯泡？不用问，这肯定是在盗用公网上的电，电费不用自己掏腰包！

尽管进村时大家灭了车灯，但还是被开着房门没有睡着的老人听见了，他就出来站在房门口唱了起来：天旱了，麦干了，小心娃娃失火了……

听到老人的唱声，离打麦场最近的一家人屋檐下刚才还特别明亮的电灯立即熄灭了。接着，从这家也传出了一个小孩的喊声：看场的疯老汉又犯病了，看场的疯老汉又犯病了……

“看场的疯老汉又犯病了，看场的疯老汉又犯病了……”此时，村子里好多孩子也跟着喊了起来。同时，也有好多大人和小孩从家里出来站在门口张望。

此时，供电所的人才明白，以往晚上来查电时，那个孤寡老人为什么唱，村里的孩子为什么喊叫，原来这是在传递信号啊！

经过这么一吆喝，刚才还灯火通明的村子里一下子便变得黑暗了。随后，用电稽查人员走进这些人家时，看到的都是十五瓦到二十五瓦的灯泡，最大的也只有四十瓦。但是刚才的灯火通明，这些电灯泡是不可能照出来的。当然，红溜儿告诉了如雪这里窃电的内幕后，如雪也把掌握的情况详细告诉了稽查队长。所以，尽管信号传递得及时，但离打麦场最近那家还是被抓了个现行，主人虽然及时藏起了正在烧水的电炉子，却没来得及拧下屋檐下的二百瓦大灯泡。此时藏在桌子下面被杂物盖着的电炉子，也因为温度还特别高把掩盖物烤得冒出了烟。

拿出桌子下的电炉子，主人承认刚才是用电炉子烧水，但他说用的是自己家的电。问他既然是用自己家的电，为什么见来人了却要把电炉子藏起来？他蛮横地说："这是我的家，我想用什么电器就用什么电器，我想把电炉子放在哪里就放在哪里，你们管不着。"

派出所民警拍照取证后，供电部门的人先不查找其他窃电设备，而是先核抄了他家的电表，电表上的电量为三度电，而上次交电费到现在时间为二十天。别说用那台三千瓦的电炉子用电，就他家那台电视机和做饭用的鼓风机以及照明用电，二十天电量也不止三度啊。接着，稽查人员顺藤摸瓜，从接电炉子的桌子下扯出了埋在地下的电线。电线从桌子下穿墙而过，延伸到后墙外，一直延伸到二百米远之处，连接在地下埋着的一根粗电缆上。

在铁的证据面前，这家主人不得不低下头，老老实实地在违约用电单上签名。

来的时候稽查人员就兵分三路：一路先进村口第一户人家检查；一路直奔村长家的油面加工坊检查；一路直奔村长家检查。据红溜儿讲，这个村子有两个电源点，一个是给村里正常供电的那台公用小变压器，一个是村长家的那个油面加工坊里的大变压器。那台正常供电的变压器大家平时只是象征性地用些电，而油面加工坊的那台变压器却是实实在在地在为全村提供"服务"。

按说平时要是孩子满村这么一叫喊，村长会打电话给住在油面加工坊里的儿子，叫他赶快把窃电的电缆拆下来，或者他会自己跑过去拆。可那天活该他被抓，因为那天儿子和母亲一起去省城妹妹家了，儿媳妇不在家，他也喝多了酒没有听见孩子们的吆喝。当然，即使是他把窃电的电缆拆下来藏了，也逃不脱法律对他的制裁，因为稽查组已经掌握了他窃电的方式。

油面加工坊里的变压器上挂着一根比大拇指粗的电缆，这根电缆连接在墙根下一个十分隐蔽的深洞里伸出的另一个电缆头上。稽查人员很快就挖出了地下电缆，电缆一直向远处延伸，路过谁家墙外时，就接出去一个分支穿墙而进……

据后来统计，这个村子窃电人家竟然有三分之二。没有参与窃电的除了几位党员、老师、家里有人在国家企事业单位工作的外，再就是几家留守老人。

村长家没有养狗，大门也是敞开着的，当稽查人员走进村长家屋里时，他已经醉得站都站不稳了。

黄土高原上的深秋，有些地方晚上已经很冷，但位于环山之中的麻沟村却还没有寒意，而此时麻村长的屋里却开着两台三千瓦的电炉子，他光着上身，他老岳父穿着大裤头，爷俩正在没有寒意的夜晚烤着电炉子，汗流浃背地喝着老白干。

光着膀子流着汗，却烤着大功率电炉子，而且还是两台，这是什么概念?当然是不用掏电费的电才会这样浪费。

麻村长和老岳父已经喝得半醉，当他摇摇晃晃地站起来时，一切已经晚了，两名威武的民警已经站在他的眼前。

麻村长家的油面加工坊里有榨油机、粉碎机、碾米机，还有电焊机，外加一眼抽水机井，是全村最大的电力用户，他家里的电器也是普通农民不能相比的，电炉子、电烤箱、音响、电视、铡草机……应有尽有。当稽查人员从他家院子里扯出从墙外埋进来的电线时，他的酒已经吓醒了七分。接着他开始装醉，先是说胡话，然后便睡倒在地上，装模作样地呕吐。见女婿这样，那位七十来岁的老岳丈用幼稚的方法想解围，他站起来用脑袋往外撞人。看来是因为年经大了，麻村长没有让他多喝酒，老人家脑袋上劲儿还挺大的。见老岳丈撞人，躺地上的麻村长装不住了，只好起来拉住老人家。

在铁的证据面前，麻村长不得不承认他是把盗窃来的电再用地下电网低价卖给村民，以此谋取暴利。

后来经调查，麻村长在银行里存有巨款，数额超过了村里普通家庭年收入的百倍，就连县公安局的办案人员都没有见过这么富有的村长。

如果说麻村长家窃电场面让人震惊，那么麻老五家的窃电场面却让人感到可悲可叹。麻老五年过七旬，儿子儿媳外出打工，孙子外出上学，家里只有老两口相依为命，他家除了两盏二十五瓦的电灯泡和一个做饭的鼓风机外，再没有别的电器。但仅这么点电器，也要用麻村长的低价电。麻老五坦白：村里好多人都用村长家的电，自己如果不用，一来别人都笑他傻，二来他也怕得罪村长，就只好也用。

43

不久前结束的全省“促进电力发展 整治用电秩序”总结大会上，红山市主管工业的副市长、小南川县公安局长、红山供电公司总经理毛腾飞及如雪分别受到了受表彰。这次夜查麻沟村，距表彰大会才过去不到两个月时间。因此，尽管如雪和上官美蓉、刘武昌合作的报道非常深入、真实，但电视台和日报社都没有发布。其原因不言而喻。一向刚正不阿的毛腾飞这次也一反常态，把如雪叫到办公室，告诉她这次事件的所有内容都不要向外发布，并告诉如雪其实他并不想这样做，还请如雪理解。

这次的查获消息虽然没有对外发布，但市领导明确指示：今后无论何时，无论何地，无论供电部门以何种方式查处窃电行为、保护电力设施，所在地政府、公安部门必须全力以赴给予配合、支持，继续保持和巩固整治活动取得的成果，使电力更好地服务地方经济发展。

目前，红山供电公司正在申报创建“全国文明单位”，各项工作全面展开。为了确保一次性通过验收，红山供电公司党委高度重视，在原有严抓细管的基础上，又对领导班子成员进行详细分工，要求各位领导至少半个月要去一次联系点单位，指导、督促联系点单位扎实开展工作，到一定时候再组织各职能部门下去进行自验。

那天，如雪随赵荣去他的联系点单位小南川县供电公司检查指导。当看到小南川县供电公司部分工作开展得很不到位，甚至有些倒退时，赵荣非常不高兴，就要小南川县供电公司党支部书记穆清说出个所以然来，否则决不姑息。

看到气氛有些紧张，机灵的如雪赶忙打圆场，她站起来边给赵荣面前的杯子里添茶水，边装作不经意间地问了穆清一句：“车学真身体恢复得怎么样了？赵书记特别关心。”

“恢复得不错，恢复得不错，已经能下地了。他听说赵书记今天要来看他，激动得还拄着个拐棍在地上练着走路呢……”被赵荣批评得有些不知所措的穆清赶忙回答。

赵荣此行除了督促小南川县供电公司精神文明创建工作外，还要看望这个公司因见义勇为而受伤的职工车学真。

其实车学真的情况昨天如雪已经打电话跟穆清了解得非常清楚，在来的路上她也详细给赵荣详汇报过了。此时大家都明白这是如雪在打圆场，无不佩服如雪的机灵。当然，大家也都清楚，这样的情况下也只有如雪敢打圆场，因为赵荣的脾气大家都知道，他批评人的时候，谁都不敢辩解，旁边人也不敢插嘴，否则就会自讨苦吃，但他却从不当面批评如雪。

“哦，那医生怎么说的？他受伤的那条腿会不会留下后遗症？”赵荣任何时候对如雪都是另眼相看，加之这确实是他非常关心的事情，所以他也给了穆清个台阶，就顺着如雪的话题问起了车学真。

把赵荣的注意力引开，等了解完近况后，赵荣不再那么生气时，穆清再回过头来向赵荣汇报精神文明创建工作方面的事情。

穆清详细汇报了小南川县为什么没有把文明工作抓好的原因，他说：“赵书记您是了解我对工作的态度的，从当年在北大山县供电局到现在我一直都没有改变，只要能跑着干的，我从不走着干，能站着干的我也不坐着干，可最近实在是太忙了，我们光顾着抓电耗子了，才忽视了文明创建工作。”

“抓电耗子？不是刚刚整治过用电秩序吗？”如雪打断了穆清的话后，她马上发现自己有些出风头，便连忙笑着冲赵荣说抱歉。

穆清接着说：“最近我们这里有些供电台区的线损特别高，电费亏损特别严重，我们不得不再来个‘回头看’，下大力气再整治。为了增强力量，我们几乎是全员出动。因为把精力都放在了整治用电秩序上，才误了创建工作，还请赵书记原谅。”

小南川县一直是全市最大的工业县，用电量占全红山供电公司售电量的近三分之一。这个县的用电客户主要以那些小规模的金属制品、皮革加工、农副产品加工业为主。虽然这些企业规模都不大，但数量多，用电量加起来也不是个小数目。以前窃电现象也比较严重，前一段时间用电秩序整治过程中，揪出的两个金属制品厂都跟县供电公司经理有关系。一直以来，用电稽查人员都清楚这两个厂子在窃电，但每次去检查就是抓不到证据，直到前一段时间大规模整治过程中才揪出这两只盗窃电力多年的“大老鼠”。经审讯，两个厂子的当事人都供出了是县供电公司经理保护他们窃电，然后从中收取好处费。据当事人招供，每当他们生产到了高峰期时，经理就会想办法不让用电稽查人员来他们这里查电。这把“保护伞”被揪出来后，红山供电公司党委还没顾得上给这里派经理，就暂且让穆清主持工作。

“我也知道你们这个县是线损重灾区，是窃电分子最猖獗的地区，啊！没想到整治工作刚刚结束，连县供电公司经理都伏法了，还有人顶风作浪？这反弹也太快了吧，啊！真不把咱们放在眼里，是得下力气要好好治一治了，啊！回去我跟毛总商量一下，得先把你们的领导班子补全了，不能因为干了这项工作而影响了其他工作，啊！但你还要高度重视目前的精神文明创建工作，啊！要是因为你们拉了全公司的后腿，别说毛总那里了，就连我都不好交代，啊……”听了穆清的解释，赵荣才不再生气。

从车学真家里出来已经到了黄昏时间，穆清趁赵荣没注意，悄悄对如雪说：“今天非常感谢妹子打圆场，要不然赵书记还不知道怎么收拾我呢。”

“看穆哥说的，咱俩谁跟谁呀，还这么客气。”如雪笑着说。

这时赵荣回过头来看见他们说悄悄话，就问：“你们俩又悄悄合计什么呢？有什么不能当着我的面说的？”

穆清反应很快，赶忙说：“我不敢问您，就先问一下白主任，看书记您后面还有没有重要事情，要是没有的话，能不能在我们这吃了饭再回去。”

赵荣还是跟以前一样，一般情况下不请别人吃饭，没有什么重要事情别人请客他也不去，他瞅着穆清以责备的口气说：“咱们一起在北大山县待了那么多年，你穆清又不是不知道我赵荣是什么样的人，我不吃请、也不请吃，你不是还在背地里骂过我不近人情吗？今天怎么却要请我吃饭？该不是想用酒把我灌多了有别的用意吧？你就好好干工作吧，不要一天到晚动歪脑筋，想那些不该想的事情了。唉，苗森真不是个好人，在这里带起了这么多不正之风！”赵荣快人快语，说话也不给人留情面。不过，只要不是讲话，他说话就不带“啊”字了。

本来如雪想留下来随穆清他们晚上一起去查窃电，但穆清告诉她，经过前一段时间的整治，那些窃电分子都非常狡猾，也特别小心，就算窃电，他们也是摸清了咱们不检查才开始。目前除了已经锁定的两家，其他的还在蹲守取证过程中，一旦确定了才统一行动，快速查获，今晚即便是留下来也没什么收获。

如雪问穆清，什么时候行动?

穆清把食指放在嘴前“嘘”了一声，还开玩笑地故意左右看了看。

如雪就要穆清行动前务必通知她。

穆清讨好地望了望赵荣，回头对如雪说：“不告诉别人，还能不告诉你，只要你来大笔一挥，我的成绩领导全都看见了!”

赵荣瞪了穆清一眼，骂了一句：“你怎么现在变成这样了? 真是越来越不像话了，瞧你这副德行哪像个支部书记!”然后径自上车去了。

车还没驶出县供电公司大门，坐在前排的赵荣就回过头来问如雪：“你说我今天训老穆是不是有点重了?”

“不重，不重，他呀，也只有你训才听，以前就是苗局长训他都不怕，你训他我看他听着还舒服呢。”如雪现在也学会了拍领导的马屁。

“倒也是，要不然人家老苗怎么一来就把他调到这里来呢，要不是我给毛总建议任他当这里的支部书记，我看他那个副经理还得当几年。”

“还是赵书记英明，穆哥肯定打内心感激您。”如雪在赵荣面前一直这样称呼穆清。

两周后，小南川县供电公司在县公安局的大力支持下，完成了对窃电企业的蹲守取证工作，要正式收网了。

那天早上，当穆清打电话通知如雪，说晚上要查窃电时，如雪已经和赵荣在来小南川县供电公司的路上了。不过这次来他们还多带了一个人——秦春。

平时领导要是下基层带秦春，秦春要么背着照相机，要么扛着摄像机，但今天他却什么设备都没有带，而是带着一腔的热情，怀着激动的心情坐在如雪旁边。因为从今天起，他就要成为小南川县供电公司党支部副书记了，再也不用扛着摄像机了。这个以前一直在工作岗位上混日子的人，现在在工作上取得了巨大的成绩，得到了领导的认可，终于迎来了新的使命。

赵荣这次来不但是送秦春来上任的，也是来任命穆清的。

穆清不但被任命为小南川县供电公司经理，而且还任命他为随后要开展的红山市西部三县“打黑手回头看”反窃电行动总指挥。

44

小南川县第一次“打黑手回头看”反窃电行动就在当晚凌晨一点，共有三个稽查小组同时出发，如雪留下来参加了这次行动。

由于前期工作到位，出发前保密工作到位，稽查小组以迅雷不及掩耳之势就查获了锁定目标的三个加工厂。

在铁的证据面前，有两家窃电当事人都低头承认，并在违约用电处罚单上签字确认，随后老老实实地跟着民警到派出所接受调查。只有穆清带队去查的那个稀土加工厂比较难缠。事前穆清也告诉如雪，这个厂子的老板叫水新波，这两年业务量一直不怎么样，特别是从去年稀土行业越来越不景气以来，这个厂子几乎是亏本经营，但水新波还不想关停，就减量生产并交给父亲全权看管，他把精力放在别的地方去了。水新波现在已经是大企业家了，稀土加工厂只是他旗下的一个小厂子，他根本不在乎这个小厂子有没有业务。之所以没有关停，一来是他还不想退出这个行业，二来也是为让老子爷有点事儿干，别让他在家闲出病来。可水新波的父亲是个贪财的人，他总想赚钱，就在别人的怂恿下背着儿子窃电牟利。近期在用电秩序整治结束后，他觉得供电部门近期是不会再不来查电的，就又窃电生产。

老水没有什么经济头脑，也想不出窃电牟利这么复杂的问题来。他之所以窃电，是有人专门来拉他下水。那个主动来帮助老水窃电的人，就是前面提到被查获过、供出了县供电公司经理给他做保护伞的那个金属制品厂老板。前次被查获后，为了免受法律制裁，他只好补交近两年窃用的全部电费，及违约用电罚款。一下子交出去那么多钱，可把这家伙心疼坏了，为了弥补惨重的损失，他就贷款扩大了生产规模，并再次变本加厉地窃电。当然，这次他还拉了老水一起窃电。原因是老水的大儿子是北大山县公安局的领导，小儿子水新波是本县政协委员，而且认识的领导多、路子广，就是被查获了，供电公司也不可能把老水怎么样，不可能把老水怎么样也就不能把自己怎么样，他把老水和自己拴在了一根绳子上。

然而，他的如意算盘白打了，这次查窃电老水不但没有给他垫背，老水自己也受到了惩罚。

上次整治用电秩序时，穆清带稽查人员去稀土加工厂没有查到违约用电行为，老水借题发挥，不但用极难听的话骂穆清一行，还放狗把大家撵了出来，他双手叉腰站在厂子门口破口大骂：“供电公司的人没一个好屄，你们是不是还要学前几年那样当‘电老虎’，先把我的电掐了然后再让我提着礼品上门去求你们来送电？我老水有两个那么有出息的儿子，还稀罕偷你那点破电？我敢拍着胸脯对天赌咒，要是我偷电就让五雷轰顶，要是查不到我偷电你们出门就栽到沟里去！”

此时老水的窃电行为被当场抓住了个正着，稽查人员不敢怠慢，立即拍照取证，派出所的人也准备把他带回去配合调查。因为大家都知道，要是慢了，这个老水就会强行销毁证据，毁了证据他又会撒泼。

与此同时，民警也把这个厂子窃电的操盘手——厂电工，堵在配电房里询问。因为稽查组冲进配电房的时候他正在准备撤销窃电，所以被逮了个措手不及。说起这个电工，在当地也是小有名气的，他可是个窃电高手，不但能帮别人窃电，还能帮别人反窃。此时，在事实面前，他不但承认了正在帮老水窃电，还供出了他是受那个金属制品厂厂长之托来帮老水的。

此时虽然人证具在，可向来不好惹的老水却死不承认，还撒起泼来，他看到带队的又是穆清，脱光了上身，提着一把铁锹过来就要铲穆清，嘴里还不干不净地骂：“狗日的穆驴儿，你真是个坏屄，我老水招你了还是惹你了？你为什么总是盯着我不放，三番五次地来为难我？”

以穆清以前的脾气，别说老水来打他，就仅叫他个“穆驴儿”，他瞬间就能让老水头破血流。但自从被任命成北大山县供电局副局长，或者说是跟马茜妮吵了一架后，他的脾气变了许多，随着在职位上的时间越来越长，他也变得越来越稳重，越来越有耐心。此时尽管老水不干不净地骂他，他也不发火。

且说老水抄起来的铁锹头没固定结实，他还没轮起来，锹头就飞了。如雪站在后面没看见飞过来的锹头，等她发现时已经躲闪不及，锹头飞过来扫在她脑门上。顿时，鲜血顺着脑门就流到脸上，流进脖子里……

此时，看见如雪受了伤，一直待在屋里窥视的老水的老伴出来了，她一边抱住老头子，一边劝他："有事慢慢说，等孩子回来处理，你不要冲动，别把事情闹大了。"

见如雪被飞过去的锹头砸得鲜血直流，老水明知已经闯祸了，却还死要面子不收手，一副豁出去了的样子，根本不听老伴的解劝，光着膀子直往前扑，还要来打穆清，他使劲想把老伴甩开，可老伴怕他闹出更大的事情来，就死死地抱住他不放。见甩不开老伴，老水就急了，他对着老伴的胸口就是一肘子。老伴也六十岁的人了，哪能经得起他这一下，顿时就疼得站立不住要仰面朝天摔倒。这时，和她一起出来一直站在后面的那位五十多岁的妇女赶忙抢过来扶住才没有摔倒。她们转身的瞬即，借着灯光，如雪看见那位扶老水老伴的妇女不是别人，却是自己的亲舅妈。此时如雪伤口疼得站都站不稳，另外在这样的场合，也不便过去认舅妈，只好在别人的搀扶下，捂着流血的伤口离去。其实，此时舅妈也认出了被老水失手打伤的是如雪，但这个时候她忙着搀扶老水的老伴——她的表姐，也顾不上去看如雪，只能遗憾地看着如雪被扶走。

见老伴被自己打倒了，老水真有些疯了，他大喊大叫："供电公司的领导打人了，供电公司的领导打人了……"

听见叫声，站在远处观望的工人们都围了过来，有的手中还抄起了可以打架的器械。

见自己的人都围过来了，老水更嚣张了，他指着在场的两位民警说："我大儿子在公安局，说起来咱们都是自家人，你们就别胳膊肘子向外拐了，你们大家请回吧，把供电公司的人给我留下。如果你们执意要给供电公司的人跑腿，我大儿子回来了你们也不好看。"接着，他回头对那些工人说："把供电公司的人给我堵住不要放走，表现好的我给你们加工资。"然后掏出手机，假装分别给两个儿子打通了电话，说供电公司的人欺负上门了，叫他们快回来，同时还把两条大狼狗放开咬人。

此时另外一组的人已经收工，听说这里情况复杂，就过来帮忙，大家刚进来就碰上老水放狗咬人。被解开缰绳的两条大狼狗直向走在前面的人扑来。就在这紧急关头，后面冲出两名民警一招手就把恶狗引开，恶狗一下子没扑到，回过头来再向人群扑去，说时迟那时快，两名民警跨步上前，一名飞起一脚踢中一条恶狗脖子，另一名一拳击在一条恶狗身上。恶狗就是恶狗，被踢倒的那条在地上一个翻滚之后起身又向民警扑来，身上挨了一拳的那条一个趔趄之后回身张开血盆大口就向打它的民警腿上咬。就在大伙为他们捏了一把汗的时候，站在穆清身边的派出所所长钱有贵大喝一声：“放倒它！”此时两条恶狗已经贴近民警身前，只听两声哀叫，大家还没看清是怎么回事，两名民警已经镇定地站在一边望着恶狗，而两条刚才还把大家吓得心惊肉跳的恶狗却倒在一旁哀鸣。

看到民警的身手如此了得，只一个照面就把两条大狼狗放倒在地不能动弹，那些工人也被镇住了，纷纷退回了原处。见没有人助阵了，老水来了个一百八十度的大转弯，他不再叫嚣，而是耍赖，以最快的速度扑倒在地抱住穆清的腿装疯卖傻。

老水翻着白眼，腿一抽一抽的，嘴里还往外吐沫子——其实是唾沫，任凭怎么叫唤他也不应声，任凭怎么拉他也不起来。

穆清脱不开身，就用眼神求助钱有贵。因为和老水的大儿子认识，所以老水前面胡说胡来，钱有贵一直都在忍让，但看到他越来越不像话，而且得寸进尺，放狗伤人不成，又抱着穆清的腿耍赖，钱有贵就不高兴了，他警告老水：“你看你这么大年龄了，一点也不注意自己的形象。你自己不要脸不打紧，可总得要顾顾儿子的脸面吧？事情归事情，起来好好商量解决的办法，不要这样好不好？”连说了好多遍，老水依然如故，钱有贵就蹲下去拉老水的胳膊，这时，老水一口浓痰就吐在钱有贵手上，而他还是装作在抽搐。这一口浓痰差点没把钱有贵恶心死，他勃然大怒，一声令下：“来，给我把这个不讲理的老赖皮拉回派出所去，我看铐在墙上他能不能醒来。”

听说要把他铐到派出所去，老水一骨碌爬了起来，想要逃跑。此时早已经被他激怒了的民警们哪里容他脱身，得到所长命令，离他最近的民警一个擒拿就把他的胳膊拧到后面，塞进了警车。

这边民警前脚刚把老水拉到派出所，那边说情的人后脚就跟着来了。

来说情者是邻乡派出所的所长。

老水的行为有些过分，而且不但在场的目击者多，还有不少群众闻声来看热闹，钱有贵不好就这么放他回去，只好告诉来者，只能给老水优惠待遇，让他在这里好好睡一觉，等天亮请示了领导再说。

说情的人见钱有贵不给面子，就出去给老水大儿子打电话。

不一会儿，县公安局局长电话就来了，他告诉钱有贵说老水的大儿子搬了上级领导说情，自己也没办法，不得不给面子，只能先放老水回去，他窃电的事情回头再跟供电公司商量解决。

老水就这样被那位派出所所长接走了，临走时又在钱有贵面前狠狠吐了一口痰，骂骂咧咧地叫钱有贵走着瞧。

第二天一大早，县公安局局长和水新波一起来了。水新波倒是很客气，诚恳地表示愿意接受一切惩罚，并代表父亲向钱有贵和穆清道歉。

老水打伤如雪，也可以说是失手伤人，如果供电公司不起诉老水的话，水新波就和其他窃电户一样，交了违约电费，交了罚款，给当事人如雪道歉，付了医药费，如雪能原谅就没事了。但如果供电公司和如雪有一方起诉的话，老水就会因为妨碍公务、故意伤人，而受到法律的惩罚。

此次行动前，公安局局长还特意指示各派出所：一定要坚决贯彻执行市领导指示，无论何时何地，都要无条件，全力以赴配合供电部门开展工作，决不姑息不法分子。而现在，在世俗人情面前，他也不得不给老水开后门。同时他还得给穆清做思想工作，请他给老水留个情面，不要起诉老水。

生活在同一个县城，穆清也不能不给公安局局长面子。穆清知道，公安局局长得罪不起他的上司，自己同样也不能得罪公安局局长，否则今后好多工作也不好开展，好多地方还需要人家支持呢。就这样，穆清同意了公安局局长的请求：水新波补交违约电费后不再起诉老水（通过调查也了解到，老水窃电水新波并不知情）。但如雪是上级单位的人，至于如雪是什么样的态度，穆清说他决定不了，只能由水新波自己去解决。

当水新波在医院看到躺在病床上头上包着纱布的是白如雪时，他松了一口气。此时，虽然还没有跟如雪搭上话，但他相信父亲已经没事了，至少不会像担心的那么糟糕，因为他和如雪也算是朋友。

水新波在社会上闯荡多年，什么人都见过，什么人都能应对，善良又好说话的如雪肯定不是他的对手。当然，他也是诚心代父道歉的，如雪也看在他赞助过自己的分上，就接受了他诚恳的道歉。如雪原本是要用法律武器让老水为无赖行为付出代价的，但听了水新波的道歉和恳求，以及他对父亲愚昧的责怪之后，又细细一想，觉得老水打伤自己确实是误伤，并不是直接行凶。于是，同样生活在这个人情世故社会里的如雪，只好给水新波一个面子，答应不再追就。同时她也没有接受他准备的补偿金，一腔气愤就在宽容中烟消云散。

之前，水新波和如雪都不知道他们之间还有点亲戚关系。来之前他堂姑——如雪的舅妈告诉他，昨晚来的人中有个叫白如雪的，是她老公的亲外甥女儿。交谈中，水新波将这层关系告诉了如雪，并告诉如雪查窃电时，她表哥魏世民也被派出所带走了。

“我表哥？他怎么被带走了？”如雪惊奇地问。

水新波告诉如雪，魏世民这几年在自己的帮助和带动下，把机砖厂转让出去，又办了一个小型农副产品加工厂。本来他是小本经营，一年也没有多少电费，也是一直守法用电，可最近得知父亲也在窃电牟利，魏世民便也跟着赶时髦想窃电增加利润，不想刚一伸手就被擒住了，昨晚查获的三家，其中一家就是他，现在他还在派出所接受调查呢。水新波还告诉如雪，我堂姑托我给你带话，希望你能出面帮帮魏世民，他的厂子很不景气，要是被罚款就破产了。

如雪参加过无数次反窃电行动，各种各样的场面都经历过，各种各样的社会关系也见过。有窃电被查出跪下求饶的；有红溜儿那样撒泼打人的；有聚众封堵供电部门单位大门的；有麻村长那样倒在地上装死的；也有情节严重当事人还没有被公安部门带走求情电话就打来的；还有老水那样社会关系复杂的……可这次万万没有想到，自己也被拉进了这种关系网中，她脑子一下子乱了，不知该怎么办才好。

如雪决定先回去再说。她想，就算表哥补缴了盗用的电费再交了罚款，也不会有多少钱，更不至破产。

这事既然缠上了她，她想甩也甩不了。就在如雪刚回到单位，还没顾上给赵荣汇报穆清查窃电的情况时，娘就打电话来了，说家里有要紧的事情要她回去一趟。

娘也不说是什么事情，这实在让如雪有点着急。她想，是不是哪个孩子怎么了？或者是如奎怎么了？还是爹、李歌怎么了？

如雪快步走电业局门赶忙拦了一辆出租车就往爹娘住处赶。当她火急火燎赶到小院门口时，看见舅妈正站在院子里焦急地向门外张望，如雪一下子明白了娘叫自己回来干什么。

如雪回头望了一眼已经驶远的出租车，长长叹了一口气。

她为何叹气？她是心疼那十块钱啊。如雪平时没有重要事情，宁愿多走路也舍不得花钱打出租车。刚才因为着急，下车付了钱也来不及等司机找钱她就往家里跑，白白让司机多拿走十块钱。

还没进门舅妈就拉着哭腔迎了上来："如雪啊，快救救你表哥吧，他要是交不清罚款就要被拘留的。他要是拘留了我可怎么办？你外婆怎么办啊？"

听舅妈这么一说，如雪气不打一处来，便说："表哥的事情我插不上手，那是人家县供电公司的事情。再说，表哥的事情跟外婆有什么关系？难道平常是他守在家里照顾外婆不成？还是他不交罚款外婆就要被拘留？"

见如雪这样的态度，娘有些坐不住了，就帮着舅妈说话："你外婆、舅舅、舅妈都是你表哥养活着的，你就给想想办法吧，你表哥也不容易啊！"

被如雪呛了几句，舅妈开始有些尴尬，一时僵在那里说不出话来，经如雪娘这么一说，才算打破僵局，她赔着笑脸讨好地对如雪说："都怪舅妈不会说话，你别跟我一般见识，可我知道这事你能插上手。我听说不光县供电公司领导会给你面子，我还听说红山供电公司领导都很给你面子呢，只要供电公司不追究，公安部门也就不追究了。别人都夸咱们如雪本事大着呢，各行各行都有朋友，摆平这点事应该不费吹灰之力……"

只要是个有感情的人，无论何时何地，没有不喜欢听好话的。如雪也是普通人，见舅妈这么说，她的态度也转变了，便面带难色地对舅妈和娘说了自己的难处，但她还是答应了舅妈的请求，同意出面给表哥帮忙。

答应了舅妈之后，如雪就有些犯愁。一直以来自己都用犀利的文笔向窃电分子挑战，而现在却要反过来为这个窃了电的亲戚说情，真是羞于启齿啊。但她没有办法，她只能硬着头皮给穆清打电话说这事。

就算没有老水的事情在前，穆清也必须给如雪面子。于是就在处理魏世民的事情上也网开一面，只让他补交了电费就了事了，派出所那边有水新波出面，也没有对其再追究。

如雪觉得表哥的这件事，是自己参加工作以来干的第一件脸上无光的事情，也是自己不想出面却又无法不出面的事情。这件事也让她背了很多年的思想包袱，特别是每次见到穆清，她都觉得浑身不自在。

第十章

45

这一年，是勤劳奋进的一年

这一年，是硕果累累的一年

这一年，是幸福快乐的一年

……

这是如雪在自己的QQ空间里写的一段话。

是啊，在过去的一年里，红山供电公司开展用电秩序整治活动；申报“全国文明单位”；配合第二批农村电网改造工程审计……无论是公司领导，管理人员，还是一线员工，对于每个人来说，都是非常忙碌的一年，也是颇有收获的一年。对于如雪来说更是忙得不可开交的一年，她忙得有时候连孩子都顾不上管，加班加点到深夜才能回家。现在，经过严厉整治、查处、打击、巩固，红山市社会用电秩序明显变好，盗窃电力设施和窃电之风不再猖獗，拖欠电费现象也越来越少；农村电网改造工程审计工作全面结束；“全国文明单位”也申报成功。

这些重要工作的宣传工作，在如雪带领的团队的辛勤努力下也取得了巨大成就。捧着累累硕果，如雪感到非常开心，也感到非常欣慰。此时，她最大的心愿就是好好放松一下心情，腾出时间好好陪陪父母，陪陪孩子，特别是要好好弥补弥补李歌。

回忆从和李歌认识到现在，如雪觉得自己一直在忙，忙得几乎没有时间跟他像别的年轻人谈恋爱时那样浪漫，忙得经常把孩子都丢给他和两家父母照顾，忙得把所有家务都留给他去干。而他，不但任劳任怨，把自己的小家经营得井井有条，还把爹娘照顾得无微不至。每每想到这些，如雪就觉得有些惭愧，也觉得很愧对李歌，更觉得自己不能再这么光顾着干自己的事情而不顾家了，也该替李歌着想了，否则会拖了他的后腿，影响了他的仕途。

李歌的事业现在也是如日中天。他勤奋努力，加上学历高，干劲足，能力强，人勤快，人缘好，这几年各级领导都很赏识，进步也快。两年前，他被任命为市委办公室副秘书长。市委办公室副秘书长可不是一般的忙，没担任副秘书长的时候他都忙得团团转，现在他更是忙得喘不过气来。但他舍不得让如雪分心，只能同时挑起事业和家庭这两副重担。说实在的，有时候晚上回家看到如雪还没回来，李歌也很失落，也不开心。他多么希望当自己拖着疲惫的身子回到家的时候，如雪能把一杯热茶放在自己面前，或者抱着瀚瀚过来幸福地黏糊自己，或者她掀开已经焐温暖的被子，叫自己快点钻进去。然而，他的希望多数情况下都是失望，因为如雪经常比自己回来得还要晚，她比自己还忙。在她没有回来的情况下，他只能自己先去父母或岳父母那里接瀚瀚。李歌清楚如雪好强的个性，干什么都要干得比别人强，他理解她，也非常支持她，因此宁愿自己累得喘不过气来，也要让她开心，就算不高兴也不会对她说一句怨言，更舍不得让她回家再累着半点。

如今，红山供电公司思想政治工作部团队力量特别强，每个成员都很能干。就是主任如雪不在，他们个个也能独当一面。2006 年春节来临之前，如雪召集大家召开了本年度最后一次部门会议。会议内容除了安排春节值班工作之外，还明确了以后的工作思路。如雪也就每个人全年的工作做了点评，对表现好的是福和冷珏琳两位同志给予了表扬，也鼓励冷珏琳在今后的工作中继续努力，争取来年取得更大的成绩。她鼓励大家干工作要勇于创新、敢于创新，不要局限在迎合领导的思路上，不要瞻前顾后的放不开手脚，要用发展的眼光看问题，要用与时俱进的思维想问题，要用勇往直前的精神解决问题。同时也告诉大家，以后要是她不在的情况下，大家要团结一心，相互补位，发扬团队精神，对负责的工作灵活对待，必要的情况下可以自行协作实施，只要是正确的她全力支持，她就是大家坚强的后盾。

如雪之所以说她是大家坚强的后盾，是因为毛腾飞和赵荣也赋予了她许多特权。他们明确告诉如雪，只要是正确的，可以不用先请示、汇报，等着批准、同意后再实施，为了赢得时间，有些工作可以先斩后奏。

这就是聪明的如雪，一个善于学习的管理者；一个善于团结队伍的管理者；一个善于凝聚力量的管理者。她不但有自己独特的管理方式，还能快速而适时地把从领导那里学到的管理方式应用到实践工作之中。实践证明，她的决策是正确的，因为之后的工作，她再也不用那么辛苦地一件一件去抓，甚至亲自参与。她打破了传统的管理方式，俯下身子放下架子与下属和睦相处，松开了约束下属的传统“规矩”之缚，再加以适当的奖励机制，大大地激发了团队的工作积极性、主动性和工作热情，从而促进了各项工作的循序渐进。

每年除夕晚上和大年初一早上公司领导都要慰问还坚守在各个岗位上的一线人员。慰问期间思政部要留影像资料，还要发消息报道。这几年如雪体谅属下，让大家开开心心地回家过年，自己则坚守岗位拍照撰稿。这天开完会后，她又跟往年一样叫大家处理完手头的工作尽早去办“年货”，过节跟随领导去慰问的任务仍然由自己来承担。但她的话还没说完，副主任虎建雄就接过了话茬：“这个任务今年就交给我吧，我到咱们部门已经一年了还碌碌无为，干工作没有主动走在前，白主任今年你就跟家人好好团聚吧……”

“把任务交给我，我家里事情少，少在家里待一会儿也没关系……”是福打断了虎建雄的话。

“还是我来吧，我家就在市内……”冷珏琳也主动请缨。

“年底评先进时大家都选我，我得再接再厉，把任务交给我吧！”顾莉慧也抢着说。

“别，别，别，你们还是好好回去过年吧……”如雪还是不想让大家辛苦。

……

大家都抢着要任务，互不相让，而且一个比一个执著。

大家的谦让惊动了对面办公室的赵荣，他早已听得明明白白，就进来帮如雪拍了板：是福除夕晚上值班，冷珏琳初一早上值班。毕竟两个人都年轻，应该多担当一点，再说两人家都在市内，值完班回家也方便。副主任虎建雄毕竟老家在外省，一年也回去不了几次，春节照常休假。最后，赵荣还特意关心家远的同志，说要是回老家过年的话，假期满了赶不回来，多请个一半天假也行，毛总那里他替大家说话。

别说如雪自己四年没回白家堡子老家过年了，就是爹娘和如奎，为了陪她也是连着四年都在城里过年。这一年，她终于有空和李歌带着爹娘、如奎和承志和瀚瀚一起回白家堡子去过年。

在城里待了这么多年，如雪还是觉得乡下的年味比城里更浓一些，她更喜欢在老家过年。

自幼家境贫寒的如雪工作后虽然有了固定收入，但她花钱手脚还是很紧，她没有别的女孩那么多的衣服，也不像别的女孩那么舍得买化妆品，前些年除了把积攒的钱拿出来给如奎治病、盖房外，还把家里住人的两口窑洞及伙窑都翻修了，把原来的土窑洞口都箍成砖头的，外表就跟陕北那里的砖头窑一样，成了村里一道亮丽的风景线。爹往城里搬的时候，怕家里长时间不住人窑洞被老鼠刨塌，就把门口那间新盖的小房子借给了村里的五保户老人白聋子，所以尽管爹娘都在城里住了好几年了，但院子里跟以前一样，被老人拾掇得整整齐齐、干干净净。现在院子里除了几棵果树比原来长得更粗了些，门口的老核桃树有一个分枝干枯了外，其他景象跟以前没有什么两样。当然，平常爹隔两三个月也会回来一次，把铺盖拿出来晒一晒，再住上几天，与健在的几位长辈聊聊天，跟兄弟们喝喝酒。爹虽然酒量不大，每次只能喝二三两，但他特别喜欢喝酒。他在村里人缘也很好，每次回来的时候他都要带几瓶李歌给他准备的好酒，招待晚上来找他串门的人，或者提着酒去族里谁家串门。尽管他已经不抽烟了，但每次回来的时候，细心的李歌也会给他的包里塞上一条好烟。

这一年，终于可以回家过年了，如雪办了很多年货，把车里面塞得满满的，几乎连人都坐不进去。那天往车上装东西时，李歌终于等到了“批评”如雪的机会，原因是买这辆车的时候他和如雪意见不统一。当时如雪想要轿车，而李歌却要买这辆七座的商务车。如雪总觉得买这么个大家伙平时不但利用率不高，还费油，但她看到李歌非常喜欢这车，才放弃了意见让李歌自己做主。她没有继续坚持要买轿车，但使用过程中也经常絮叨，嫌这个大家伙太费油，白浪费钱。这次回家过年，如雪购物跟上了瘾似的，吃的喝的用的玩的什么都买，当东西多得快塞不进去的时候，李歌拿眼睛斜看着如雪逗她："我说白主任啊，你说这么多年货，要是轿车能装得下吗？"

如雪明白李歌这是借机逗自己，也不接他的话茬，就拿眼睛翻了他一下，嗔一句："讨厌！"然后自顾自干别的事情去了。当车里塞满了东西，人只能硬往里挤时，李歌又冲如雪做鬼脸："亲爱的，你说是轿车实用还是咱这爱车实用？"

如雪也不管爹娘在场，抓住李歌的胳膊就掐，掐得李歌直龇牙。当然，这看似狠狠的一掐，如雪并没有使多大的劲，她是"点到为止"。这一点不光她和李歌清楚，爹娘和如奎都看出来了。就算李歌故意龇牙咧嘴，也没有人给他帮腔，反而都跟着如雪"哈哈哈"地笑。

这次如雪办年货花了不少钱，娘一直唠叨着责怪她不会过日子，其中说得最多的就是那些烟花鞭炮，她得知如雪买的这些东西花的钱能换一只羊时，就心疼得让她去退了。

如雪平常不舍得花钱，但买这些烟花鞭炮她却很舍得，这是给两个孩子买的，只要孩子开心，花多少钱她都愿意，特别是瀚瀚也敢甩那种冒冷焰的烟花了，她更想让两个孩玩得开心。自己和如奎小的时候家里穷，过年的时候最多在三十晚上放一串鞭炮，以及几个没有中指粗的"大炮"，从来没有点过一个好看的烟花。而且她刚工作那几年，虽然已经挣钱了，但本市还没有这么好的烟花，仅有的那几种也贵得要命，她哪里能舍得花钱去买，总想着与其花钱点炮，还不如省下来给爹娘买化肥。后来和李歌结婚之后，一直没有回来过过年，都是在市里。今年好不容易从工作中抽开身，又得到了公公婆婆的大力支持才能回老家来过年，她想让美丽的烟花好好在老院子的上空绽放绽放，让过去拮据的心情得以抚慰，也找回一点自己童年没有过的快乐。

从如雪一家回来的那天开始，村里不断有人来串门，到春节假满的时候，几乎村里所有的人都来过她家了。正月初一那天，白七还带着供电所所长南武，提着礼品来家里拜年。

如雪跟这位南武没有什么交情，也没有工作往来，只是在红山供电公司一次农电工作会上南武主动过来打过招呼。他大年初一就来给自己拜年，如雪还真有点不太愿意接受，但毕竟人家来了，再说还是七爸的领导，她只好耐着性子陪他聊天。

如雪知道南武不可能无缘无故地这么早就来给自己拜年，这有违当地的风俗习惯。虽说现在的年轻人都不太在乎那些旧的习俗，但这位所长和七爸都是过了五十岁的人，不可能不懂习俗。

之前有过交代，当地人大年初一是不串亲戚家的，特别是长辈不能去晚辈家，娘舅家人不能去外甥家，岳父母不能去女婿家。从初二到正月二十三以前，都是拜年的时节，但必须得是晚辈先要先去长辈家，然后再互相走动。

如雪猜得没错，南武这么早来给她拜年，果然是有事相求。聊了一会儿他便说明了来意，他有些不好意思地说："白主任您也是咱红河滩人……"

"别、别、别！在家里请叫我如雪。"如雪打断了南武的话。

"好好好，白……是这样的，我听说过了年'户户通电'工程就要启动了，也不知给咱这里计划上了没有？你是不知道的，这几年虽然实施农村电网改造给好多村里都通了电，改造了新线路，增加了变压器，但住得偏远的一些人家还是没有通上电，他们仍然过着天黑就上炕，天亮就下炕，日出而作，日落而息，跟过去一模一样的旧光阴。他们看着别人家都有电，盼电都快盼出病了，也经常来供电所找我，甚至还有人拿着礼品来求我给他们拉电。您是清楚的，给住在远山的那些人家通电，别说供电所，就是县供电公司，想解决都是心有余而力不足啊，没有专门的费用谁也办不到，听说这次'户户通电'工程，国家电网公司投入资金很大，您一定要帮他们争取一下啊……"

如雪一直觉得南武来找自己可能要办什么私事，没想到他是为无电户而来的。就冲南武这种为无电户着想的精神，就算自己办不了，也要出面去张罗。于是，她满口答应了南武的请求，因为她知道"户户通电"工程的前期工作确实是开始了，红山供电公司农电部每次召开会议时，都要请思政部派人去宣传报道，毛总和范副总调研时自己也跟着下过一次现场。

通过与南武的交流，如雪了解到本镇还有不少人没有用上电，而且他们住得都比较偏远、分散……

说话间，院子里熙熙攘攘的，好像来了很多人。来意已经表达清楚，南武也不便再久留，就起身告辞离去。

原来是表哥魏世民开着面包车拉着外婆、舅舅、舅妈来了。

看来新时代的人真的是不在乎旧风俗了，表哥也不等自己和如奎过去就先来了，还拉着八十多岁的奶奶、父母和他的妻儿。

如雪和李歌原本是要吃了中午饭就带如奎和儿子去看外婆的，没想到他们这么早就来了。

外婆尽管耳朵不好，但她精神很好，看得出现在的心情是实实在在的好，这说明舅舅舅妈照顾得好。

舅妈告诉如雪："现在有你表哥挣钱养活我们，我和你舅舅什么也不用干，把田地都承包给别人了，你舅舅的主要任务是看孙子，我的主要任务是在家做饭，我们几个人想吃什么就吃什么，生活好得很。"接着，舅妈又对如雪娘说："姐姐你大人不计小人过，我年轻的时候不懂事，对娘不礼貌，做了些不愉快的事情，看在她老人家的面子上，你就别跟我一般见识了！"说着，她回头笑眯眯地看着婆婆。过去，她要是笑着看婆婆，婆婆肯定会吓得发抖，她那是笑里藏针，回头必定要难为婆婆。可现在大家能看得出，她的笑容可掬是真诚的，她已经变成了一个孝顺的儿媳，一个尊老爱幼的贤惠女人。

看到娘高兴得眼睛里直冒泪花花，如雪也开心得像回到了童年时代，依偎在外婆身边一刻都不离开。享受着这天伦之乐，她感到自己特别特别的幸福。

是啊，现在爹娘有自己养活，不用再早出晚归地佝偻着腰身在田地里面朝黄土背朝天地晒太阳；如奎身体治愈后发育正常，成绩优秀；李歌还是一如既往地爱自己、爱这个家，事业也正蒸蒸日上；外婆晚年得到了舅妈的尊重和悉心照料……想到家人一个个都这么幸福，想到自己的事业一帆风顺，如雪觉得，幸福的生活真的比蜜甜。

46

黄土高原上的气候比较寒冷，春天的脚步走得更慢，南国已经到了百花盛开的时候，这里却还寒风凛冽。等这里春暖花开、草长莺飞的时候，“五一”国际劳动节的步子便不期而至。这个时候，各行各业推荐、申报各级劳模、先进的工作也随之启动。在红山供电公司，尽管这些工作都是工会的任务，但作为宣传部门，也得提前做好宣传，好为后期工作营造氛围。于是，如雪按领导要求提前策划了一个宣传方案，并让是福和顾莉慧尽早联系工会，着手搜集被推荐申报的先进单位、集体和个人的相关资料、事迹。

就在各基层单位宣传工作如火如荼大力开展的时候，省电力公司的高规格宣传活动也拉开了序幕。省电力公司工会计划编印一本劳模先进文集，要求所属各基层单位撰写劳模事迹，以此弘扬劳模精神，鼓舞和带动广大员工向劳模学习，向劳模看齐。题材要求为报告文学、人物通讯及人物传记。

红山供电公司有两名劳模入选。一名是荣获省“五一”劳动奖章的丁秋香，一名是获国家电网公司“劳动模范”的穆清。

红山供电公司党政工领导对这件事情高度重视，要求思政部也要高度重视，认真组织撰写两名先进人物事迹的文章。

如雪把任务分别交给了是福和顾莉慧，并要求是福和顾莉慧认真研读申报材料后，再深入、全方位采访两名劳模。

是福和顾莉慧经过研读先进申报材料，深入采访劳模本人及相关人员，分别按要求撰写了长篇通讯和报告文学。

经过这几年的锻炼，是福和顾莉慧现在也已经是“大拿”了，他们撰写的通讯在一般人看来有血有肉，情节动人，非常精彩。可在如雪眼里却还有许多需要完善之处，她给是福的建议是没有挖掘出丁秋香的工作亮点，语言组织还不够精练；给顾莉慧的建议是整体表述没有紧密围绕主线贯穿，而且叙述有些太直白，对穆清的个性表达不到位，吸引力还不够强。如雪还要求是福和顾莉慧相互点评对方的文章，诚恳提出修改意见。

是福和顾莉慧按照如雪的要求，认真阅读了对方的文章后，也对对方提出了合理的建议。很快，他们把第二稿交给了如雪。尽管尽了最大努力，但他们还是担心第二稿不一定能通过如雪的高标准要求。

是福和顾莉慧的担心没错，如雪还是觉得他们的完善不到位，最大的缺点也是共同缺点，就是把人没有写“活”，对人物个性特点的表达还不够入神，要求他们再次修改完善。

如雪的点评绝对无可非议，也绝对让是福和顾莉慧心服口服，因为经如雪指出后，他们自己也发现还有一些瑕疵。

毕竟是修改完善过程，加之他们两人出手也快，第二天早上他们就把稿子交给了如雪。

第三稿，可以说已经无可挑剔了，甚至可以说非常完美，就这样交上去，估计在全省公司众多稿件中也能排在一流，但在如雪的眼里，还是觉得缺乏高度，主人公还欠一点“精神”。但这次她没有再对是福和顾莉慧提出要求，她不想让是福和顾莉慧再继续费心了，她知道这对于他们来说，已经达到了最高境界。她也不想再让他们辛苦了，她怕伤了两名属下的自尊心，打击他们工作的积极性。于是，如雪就决定自己亲自动手，再补充一些内容进去，让文章更完美一些，反正最近手头上没什么重要事情，有的是时间。再说长时间不写东西，她手还有点痒痒。

如雪悄悄去了一趟变电工区和小南川县供电公司。

就算如雪对自己的行踪十分保密，但她去采访的事情还有传到了是福和顾莉慧的耳朵里。如雪的举措让他们感到些许不舒服，但转念一想，觉得主任亲自去采访，给文章锦上添花，得感谢主任对才，于是又装出不知道的样子静候其音。

临近交稿两天前，如雪先把是福和顾莉慧写的稿子送给赵荣看。经过两次修改，他们的稿子确实已经很不错了，但赵荣站在领导的高度看问题，在给稿子给出了高度评价的同时，也提出了意见和建议，希望再润色润色。

第二天，如雪又把自己加了笔墨的稿子送去请领导过目，但她并没有说是自己完善的，作者仍然是福和顾莉慧。

赵荣对两篇稿子特别满意，并表扬两位年轻人出手快，水平高，理解能力强，但评价更高的还数如雪改了标题的那篇报告文学《能人丁秋香》，他几乎是竖着大拇指读完的，夸作者简直把丁秋香写活了，说就算没有见过丁秋香，但读完这篇文章后，一个活生生的丁秋香会深深烙在心坎上。

丁秋香是大家眼中公认的能人，她不但熟悉变电运行岗位所有业务，对变电站各类设备性能也了如指掌，还对所有设备的参数、一二次图纸如数家珍。她近几年最大的成绩，还数对设备的技术革新，既取得了经济效益，提高了安全水平，还节约了成本，减少了操作风险。她有四项成果获得了国家专利，两项成果填补了那个设备专业领域的空白。所以，这篇《能人丁秋香》不用看内容，只看到那个标题，就非常吸引人的眼球，让人有一种必读不可的欲望。

省电力公司工会要出版的这本书共选定了三十名劳模先进，专家组第一次组稿时，审核通过的稿子还不到一半，第二次重组时通过的只比第一次多了六篇，时间也超过了原计划时间一周，省电力公司工会宋主席就有点不高兴了，他把编委负责人叫去批评了一顿，并要亲自过目第二次组稿时筛选的稿件。

幸亏编委负责人提前对宋主席汇报了组稿时间一再推迟的原因是因为稿件质量不过关，要不然宋主席还不知怎么发火呢。十多篇稿件，他看完后只留下了五篇，其余的全部扔给编委负责人，说："文件一个多月前就下发了，你到现在还磨磨蹭蹭的没个进展，而且这种质量的稿子你竟然说是通过第二次审核的？还准备要往出版社送吗？这不是丢人吗？让别人说是咱们的职工没水平呢，还是说电力公司没水平？"

宋主席是一位和蔼可亲，平易近人的领导，平时很少对属下发火，基本不批评属下，除非他实在无法容忍的情况下才会说几句。看来他实在是忍不下去了，才批评了编委负责人。宋主席从留下的那五篇稿子中挑出报告文学《能人丁秋香》，要求工会将此稿以样板形式下发给各基层单位本参考撰稿。并要求一周后各基层单位工会主席、工会办公室主任带上撰稿人一起来开改稿会。

为了完成这次任务，各单位确实是下了功夫，甚至有的单位不惜重金在外面请来"枪手"撰稿。

"枪手"水平是很高，但毕竟对电力行业的了解不够透彻，特别是处于继电保护、电力系统自动化等岗位的劳模的情况，就算深入采访了，对他们从事的专业也是一知半解，表达不够到位。但拿了谁的钱就得听谁的话，没办法，“枪手”还得跟着“业主”去电力公司参加改稿会。

红山供电公司两篇稿子因为写得好，宋主席特别点名，邀请红山供电公司思政部白如雪也来参加会议，并亲自给毛腾飞打电话，把白如雪暂时借到工会来帮一段时间的忙，担任责任编辑。

想到很多天又要让李歌一个人看孩子、关照老人，如雪又有些歉疚。临行前的那天晚上，平时很少主动的她一改往日的被动和矜持，主动缠在李歌的身上，痒痒地亲他……

那天李歌跟着市委领导下乡奔波了一天，本来非常累，哄孩子睡着后他想快点睡觉，但被如雪缠在身上这么撩拨，热血就沸腾了，烈火也被点燃了，睡意全消，一遍又一遍地冲锋陷阵……

从到省电力公司工会的那一刻起，如雪就和大家进入了实战状态，选稿、改稿、编辑、校对，整整用了二十天。这二十天，可真是马不停蹄的二十天，与世隔绝的二十天，大家除了吃饭睡觉就是埋头看稿子。功夫不负有心人，在如雪和编辑组成员的共同努力下，按宋主席的要求，稿子也如期交付印刷。这本书不但让宋主席非常满意，还赢得了党政主要领导的高度评价，同时也达到预期效果，在职工中广为流传，好多职工都主动写读后感给省电力报和省电力公司门户网站。

如雪的能力不但宋主席清楚，其他人也清楚。于是，在“七一”建党节来临的时候，刚刚回到红山供电公司的如雪屁股还没坐稳又被省电力公司思政部请去，当主题征文的评委。这次征文的评选不是说评委想在哪里看稿子就在哪里看，而是被集中到一个大会议室里一起看稿子，经过现场沟通、初选、二次筛选，再评获奖作品。

这次征文数量极大，题材广，可以是纯文字，也可以图文并茂，每篇文章可带两张插图。选稿时，如雪看到红山供电公司职工邓海燕写的长篇叙事散文非常优美，但配的现场照片却不太理想。邓海燕在红山供电公司也小有名气，如雪知道她。这丫头不但人长得漂亮，还特别有才，工作上与思政部经常打交道——红山供电公司门户网站她负责技术维护，是福负责消息发布。毕竟是本单位的职工，如雪也有私心，就按文章下面留的通信方式给邓海燕打了电话，对她的散文诗进行了赞扬之后，希望她重新换一张照片来，并将自己的 QQ 号码告诉了她，让她通过 QQ 传来。

晚上十点许如雪和评委们看完稿子，就匆匆回到下榻的宾馆，打开电脑登录 QQ，准备跟李歌视频聊天。这时候有一个头像不停地闪烁请求加为好友，如雪还以为又是哪个无聊的男人要加她私聊，便没有理会。直到跟李歌视频完准备关机时，她才看了一下那边请求加自己为好友时发送的消息。

原来是邓海燕，她要给如雪发照片。

她在 QQ 里说，其实我知道白主任的手机号码，但怕打扰白主任不敢打电话，只好一直等着。

发完照片后，如雪又跟这丫头聊了几句。

从邓海燕的文章中，如雪就已经看出她的底子不错，一聊才知道，她除了上过电力大学外，还是名牌大学中文系的硕士研究生。

是个好苗苗！此时，如雪已经有了好好培养她的打算。

聊天临结束时，已经与如雪拉近了距离的小丫头又发了一句："白主任，我能不能给您提个建议？"

如雪有些纳闷，心想这小丫头，给我提什么建议啊？手还没往键盘上放，字还没打出一个来，小丫头的消息又来了——她的打字速度超快。平时如雪觉得自己打字速度还不错，现在跟这小丫头相比，真是龟兔赛跑，邓海燕发来的消息是："虽然咱们平常没有交流和沟通过，但我却非常了解您，您那么年轻漂亮，水平又那么高，干吗要用这么俗的昵称呢？"

快人快语啊！如雪一时不知如何回她，就问："那你觉得呢？"

"我说你应该起个文化味足，高端、大气、上档次的昵称！"小丫头直言不讳。

"呵呵！小丫头，真调皮！不过你的建议很好，让我想一想吧，回头改！"

如雪的 QQ 昵称叫：永远美丽。

关了电脑，如雪还真把邓海燕的话放在了心上。

脱衣上床，如雪就想：是啊，我干吗要起这么个昵称，确实是有点跟不上现代的潮流，那么改个什么呢？

雪？美丽的白雪？雪丽人……

一时想不出来，如雪就准备睡觉。可闭着眼睛却睡不着，往事像过电影一样在脑际中闪着，如雪又回想起自己从走进北大山县供电局的那一天起，就开始歌颂农网改造工程，歌颂电力职工，歌颂农民因电过上的幸福生活……她觉得自己就像一个勤奋的歌者……电影画面继续闪到自己现在的事业上，闪到幸福的家庭上，如雪觉得现在的生活真幸福……

幸福的歌者！对，就叫幸福的歌者！

太美妙了，美妙的让如雪陶醉。想到了这里，如雪开心地跳下地来，打开电脑就登录QQ，马上把昵称改为：幸福的歌者。

幸福的歌者！幸福的歌者……念叨着这个完美的昵称，如雪幸福地进入了梦乡。

47

主题征文达到了预期效果，领导特别满意，所有工作人员都受到表扬和奖励。

这次征文活动红山供电公司成绩斐然，入选的文章都很优秀，加之有如雪私下关照，邓海燕的文章获得了一等奖。赵荣特别高兴，打电话给如雪表扬她，也让她尽快处理完手头的工作回来。因为“保持共产党员先进性教育活动”马上要启动了，工作任务非常重，红山供电公司需要她。

其实省电力公司这次主题征文活动，既是“七一”建党节的献礼，也是为即将开展的“保持共产党员先进性教育活动”提前营造氛围。在这次工作中，如雪起早贪黑的敬业精神和她文字方面的水平让领导们刮目相看。所以，有人又给领导出主意，建议让如雪继续留在这里工作一段时间。

那天早上，就在如雪收拾好东西准备起身回红山的时候，赵荣来电话了。他在电话那头有些无奈地说：“本来我和毛总都想让你早早回来负责咱们这边的工作，可是刚才我接到省电力公司思政部主任翁彦红的电话，她说要继续借你半年时间，让你担任电力公司‘保持共产党员先进性教育活动’领导小组办公室简报组的责任编辑，负责编辑简报。唉，其实你是知道的，他们这样长时间借你我和毛总也不愿意，你家里的情况我也清楚，但公司那边确实忙，工作比咱们更重要，你就再辛苦半年吧，这既是上级对你个人的信任，也是对红山供电公司的信任……”

听到这里，如雪眼泪都快流下来了。这么多天不见两个孩儿，此刻她归心似箭，恨不得马上飞回家去把他们抱在怀里，不想竟然接到了这么个电话。她特别不高兴，立即就想拒绝，但话到嘴边又咽了下去。因为她也听出来了，赵荣也很无奈，如果拒绝了，老领导肯定会很为难，想到这里，她便装出爽快的样子答应：“我完全服从安排，只要这边需要，我会尽最大努力去干好工作，再说人家借我，那是信得过我，没有什么辛苦不辛苦的！”

按照赵荣的指示，如雪放下电话就去翁彦红那里领工作任务，可到翁彦红办公室里话还没说上两句话，如雪突然感到小肚子一阵绞痛。如雪才想起，要来例假了。可能是剖腹产留下落下的病吧，最近半年每次来例假前肚子总是特别痛，有时候痛起来简直无法言表，连腰都直不起来。

望着如雪头上汗珠直往下流，话也就不出来，翁彦红只好不再谈工作，赶忙叫部门一名女同志送如雪回她住的地方休息。

这样的场面让如雪也非常尴尬，她只好强忍着疼痛解释，说是肚子疼的老病又犯了。

下午肚子不疼了，如雪就先去新闻中心，她准备把帮新闻中心起草的“保持共产党员先进性教育活动启动大会宣传方案”交给主任梁冕信后，然后再去翁彦红那里。

“这就是你起草的方案？我让你修改的那些内容怎么好多地方没有改过来？你实在让我太失望了，我看你一天到晚就只惦记着你的小说，你要是把写小说的一半心思用在工作上来，这工作都有成就了，难道你要学他吗？跟他一起在这里共过事的一个个都进步了，就他不进步，在这里待了多少年了，到现在还是个老宣传，你要是再不努力，我看你尽早要走他的路……”刚到楼梯口，如雪就听见新闻中心梁冕信在批评谁。

“主任，您别生气，您别生气，我这就再去修改完善。另外，您可能有点误会我了，我平时写文学作品都是业余时间在家里写的，不会影响工作，这点请您放心！”如雪听出来了，被批评的人是新闻中心的笔杆子黄天鸿。黄天鸿其实还比如雪还年轻，但他的小说却非常有名，说他是本省文坛上的一颗新星绝不为过。

“你说那些东西都晚上在家里写对吧？那你熬到半夜三更难道第二天干活儿还是那么有精力？一点都不影响工作？真是胡扯。实不相瞒，我叫你起草这个方案的同时，也让白如雪在起草，如果她起草的比你的好，你就不用辛苦了，宣传组的副组长我看就让白如雪来干好了……”

“主任息怒，也许我的思路跟不上您，但我确实一直在努力，不足之处我也保证虚心接受批评，也保证继续改进，至于谁来当这个副组长我并不关心。但我的文学之路谁也影响不了，别说因为我从事文学创作让我从这个部门离开，就是叫我明天去收发室发报纸，我也一样地会坚持我的文学之路！”梁冕信的话有些不太中听，所以他还没说完，性格直爽的黄天鸿就很不客气地打断了他。

此时进去不太合适，如雪便打算先去翁彦红那里。

听了他们的对话，如雪才明白，梁冕信让自己帮着起草方案原来是这个意思。但他前天把自己叫到办公室却不是这样说的，他让自己帮着起草方案时说的是黄天鸿最近手头活儿太多，实在忙不过来，才请自己帮忙的。按说自己在思政部帮忙，不应该也没有那么多时间再给新闻中心帮忙干活，可自己毕竟还管着红山供电公司的宣传工作，新闻中心主任请自己帮忙，也不好推辞，只好应下来晚上加班熬夜起草。

如雪目前在思政部帮忙，对省电力公司“保持共产党员先进性教育活动”前期工作比较熟悉，加之交谈时梁冕信把他的想法和领导的相关要求也讲得非常清楚，所以如雪很快就拟出了这个方案。

答应了帮忙，如雪却忽略了一件事，那就是梁冕信和黄天鸿的关系。其实他们之间的不默契如雪也早有耳闻，只是一直没有得到证实，今天算是领教了。

梁冕信的笔头子曾经也很厉害，据说之前曾经因为一篇文章打动了领导，他才被从县供电局的班组调到原单位宣传科，后来又因为材料写得好，加之很能揣测领导的心思，又被提拔为宣传副科长、科长，没几年到了现在这个位子上。而他走了仕途之路，却荒了笔杆子，好几年都写不出一篇像样的文章。据说有一次一位熟悉的编辑跟他约稿，他三个月也没有挤出来，而黄天鸿一个月内连续在报刊上发表了五篇小小说，同事老路的长篇小说也被知名文学杂志连载。于是他就处处看着在文学路上超过他的老路和黄天鸿不顺眼，或者说是嫉妒。如雪听到梁冕信训黄天鸿时说的那个“他”就是老路。因为老路的兄弟也在机关部门当领导，他不好说老路。但黄天鸿就不同了，黄天鸿不但资历不如他，而且年龄还比他小，于是他动不动就训黄天鸿。此时如雪寻思，如果真如梁冕信所说，采用了自己起草的方案，弄不好还真会让自己来宣传组，这会让新闻中心的老师们很不舒服，也会影响自己跟他们之间的关系，更影响自己跟思政部的关系。

看着手中打印好的方案，如雪一时有些不知所措。不把这个方案交给梁冕信吧，都已经答应了人家，怎好食言？要是交给了他吧，那自己就跟黄天鸿成了竞争对手。

如雪先回办公室把方案放下，就向翁彦红办公室走去。翁彦红正在打电话，如雪就在门口等。

“我说梁主任，你事先怎么不跟我商量一下呢？白如雪可是我们这边的人，你怎么能挖我的墙角呢？就算你已经请示公司党委书记了我也不同意，我一会儿再去书记那里问一问这是怎么回事？除非白如雪自己选择去你们那里……”翁彦红在跟梁冕信通电话。

如雪这才明白，原来梁冕信事先没有与翁彦红商量，就凭着他跟公司党委书记的关系近，从书记那里把自己从简报组挖到了宣传组。梁冕信在让自己起草这个宣传方案前，就已经有了要把自己弄到宣传组的决定，而不是他对黄天鸿说的那样，如果采用了自己起草的方案，才把自己要过去。

如雪有点犯愁，如果两位主任都坚持自己的意见不让步，让自己选择的话，那岂不是把自己往火坑里推？想到这里，如雪不由地打了个冷战。此时，她的肚子又疼了起来。她只好回办公室拿上那个方案，捂着肚子回了住处。

刚进门手机就响了，是梁冕信打来的，他关心地问如雪："听说你病了？好些了吗？你现在在哪里？要不我派个人陪你去医院？"

"谢谢梁主任关心，我这会儿在住的地方，我这是老毛病了，不碍事的，再休息一会儿就好了。"如雪把手机放在枕头边上按下免提键，爬在床上有气无力跟梁冕信通话。

"哦，那你好好休息吧，我顺便问一下，那个宣传方案做好了吗？什么时候给我？要不你好点了来我办公室一趟吧。"

"昨晚就起草好了，只是今天上午开完会我肚子疼得受不了，就没顾上给您送过来……"疼痛一阵紧似一阵，如雪说话的声音也显得有些孱弱。

通完电话休息了一会儿，如雪就准备去梁冕信那里，可刚站起身来，肚子又是一阵生疼。

她扔下手中的方案，又趴在床上。也就在此时，一个念头在她心中油然而生，她马上打开电脑……

如雪给梁冕信发了一条短信：梁主任，我把方案的电子版发到您邮箱了，我这会肚子疼得实在受不了了，我先去医院看看，明天再来找您。

然后，她又给翁彦红发了一条短信：翁主任，我这会肚子疼得实在受不了了，我想去医院检查一下，下午给我请个假可以吗？

分别收到梁冕信和翁彦红的回复之后，如雪便蒙头大睡，不再去公司找他们。现在，她已经成竹在胸，不用再为处理不好梁冕信和黄天鸿之间的关系而郁闷了，也不用为夹在梁冕信和翁彦红之间而发愁了，有一个十分充足的理由，能助她快快回家看她的两个孩儿。

第二天早上，如雪仍然没有去梁冕信那里，也没有去翁彦红那里，她还在住处睡着。当然，这并不是因为她肚子疼，来个例假没有那么严重，她也没有那么娇气，她这是迈出了打道回府计划的第一步。

下午，如雪捂着肚子愁眉苦脸地去翁彦红那里，她告知她：早上去市医院做了个全面检查，结果自己不是肚子疼，是急性阑尾炎，医生建议马上做手术，否则可能会穿孔。如雪还告诉她，这是个小手术，没必要在省城做，想回红山市医院去做，否则家里人都要往省城跑，极不方便。听完如雪的话，翁彦红立即要派人送如雪回红山市。如雪拒绝了她的好意，说如果您同意我回去做手术，我自己有办法回去，不必麻烦您操心。翁彦红还怕如雪扛不住，回不到红山病再发作，送她到楼梯口就两三叮嘱，不要着急坐班车回，一定要从单位要车辆来接你……从翁彦红这里脱身后，如雪捂着肚子去了梁冕信那里，告知他同样的话。听完如雪的汇报，这个想要好好用用如雪的主儿，态度一下变了一百八十度，生怕如雪的病因会跟自己有粘连，马上说："哦，哦，你那个方案我看了，不太符合领导的要求，后面你就不用辛苦了，我让黄天鸿来做，赶快回去看病吧，赶快回去，要是累出大病来就麻烦，我这里没什么事情了，你去翁主任那里看看吧，我马上要去开会了，就不陪你了！"说完就站了起来做出准备要出门的样子。

来的时候如雪还在想，梁冕信会不会提借自己到宣传组来的事情，没想到他听说自己要做手术，不但连那个方案的事情都不提了，还立即下逐客令！

第三天就是省电力公司"保持共产党员先进性教育活动"动员大会，如雪躲在住处等会议结束后，坐上赵荣的车一起回红山去了。一路上，赵荣一再询问如雪的病情，并建议她还是在省城做手术，还表示会派人来照顾她。车上还有别人，如雪不好说什么，就含含糊糊地引开了话题，等回到单位，她才如实向赵荣汇报了回来的真正原因。

听了如雪的讲述，赵荣才明白她这是耍了个小聪明，但他并没有责怪她，先是哈哈大笑，接着他竖起大拇指夸赞如雪聪明："没想到你年纪轻轻，却如此老到，要是我，还真想不出这么好的理由来。金蝉脱壳——此举真是高明啊，不但谁都不得罪，还能早早回家，其实这确实是一个万全之策！"

参加工作十年来，这是第一次为工作推卸责任，第一次逃避任务，尽管情况特殊，但如雪还是给赵荣检讨："我也是一名共产党员，但在工作面前，特别是在这个关键时刻我却有意逃避……"

赵荣安慰如雪："从大局来看确实有些不光明磊落，但从个人角度来看，你的选择是正确的，被夹在他们中间，是谁都很尴尬，也很难处理，也只有你这样的聪明人才能想出如此十全十美的办法引身而退，我相信毛总也不会责怪你的！"

按照统一部署，省电力公司所属各基层单位都提前成立了“保持共产党员先进性教育活动”领导小组，下设简报组、宣传组等相关小组。因为如雪一直被省电力公司借去帮忙干活，红山市供电公司“保持共产党员先进性教育活动”宣传小组组长和简报组长都由思政部副主任虎建雄兼任，宣传组成员是是福、顾莉慧、冷珏琳，简报组成员是还继续受聘在岗的老同志常大拿和总经理工作部的秘书。赵荣告诉如雪：“现在你回来了，我想跟毛总商量了一下，让你来担任宣传小组的组长，让虎建雄负责简报组，这样咱们的分工更明确，力量就更强了，你看如何？”

“没有任何意见，完全服从领导安排。”如雪坚定地回答。

两天后，也就是红山供电公司“保持共产党员先进性教育活动”动员大会召开的那天上午，赵荣打电话叫如雪到他办公室来一下。

如雪寻思，领导可能要给宣传小组提工作要求了。可当她拿着笔记本来到书记办公室的时候，看到毛腾飞也在，他和赵荣都坐在沙发上，好像是在专门等自己的样子。

赵荣示意如雪坐下，然后对毛腾飞说：“毛总，还是你给白主任说吧。”

毛腾飞也不客套，就开门见山地说：“昨天在省电力公司农电工作会上，领导要求各基层单位要对正在开展的‘户户通电’工程进行大力宣传，全方位展示国家电网公司不计成本，投入巨资，一心为民，勇担社会责任的举措。特别是咱们公司工程量最大，施工难度也最大，咱们一定用好宣传工具，让全社会看到这项‘德政工程’‘民心工程’给老百姓带来的好处，实施这项重大工程的重大意义和取得的效果。”

同时，毛腾飞也向赵荣和如雪介绍了近期“户户通电”工程相关情况。随后，他又对着如雪说：“国家电网公司实施的‘户户通电’工程，咱们省是重点省份，而红山市又是咱们省的重点地区，全省一半的工程量都在这里。因此，咱们有责任也有义务给上级领导交一份满意的答卷。这个答卷，宣传工作也在其中，我和赵书记商量了一下，宣传大旗还得要你来扛啊。”

如雪欣然领命，并请示两位领导：为了不影响“保持共产党员先进性教育活动”的宣传工作，宣传小组和简报小组组长仍然让虎建雄兼任，两个小组成员也不变。“户户通电”工程的宣传工作由全权自己负责，保证能把工作干好，请领导放心职。

其实，如雪在给两位领导打保证的时候已经想到了一个人——邓海燕。

如雪打算把邓海燕借调来思政部工作半年，两位领导完全同意。毛腾飞还亲自把人力资源部主任叫来，叫他赶快通知邓海燕所在单位——信通公司，快速派邓海燕来报道。

48

按照毛腾飞指示，农电部主任薛泰来及时给如雪送来了红山地区“户户通电”工程相关资料，并问如雪如何做好配合工作。

因为还没有拿出具体宣传方案，如雪一时也想不出如何让农电部来配合，就请薛泰来稍等一下，待自己把宣传方案起草好之后再跟他具体商量。

如雪给海燕交代清楚要她先准备的一些工作之后，便开始策划“户户通电”工程宣传方案。此时，如雪忽然想起老家供电所所长南武托付自己的事情来。自从春节假期回来给薛泰来打了个招呼之后，就再没顾上去过问一下，也不知道现在是什么情况？要是薛泰来忙着忘了这事儿，那自己可就要被乡亲们指责骂了。如雪记得那天去找薛泰来说明希望关照一下老家无电户的事情的时候，他一点都没有推辞，很爽快地答应了，还当着如雪的面给小南川县供电公司经理打电话，询问红河滩镇无电户的统计情况，并要求再次核实，千万不要漏报。

其实如雪明白，对无电户的统计工作去年年底就结束了，自己现在才打招呼可能为时已晚，只是希望在有条件的情况下，薛泰来能给关照一下。

宣传方案出来之后，她就去农电部找薛泰来，一是跟他商量一下宣传报道的具体实施情况，另外也是想了解一下老家那里“户户通电”工程的情况。

见如雪又亲自来找自己，薛泰来有点小激动，热情地又是让座又是倒水，自己都忘了坐下。如雪坐下等他大概浏览完方案后，才客气地跟他聊了起来：“刚才范副总经理到赵书记那里去了，也把我叫过去，要求要咱们尽快行动起来，不知薛主任还有什么想法和要求？如果有就尽管给我们提，如果没有，咱们就按我起草的这个方案落实。”

“哪里，哪里，我怎么敢给美女主任提要求呢，至于怎么做你就牵头吧，需要我们协调配合的地方，我们全力以赴。”薛泰来谦虚地说。

“那回头你把宣传方案详细看看，有需要改进的地方，咱们共同完善，争取给公司交一份满意的答卷。”顿了顿，如雪好像想起了什么似的，问薛泰来，“薛主任，我上次请你关照的我老家那里无电户的情况如何？”

“正要给你说这事呢。其实前期统计的时候你们那里无电户都完全统计上了，只是有些村子的变压器容量有些小，你上次打过招呼之后，我还专门去了一趟，就在申请追加费用的时候，把那里几个村子的变压器增容改造一并申报上了，也不存在关照不关照的，只是在实施的时候，优先给那里安排了施工，这几天估计最先开工的那些无电户都用上电了，下周我要去那里看一下，要是你有时间的话咱们一起去吧。”

听他这么一说，如雪就放心了。

与薛泰来一起去“户户通电”工程施工现场的那天，如雪带着海燕。

海燕在借调来之前，是红山供电公司门户网站管理员。与其说是网站管理员，还不如说红山供电公司网站就是她的杰作。两年前，在省电力公司网站还没有上线之际，海燕就充分发挥专业特长，率先开发出了红山供电公司门户网站，并在省电力公司网站上线之际，成功与之链接且共享资源。因此，红山供电公司是省电力公司所属基层单位第一家拥有门户网站的单位，也是第一家与省电力公司门户网站共享资源的单位，又是全省电力系统第一家掀起宣传稿件网络投稿热潮的单位。

海燕是个活泼幽默的姑娘，并且非常好学，人也勤快，到思政部才一周时间，就跟常大拿学了不少东西。她学习的那股劲儿，跟如雪当年向常大拿学习的情况有点相似，每天哄得常大拿开心得嘴都咧到腮帮子上了，恨不得把肚子里的东西一下子都倒给这个可爱的小丫头。这小丫头的这表现不但让如雪非常满意，也受到了赵荣书记的关注，一个劲表扬如雪有眼光，能把好钢用在刀刃上。

就在今天上午要跟如雪下现场前，小丫头还扛着大摄像机在办公室里练习拍摄。赵荣进去看见了，就鼓励她："好好跟你师傅学习，要以你们白主任为榜样，发扬她的吃苦敬业精神，争取将来赶上她，并超越她。"

"我可不敢把常老师叫师傅，人家是白主任的师傅，我应该叫师爷才对。"小丫头真是很会说话，又把常大拿逗得嘴咧了老宽。

"哎，可不能这么说，常老师并不老啊，你这么叫人家倒会不高兴呢，白主任比你也大不了多少，你这么叫是不是说明她也老了？"赵荣笑着逗海燕。

"对对对，我错了，我错了，那我以后就叫常老师师傅了，就算我是您的关门弟子吧！对了，那白主任您就是我师姐了！"

"啊？哈哈哈！"赵荣、如雪、常大拿都异口同声地张大了嘴发出惊叹，接着都笑了起来。

这一叫，便成了永久的称呼，只要不是正规场合，海燕都会称如雪为"师姐"，且多年后如雪升任红山供电公司党委书记之职，海燕成为另外一家兄弟单位的工会主席之后，这个称呼才不再分场合，而是随时随地都叫，显得更为亲切。

那天如雪和海燕随薛泰来一起去红河滩镇一个叫驴驮沟的村子里。

带路的村长告诉如雪一行，驴驮沟村总共不到三十户人家，村子被一条大沟从中间劈开，以前沟北沟南各住着一半人家，后来地势平坦的沟北通上了电，多数人家都搬了过来，如今沟南的塬上便只剩下摆富余和兄弟摆富有及两个儿子四户人家了。摆富余和兄弟的家坐落在上了沟不远的一处平地上，大儿子的家在距此约七八百米的一处山坡上，二儿子的家在距此约五六百米的另外一处。

听了村长介绍，海燕有些纳闷，就悄悄问如雪："师兄，为什么别人都搬走了，摆富余他们却不搬啊？而且两个儿子还要住那么远？"

海燕的声音尽管很小，但走在前面的村长还是听见了，他回过头来冲海燕笑了笑，然后问："这位女同志以前没来过山里吧？"

"她呀，生在城市，长在城市，上学又在大城市，确实是不知道山里的情况。"如雪笑着给村长解释。

薛泰来和如雪一样，都是山里娃，自然知道摆富余他们为什么不搬到沟北去的原因，也清楚他的两个儿子为什么要各居一处的原因。经大家你一言我一语的讲述，小丫头才知道，摆富余他们不是不想搬到沟北去住，但因为他们的山地全部在沟南这边的山上，而且两个儿子的田地就在他们家的附近，要是搬到沟北去住，那么种庄稼时别说干活了，光一天来回赶路爬坡翻沟就得几个小时，就这都把人累得够呛，更别说往田地里送粪、往回运收割了的庄稼了。所以，他们只能在离自家田地最近的地方安家，这也是为什么山里人居住稀散的原因。

汽车到不了沟南，要去沟南只能把汽车停在沟下，换乘三轮农用蹦蹦车爬一段陡坡才能到达塬上。蹦蹦车只能开到摆富余家，却到不了两个儿子的家。要去他们家，只能靠步行前去。

蹦蹦车爬坡的时候像蜗牛一样，一寸一寸地往上挪，比人步行快不了多少。爬坡时把蹦蹦车累得屁股后面直冒黑烟，黑烟笼罩的车后能见度都不到三米，而且蹦蹦车很不稳当，稍有不平，就有翘头翻倒的感觉，吓得如雪和海燕几次都想下车步行。

黄土高原上的盛夏正午，火辣辣的太阳半分钟就能把泼在地上的水晒干。此时，久旱不雨的驴驮沟一带的庄稼、草木都无精打采地耷拉着脑袋，昆虫们有气无力地躲在草下或树叶下，原本叽叽喳喳的雀儿也渴得闭上了嘴巴，旱塬上没有一丝风，枝叶就像凝固了一样稳定，空气闷热闷热的，吸进嗓子里都感觉到一股燥热。蹦蹦车刚爬上坡，如雪他们就看见远处的一棵大柳树下坐着几个人，一边就着咸菜嚼馒头，一边不停地擦汗，不远处还有一个人在烈日下忙碌着。听见蹦蹦车的声音，那个忙碌的人停下手中活儿回头向这边张望。他刚一回头如雪认出了他是南武。南武看见车上的如雪和薛泰来，立即放下手中的东西迎了过来。

南武告诉薛泰来，这里的工作已经全部结束，就等着你们来了通电呢。

如雪策划了一个合闸送电的现场实况，她要用照相机和摄像机记录下无电户看到电灯亮起时这个珍贵的瞬间。

走进摆富余家的崖窑洞里，只见窑洞内四壁乌黑，墙上结着厚厚的油烟，炕墙一周糊的报纸已经辨不清字迹，就连炕桌、旧家具都被煤油灯长年累月薰成了褐色。窑里除了刚接进来的一个电灯泡外，桌上还用红头巾苫着一台崭新的电视机。在靠门口的窗台上，摆放着一盏煤油灯，那是一盏自制的灯，是把一个废旧墨水瓶在盖上钻个眼，插上用牙膏皮卷的细管，用棉花搓成的芯制成的。这情景让如雪想起了狼牙湾的林嫂家。如雪就想，也不知有了电后林嫂现在过得如何？触景生情，她也想起了长眠在狼牙湾的初恋男友黑辉……

看到如雪此时的表情怪怪的，大家都有些不解，还是机灵的海燕把如雪从沉思唤中了醒来："白主任，白主任，您说那个小油灯那么小，晚上管用吗？"

如雪还没开口，摆富余老汉却笑着说："别看这个灯盏小，它可比玻璃罩子灯耐用多了，都点了快十年还是这个样子，以后它可就变成古董啦，说不定博物馆还要呢！"

在问起没有电的日子生活如何时，摆富余老汉长长叹了一声："没电的日子真不好过啊，春夏两季的晚上还能在院子里多坐一会儿再上炕睡觉，可到了冬天就只能早早上热炕了，冬天又是天短夜长，实在是无聊。人家沟对面的人都有电视看，而我们只能睡了醒，醒了睡，一直慢慢地在黑夜里煎熬。这下好了，有了电冬天再不用怕夜长了。这几年养羊我也攒了点钱，昨天我去县城里买了一台电视机，今晚我们也就能看电视了。"说着，他把苫电视的红头巾揭开让大家看。

这天是星期六，除摆富余的兄弟和两儿子外出打工不在家外，这个家族包括大人小孩共十八口人都挤在窑洞里，通电的时候目不转睛地盯着头顶上那盏即将亮起来的电灯泡。

如雪帮海燕支好摄像机，自己拿起照相机找好角度，一切准备工作就绪，她示意薛泰来下令合闸。

随着薛泰来在院子里大喊一声"合闸"，顿时，窑里的电灯泡亮了，院子里的路灯亮了，厨房里的鼓风机响了，电视屏幕上也有了雪花。

摆富余的老娘今年九十多岁了，耳朵有些背，别人说话她听不清，便独自一个人静静地坐在炕上看热闹。此时看着电灯亮起来了，她激动地拍起手来，就像个开心的小孩，边拍手边嚷嚷："世事变了，世事变了啊！供电局不要一分钱就把电给咱引来了……"受她感染，窑里所有人都拍起手来，特别是站在电灯泡下面仰望的孩儿们，手儿拍得更是热烈。

这个让人感动的场面，都被如雪和海燕用照相机和摄像机全过程一丝不漏地记录了下来。随后，如雪又跟老奶奶聊了起来。

如雪握着老奶奶的手，笑着问她："奶奶，今天通电了，你高兴吗？"连问了三声，她都没回答，只是眨巴着眼睛不停地打量如雪。摆富余告诉如雪，老娘耳背二十多年了，平时聊天时都是用手势跟她交流，就是在近前，也得用很大的声音喊她才能听见。

如雪只好提高嗓门再问一遍："奶奶，今天通电了，你高兴吗？"

"高兴，高兴，咋能不高兴呢，我活了九十多岁了，还没听说过哪个朝代的官府能白出钱给老百姓办好事，看塬上这直溜溜的电杆，明晃晃的电线，要是我们自己花钱往来引，那得粜多少粮食，卖多少羊钱才能够啊？"老奶奶虽然耳朵背了，可她眼睛不花，心里比眼睛还亮堂。接着，她又讲述了这些年没电的不便，她说："其实我家这些娃娃一个个脑瓜子都很聪明，但就是因为没有电，煤油太贵晚上不敢多点灯盏，娃娃们晚上就都不写作业，不复习，学习便跟不上。小学念完就一个个不再念初中跟着大人出去打工挣钱。现在好了，有了电我们晚上就不再瞎摸了，娃娃们晚上也能写作业了，他们的学习一定会好起来的，说不定我们家也能出几个大学生呢。"

为了深入了解情况，当晚，如雪和海燕留宿在摆富余二儿媳马兰花家。

马兰花家只有两孔土窑，其中一孔住人，一孔做饭。住人的这里面被马兰花收拾得非常干净，一个两面挨墙的大通炕上铺着平平整整的新床单，炕角垒着方方正正的被子，看得出马兰花是个很会过日子的女主人。因为是家里第一次有了电，两个孩子兴奋得一会儿从窑里跑到窑外，一会儿又从窑外跑到窑里，一会儿又坐在院子里的路灯下玩耍……

马兰花是位典型的农村妇女，当如雪拿着笔记本坐在她对面，海燕把摄像机对着她，问她没有电的日子过得如何，现在有了电有什么打算时，她紧张得有些不知所措，并且说话声音都有些颤抖，甚至不敢大声说话，羞羞答答地连头都不抬，直到海燕撤走了摄像机，如雪合上笔记本，她才打开话匣子："我儿子都七岁了还没看过电视，前不久我领他去县城亲戚家，他只瞅了一眼动画片就不想回家了，抱着我的腿跪在地上不走要把动画片看完，任我怎么哄，怎么说，他就是不起来，还哭着要我买一台电视机回去，要不是硬拉他回来，那天差点误了班车。我女儿今年五年级了，作业经常完不成，学习一直在班里落后，老师都找上门来了，质问家长为什么不督促孩子做作业。其实孩子也很辛苦，晚上在油灯下写字时间长了受不了。现在市面上连高价煤油也不销售了，蜡烛又太贵，只能点蹦蹦车烧的柴油，柴油烟太大，在灯盏旁坐一个小时，两个鼻孔就成了黑洞洞，一咳嗽吐出来的全是黑痰。另外，在灯盏旁坐的时间长了，呼吸也就不畅通了。为了孩子的身体健康，我们有时候只能眼睁睁地看着她成绩落后，却不敢让她在油灯下多学一会儿。”马兰花越说越激动，眼泪都快掉了下来。调整了一下情绪，她继续说：“有时候孩子他爸外出打工半年不回来，我都不想念他，我就想着什么时候也能用上电，过上亮堂的日子。现在好了，有了电我们也能过上现代生活了。我明天就赶几只羊去集市上卖了，换一台大彩电和 VCD 回来。这样儿子可以看动画片，我可以在 VCD 上跟光盘学科学种田、科学养鸡、科学养牛羊什么的。我娘家弟兄就是跟着 VCD 学养鸡走上致富道路的。然后我再买一台铡草机，叫孩子他爸不要再在外打工了，回来和我一起搞养殖，收入肯定比他在外面卖力气强多了，人家沟北的摆富来这几年靠电搞养殖都发了，现在那一圈羊就能卖好几万元呢……”

透过窗外的路灯，如雪依稀看见马兰花的女儿在土墙上刻字。

如雪借上厕所的机会，走近前瞅了一眼孩子在墙上刻的字，只见墙上整整齐齐地刻着一行字：2006 年 8 月 25 日，星期二，摆金强家有电了！

这次给驴驮沟无电户村通电，说到底其实就是给摆氏四家通电。通电要从沟北架设一条 10 千伏高压线路到沟南，再安装一台变压器，引出 220 伏低压线路到摆氏四家，总投资额超过了十万元。

听说给这四家人架线通电就花了十万元，又把没有工作经验的海燕惊得目瞪口呆，很不相信地问薛泰来：“这是真的吗？这是真的吗？要是所有无电户都这么分散居住，都得这么给干吗？”

“都得这么干，必须这么干，就是有一户人家住在山顶上，我们也要把电送过去，这次国家电网公司是下了决心的，为了解决民生用电问题，国家电网公司不计成本，不惜代价。”薛泰来认真地解释。

根据薛泰来提供的资料和连续几天的深入采访，如雪撰写了一组系列故事，其中一篇题为:《想电不想男人》的故事新闻，由于真实感人，加之表现手法独特，分别被多家媒体刊发。《想电不想男人》受到了各级领导的高度关注，受到了社会各界好评，后来还被行业内外多家媒体评为年度好新闻。

如雪和海燕发出的报道不但起到了良好的宣传效果，年底还为红山供电公司行风评议赢来许多支持投票，使红山供电公司又成功蝉联全市行风评议第一名。

如雪的系列故事发表之后，她又趁热打铁，写了一篇通讯稿，通讯稿同一天被省日报和《中国电力报》配图刊登。她指导海燕撰写的另一篇通讯稿也被《国家电网报》刊登。

那天正逢红山供电公司召开“保持共产党员先进性教育活动”第二阶段党员大会。会上，红山供电公司党委书记赵荣认真总结了第一阶段取得的成绩，并对第二阶段工作进行了全面安排部署，随后就拿出刊登着如雪和海燕发表了文章的报纸，表扬思政部在开展“保持共产党员先进性教育活动”和“户户通电”工程宣传工作中取得的成绩，要求其他部门、单位以此为榜样好好学习，在各自的岗位上建功立业，他说：“思政部充分发挥为安全生产、营销服务及电网建设擂鼓呐喊的作用，用实际行动体现了优秀党员特别能吃苦，特别能战斗，特别能奉献的精神，为我公司树立了良好的企业形象，也为我公司争得了荣誉，啊！不但赢得了上级领导和部门的表扬，也让其他兄弟单位竞相学习，我和毛总非常高兴，也为他们感到自豪，啊！同时，我也希望大家都能向思政部这个团队学习，向白如雪同志学习，学习他们团结奉献的精神，学习她的敬业精神，啊！当然，作为一名合格的党员，我们还不能光想着敬业奉献、吃苦创新，还要有大局意识，要拿出成绩来，千万不能低头拉车不看路，我们随时都要与时俱进，啊……”

思政部的同志们经赵荣在大会上这么一表扬，干劲更足了，都争着要到一线去挖掘采访，深度报道安全生产、营销服务、电网建设中的亮点，以及好做法、感人事迹。且大家都想跟着如雪跑现场。因为每个人都清楚，一线的亮点更多，一线的故事更感人。

看到大家的愿望如此强烈，如雪便对大家的工作重新进行了调整，除副主任虎建雄仍然任两个组长工作不变外，海燕也纳入教育活动宣传小组外，其他人员都可以轮流去“户户通电”现场。

分工调整后，第一个随如雪去现场的是是福。

如雪带着是福先去红河滩镇供电所。南武跟前次在驴驮沟见到如雪时一样兴奋，激动地握着如雪的手连说：“谢谢白主任，谢谢白主任，你可是咱们这里无电户的恩人啊，我代表他们衷心地感谢你，你为家乡做出的贡献真是太大了。”

其实如雪清楚，南武这是客在套，他武南心里也明白，这次给无电户通电，如雪并没有帮多少忙，只不过有几个村庄的变压器增容改造倒是薛泰来给了些关照。不过话又说回来，就是薛泰来没关照，下一批农村电网改造时，这些小容量的变压器也会慢慢被更换，这次只是借着“户户通电”工程提前完成了而已。

变压器增容改造给这些村组带来的好处自不必说，无论工程性质还是投资内容，与以前的农网改造工程、无电户史无前例地用上了电都大同小异，再没有什么可挖掘的亮点。于是，如雪就把思路转到了对人员的宣传上。最后，经与是福讨论，如雪拟了一个长篇通讯标题：《新时代可爱的人》，并亲自拟出了提纲，分领导层、管理层、实施层三个层面，分头和是福去采访、撰稿，最后由她统一合稿。

这篇文章不但全方位展示了红山供电公司员工的精神风貌，让更多的人看到了电力员工的艰辛和可爱，也给那些被报道的人带来了荣誉和好处。如在工程竣工后进行表彰奖励时，因为宣传效果也起了作用，范忠强被省电力公司授予“户户通电”工程特等功臣（全省仅三名）；一名县供电公司经理升职为省电力公司农电部副主任，十名相关人员获省电力公司三等功臣。当然，如雪在给别人歌功颂德的同时，也为自己赢来荣誉——省电力公司“户户通电”工程三等功臣，且她是受表彰的一百名先进中唯一一名不从事农电专业的人士。

49

“户户通电”工程是国家电网公司从服务党和国家的工作大局出发，以高度的社会责任感，提出“新农村、新电力、新服务”农电发展战略，作出到“十一五”末在供电区域内基本实现“户户通电”决定的工程。这也是国家电网公司承担社会责任和政治责任的一项“德政工程”“民心工程”。这项工程无论是投入的资金，还是投入的人力，都远远超过了当年的“村村通电”工程，红山供电公司仅用了一年时间就完成了这项工程，完全消灭了黑暗，彻底解决了边远山区群众用电问题。

在“保持共产党员先进性教育活动”期间，虎建雄因为工作出色，被省电力公司教育活动宣传小组看中，直接调进了省电力公司思政部。红山供电公司只能又委以重任，把所有担子都压给如雪。

尽管如雪肩上的担子越来越重，工作量也越来越大，但她看上去一点也不吃力，仍然应付自如，游刃有余，无论是对教育活动的宣传，还是对“户户通电”工程的宣传，她带领着这支特别能吃苦、特别能战斗、特别能奉献的团队，走基层、下现场，勤劳拼搏，对内对外宣传都赢了个盆满钵满。

其实目前的成绩已经非常喜人了，领导也十分满意，按说如雪没必要再折腾了，再说天气也越来越冷，也该让大家放松心情了。但她总觉得还有些美中不足。于是，她又把所取得的成绩仔细梳理了一下，才发现美中不足的地方是对成果性的宣传还不够深入。

经过一番思考，如雪又策划了一个对“保持共产党员先进性教育活动”和“户户通电”工程的成果性的跟踪报道，而且在给别人布置了任务的同时，也给自己定下了目标和任务。

肩负工作重任，还要照顾两个孩子，这份担子实在不轻。但好强的她还是准备咬咬牙，克服困难大干一场。然而，就在她还没有好好甩开膀子的时候，却因为见义勇为而身受重伤住院。等康复出院，加之经常有记者来采访她见义勇为之事，不知不觉一个月时间便过去了。看着每个人都完成了工作任务，也取得了成绩，如雪在高兴的同时，也有些不甘落伍。于是，她决定也要显一番身手。

如雪一共确定了五个采访点，她把狼牙湾村定为最后一个采访点。

之所以选择要去狼牙湾，是因为她从资料上看到这次“户户通电”工程，所有村庄中狼牙湾是投入资金最多、施工难度最大、耗费时间最长的地方，也是无电户居住最分散的一个村子。选择去那里，还有一个想法，那就是要去祭拜一下干妈，看看亲爱的辉子。

辉子和干妈下葬的时候如雪都没有来，现在站在这片久别重逢的土地上，她感到这里竟然非常亲切，继而也感到一丝惆怅。但感触更多的还是这里巨大的变化，只见昔日堰塞湖的土坝已经修成了混凝土大坝，脚下这条原本不宽的柏油路也变成了宽阔的混凝土路面，两边的秃山上种满了各种各样的果树，林保强家不远处的山坡上还有一幢气派的四层楼，楼上立着一排大字“成晟林果发展有限公司”……

林玉强是狼牙湾村最后一个无电户，他和其他无电户一样，住在堰塞湖后面的高山上。

保强建议如雪去林玉强家看看。

本来去林玉强家坐三轮蹦蹦车直接能到院子门口，但那天如雪肚子又痛，蹦蹦车太颠簸坐不了。林峰就打算骑摩托送如雪上山，但被林保强拦住了，说你技术那么差还敢带贵客？上次在山坳里差点把自己都摔了还不长记性。再说王老板下午要回来，你们商量完正事了咱们晚上留下贵客好好聊。于是，保强就套上毛驴车亲自送如雪上山。

上山的路上，林保强讲起了给林玉强家送电的故事，他告诉如雪：“林玉强和自己一样，是地地道道的山里人，没有文化，更没有什么手艺，只能靠出苦力经营四十多亩山地。如今两个女儿都出嫁了，家里就剩下老伴和刚上高中的小儿子。因为他家最远、施工难度最大，所以架线时施工队就决定把容易干的地方干完，然后再给他家干。但林玉强总担心施工队给别人家通完电后会走了，就连庄稼活都不干，天天守在施工现场。他也听说这次给无电户通电是不收一分钱的，可当轮到给他家架线时，有人开玩笑哄他说电杆、电线都运到了，叫他赶快回去准备材料费和施工费，并告知大约得交五万元。听说施工队把东西运来了，还要收这么多钱，我这个老实巴交的兄弟一下子就傻了，一屁股瘫倒在地哭了起来。当时我也在场，他就要拉上我一起去给施工队队长说一声，说他没有那么多钱，不要电了。”说着，林保强长叹了一声：“是啊，五万块钱对农民来说可不是个小数字，如果遇上旱年，山地里寸草不生，庄稼播下去连籽种都收不回来，五万块钱靠粜粮来攒，估计十年的收成都攒不够。”

“那后来你是怎么给林玉强说的?”如雪问。

“玉强是个老实人，我告诉他，那是别人跟他开玩笑呢，他硬是不敢相信，直到施工队队长回来亲口对他说不收一分钱时，他才破涕为笑。年近六旬的人了，手舞足蹈地跟小孩一样蹦着回去了。唉！如今的社会真好啊!”林保强长长地叹了一声，接着又说：“据说供电公司给玉强家通电花的钱还不是最多的，嘤岘湾后面的羊沟嘴村有个楚大个子，他家离山下的村子才叫个远呢，骑上驴都要走半天，前几年他两个儿子都搬到山下去了，而他和老伴说什么都不肯离开老窑洞，这次通电也给他家把电送去了，听说花了好几万元呢!”

林保强还告诉如雪，第二天当施工队来到林玉强家门口时，被这一家人的举动惊呆了。只见这一家三口人一字排开等在大门外，大柳树下摆着一张桌子和两张椅子。桌子上的大方木盘子里盛着一只刚煮熟的小肥羊，还冒着腾腾热气。两张椅子上的瓦盆里满满地盛着麻花和油饼，跟过年时迎社火一样。玉强宰了羊，炸了油饼在等着供电公司的施工人员来吃了再干活儿……

驴车刚上山梁，如雪远远就看见林玉强站在门外等着。

还不等如雪从驴车上下来，林玉强就急着要跟如雪握手，他激动地说：“终于又见到你了，快进屋吃羊肉，快进屋吃羊肉。”接着，他告诉如雪：“听保强哥说你今天要来，我专门宰了一只羊等你，你可是我们家的贵人啊，当年你的帮助不光救了我老伴的命，也救了我全家啊。”

“专门宰羊等我？我帮助过你?”听林玉强说宰了一只羊要招待自己，如雪吓了一跳。当然，就在吃惊的同时，她也认出了林玉强，曾经的一幕又浮现在她眼前。

“村村通电”的时候，如雪随黑辉来这里采访，当时林玉强就在施工队打零工，他什么也不会，只能出苦力挖电杆坑。那时候人工费特别低，挖一个一米八深的杆坑才十块钱。挖坑是个非常吃力的体力活，身强力壮的小伙子每天最多才能挖四个，年过五旬的林玉强一天最多能挖两个。眼看着别人比自己挣的钱多，林玉强只有叹息的份儿。

那天如雪和别人聊天的时候，无意间看见林玉强一个人独自坐在远处的土坎上一锅又一锅地抽旱烟，就问别人这是怎么回事。有人告诉如雪，林玉强的老婆肺气肿特别严重，没有钱买药，他那是愁的。

了解了林玉强的情况，如雪就悄悄让黑辉关照关照这个老实人，黑辉就把挖拉线坑的活儿全分给了林玉强。10千伏线路拉线坑又窄又浅，价格却比电杆坑少不了多少。这样一来，林玉强的收入有时候竟然还比小伙子的收入要高出一点点来，而且黑辉每天还把废旧的铝线头、包装瓷瓶的木箱板都送给林玉强，如果哪天运气好，这些废品卖的钱都能顶得上半天的工钱了。

“想起来了，想起来了，只是我一直不知道你的名字。就算帮助过你，那你也不至于宰羊招待我啊。你怎么这么爱宰羊？你家羊很多，还是现在羊不值钱了？”林玉强的热情倒让如雪非常不适。

“还真让你说准了，他家就是羊多，现在多得在他眼里都不值钱了。这就是有电后的变化，他也是我们村变化最大的。”林保强给如雪解释。

在毛驴车上颠了半小时，下车后如雪本来想喝口水再采访林玉强，可一听说他是通电后全村生活变化最大的，如雪一下子就来了精神，连口也不渴了，进门被请到炕上坐定后，迫不及待地就和林玉强聊了起来。

林玉强告诉如雪：“十个月前我宰羊要招待架线通电的人，那是当时盼电心切，希望人家能快快给家里送电，其实那时候家里只有十多只羊，我是咬着牙宰了一只最瘦的。通了电后，大女婿劝我养羊致富，我听女婿的话，就把两头牛赶到集市上买了，又在大女婿的帮助下贷了点款，买来十几只母羊，加上原有的总共不过三十只。后来王老板听说我家里困难，就主动借钱给我，让我扩大养殖规模脱贫致富。现在我的羊圈里已经有三百多只羊了，到了冬天母羊们一开始下羔，随便就能超过五百只！”

“怪不得说宰就宰了一只，原来你真的是羊多啊！”如雪不由得感叹，“哪里的王老板？他为什么会主动给你借钱？”如雪接着问林玉强。

“以前要是养这么多羊，十个人一天到晚不停地铡草饲养，估计都忙不过来。可现在有电了，只要把电闸往上一推，铡草机一转，一会儿工夫铡的草就够这些羊吃一天的了。电这东西就是好，就那么一推闸刀，铡草机就飞快地转起来了。别说就目前这些羊，就是再有一百只我和老伴都能忙过来。”林玉强没有回答如雪的问题，只顾唠叨自己想说的话。

林玉强老伴坐在旁边也一个劲地重复着对如雪说：“感谢共产党，感谢供电公司，感谢那些上门来干活儿连水都不喝一口的好电工……”现在，她的肺病已经控制住了。

如雪又问了一遍王老板是谁，林宝强才告诉她：“王老板就是成晟林果发展有限公司的王老板，名字叫王成晟……”

“什么？王成晟？”林宝强刚提到王成晟这个名字，如雪就条件反射地急着问。

“你认识王成晟？”望着如雪的神情，林宝强反问如雪。

“哦，不认识，不认识，就觉得这个名字在哪里听过。”如雪支吾着说。

“王成晟是市里来的，说不定你真认识呢。他来我们这里好几年了，你在山下看到的那幢楼房就是他的公司。他承包了我们这里所有的荒山经营果林，只用了三年时间就见效了，据说现在每年的利润都要好几百万。收效的第一年，他就花钱把我们这里的路修了，接着把土坝也修了。”

“真是个好人啊，要不是他，我多少年也发展不到现在这个规模。”林玉强在一边叹息。

看了林玉强拿来的照片，如雪才确定这个王成晟，就是那个曾经欺负过自己，最后辞职去经营水泥厂的那个王成晟。可是，他怎么会在这里呢？

王成晟在这里种果林，完全跟马茜妮有关系。自从马茜妮背着王成晟把他父亲拉下水后，就慢慢跟王成晟来往不再那么密切了，王成晟父亲本想让马茜妮再带一带儿子，但马茜妮说什么都不想再多要王成晟那质量并不高的水泥，王成晟父亲有把柄在她手中，她不给面子他也不能把她怎么样。后来王成晟了解到马茜妮和父亲之间除了钱权交易外，还有情色关系，他把父亲大骂一顿，然后断绝了与马茜妮的来往，以低价出售了水泥厂，就到山里来开山种果树。不想他此举不但帮了自己，帮了这里的农民，还蹚出了一条发展之路。现在这里所有外出打工的人都回来了，在山上帮他种树护林摘果子，而且在家门口挣的钱远比出去在外打工挣的钱要多。最近王成晟又要办果品加工厂，林宝强让林峰留在山下等他就是要谈合作办厂的事情。平常王成晟一直住在这里基本上不回市里去，今天他去镇子上看快要竣工的敬老院了，他出资给镇子上建了一个敬老院，要把附近的五保户老人全部接到敬老院里来。

下山的路上，林保强还告诉如雪，靠电改变了落后生活的不止林玉强一家，对面山上刚通上电的那几户人家在林峰的带动下，还办起了一个养鸡合作社，仅半年时间就有了收益。正是因为有了电，王老板才要办果品加工厂。

说起狼牙湾村这几年的变化，林保强显得非常兴奋。他说：“‘户户通电’工程给对面山上那几户人家安装的是大容量变压器，导线也粗，用电非常可靠，他们的养鸡合作社孵化机开足了马力生产，一个月要用几万度电，估计今年每家的收入都要上万元了。还有灌溉方面，以前虽然有电，但堰塞湖里的水只能抽到平坦一些的田里，也只能浇灌沟口的那些地，后山和高山坡上水是上不去的，现在电通到了山上，山上的那些平地都成了水浇地，就连王老板山顶上有些果林都能浇上水呢。生活方面变化更大，家用电器已经不再是什么稀罕物了，而且手机都普遍了。”说着，林保强掏出别在腰间的手机给如雪看。他指了指远处的山说：“看见了没，中国移动、联通、电信都在我们这里架了信号塔，我们这里手机信号强得很，就连家里的固定电话都是无线的。”

“‘户户通电’工程真好啊，党的好政策，供电公司好服务，我们的日子也会越来越好。现在我已经从支书的位子上退下来了，大家选了林峰，他年轻，脑子活，各方面都比我强，他肯定能领着乡亲们奔上小康路……”

说话间，驴车已经来到了黑辉的墓前。

这里的景象让如雪吃了一惊，完全不是她想象中的那样。来之前她还在想，可能干妈和辉子的坟堆已经塌陷，或者被黄鼠刨得千疮百孔，附近更是长满了蒿草。可眼前的实际却是：墓地周围修得很平坦，两座墓碑干净如新，两座墓堆都没有塌陷，上面也没有被蒿草笼罩，却被一种绿化草覆盖着，附近还栽了许多苍松，更没有黄鼠洞，四周干干净净……

“狼牙湾的父老乡亲们没有忘记黑技术员，每年清明的时候，大家都会主动来给他扫墓，我和玉强兄弟还经常过来清理坟堆上的蒿草，他们娘俩坟堆上面的那些草皮是我们专门种植的，马上就要过年了，孩子们会一如既往地来给他母子二人烧纸钱，再打扫一下周围。”林保强语重心长地说，“从坡底下到这边的路以前是土路，去年王老板也花钱把这段路铺了，附近的苍松也是他种的。”

顺着王保强手指的方向，如雪才发现从坡下到脚下，路面全部铺着城市人行道上那种彩砖。

50

祭拜完干妈和黑辉，如雪就让林保强带她去林嫂家。刚转身就看见坡下迎面来了两个人。定睛细看，只见一个是林峰，一个是王成晟。多年不见，王成晟有点发福。

真是人不可貌相，海水不可斗量。王成晟经过这几年的努力，现在已经成了一名优秀企业家、大善人。想到林保强和林玉强老两口讲的他做的那些善事，如雪不由得暗自点头，心中积存的怨恨便也消散，反而生出敬佩之情。

就在如雪跟王成晟简单寒暄之后，接受了王成晟邀请，准备去“成晟公司”坐坐时，坡下火急火燎地跑上来一个人。

来者是秦春，他是特意来找如雪的。秦春告诉如雪，单位领导有急事找她，让她赶快回去。

“什么事情这么紧急啊？打个电话说不行吗？”如雪纳闷地问。

“你的手机今天一直关机，所有人都找不到你，最后找到你弟弟，才知道你来了这里，赵书记叫我赶忙来找你回去。”

如雪这才想起来，为了避免被其他事情打扰，早上出门前就把手机关了。但她告诉过如奎，说今天要去狼牙湾，说不定晚上还会住在林嫂家，李歌最近特别忙也是很晚才回家，就让如奎帮爹妈一起照顾瀚瀚。

如雪赶忙打开手机给赵荣打了个电话。

通话时赵荣并不生气地教训如雪：“你说我应该是表扬你呢还是批评你呢？”

从赵荣的口气里，如雪听出没有什么坏消息，就笑嘻嘻地对赵荣说：“请书记批评，请书记批评！”

“我要批评你的是你不应该把手机关了，要是中层干部都像你一样，到周末都把手机关了，有了事情我和毛总一个都找不到，那这个单位还怎么正常运转啊？下不为例！”顿了一下，赵荣又说，“尽管你今天的表现很不好，但我还要表扬你，也要恭喜你！今天我见到市委宣传部长了，说市里将你见义勇为的先进事迹上报到省里了，而且确定这次‘保持共产党员先进性教育活动’总结大会上，你将被省委授予‘见义勇为先进个人’。这可是个大荣誉啊！当然，急着找你并不是要先告诉你这个好消息，而是有一位客人要见你。找不到你，大家都急成了热锅上的蚂蚁。”

“什么客人这么重要？找不到我还把大家都急成了热锅上的蚂蚁了？”如雪有点不明白。

“别啰唆，回来就知道了。”赵荣说完就挂了电话。

回程的路上，如雪想起了一个多月前发生的一件事情：有天晚上她加完班已经午夜一点钟了，出了公司大楼觉得头晕目眩，于是就想走走路舒展一下。

这里有一条河穿城而过，如雪沿着河岸慢慢往回走。她呼吸着新鲜的空气，观赏着美丽的河灯和冰面上的倒映景观，感受着这暂时难得的安逸。走着走着，突然听见有女人的喊叫声，如雪停下脚步举目四望，只见眼前十点钟方向的河心冰面上有两个男子正在和一女子撕扯，女子一边挣扎一边大声叫喊：“救命啊，歹徒抢劫了，歹徒抢劫了……”如雪马上明白这是怎么回事了，就一边往前跑，一边大声喊：“抓歹徒，抓歹徒……”两名歹徒看清了河岸上喊话的是个女人，而且她身后再无他人，其中一名就放开女子，冲上岸来要对如雪动手。

如雪出门时怕路上黑，就带了一支手电筒，这个手电筒是黑色的，此时就捏在手中，就在歹徒快冲到她面前时，她本能地举起了手电筒，歹徒还以为如雪拿的是防身高压电棒，立即来了个紧急“刹车”，不想他没注意脚下路面上有冰，顿时就滑了个仰面朝天，脑袋先着地摔得不省人事。后来有人传言说如雪学过防身术，歹徒冲过来时她只一招就把歹徒放翻了。

看见这个歹徒已经摔昏，而河面上的歹徒还在跟女子撕扯，他要抢她的包，而她拼命地护着。如雪看见河岸下有一根木棍，刚捡起来要下去给女子帮忙时。就在这时，只听“咔嚓”一声，河面上的冰层突然裂开了，歹徒和女子及旁边三脚架上支着的照相机也随着冰裂掉进河里。如雪赶忙拨通 110 报警电话，一边脱鞋脱上衣，一边简单说明这了里的情况和大概位置。然后连手机也顾不上挂，丢在一边就跳进了冰冷的河中。如雪虽然生长在大山里，但她上大学时学会了游泳。此时尽管冰冷的河水刺得她几乎要窒息，但她还是奋力把落水女子救上岸来。看见河中的歹徒扶着冰块在挣扎，如雪觉得他暂时不会有事，等 110 的人来了再拉他上来，就先没有管他，把已经昏迷的女子抱到河边的护栏上，让她爬在上面往出吐水，然后捡起自己的棉衣给她披在身上。就在如雪哆嗦着找手机时，忽然发现河中的男子不再扑腾，而是慢慢地往水下沉。如雪毫不犹豫，回身再次跳进了河中。由于极度受寒，加之体力有限，如雪把男子拖到河边时已经筋疲力尽，等将已经僵硬的男子顶上冰面，她眼前一黑便失去了知觉……

等如雪醒过来的时候，发现自己躺在医院里的病床上，左胳膊上还包着厚厚的层绷带。胳膊受伤是她失去知觉时被锋利的冰尖割的。还好，只是肌肉被割了一条口子，并没有伤到筋骨。

被如雪救起的女子是一位外国留学生，是一名摄影爱好者，今天刚到红山市。听说河边的夜景不错，她晚上就带着三脚架来这里拍照，不想冰景太美，逗留得太晚，就被那两个歹徒盯上了。如果不是如雪路过，美女被歹徒劫财劫色后，还不知道再会发生什么事情，那样后果真是不堪设想。

如雪见义勇为不但阻止了一起歹徒伤害外国友人事件，还助警方破获了一起连环重案。摔倒的那个歹徒竟然是警方重金悬赏两年多都抓不住、身负四条人命流窜作案的杀人魔头。此事轰动了红山市，轰动了社会，受到了各界的关注，警方不但奖赏了如雪，媒体记者还蜂拥而来，对如雪见义勇为的事迹进行连续报道，如雪常常被鲜花和掌声簇拥，一时间门庭若市。被这样打扰，如雪有时候也很烦，所以她今天早上出门关手机也是与此有关。

数九寒天又是深更半夜，遇到这样的情况，别说是一个女人，就是有的男人都不会勇敢下河，而如雪不但勇敢地面对歹徒，还下河救了两条人命，这让人们无不敬佩。

自参加工作以来，如雪一直都是采访别人，歌颂先进，不想因为这次偶遇，却让自己转换了角色，常常接受采访，被人歌颂，这让她感到非常不自在。但此次行为毕竟是一次置个人安危不顾英勇救人的义举，而且还助警方抓住了大案重犯，所以她只能义无反顾地接受歌颂，成为传递正能量的楷模。

如雪从儿狼牙湾回到市里时已经过了晚饭时间，她顾不得回去吃饭，给家里打了个电话直接就来到单位。

保安说领导们在会议室里等她。

如雪推开会议室门时差点惊呆了。只见会议室里不但有赵荣、毛腾飞，还有市长，以及被她救过的那个外国美女，市长旁边竟然还坐着斯特安妮的丈夫弗迪森先生。

弗迪森怎么会在这里？还不等如雪进门，弗迪森就站起来迎了过来。

“美丽的白如雪女士，真是太感谢你了，感谢你救了我女儿的命。”弗迪森一边跟如雪握手，一边指着被如雪救过的那位外国美女说。

“她是您女儿？”如雪惊奇地问。

“是的，她就是我的女儿克塞妮亚。”弗迪森客气地说。

“没错，如雪姐姐，我就是他的女儿。”克塞妮亚过来拉着如雪的手解释。

等如雪坐下，弗迪森才解开了她心中的疑团。

弗迪森说，几个月前他准备跟红山市政府合作这里投资建工厂，但就在克塞妮亚到这里的前一天，因为一件事情谈不妥，弗迪森临时放弃了合作。

克塞妮亚受母亲影响也喜欢摄影，自从看了母亲在红山市拍的那些照片后，就一直想来这里看看，这次借父亲来的机会她也要来。但当父亲通知克塞妮亚说临时取消了行程时，克塞妮亚已经到了红山市。克塞妮亚最近放了寒假没事干，就背着相机一路游玩先到了红山市。

克塞妮亚只听母亲说过她在红山市有朋友，但却没有问朋友的名字。她还想着等父亲来了再一起去拜访母亲的朋友。而且她这几年一直在中国生活，好多事情都是自己解决，就连落水被救之事当时也没有告诉父母，更没有对这里所有人说她是斯特安妮和弗迪森的女儿。直到回去见到父母后才将这里的事情详细对他们讲了。弗迪森夫妇特别感激，立即就要来当面感谢救命恩人。但不想因为其他事情打扰一直拖到现在才来，而且斯特安妮还因为临时有事中途又去了别的地方。

因为女儿这件事情，弗迪森决定重启与红山市政府合作计划，并对红山市政府之前提出的他不能接受的条件全部接受。

今天他来先不说签合同的事情，见了市长立即就要见女儿的救命恩人。如雪见义勇为的事情宣传得轰轰烈烈，市长不但知道如雪，还去医院看过她。但得知如雪从今天早上就关了手机到现在都找不到时，市长只好如实相告，并希望弗迪森先谈合作事宜。

谈判结束，合同都签完了还不见如雪回来，弗迪森晚饭也不吃，就干脆来红山供电公司等如雪。因为他明天早上必须回去，还有别的事情不能耽误，所以临走前一定要见到如雪。

弗迪森不但当面表达了他们一家对如雪的感谢之情，还拿出十万美元要酬谢如雪。

如雪接受了弗迪森真诚的感谢，但拒绝了那十万美元。

如雪在职场上这么多年，拒绝时说的话自然很体面，让市长、毛腾飞、赵荣都感到脸上非常有光，市长还带头鼓起了掌。当然，如雪此举更让领导们刮目相看，后来几乎都成了红山民众口中的传奇故事。

弗迪森与红山市政府成功牵手，市长免不了要尽地主之谊。于是，市长建议大家一边吃饭一边继续交谈。

饭后赵荣将如雪送回家时已经是晚上十一点钟了。

平常这个时候爹娘早都睡了，可此时小四合院里却还亮着路灯，爹娘、如奎、李歌和瀚瀚都在客厅里（最近承志过去陪爷爷住）。

听见脚步声，瀚瀚背着手迎前来，神秘地说："妈妈，妈妈，祝贺祝贺，咱们家有喜事了。"

有喜事？难道赵书记把自己要受表彰的事情提前告诉李歌了？

可转念又一想，虽然这是一个特大的好消息，但毕竟是口头消息，以自己对赵荣的了解，他不会轻易对别人讲。

不等妈妈反应过来，瀚瀚就把手从背后举起来，双手举着一张奖状，大声喊："我的画在全市幼儿漫画比赛中得奖啰，得奖啰！"

"好大的喜事啊，儿子真给妈妈争气。"如雪抱起瀚瀚，边亲他的小脸蛋，边鼓励他。

“我也有一件好事……”

“我也有一件好事……”

“我也有一件好事……”

如雪想把今天弗迪森来的事情告诉大家，可就在她说出这半句话的同时，李歌和如奎也几乎在同一秒内异口同声地说出了这半句话。

三个人相互看着对方，接着都谦让地让别人先讲。

见李歌和如奎今天也有好事，如雪就想先听听他们的好消息。于是便先让如奎说，李歌第二个说，自己最后说。

李歌和如奎都同意。于是，如奎倒背着手，点着略有点瘸的腿来到客厅中间，然后慢条斯理地往出挤字：“我、白如奎、今天正式接到、了、学校的、通、知、我、白如奎，嗯……”

“说呀，这孩子，总是这么调皮，什么事情？下午回来也不给我和你爹先说说，非要憋到你姐回来。”看着儿子淘气的样子，娘笑得眼睛都眯成了一条缝。

“我白如奎今天接到学校的通知被正式确定要保送上大学啦！”如奎用比新闻播音员还快的语速顿都不顿一下，一口气说完这句话。

啊？真的？

爹、娘、李歌、如雪惊得几乎同时从沙发站起来。

“千真万确，这么大的好事，能不等姐回来再说吗？再说没有姐姐，哪有如奎的今天呀！”如奎帅帅地向后甩了一下头发。

“真是大喜事啊，大喜事，好样的！不过先等一下，让你姐夫说完他的喜事咱们一起庆贺吧！”如雪趁热打铁把李歌推到客厅中间。

“我嘛，这事是没有如奎的大，但……但……”李歌也卖起了关子，说到这里停下来端起杯子准备喝水。

“讨厌，你给我说完了再喝，谁让你喝水了？”如雪抢过杯子，把李歌又推回了原处。

“我李歌今天正式接到任命书被任命为北大山县县长了！”李歌学如奎的样子，也一口气快速地说完这句话。

“喜事啊，大喜事，真是大喜事。”如奎紧紧握着姐夫的手摇摆着。

“先等一下，等妈妈说完了一起庆贺！”瀚瀚早有准备似的，拉起如雪的手去客厅。

如雪抱起儿子，望了望如奎和李歌，然后冲爹娘笑了笑说：“我那事儿，比起人家两位来，那就不是什么喜事了。还是不说了，不说了。”

“讨厌，必须说。”如奎假装用劲在姐姐胳膊上捣了一拳头。

“讨厌，必须说。”李歌也学着如奎的样子在如雪胳膊上捣了一拳头。

“不许打我妈妈，再打我饶不了你们。”瀚瀚举起小拳头护起妈妈来。

“好好好，那我说。今天我得到了可靠消息，说在省‘保持共产党员先进性教育活动’总结大会上，我将要受到表彰。另外，我救的那个落水的外国女孩，竟然是斯特安妮的女儿，也正是因为此事，斯特安妮的丈夫弗迪森先生又重启了与红山政府合作的投资项目。”

“都是大喜事，纯粹是大喜事，真是苍天有眼啊，今天咱们家中三喜临门啊。”如奎感慨地站在客厅中间大声嚷嚷。

“不对，是四喜临门，还有我的呢。”瀚瀚见舅舅没提到自己，急得晃起了手中的奖状。

“四喜临门，四喜临门！”二老站在沙发前，连坐都忘了，相互望着对方，口中喃喃地念叨。

看到爹娘开心的样子，如雪更是开心。

她想起了自己刚参加工作的时候被王成晟欺负；如奎还不能走路生活不能自理；爹娘还面朝黄土背朝天……而如今，如奎刻苦奋斗，一路超过了许多比他学习好的同龄人，连高考都不用参加了就能上大学。李歌这些年通过不懈努力进步很大，主动要求下基层锻炼也如愿以偿。自己这些年收获自不必说，最近还因为克塞妮亚的事情助警方破了重案，为红山市赢得了外商投资。爹娘安心地在这里享受天伦之乐。

如雪感到特别欣慰，也为李歌如奎感到骄傲，更为二老感到自豪。再想想聪明好学的承志，看看可爱活泼的瀚瀚，她脸上的笑容更加灿烂。